Ernst Jakob, geboren 1975 in Biel/CH, haut normalerweise als Software-Entwickler in die Tasten. Inspiriert von befreundeten Autoren entdeckte er schließlich seine Leidenschaft für das Bücherschreiben. Auf seinen Reisen besuchte er zudem alle Schauplätze aus seinem Debüt-Thriller. Inzwischen hat er seinen Tramper-Rucksack gegen einen Laptop eingetauscht und lebt mit seiner Familie in der Nähe von Bern.

ERNST JAKOB

DAS LETZTE VERMÄCHTNIS

EIN JILL CARTER THRILLER

Erstausgabe Oktober 2022

Copyright © 2022 dp Verlag, ein Imprint der
dp DIGITAL PUBLISHERS GmbH
Made in Stuttgart with ♥
Alle Rechte vorbehalten

Das letzte Vermächtnis

ISBN 978-3-98778-025-7
E-Book-ISBN 978-3-98637-983-4
Hörbuch-ISBN: 978-3-98778-059-2

Covergestaltung: Anne Gebhardt
Umschlaggestaltung: ARTC.ore Design
Unter Verwendung von Abbildungen von
stock.adobe.com: © rafael castro/EyeEm, © Givaga, © Alexmar,
© Marcin
shutterstock.com: © lzf, © Dmitriy Nikiforov
neo-stock.com: © Tom Parsons
elements.envato.com: © 315700
Lektorat: Katrin Gönnewig
Satz: dp DIGITAL PUBLISHERS GmbH
Druck und Bindung: Books on Demand GmbH, Norderstedt

Für meine Familie,
für mich das schönste Abenteuer

Dichtung und Wahrheit

Alle in diesem Buch erwähnten Geschichten von historischen Persönlichkeiten aus dem altertümlichen Alexandria sowie deren Entwürfe von Konstruktionen, Mechanismen und Trickfallen basieren auf dem heutigen Kenntnisstand über die damalige Zeit. Auftretende Charaktere sind jedoch fiktiv und Ähnlichkeiten mit existierenden Personen rein zufällig.

Die antike Bibliothek von Alexandria bildete im Zeitraum vom dritten Jahrhundert vor bis ins vierte Jahrhundert nach Christus den bedeutsamsten Treffpunkt der Wissenschaft und Philosophie. Bis zu einer halben Million Schriftrollen lagerten in der Hauptbibliothek, dem Museion, und der drei Kilometer entfernten Tochterbibliothek, dem Serapeum. Wissenschaftler wie Archimedes, Aristarchos oder Euklid verkehrten in diesen Hallen und schrieben Entdeckungen und Erfindungen nieder, die ihrer Zeit weit voraus waren.

Trotz gesicherter Hinweise zur Existenz der Bibliothek gelten alle dort gelagerten Dokumente als zerstört oder verschollen. Bisher. Im Jahr 2002 übernahm die neu erbaute und öffentlich zugängliche Bibliotheca Alexandrina das Erbe dieser Legende.

Sämtliche beschriebene Schauplätze, Städte, Inseln und Bauten existieren auch in Wirklichkeit und können besucht werden.

»Außerdem gibt es in Alexandrien sehr hohe Tempel, unter denen sich vorzüglich das Serapeum auszeichnet, (...), dass nach dem Kapitol, in dem das ehrwürdige Rom der Ewigkeit trotzt, in der weiten Welt nichts Prächtigeres zu sehen ist.«

Ammianus Marcellinus (Röm. Geschichtsschreiber, 330–395 nach Christus)
Werk: Res Gestae, XXII, 16

Prolog

Jerusalem, Judäa, römische Provinz, vierzehntes Amtsjahr des Cäsar Tiberius

»Das Schicksal der Welt liegt nun in deinen Händen«, wisperte der sterbende Mann.

Josef sank in die Knie. Ein Blitz ließ ihn aufschrecken und Donner grollte, als wollte der Himmel diesen Worten Nachdruck verleihen. Eine dunkle Wolkenfront raste über die Stadt, und ein Aprilregen prasselte auf die Trauernden, die Soldaten und die Schaulustigen herab, die fröstelnd die Schultern hochzogen.

Ein Blitz schlug in einer Zypresse ein, die Menschenmenge stob augenblicklich auseinander. Sogar die römische Wache suchte Unterschlupf in einem nahe gelegenen Unterstand. Nur Josef blieb, um ein letztes Mal allein mit seinem Freund zu sein.

Mit Tränen in den Augen blickte er zum Gerichteten auf, es kostete ihn Überwindung, nicht wegzuschauen. Tiefe Fleischwunden übersäten dessen Körper, grausame Zeugen erlittener Folter und Bestrafung. Josef zerriss es innerlich vor Wut und Trauer. Die Ohnmacht darüber, der Hinrichtung seines Mentors tatenlos zusehen zu müssen, peinigte ihn bis zur Unerträglichkeit.

»Hast ... hast du die Schatulle an einen sicheren Ort gebracht?« Der Todgeweihte schien seine letzte Kraft in jedes der Worte zu stecken.

Josef biss sich auf die Lippen. Die Schatulle. Ein kleines, schmuckloses Kästchen aus dunklem Holz, mit viel Geschick gefertigt. Darin befanden sich eine Papyrusrolle und ein Gegenstand, dessen Zweck er nicht verstand und sein Mentor nicht weiter erläuterte. *Das Schicksal der Welt.*

Josef blickte in die trüber werdenden Augen des Sterbenden auf. »Natürlich, sorge dich nicht! Die Schatulle ist gut versteckt, und niemand außer mir kennt den Ort. Aber wozu soll ich sie nach Ägypten bringen?«

»Josef von Arimathäa«, flüsterte der Mann mit rasselndem Atem, »ich weiß nur eines: Das ist nicht das Ende, sondern erst der Anfang. Habe keine Angst, ich werde immer bei dir sein.«

Erst jetzt bemerkte Josef, dass der Regen nachgelassen hatte und das Gewitter weiterzog. Die Freunde und Familienmitglieder des Sterbenden kehrten zurück und versammelten sich vor dem Gekreuzigten. Bitteres Wehklagen erscholl, und eine Frau schrie: »Yeshua, warum hast du uns verlassen?«

Aber Jesus antwortete ihr nicht. Stattdessen blickte er ein letztes Mal zum Himmel und sprach, diesmal laut und klar: »Es ist vollbracht.«

I

Alexandria, Ägypten

Donnerstag, 16. März, 18.15 Uhr

Yasmin atmete tief durch und klappte ihren Laptop zu. Das letzte Tageslicht drang durch das Glasdach der Bibliotheca Alexandrina und verlieh den Innenräumen einen mystischen Glanz. Außer ihr befand sich niemand mehr in der Haupthalle der Bibliothek, mit zweitausend Plätzen der größte Lesesaal der Welt.

Wie immer genoss die Fünfunddreißigjährige den Abschluss ihres Arbeitstages an diesem magischen Ort. Trotz der modernen Einrichtung fühlte sie sich darin stets als Teil einer uralten Legende. Schon als Kind hatten sie die lebhaften Geschichten ihres Vaters über das antike Alexandria fasziniert: Wie sich Wissenschaftler und Philosophen eifrig über die Rätsel der Welt ausgetauscht und das Wissen der Menschheit gemehrt hatten. Ein Hauch jener Vergangenheit war für sie in diesem aus Holz, Stahl und Glas gefertigten Gebäude immer noch vorhanden.

Yasmin hätte für ihre Dissertation in ihrer Wohnung bleiben oder sonst wohin gehen können, sie benötigte nur Internetzugang und ihre Bücher. Aber dieser Ort des gespeicherten Wissens, direkt an der Küste und nahe den Überresten der ursprünglichen Bibliothek gelegen, inspirierte sie.

Der Saal hatte bereits vor fünfzehn Minuten geschlossen. Doch Hamadi, ein Aufseher, ließ sie immer etwas länger bleiben. Obwohl sie zehn Jahre älter war als er, nutzte der junge Mann seine Rolle als Hüter der Ordnung nur zu gern aus.

Einmal hatte er sie zu einer von ihm geführten Tour im ganzen Komplex überredet. Von ihrem Vater wusste sie bereits, dass in den Nebengebäuden ein Planetarium sowie mehrere Museen untergebracht waren, unter anderem mit archäologischen Sammlungen und seltenen Manuskripten. Neu hingegen war ihr Hamadis Informationen darüber, dass die Bibliotheca Alexandrina eine vollständige Kopie des gesamten Internets seit 1996 besaß und sich aktiv am »Million Book Project« beteiligte. Dabei werden Bücher der vergangenen Jahrhunderte Seite für Seite gescannt und online der Welt zur Verfügung gestellt.

Sie schmunzelte. Hamadi mochte nett und zuvorkommend sein, aber gegen ihren Freund machte er keinen Stich. Und morgen war Freitag, was bedeutete, dass die Bibliothek wie alle anderen öffentlichen Gebäude geschlossen blieb und sie den Tag mit ihrem Schatz verbringen würde. Auch ihre Dissertation zum Doktor in Sprachwissenschaften schickte sie freitags in eine Auszeit. Eine Beziehung wollte schließlich gepflegt werden.

Beim Gedanken an ihn durchlief sie ein wohliger Schauer. Seine Mischung aus Charme, Intelligenz sowie das richtige Maß an Verwegenheit wirkte auf sie unwiderstehlich, sie kam sich vor wie ein verliebter Teenager. *Ich muss ihm nur noch das Rauchen abgewöhnen*, dachte sie mit einem Seufzer.

Yasmin schulterte ihre Tasche und verließ den Lesesaal. Als sie in Richtung Ausgang ging, kam ihr der

Korridor dunkler als gewöhnlich vor. Stimmte etwas mit der Beleuchtung nicht?

»Hamadi?« Ihre einsame Stimme hallte durch die leeren Gänge.

Yasmin verdrängte ihr mulmiges Gefühl und lief weiter. Wahrscheinlich hatte der Aufseher noch etwas zu erledigen.

Entschlossen schritt sie auf die Ausgangstür des Lesesaales zu. Plötzlich löste sich von der Seite ein Schatten, packte sie an den Armen und stieß sie brutal an die Wand. Der Mann trug eine schwarze Wollmaske über dem Gesicht, sein übler Atem schlug ihr entgegen. Mit rauer Stimme sagte er: »Massa' al-Kheir, ya habibti.« *Guten Abend, Schätzchen.*

Doch er legte sich mit dem falschen Schätzchen an. Sofort zog sie ihr Knie hoch und rammte es ihm direkt in den Schritt. Der Mann jaulte auf, ließ sie abrupt los und fiel wimmernd zu Boden. Ohne sich umzudrehen, rannte Yasmin durch die Tür in den Korridor, der zum Ausgang des Gebäudes führte. Adrenalin schoss durch ihren Körper.

In diesem Moment entdeckte sie eine andere Gestalt nahe beim Ausgang. Zu ihrer grenzenlosen Erleichterung erkannte sie die Silhouette von Hamadi. Sie schrie seinen Namen.

Hastig drehte sich der junge Mann zu ihr um. »Hast du das Licht ausgemacht, Yasmin?«

Wie aus dem Nichts erschien hinter Hamadi eine weitere, unmaskierte Person. Bevor Yasmin reagieren konnte, riss die Gestalt dem Aufseher den Kopf nach hinten und schnitt ihm mit dem Messer die Kehle durch.

Yasmin schrie auf, Blut schoss über Hamadis Uniform. Der Killer ließ den jungen Mann wie ein Stück Müll zur Seite fallen.

Bevor Yasmin reagieren konnte, hielt sie jemand von hinten fest und drückte ihr einen nassen Wattebausch auf die Nase. Unter Tränen sah sie den toten Hamadi in einer Blutlache liegen.

Bevor ihre Sinne in die Dunkelheit entschwanden, bemerkte sie als Letztes ein goldenes Funkeln im Grinsen des Mörders.

II

Tal der Könige, Luxor, Ägypten

Freitag, 17. März, 06.35 Uhr

Der Archäologiestudent Daniel Preisner versenkte schläfrig den Spaten in der Erde und ahnte nicht im Geringsten, dass ihm heute eine unglaubliche Entdeckung bevorstand. Ein Fund, der sich seit Jahrtausenden zu verbergen wusste und dem es immer wieder gelang, ungebetene Gäste fernzuhalten. Und dies auf martialische Art und Weise.

Der letzte kühle Wind blies von der Wüste her und die Morgendämmerung tauchte die umliegenden Hügel in ein schales Licht. Vorerst störten nur ein paar Arbeiter die Ruhe im Tal der Könige, doch bald würden die ersten Touristen auf dem Weg vor ihm zu einer der größten Attraktionen Ägyptens pilgern: dem Grab des Pharao Tutanchamun.

Manchmal konnte er kaum glauben, dass sein jetziger Boss ausgerechnet ihn, den Studenten aus Leipzig, ausgewählt hatte. Praktika waren in Ägypten generell, vor allem aber in Luxor äußerst begehrt. Und aufgrund der Reputation und der Herkunft seines Chefs bewarben sich etliche Studierende auf diese Stelle.

Daniel suchte das große Abenteuer, obwohl ihm viele einredeten, dass er eher Mathematiker werden sollte. Doch kostbare Artefakte, uralte Schriftrollen und verblichene Skelette erwarteten ihn zuhauf in der Nähe der Pharaonengräber, da war er sich sicher.

Gewesen.

Seit fünf Monaten ackerte er sich nun durch den Wüstensand. Außer ein paar Tonscherben und wertlosen Münzen hatten er und das Team nichts gefunden, rein gar nichts. Alle zweifelten daran, dass das, wonach sie suchten, überhaupt existierte. Zehn Stunden schufteten sie jeden Tag in den vier mal vier Meter großen Aushubsenken. *Früher nannte man das Sklavenarbeit,* dachte sich der Neunzehnjährige. Und die ägyptischen Sklaven hatten zumindest Pyramiden erschaffen, während er nur quadratische Löcher hinterließ, um sie hinterher wieder mit Sand aufzufüllen. Schließlich könnten unaufmerksame Touristen hineinfallen und sich die Beine brechen.

Zu Beginn des Praktikums hatte sein Enthusiasmus keine Grenzen gekannt. Er hatte den morgendlichen Weg mit der altertümlich anmutenden Fähre über den Nil und die anschließende Taxifahrt mit einem stetig plaudernden Fahrer namens Mohammed genossen. Jeder Spatenstich, jede Tonscherbe versprach eine Chance auf einen Jahrhundertfund. Die Ausgrabungsstätte erhielt die provisorische Deklaration »Kings Valley 66«, kurz KV66, und allein die Nähe zu den zahlreichen spektakulären Pharaonengräbern faszinierte ihn.

Der fehlende Erfolg, der alltägliche Trott sowie die ewige Sonne zermürbten jedoch das Team zusehends. Daniel vermisste seine Freunde zu Hause in Deutschland, den Regen und sein Freiberger Pils.

Achmed, ein ägyptischer Ausgrabungshelfer gleichen Alters, war sein einziger Lichtblick. Seit ein paar Wochen buddelten sie zu zweit in der Schlangengrube, wie ihr Boss die Senken nannte, und lernten sich so immer besser kennen. Obwohl sie sich eher rudimentär auf Englisch verständigten, fühlte Daniel schon nach kurzer Zeit eine besondere Nähe zu Achmed. Sie brachten sich gegenseitig einige Wörter aus ihrer Muttersprache bei und verkürzten sich den Arbeitstag mit Blödeleien. Mit Achmed verband ihn eine Freundschaft, vielleicht sogar mehr, und das verlieh ihm täglich neuen Antrieb. Aber er wusste auch, dass diese Verbundenheit abrupt ein Ende finden würde, sobald Achmed die Wahrheit über seine Herkunft erfuhr. *So einfach ist das.*

Daniel wandte sich wieder der Arbeit zu. Ihr Aushubquadrat lag direkt am Fuße eines Hügels am Eingang des östlichen Tales. Der fast senkrechte, nackte Felsen schloss die Grube zu einer Seite ab. Der Boden gab seinen steinharten Inhalt nur widerspenstig frei. Ein engmaschiges schwarzes Netz, das auf Pfosten wie ein Dach über der Vertiefung hing, diente ihnen als Sonnenschutz. Neben ihm und Achmed arbeiteten diesen Freitag nur der Boss und dessen Assistent, Jemal. Alle anderen Grabungshelfer, allesamt Muslime, genossen ihren freien Tag. Insgeheim hoffte Daniel, dass er selbst der Grund war, weshalb Achmed ebenfalls freitags arbeitete und dafür den Samstag freinahm. Doch dies nachzufragen, getraute er sich nicht.

Die beiden jungen Männer gruben noch keine Stunde, als Daniel an der Felswand etwas freilegte. Zuerst glaubte er, es handle sich nur um einen Fleck, und hieb drei weitere Male mit dem Pickel rund um die gleiche Stelle.

»Achmed!«, rief er erregt, als ihm klar wurde, dass es sich nicht um eine Verunreinigung handelte. Der Gerufene eilte zu ihm, folgte seinem Blick und sah es ebenfalls.

Als könnte er seinen Augen nicht trauen, strich Daniel mit den Fingern über die Stelle und bemerkte eine Vertiefung. Mit dem Fingernagel befreite er den Sand aus der Kerbe, und nun erkannten sie ein Zeichen, einer keimenden Pflanze ähnlich.

»Eine Hieroglyphe, gehauen in die Felswand«, flüsterte Daniel andächtig. Vorsichtig schabten sie die Stelle rundherum frei und förderten noch mehr Hieroglyphen ans Tageslicht, bis schließlich ein vertrautes Symbol zum Vorschein kam. Die meisten Menschen kannten es, aber nur die wenigsten wussten, was es bedeutete und woher es stammte. »Anch, das altägyptische Zeichen für das Leben. Oder des Todes, je nach Kontext.« Daniels Herz fing an zu pochen, als fehlte ihm auf einem Lottozettel nur noch eine Zahl bis zum Hauptgewinn.

Einige Könige im alten Ägypten trugen dieses Zeichen in ihrem Namen. So auch der berühmteste unter ihnen, der dafür verantwortlich war, dass sich Daniel überhaupt für Ägyptologie zu interessieren begann: Tutanchamun.

Achmed riss ihn aus seinen Gedanken: »Sollten wir nicht den Boss rufen?« Daniel stand entschlossen auf und holte eine Schaufel und das Pinsel-Set. »Wir schauen zuerst, ob da noch mehr ist. Dann können wir es immer noch melden.«

Achmed schaute sich etwas skeptisch um, kniete dann aber wie Daniel hin und gemeinsam legten sie behutsam Zeichen um Zeichen frei. Schließlich blickten sie auf eine vollständige Schrifttafel.

»Das ist wunderschön«, flüsterte Daniel ehrfürchtig.

»Kannst du übersetzen?«, fragte Achmed.

Daniel verneinte. Ihm war die Bedeutung einzelner Symbole vertraut, aber er konnte sie nicht in einen Zusammenhang bringen.

Sie fuhren erschrocken herum, als eine bedrohliche Stimme direkt hinter ihnen erscholl und donnerte: *»Der Tod wird auf schnellen Schwingen zu demjenigen kommen, der die Ruhe des Pharaos stört.«*

Mit einem breiten Grinsen fügte Jill Carter hinzu: »Gratuliere, Jungs. Ihr wurdet soeben erstklassig verflucht!«

III

Heute ist ein guter Tag, um verflucht zu werden, dachte Jill.

Sie blies sich eine Haarsträhne aus dem Gesicht und stieg in die Grube hinunter. Daniel und Achmed wichen wie ertappte Diebe zur Seite.

Jill kniete vor der Hieroglyphentafel nieder. Sanft strich sie mit einem Pinsel über die Zeichen, als handelte es sich um ein bisher unbekanntes Fresko von Leonardo da Vinci. Einige Hieroglyphen wiesen noch Farbreste auf. Jill deutete dies als ein Merkmal dafür, dass die Gravur vor langer Zeit verschüttet worden war. *Hier liegen wir richtig. Goldrichtig.*

Jill knackte hörbar einige ihrer Fingergelenke. Sie tat dies oft, wenn sie nervös war und sich gleichzeitig konzentrieren musste. Eine für Umstehende manchmal irritierende Angewohnheit.

Sie brauchte einen Erfolg, dringend. Seit drei Jahren wartete sie auf eine Entdeckung wie diese. Drei lange, mühselige Jahre. Ein Jahr hatte die Neununddreißigjährige für die Bewilligungen und das Organisieren der Sponsoren benötigt. Als Engländerin und zudem noch als Frau hätte sie ohne ihren berühmten Onkel nie die Erlaubnis erhalten, hier in Ägypten Ausgrabungen zu machen, schon gar nicht im Tal der Könige. Jill musste etliche Beamte und schließlich sogar den Minister für Kultur und Altertümer überzeugen, dass ihre Grabung eine Win-win-Situation für alle Beteiligten darstellte.

Luxor wurde immer noch mit schrecklichen Terroranschlägen verbunden und konnte gute Publicity gebrauchen.

Nach einer ersten, äußerst enttäuschenden Grabungssaison erhielt sie nur wegen ihres Namens und etwas Bakschisch an den richtigen Stellen die Erlaubnis für weitere Arbeiten. Inzwischen war Mitte März bereits vorbei, bald würde es für Grabungsarbeiten zu heiß. Von Mai bis September glich Oberägypten einem Glutofen. Außerdem drohte ab April der Chamsin, ein sengender Wüstenwind, der oft mehrere Tage als Sandsturm wütete.

Und nun lag vor ihr ein jahrtausendealter, verheißungsvoller Fluch. Ein guter Indikator für wertvolle Gräber und Stätten, nur leider wussten dies ebenfalls alle Grabräuber der Welt.

Sie seufzte. *Jetzt nur nicht den Mut verlieren.*

»Gut gemacht, Jungs.« Jill schnappte sich eine Schaufel. »Lasst uns schauen, wie ernst der Fluch gemeint ist. Los geht's!«

Daniel und Achmed ließen sich nicht zweimal bitten. Vorsichtig hackten sie den Boden unterhalb der Hieroglyphen frei, bis sich ein Farbunterschied zwischen der Felswand und dem helleren, harten Wüstensand abzeichnete. Die Trennlinie verlief rechteckig, und je tiefer sie gruben, desto offensichtlicher zeichnete sich ein Eingang ab. Das Ziel schien nahe.

Gegen zehn Uhr morgens hörten sie auf, in die Tiefe zu graben. Begierig zu erfahren, was der Fluch zu beschützen versuchte, prügelten sie regelrecht auf den vermeintlichen Eingang ein. Dabei gruben jeweils zwei Personen, während eine pausierte.

Nachdem sie einen Meter tief in den Felsen vorgedrungen waren, kam Achmed an die Reihe. Voller Wucht schlug er mit dem Pickel in die Wand. Als diese plötzlich nachgab, fiel er der Länge nach hin und stieß einen Schrei aus. Nach einem kurzen Moment krabbelte er hastig zurück.

»Alles klar?«, fragte Daniel.

Doch Achmed stotterte nur: »Da ... da ist jemand!«

Jill hob skeptisch eine Augenbraue. Sie zog eine Mini-Stablampe aus der Brusttasche ihres Hemdes hervor und leuchtete damit in die Öffnung hinein. Ein etwa zehn Meter langer und zwei Meter breiter Korridor erstreckte sich vor ihr. Der Schein ihrer Lampe glitt an den Wänden entlang und ließ altägyptische Zeichnungen und Reliefs von beeindruckender Schönheit sichtbar werden.

Sie wischte sich den Schweiß von der Stirn. Was immer sie hier entdeckt hatten, würde in die Geschichte eingehen. Heutzutage mauserte sich ein solcher Fund schnell zur Sensation.

Doch auf dem Boden entdeckte sie zwei Skelette. Sie stieß einen leisen Fluch aus. *Zu früh gefreut.*

Als sie sich wieder zu den anderen wandte, konnte Daniel seine Aufregung nicht verbergen. »Und? Dr. Carter, was ist da drin?«

»Ihr habt einen unterirdischen Korridor mit ausgiebigen Wandmalereien entdeckt. Es könnte sein, wonach wir suchen«, erwiderte Jill nachdenklich. »Die schlechte Nachricht ist: Am Boden liegen die Überreste von zwei Leichen. Ich schätze, die hatten bereits vor Jahrtausenden ein Date mit Osiris.«

Achmed schien die Anspielung auf den ägyptischen Totengott zu überhören und schaute verdutzt in die Runde. »Wieso schlechte Nachricht?«

»Vermutlich waren es Grabräuber«, antwortete Daniel enttäuscht.

Und Jill fügte hinzu: »Wir kommen wieder einmal zu spät.«

IV

Daniel holte auf Anweisung seiner Chefin rasch drei Mundschutz-Masken aus dem Zelt. Achmed schaute die Masken mit Unbehagen an. »Warum müssen wir die Dinger anziehen?«

Jill nickte kurz zu Daniel, und dieser erklärte: »Da drin erwartet uns der wahre Fluch der Pharaonen: abgestandene, jahrhundertealte Luft voller Keime, Pilze und Sporen. Tatsächlich sind früher etliche Archäologen nach Entdeckungen von ägyptischen Grabkammern an unheimlichen Krankheiten gestorben, wodurch zahlreiche Legenden über Pharaonenflüche entstanden. Heute nimmt man an, dass diese Leute ein schlechtes Immunsystem hatten oder an Tuberkulose litten. Ein leichtes Spiel für Keime, weil es damals noch keinen Mundschutz gab.«

Jill hakte gespielt schulmeisterlich nach: »Und wie heißt der Pilz genau?«

»Aspergillus Niger. In Grabkammern sieht dieser Pilz wie abgeblätterte Wandfarbe aus, sogar Mumien sind manchmal davon befallen«, antwortete Daniel und erhielt dafür einen anerkennenden Blick von seiner Mentorin.

Nachdem sie den Durchgang freigelegt hatten, trat Jill ein paar Schritte zurück. »Daniel, bring die Schulterkamera und meinen Rucksack mit der Ausrüstung her, wir gehen rein. Achmed, wir brauchen zwei LED-Akku-Scheinwerfer.«

Während sich ihre Helfer davonmachten, begutachtete Jill nochmals die Hieroglyphen aus der Nähe. Ein Schaudern überkam sie. *Na, Onkel, jetzt bin ich an der Reihe!*

Als Achmed und Daniel zurückkehrten, gab sie die letzten Instruktionen. »Also, Jungs, nichts anrühren, und passt auf, wo ihr hintretet. Daniel, du dokumentierst das Geschehen. Halte die Kamera ruhig und vermeide ein zu heftiges Rumschwenken. Alles klar?«

Daniel schulterte die Kamera, schaltete die Beleuchtung ein und atmete durch. Achmed rührte sich jedoch nicht von der Stelle.

Jill winkte ihm zu. »Komm mit, du hast es dir verdient.«

Doch Achmed zeigte sorgenvoll auf die Hieroglyphen. »Zwei Tote sind schon drin. Der Fluch ist … sehr gefährlich. Geht ihr allein!«

»Wie du meinst. Falls du plötzlich eine Mumie hier rausrennen siehst, halte sie mit deinem Pickel in Schach!« Mit diesen Worten zog Jill ihren Mundschutz hoch. Achmed lachte nicht darüber, sondern hielt das Werkzeug entschlossen fest.

Als Erste stieg Jill in die Öffnung, Daniel folgte ihr. Die Akku-Scheinwerfer tauchten die teils farbigen Wandmalereien in ein helles Licht. Am Ende des Korridors zweigte der Weg links ab. Trotz Mundschutz stieg ihnen der gleiche Gestank in die Nase wie in den meisten unterirdischen Kammern in Ägypten: der Geruch von alten Socken.

Jill blickte auf ihre analoge, etwas in die Jahre gekommene Armbanduhr und sagte in die Kamera: »Zeitpunkt der ersten Besichtigung: 10:17 Uhr. Wir inspizieren zuerst die Leichen am Boden hier.«

Die Trockenheit hatte dafür gesorgt, dass sich die ledrig aussehende Haut in einem erstaunlich guten Zustand befand. Auch von den simplen Gewändern war das meiste erhalten geblieben. »Der Verwesungsgrad der Körper und die Beschaffenheit ihrer Kleidung deuten darauf hin, dass die beiden schon seit Jahrtausenden hier liegen«, sagte sie. »Die Beckenform lässt auf Männer schließen. Der lange Holzstab hier scheint ein Hirtenstab zu sein. Da ihnen offenbar kein Ausweg blieb, ist der eine wahrscheinlich verhungert, und der andere«, sie deutete auf den Schädel, der wie ein fallen gelassener Tonkrug völlig zertrümmert dalag, »ist an Kopfweh gestorben. Heftiges Kopfweh. Vielleicht haben sie sich gestritten.«

Daniel hielt mit der Kamera auf die beiden Leichen. »Das sieht eher nach dem Werk eines Baseballschlägers aus. Der dünne Hirtenstab reichte dazu kaum aus.«

Jills Gedanken führten in eine andere Richtung. »Die beiden haben keinerlei Beute bei sich, eventuell war das Grab bereits geplündert. Dann hat der Chamsin die beiden Unglücksraben überrascht. Der Sturm hat den Eingang zugeweht und sie zum Tod in einer leeren Gruft verdammt.«

Sie drehte sich von den Mumien weg und ließ ihren Blick durch den Korridor wandern. »Ist dir klar, dass wir seit Ewigkeiten die ersten Menschen sind, die diesen Raum betreten?«

Daniel antwortete nicht und filmte mit offenem Mund die Malereien an den Wänden.

»Halte deine Kamera auf diese Figuren hier.« Jill deutete auf das Bild eines Mannes und einer Frau. »Die Frau scheint die Göttin Hathor zu sein. Mit ihrer rechten Hand hält sie das Zeichen des Anch an die Nase des Pharaos, als Symbol des Lebenshauches.«

»Denken Sie, wir haben *ihn* gefunden?« Daniel atmete nervös unter dem Mundschutz. Obwohl in dieser Kammer eine angenehme Kühle herrschte, stand tropfenweise Schweiß auf seiner Stirn.

Jill ging ein paar Schritte vorwärts und studierte die Inschriften und Zeichnungen an der Wand. »Ich bin mir nicht sicher, wer oder was hier ist. Oder war. Aber das finden wir bald heraus.«

Daniel warf ihr einen skeptischen Blick zu. Je weiter sie in den Korridor vordrangen, desto beeindruckender wirkten die Fresken. Direkt unter der Decke klafften einige faustgroße runde Löcher.

Ein komisches Gefühl beschlich Jill. Irgendetwas stimmte hier nicht. Zwei tote, eingeschlossene Grabräuber ohne Beute. Einer davon mit einem zertrümmerten Schädel.

Was ist hier passiert?

Ihr Blick blieb auf der Darstellung einiger Tiere hängen: Ein Sklave führte einen jungen Elefanten und einen Bären an einer Leine zum Pharao. Als exotische Tribute zollte man auf diese Weise dem König gegenüber Respekt und Hochachtung. Die Abbildung erinnerte Jill an das Relief eines Ursus arctos syriacus – einen syrischen Bären – an der Westseite des Luxor-Tempels. Gleichzeitig rief das Bild bei ihr eine Phrase ins Gedächtnis: *It's easy to miss something you're not looking for.*

»Was haben Sie gesagt, Dr. Carter?« Daniel schien gänzlich von den Wandmalereien gefangen zu sein. Mit jedem weiteren Schritt kamen ungewöhnlichere Bilder zum Vorschein.

»Es ist leicht, etwas zu verpassen, wonach man nicht sucht«, wiederholte Jill. »Hast du nie den *Moonwalking Bear* gesehen?«

Daniel schaute seine Mentorin verwirrt an. »Ich glaube nicht.«

»Es ist ein kurzer Film, ein sogenannter Awareness-Test«, fuhr Jill fort. »Zwei Teams mit je fünf Basketballspielern dribbeln etwa eine halbe Minute umher. Ein Team ist weiß gekleidet, das andere schwarz, und jedes Team hat einen Basketball. Die Aufgabe für den Zuschauer lautet, die Anzahl Pässe des weißen Teams zu zählen, während das schwarze Team im ganzen Durcheinander ebenfalls mitspielt. Die Antwort am Schluss des Filmes ist aber irrelevant.«

Jill ließ den Blick nicht von den Wänden. »Der Clou ist, dass sich im Verlauf des Spiels jemand in einem schwarzen Bärenkostüm durch die Szene tummelt und dabei den Moonwalk tanzt. Die meisten Leute, mich inklusive, bemerken den schwarzen Bären nicht, weil alle eifrig die Pässe des weißen Teams zählen. Darum: Es ist leicht, etwas zu verpassen, wenn man nicht danach Ausschau hält.«

»Ehrlich gesagt verstehe ich nicht, warum Sie mir das erzählen, Dr. Carter.« Daniel filmte weiter und lief dabei langsam an ihr vorbei. »Sehen Sie denn hier eine Salsa tanzende Mumie oder ...«

Er konnte den Satz nicht beenden, weil Jill ihn unsanft am T-Shirt packte und auf die Seite gegen die Wand stieß.

»Keinen Schritt weiter!«, sagte sie, ohne ihren verdutzten Praktikanten anzusehen.

V

Daniel keuchte unter seiner Schutzmaske. »Habe ich etwas Falsches gesagt oder ...«

»Hast du bemerkt, wie die Malereien immer farbiger und faszinierender werden?« Jill deutete links auf eine Reihe seitwärts gehender Frauen in leuchtenden Gewändern mit buntem Kopfschmuck. »Man kann seinen Blick fast nicht davon abwenden. Wer hier durchläuft, gafft links oder rechts umher und staunt wie ein Tourist beim ersten Mal am Times Square. Man schaut überallhin«, ihr Blick wanderte langsam auf den Boden vor ihnen, »nur nicht, wo man läuft.«

Jill kniete sich hin und schob den Staub der Jahrhunderte auf die Seite. Dort lag neben Sand, Schmutz und Tonscherben eine grünliche Substanz, die sie nicht einzuordnen vermochte. Dünne Rillen kamen zum Vorschein, die die beiden Wände wie Linien verbanden. Sie zog einen kleinen Pinsel aus ihrer Tasche und reinigte einige der Vertiefungen.

Vielleicht täusche ich mich ...

Vorsichtig blies sie ein paar der Rillen frei. Einen Moment später stand sie auf, lief zum Eingang hin und rief zu Achmed: »Reich mir bitte eine Schaufel rein.«

Wenig später kehrte sie zu Daniel zurück, drehte die Schaufel um und stemmte deren Stiel schräg in die Rillen.

Der Boden sank ein. Wie aus dem Nichts fuhren von links und rechts kopfgroße Rammsteine aus der Wand und trafen mit einem lauten, dumpfen Knall wenige Zentimeter vor Jills Kopf zusammen.

Daniel schrie auf und ließ vor Schreck fast die Kamera fallen. Sobald Jill den Schaufelstiel entlastete, wichen die Rammsteine zurück und fügten sich wieder nahtlos in das Muster der Wand ein. Auch das heruntergedrückte Bodenstück nivellierte sich mit dem restlichen Grund. Die Rillen sorgten dafür, dass die Rammsteine für nachlässige Beobachter beinah unsichtbar waren.

»Eine Zangenfalle, auch Nussknacker genannt«, sagte Jill mit Bewunderung in der Stimme. »Du siehst, es ist einfach zu verpassen, wonach man nicht sucht!« Sie klatschte Daniel auf die Schulter, sodass dieser nochmals zusammenfuhr.

Jill löste die Falle noch einmal aus. »Der Nussknacker wird durch das Gewicht des Unglücklichen ausgelöst. Der nach unten gedrückte Boden überträgt die Last auf halbkreisförmige Zangen wie bei einem richtigen Nussknacker. Nur wird statt einer Nuss …«

»… der Kopf geknackt, ich verstehe.« Daniels Hände zitterten leicht.

»Die Einzelteile der Mechanik müssen allesamt aus hartem Stein gefertigt worden sein, sonst hätte dieses Prachtstück die Zeit kaum überdauert«, sagte Jill. »Die Bauherren der Pharaonen waren die besten Ingenieure ihrer Zeit. Ihre Trickfallen eigneten sich perfekt dazu, um ungebetene Eindringlinge fernzuhalten.« Spöttisch fügte sie hinzu: »Solche Fallen funktionieren nie wie in Hollywoodfilmen. In der Realität wurde noch nie eine Schatzkammer entdeckt, aus deren Wänden plötzlich Pfeile hervorschießen. Zudem war es früher technisch unmöglich, dass Lichtstrahlen irgendwelche Mechanismen auslösen. Und durch die Entdeckung noch so heiliger Artefakte ist noch nie jemand in Flammen aufgegangen.«

Daniel nickte, und Jill ergänzte: »Echte Trickfallen sind simpel und für die Ewigkeit gemacht: Lange Tunnel, die als Sackgassen zu vermeintlichen Grabkammern führen und unerwünschten Besuchern jegliche Orientierung rauben. Tiefe Schächte lassen unvorsichtige Eindringlinge kläglich verdursten. Falltüren klappen durch das Gewicht einer Person herunter und schließen sich durch ein Gegengewicht wieder von selbst. Dies ist die einzige Kraft, von der man bereits im alten Ägypten wusste, dass sie nie versiegt: Gravitation!«

Sie ging vorsichtig weiter. Immer wieder tastete Jill mit dem Schaufelstiel den Boden ab, um andere Überraschungen aufzuspüren. Als der Gang nach links abzweigte, verschwand der Tunnel in der Dunkelheit. Stumm winkte sie Daniel heran. Im Schein seiner Kamera wurde ihr sofort klar, dass sie am Ziel waren.

Am Ziel meiner Träume.

Jill fühlte ihr Herz wie eine Trommel in der Brust schlagen. Auf diesen Moment hatte sie so lange gewartet.

Vor ihnen stand ein prachtvolles, goldenes Tor mit zwei Flügeln, verziert mit kunstvollen Fresken und detaillierten Zeichnungen. Ein mit Hieroglyphen bedruckter Lehmklumpen verband die Enden eines halb verrotteten Seils, das mehrfach um die beiden Henkel der Portalfügel gewickelt war.

Das Siegel des Pharaos. Wahrscheinlich über dreitausend Jahre alt. Und es ist unbeschädigt.

VI

Das Siegel des Pharaos. Dis scheinlich über drau sand Jahre alt. Und es ist unbeschädigt.

10.29 Uhr

In Jills Kopf wirbelten zahllose Fragen umher: Wie war das überhaupt möglich? Was bedeutete dieser Moment für sie, für die Geschichte, für die Welt?

Und was hätte mein lieber Onkel dazu gesagt?

Die Tragweite der Entdeckung ließ sie innehalten, während Daniel ein paar Schritte vorwärts trat und als Erster die Worte wiederfand. »Sie werden so was von berühmt sein«, sagte er und filmte dabei das auf der rechten Torhälfte vorhandene Abbild eines Anubis. Als Gott der Totenriten, dargestellt als Mensch mit dem Kopf eines Schakals, hielt er in der Hand ein Was-Zepter als Symbol für Glück und Macht.

»Wir werden *beide* berühmt sein«, sprach Jill mit gedämpfter Stimme. »Und Achmed auch. Schließlich habt ihr zwei den Fluch entdeckt.«

Sie stutzte. Eine unangenehme Intuition bohrte sich wie ein kleiner Nadelstich in ihre Wahrnehmung und verhinderte, dass die Glücksgefühle sie endgültig übermannten.

Irgendetwas stimmt hier nicht.

Der Fluch des Pharaos. Die zwei toten Diebe. Der Nussknacker. Ein zermalmter Schädel.

Das unversehrte Siegel.

Niemand hat bisher versucht, es zu öffnen. Auch der zweite Grabräuber nicht.

Die Erkenntnis durchzuckte Jill wie ein Blitz.

»Warte!«, schrie sie und hechtete nach vorn.

Gerade noch bekam sie Daniels Gürtel zu fassen. Gleichzeitig bewegte sich der Boden unter seinem Fuß. Durch sein Gewicht schwang die Falltür, auf die er getreten war, nach unten auf. Daniel gab einen überraschten Schrei von sich.

Wie eine Marionette taumelte er über einem Abgrund, mit nur einem Bein stand er noch auf festem Boden. Jill zog an seinem Gürtel und versuchte, Daniel zumindest im Gleichgewicht zu halten.

Der Scheinwerfer der Kamera leuchtete den tiefen Schacht unter ihnen aus. Auf dem Grund lag eine weitere Leiche, aufgespießt auf aus dem Boden ragende Steinspitzen. Leere Augenhöhlen starrten sie an, bevor sich die Falltür durch ein Gegengewicht langsam wieder schloss und Jill ihren Praktikanten endgültig zurückzog.

Daniel keuchte laut und sah seine Chefin fassungslos an. »Vielleicht sollten wir raus hier.«

Jill lächelte. »Gerade jetzt, wo der Spaß ...« Sie hielt inne. Ein dumpfes *Tock* hallte durch den Korridor.

Darauf folgte ein unheilvolles Klickern hinter den Wänden und verriet den beiden, dass die Falltür einen weiteren Mechanismus ausgelöst haben musste. Ungläubig schauten sie sich um.

Wenn jetzt eine riesige Steinkugel auf uns zurollt, ist es definitiv an der Zeit, abzuhauen, dachte Jill.

Daniel machte ein paar Schritte zurück und drückte sich in eine Ecke des Korridors. »Was ... was geschieht hier?«, stammelte er.

Als Antwort schossen drei kleine kugelförmige Tongefäße über ihnen aus den Löchern, die Jill zuvor für Lüftungsschächte gehalten hatte. Die Tonkugeln zerbarsten an der gegenüberliegenden Wand und gaben ihren Inhalt frei. Über ihren Köpfen verteilte sich ein grüner Puder und legte sich wie ein dünner Schleier auf sie.

Jill musterte die konfettigroßen Stücke, die sanft wie Schnee herunterschwebten. »Könnte von einer Giftpflanze sein«, sagte sie. »Eventuell eine Mandragora Officinarum, die Alraune. Wenn man die gemahlenen Blätter lange genug einatmet, kann dies zu Herzrhythmusstörungen oder Atemlähmung führen.«

Sie zerrieb etwas von dem vertrockneten Puder zwischen den Fingern. »Das Zeug ist nach all den Jahren wohl nicht mehr wirksam ...«

»Dr. Carter, der Eingang!«, rief Daniel. Er stand noch immer in der Ecke und zeigte zum anderen Ende des Gangs. Jill eilte zu ihm.

Wie eine übergroße Guillotine schob sich ein tonnenschwerer Steinblock von oben über den Durchgang und würde sie in wenigen Sekunden einsperren.

VII

»Raus hier. Jetzt!«, schrie Jill.

Die steinerne Scheibe schob sich unerbittlich von oben herab.

Daniel ließ seine Kamera fallen, rannte los und wirbelte dabei Tausende lindgrüne Flocken auf. Plötzlich überkam Jill die Gewissheit wie ein Schlag: *Daniel übersieht den Nussknacker!*

Dieser preschte ungestüm den Korridor zurück, den Blick auf den sich schließenden Ausgang gerichtet. Noch etwa vier Schritte und sein Schädel würde von den Rammsteinen zermalmt.

Noch zwei Schritte ... Jill sprang vorwärts und stieß Daniel mit der Hand in den Rücken.

Mit einem Aufschrei stürzte Daniel nach vorn, während sein linker Fuß den Nussknacker auslöste. Die beiden Steinzangen verpassten seinen Kopf um Haaresbreite. Jill selbst fiel ebenfalls der Länge nach hin und hörte das hässliche Knacken direkt über ihr. Sie spürte einen leichten Luftzug und wusste, dass ihr Kopf nur verdammt knapp nicht zermalmt worden war.

Daniel drehte sich verdattert um und stammelte: »Danke, ich ...«

»Keine Zeit, lass uns verschwinden.« Jill rappelte sich auf.

Es waren bloß ein paar Meter bis zum Ausgang, doch das Schiebetor schloss sich viel zu schnell. Die Hälfte des ohnehin winzigen Durchganges war bereits versperrt.

Sie stürzten beide wieder voran, Daniel an erster Stelle.

Es reicht nicht, dachte Jill. *Er wird es vielleicht schaffen, aber ich?*

Gerade, als die steinerne Guillotine nur noch einen halben Meter der Öffnung freiließ, keilte jemand einen Pickel zwischen den Boden und die herabfallende Scheibe.

Achmed!

Mit einem Satz sprang Daniel durch das Loch, und Achmed zog ihn sofort an den Händen nach draußen. Das volle Gewicht der Steinscheibe lastete auf den zwei Enden des Pickels.

Das Ding hält nicht lange, verdammt!

Mit einem Sprung hechtete Jill ebenfalls mit dem Oberkörper durch die Öffnung. Gleichzeitig sah sie im Augenwinkel, wie der Pickel brach und sich das Tor weiter senkte. Sie drehte sich blitzschnell auf den Rücken und zog gerade noch ihre Füße zurück, bevor sich das Tor endgültig mit einem bebenden, dumpfen Knall schloss.

Sie rangen um Atem und zogen keuchend ihre Masken ab. Jill blickte ungläubig den verschlossenen Durchgang an.

Dann begann sie, laut zu lachen. Daniel und Achmed schauten sich verdutzt an, doch Jill sagte nur: »War das ein Spaß!« Sie fühlte sich lebendig wie schon lange nicht mehr.

Daniel holte tief Luft. »Dr. Carter, woher wussten Sie von der Falltür?«

»Gar nicht«, antwortete Jill. »Aber weshalb sollte jemand, der in dieser Gruft eingeschlossen ist, das Siegel unberührt lassen? Die Lösung lautet: Sie waren ursprünglich zu dritt! Die ersten beiden kamen durch den Nussknacker und die Falltür um und der Letzte starb am Pflanzengift. Welches für uns hoffentlich nicht mehr toxisch ist.«

Daniel weitete die Augen und hustete vorsorglich ein paar Mal.

»Ich bin gespannt, wie viele Ladungen von diesen Tonkugeln noch vorhanden sind«, sagte Jill. »Sie scheinen jeweils von der Falltür aus ihren Halterungen befreit zu werden. Ein raffinierter Mechanismus, muss ich sagen.« Sie stand auf. »Kommt, es geht weiter!«

Daniel keuchte. »Dr. Carter, was haben Sie vor? Sie wollen doch nicht ...«

»Natürlich, wir gehen wieder rein!«, entgegnete Jill freudig. »Ich habe zwar keine Ahnung, wie wir das Tor anheben können. Aber zumindest wissen wir nun, was uns dahinter erwartet! Jedenfalls bis zum Siegel. Womöglich gibt es noch mehr Überraschungen«, rief sie.

Daniel verdrehte die Augen. Er schien fürs Erste genug zu haben von Leichen, Fallen und Adrenalin.

Während Jill sich überlegte, ob ein Wagenheber das Tor hochstemmen könnte, eilte ihr ägyptischer Assistent Jemal mit einem Funktelefon herbei. »Dr. Carter, ein dringender Anruf für Sie!«, rief er ihr von Weitem zu.

»Nicht jetzt, Jemal, auch wenn es der Papst ist. Richte der Person aus, sie kann mich später anrufen.«

»Der Mann hat aber betont, es ginge um Leben oder Tod. Außerdem soll ich Ihnen sagen, dass ...«, Jemal wirkte plötzlich verlegen, »... dass Sie ihm seit der Geschichte in Guatemala noch einen Gefallen schulden.«

Jill blickte ihren Assistenten entgeistert an. Doch sie fasste sich schnell und bedeutete Jemal, im Hauptzelt zu warten.

Sie beugte sich zu Daniel und Achmed. »Schnell, schaufelt den Durchgang unauffällig wieder zu«, flüsterte sie. »Und erzählt Jemal nichts. Ich vermute, dass er insgeheim an die ägyptische Kulturbehörde berichtet. Sobald die von unserem Fund erfahren, werden wir sofort von hier abgezogen.«

Die beiden Helfer sahen sie zunächst überrascht an, griffen jedoch auf der Stelle zu den Schaufeln.

Jill stieg indessen aus der Grube. Der *falsche* Anrufer zur *falschen Zeit. Der Fluch des Pharaos entfaltet seine Wirkung.*

VIII

Im Hauptzelt angekommen, nahm Jill das Funktelefon von Jemal entgegen und gab ihm den Auftrag, bei den anderen Grabungsstellen nach dem Rechten zu sehen. Nachdem ihr Assistent das Zelt verlassen hatte, zog sie die Eingangs-Plane zu und schaltete zögerlich die Stummschaltung aus. »Hallo, hier ist Jill.«

»Na endlich! Carter, hier ist Alain, Alain Dumant. Ich weiß, es ist eine Weile her, aber ich brauche deine Hilfe. Heute und hier bei mir, in Alexandria. Wie schnell kannst du am Flughafen in Luxor sein?«

»Gar nicht.«

»Hör mir wenigstens zu, bitte.«

Jill seufzte. Ihr ehemaliger Studienfreund klang verzweifelt. Sie hatten seit ihrer letzten Zusammenarbeit in Guatemala jeglichen Kontakt abgebrochen. Das war vor neun Jahren, als sie in einem heftigen Streit auseinandergegangen waren. Dabei dachte sie oft an ihn.

»Du hast zwei Minuten«, sagte sie kühl. An der Cambridge University hatte sie nicht nur ihr gemeinsames Interesse für die klassische Archäologie und Ägyptologie zusammengebracht, sondern auch ihre Leidenschaft fürs Kickboxen.

Alain war in Frankreich bei seiner religiösen Mutter aufgewachsen und bezeichnete sich als Christ. Mit Kickboxen verband er ebenfalls das Leben und den Kampf auf der Straße. Aufgewachsen in einer Banlieue von Paris, hatte er sich als Jugendlicher oft draußen herumgetrieben und konnte Messerattacken ebenso geschickt abwehren wie mit fiesen Tricks Gegner ausschalten. Auf der Straße gelte das Recht des Stärkeren, sagte er oft. Seinen trockenen Humor und die mürrische Art hatte Jill als Britin vom ersten Moment an geschätzt. Nun aber klang Alain wie ein gehetztes Tier. »Hast du von den Ausgrabungen im Serapeum gehört?«

Natürlich hatte Jill das, alle Fachzeitschriften berichteten über den Fund an einer Stelle, wo in der Antike eine berühmte Bibliothek gestanden war. Ein Archäologenteam hatte dort vor einigen Monaten eine etwa dreißig Meter lange und intakte Mauerfassade freigelegt. Die Inschriften und Symbole auf dieser Wand interpretierte man als Widmungen an verschiedene Wissenschaftler des Altertums. Dies ließ aufhorchen, zumal der Fundort in Alexandria lag. Die zweitgrößte Stadt Ägyptens lag an der Mittelmeerküste und blickte auf eine lange Blütezeit in der Antike zurück.

Jill erinnerte sich, dass der bekannte türkische Archäologe Faruk Aydin die Leitung für die Ausgrabungen übernommen hatte. Kein Wunder: Wenn es um die verschollene Bibliothek von Alexandria ging, galt Professor Aydin als die Koryphäe schlechthin. Seit Jahrzehnten suchte dieser Mann nach Überresten der einst umfassendsten Bibliothek der Antike. »Bist du bei diesen Ausgrabungen mit dabei?«, fragte Jill verblüfft.

»Seit einem Jahr, ich bin erster Assistent für Professor Aydin. Gestern haben wir durch Infrarotmessungen eine versteckte Kammer entdeckt. Mittels Probebohrung haben wir ein Videoskop eingebracht und sind auf etwas ... gestoßen.«

»Was genau?«

»Das sag ich dir vor Ort, hier haben die Wände Ohren. Gestern Abend erhielt Professor Aydin einen anonymen Anruf, vermutlich ein Ägypter. Bis heute Abend um zwanzig Uhr müssen wir ein Artefakt aus der Kammer holen und ausliefern. Jemand hat unsere Entdeckung verraten.«

Jill überlegte kurz. »Womit erpressen sie euch?«

»Sie haben Yasmin. Gestern Abend wurde sie aus der Bibliotheca Alexandrina entführt und ein Aufseher wurde ermordet. Die Kidnapper drohen damit, Yasmin umzubringen, wenn wir das Artefakt nicht übergeben.«

»Wer ist Yasmin? Kenne ich sie?«

»Sie ist die Tochter von Professor Aydin.« Alain atmete tief durch. »Und sie ist seit einigen Monaten meine Freundin.«

Dass ihr Studienfreund nach all den Jahren mit einer derartigen Räubergeschichte aufwartete, machte Jill misstrauisch: »Und wieso rufst du *mich* an?«

»Wir wissen nicht, wie wir in die verdammte Kammer gelangen können«, antwortete Alain mit gepresster Stimme. »Die Wand mit der Inschrift ist über siebzig Zentimeter dick und aus massivem Felsengestein. Der Hohlraum scheint in den nackten Felsen gehauen, aber irgendwo muss ein Zugang vorhanden sein. Carter, du musst uns helfen, möglicherweise siehst du durch das Videoskop etwas, was uns entgangen ist. Sie nennen dich schließlich nicht umsonst Indiana Jill.«

Jill seufzte. Das ging ihr alles viel zu schnell. Und das Timing konnte nicht schlechter sein. Gerade eben waren sie auf einen Jahrhundertfund gestoßen, und das weitere Vorgehen musste sorgfältig geplant werden.

»Ich schlage dir ungern etwas ab, aber ich kann hier nicht weg, weil ...«

Alain unterbrach sie. »Carter, bis morgen früh bist du wieder zurück in Luxor, das verspreche ich dir. Du kannst mich jetzt nicht im Stich lassen. Außerdem schuldest du mir noch was.«

Es erstaunte Jill nicht, dass Alain diese Karte spielte. Und sie konnte es ihm auch nicht verdenken: Seine Freundin war entführt worden, wahrscheinlich von Kunstschmugglern, die selbst vor Mord nicht zurückschreckten.

Außer ihr und den zwei Helfern wusste bisher niemand von ihrem Fund, nicht einmal Jemal. Deckte man die Inschrift mit den Hieroglyphen und das Loch ab, erschien die Grabungsstelle nicht weiter auffällig. Außerdem mussten die nächsten Schritte akribisch geplant werden, sonst stand sie am Ende selbst als Grabräuberin da.

»Also gut, ich bin dabei«, sagte sie. »Holen wir deine Yasmin zurück.«

IX

10.41 Uhr

Eine Menge Fragen gingen Jill durch den Kopf, während Alain ihr erklärte, dass bereits in fünfzig Minuten eine Chartermaschine einer deutschen Reisegesellschaft nach Alexandria flog, der einzige Direktflug heute. Äußerst knapp, denn der Flughafen lag auf der anderen Seite des Nils. Und das Fährboot zur Überquerung schien sich schon jetzt für einen Ehrenplatz in einem Museum für antike Transportmittel zu bewerben.

Jill verabschiedete sich von Alain und rief hastig nach Jemal sowie Daniel und Achmed. Sie packte dazu die notwendigsten Sachen für unterwegs. »Jemal, wo ist unser Mini-Videoskop?«

Der Assistent zeigte verdattert auf einen verschlossenen Spind. »Rajab bewahrt das Videoskop in seinem Schrank auf. Doch er ist heute nicht hier, und nur er hat den Schlüssel.«

Jill sah kurz auf das Vorhängeschloss und verzog keine Miene. Kurz entschlossen entnahm sie ihrem Notizbuch eine Heftklammer, bog diese auf und öffnete das Schloss binnen Sekunden.

Sie zog das Videoskop aus dem Spind und steckte es in ihren Rucksack. »Es gibt eine Planänderung«, sagte sie. »Ich muss dringend nach Alexandria zu einer Grabung, ein alter Freund braucht meine Hilfe. Jemal, du vertrittst mich, bis ich morgen wieder zurück bin. Falls es irgendein Problem gibt, rufst du mich schleunigst an. Daniel und Achmed arbeiten weiter in ihrer Grube, sie wissen Bescheid.« Sie zwinkerte den beiden diskret zu. Dabei bemerkte sie, wie Daniel etwas verloren herumstand.

Der heutige Morgen war wohl zu viel für ihn. Kein Wunder! Jill schulterte ihren Rucksack und dachte kurz nach. *Daniel ist ein guter Beobachter.* »Willst du mich begleiten? Du müsstest allerdings den Reisepass bei dir haben. Uns bleibt keine Zeit, um bei deiner Unterkunft vorbeizugehen.«

Daniel blickte sie verblüfft an, dann nickte er und strahlte. Sofort suchte er seine Sachen zusammen. Jill fiel auf, dass nun auch Achmed verdrossen dreinblickte. Sie legte ihm die Hand auf die Schulter. »Daniel und ich sind dir sehr dankbar.« Sie zwinkerte ihm erneut zu, ohne dass Jemal es sehen konnte. Achmed lächelte und schien zu begreifen, wofür der Dank galt.

»Los, wir müssen die Fähre erwischen!« Jill lief zum Zelt hinaus und sah aus dem Augenwinkel, dass Daniel ihr eiligst folgte und dabei Achmed kurz zum Abschied zuwinkte.

Während sie zum Ausgang des Parks rannten, hoffte Jill, dass sie Daniel nicht erneut in Gefahr brachte.

X

11.13 Uhr

Der Flughafen in Luxor überraschte durch seine Modernität und seine Größe von immerhin fünf Gates. Sogar Charterlinien flogen die Stadt an und Abertausende Touristen reisten hier jährlich an und ab.

Sie erreichten den Flughafen gerade noch rechtzeitig. Am Eingang erwartete sie bereits Machmud, ein Page des Hotels, in dem Jill wohnte.

»Gut, dass ich dich erreicht habe, Machmud. Hat alles geklappt?«

Der Page nickte. »Hier sind die Flugtickets, es gab sogar noch zwei freie Sitze beim Notausgang, wie immer.«

Jill dankte es ihm mit einem Lächeln.

Der Page nahm eine Ledertasche von seinen Schultern und öffnete sie. »Und hier ist Ihr Tablet drin. Und natürlich der Flachmann.«

Jill nahm die Sachen entgegen. »Machmud, du bist der Beste!«

»Sie haben heute zudem einen Brief erhalten.« Er reichte ihr einen Umschlag mit einer englischen Briefmarke.

Jill verstaute alles in ihrem Rucksack, verabschiedete sich hastig von Machmud und rannte mit Daniel zu ihrem Gate.

Kurz darauf stiegen sie als letzte Passagiere in das Flugzeug ein. Dabei tätschelte Jill zärtlich den Rand der Einstiegstür.

Als sie sich anschnallten, nahm Jill als Erstes ihren Flachmann hervor und steckte ihn in ihre Brusttasche. Sie würde die kleine Metallflasche bald wieder auffüllen müssen, sie war fast leer. Auf die Grabungsstelle im Tal der Könige kam das Erinnerungsstück nie mit, sie wollte schließlich nicht unprofessionell wirken. Dieses Geschenk begleitete sie nun seit über zwanzig Jahren auf ihren Reisen, und die Gravur auf der metallenen Oberfläche ergriff sie in ihrer Schlichtheit immer wieder: *Be save. E. B.«*

Während der Jet auf das Startfeld rollte, nahm Jill den Brief hervor. Wie sie vermutet hatte, war er von ihrer Mutter.

Vorsichtig öffnete sie ihn. Sie genoss es, die handgeschriebenen Seiten dem Umschlag zu entnehmen und in die mit wohlbekannter Schrift verfassten Geschichten aus dem Alltag einzutauchen. Eine Textstelle weckte besonders ihre Aufmerksamkeit:

»Erinnerst Du Dich noch an den Kirschbaum, den du mit Ethan in unserem Garten gepflanzt hast? Der Stamm ist morsch und der Baum sollte gefällt werden. Aber was soll ich mit eurem Schatz machen? Soll ich ihn aufbewahren? Ich werde ihn auch bestimmt nicht öffnen! Bitte gib mir doch bald eine Antwort.«

Jill griff bei diesen Worten automatisch zum Flachmann. Vor ihrem inneren Auge erschien das Gesicht von Ethan Bellman, ihrer großen College-Liebe.

Sie musste immer noch oft an ihn denken. Über zwanzig Jahre war es her, dass sie sich kennengelernt und sogleich zueinander gefunden hatten. In ihrer

Sturm-und-Drang-Zeit hatten sie viele Dinge unternommen, an die sie sich heute noch gern zurückerinnerte.

Unter anderem auch an die Sache mit dem Kirschbaum.

Bereits in den Ferien nach dem ersten College-Jahr hatten sie hochverliebt beschlossen, gemeinsam im Garten von Jills Zuhause einen Baum zu pflanzen. Ethan hielt die Idee für romantisch, weil der Obstbaum symbolisch die Früchte ihrer Liebe tragen würde. Jill schlug vor, unter dem Baum eine Blechbüchse mit geheimem Inhalt zu vergraben. Trotz aller Romantik war ihre Mutter nicht sehr angetan von der zusätzlichen Gartenarbeit, den ihr das Gewächs bescherte, aber schließlich konnte sie ihrem einzigen Kind nichts abschlagen.

Der »Schatz« bestand schlicht aus zwei Briefen, sorgfältig in Plastiktüten versiegelt. Sie und Ethan verfassten darin ihre Gedanken und Wünsche für den anderen. Jill konnte sich nicht mehr erinnern, was sie damals für Ethan geschrieben hatte, und seinen Brief würde sie erst zu Gesicht bekommen, wenn sie die Büchse ausgruben. Das war der Deal.

Als Jill damals an der Cambridge-Universität unweit von London Archäologie und Ägyptologie zu studieren begann, hatte er ihr zum Abschied den Flachmann geschenkt. »Du, und nur du, entscheidest über deine Zukunft«, hatte er damals gesagt. Jill würde diesen Moment am Bahnhof nie mehr vergessen, insbesondere nachdem sie den ersten Schluck aus dem Flachmann getrunken hatte. Bis heute blieb sie dessen Inhalt treu.

Obwohl sie nur dreieinhalb Stunden voneinander entfernt gewohnt hatten, hatte ihre Liebe nur ein weiteres Jahr überlebt. Als Jill nach einem mehrmonatigen Feldpraktikum aus Israel zurückgekehrt war, hatte Ethan ihre Beziehung umgehend beendet. Er hatte seine Entscheidung schwammig begründet: Er sei zur Überzeugung gelangt, dass es Jill als Archäologin immer wieder in die Ferne ziehen würde, und Ethan wünsche sich weder lange Reisen noch solch ein Nomadenleben. Eine gemeinsame Zukunft könne er sich nicht vorstellen.

Sie hatte eine Weile benötigt, um die Trennung zu verdauen. Ein Teil von ihr sehnte sich nach all den Jahren immer noch nach ihm, auch wenn sie dies nie jemanden gegenüber zugeben würde. Ethan hatte schließlich eine Brünette namens Jenny geheiratet und mit ihr drei Kinder in die Welt gesetzt. Jill blieb mit Ethan befreundet, obwohl sie sich nur noch selten sahen.

Würde er nach zwanzig Jahren meinen Brief an ihn noch lesen wollen?

Jill seufzte still.

XI

»Ehm, Dr. Carter?«

Keine Zeit für die Liebe, dachte Jill und schüttelte den Kopf, als könnte sie damit die Gedanken an die Vergangenheit loswerden. Der Schatz musste warten.

Daniel blickte sie etwas verlegen an. »Ich wollte mich dafür bedanken, dass sie mir heute in der Gruft das Leben gerettet haben.«

»Heute hast du deine Feuertaufe bestanden, ich gratuliere. Der erste Fund macht immer Lust auf noch mehr Entdeckungen. Es ist wie eine Sucht, glaube mir!«

»Und welcher Fund hat Sie angefixt?«, fragte Daniel.

»Ich habe während meines Praktikums südlich von Tel Aviv an einer Ausgrabung in Strandnähe gearbeitet. Der Ort hieß Yavneh Yam, und zusammen mit anderen Studenten haben wir die Überreste eines antiken Kleinhafens ausgebuddelt. An meinem ersten Tag fand ich eine handtellergroße Tonscherbe, nichts Besonderes, mit solchen Bruchstücken füllten wir täglich mehrere Eimer voll. Aber diese eine Scherbe enthielt in der Mitte ein eingestanztes Symbol. Ich zeige es dir.«

Jill holte ihr Handy heraus. Auf dem Sperrbildschirm erschien das Foto einer Tonscherbe. Das gravierte Symbol auf der Scherbe kam Daniel nicht bekannt vor, aber es strahlte etwas Geheimnisvolles aus.

»Sieht aus wie ein X mit einem P darüber. Was bedeutet das?«

»Dies ist das Christus-Monogramm, ein altes Symbol für die Christenheit, noch älter als das Kreuz«, antwortete Jill. »Das X und das P stehen im Griechischen für *Chi* und *Rho*, die ersten beiden Buchstaben für *Christos*, also Christus. Der Legende nach sah im Jahre 312 Kaiser Konstantin der Große vor einer wichtigen Schlacht dieses Symbol am Himmel und hörte die Worte *In diesem Zeichen siege!*, woraufhin er das Christus-Monogramm auf die Schilder seiner römischen Soldaten malen ließ. Tatsächlich gewann er gegen die zahlenmäßig überlegene Armee des Maxentius und wurde anschließend alleiniger Herrscher über das Römische Reich. Ein Jahr später erließ er das Toleranzedikt von Mailand, womit sich das Christentum zur erlaubten Religion erhob und sich wenige Jahrzehnte danach zur Staatsreligion mauserte.« Jill dachte kurz nach. »Für mich bedeutete dieser Fund jedenfalls, dass ich meine Bestimmung gefunden hatte.«

»Und für mich ist es schon jetzt der spannendste Tag meines Lebens!« Daniel strahlte. »Dabei ist erst Mittag, und es geht noch weiter. Wobei genau braucht Ihr Freund einen Rat?«.

»Fangen wir von vorn an: Was weißt du über die antike Bibliothek von Alexandria?«

»Nicht viel. Sie war vor zweitausend Jahren bevölkert von Wissenschaftlern und Philosophen. Und bis heute hat man kaum Überreste davon gefunden.«

»Genau. Doch der Reihe nach: Du kennst gewiss Alexander den Großen, den berühmten Feldherrn. Ein nicht gerade bescheidener Genosse: Im vierten Jahrhundert vor Christus hat er gleich eine ganze Stadt nach sich selbst benannt: Alexandria. Seine Nachfolger, Ptolemäus I. bis III., erbauten nicht nur gigantische Monumente wie beispielsweise den Leuchtturm von Pharos, eines der sieben Weltwunder der Antike. Sie erschufen auch einen gewaltigen Tempel, ein Heiligtum der Musen.«

»Sind Musen nicht die Freundinnen von Künstlern?«

»Heute wird dieser Begriff tatsächlich so verwendet. Wird jemand *von der Muse geküsst*, weist dies auf besonders kreatives und inspiriertes Schaffen eines Künstlers hin. In der Antike waren Musen jedoch die Schutzgöttinnen der Künste. In den Heiligtümern der Musen verehrte man sie und feierte Musenkulte. Und diesen Tempel in Alexandria nannte man das Museion.«

»Klingt nach Museum.«

»Das ist kein Zufall: Aus Museion wurde im Laufe der Jahre der Begriff Museum abgeleitet. Jedenfalls wollten die ptolemäischen Herrscher etwas Gewaltiges erschaffen, um die Welt von der Bedeutsamkeit ihrer Metropole zu überzeugen. Dabei huldigten im Museion nicht nur Einheimische den Schutzgöttinnen der Künste, sondern man lud auch Gelehrte und Philosophen von weit her dazu ein. Das Museion mauserte sich zum Treffpunkt von Wissenschaftlern, und der Bedarf nach einer Lagerungsmöglichkeit für die Unmengen an Schriften entstand. Die vorhandenen Räumlichkeiten baute man im Laufe der Zeit zu einer gigantischen Bibliothek um. Doch damit nicht genug.«

Jill bemerkte zufrieden, dass Daniel gebannt zuhörte und fuhr fort. »Die ptolemäischen Herrscher befahlen, allerlei Wissen in Form von Schriftrollen zu sammeln, sei es über Geschichte, Wissenschaft, Kunst, Philosophie oder Religionen. In Alexandria ankommende Schiffe durchsuchte man nach Schriftrollen und kopierte diese anschließend. Buchbestände aus anderen Ländern kaufte man auf, und anscheinend schreckte man auch nicht davor zurück, Schriften stehlen zu lassen.«

»Also waren das die ersten Raubkopierer und Diebe.« Daniel grinste.

Jill nickte und ergänzte: »Folglich stieg die Bibliothek von Alexandria zur größten Sammlung von Wissen der damaligen Welt auf. Die Forscher heute sind sich uneinig, ob der Bestand um die fünfzigtausend Schriftrollen umfasste oder sogar mehr als eine halbe Million. Dieser Wissensfundus zog noch mehr Gelehrte und Philosophen an, und das Museion wurde zum Zentrum der Forschung und Bildung. Viele Wissenschaftler arbeiteten dort und waren mit ihren Entdeckungen und Erfindungen ihrer Zeit weit voraus.«

»Welche Entdeckungen denn?«, fragte Daniel.

»Aristarchos von Samos hat beispielsweise als Erster die These aufgestellt, dass sich die Erde um die Sonne drehte und nicht umgekehrt. Er hat dies rund 1800 Jahre vor Kopernikus behauptet! Leider glaubte ihm damals niemand, und die Theorie ging vergessen. Heron von Alexandria, ein genialer Tüftler und Mathematiker, erfand sogar die erste Dampfmaschine der Welt – den Heronsball. Dabei leitete er Dampf in eine metallene Kugel mit zwei herausragenden, abgewinkelten Auspuffrohren. Aufgrund des Rückstoßprinzips fing die Kugel an, sich zu drehen, da sie beweglich in einer Halterung lag. Das war vor zwei Jahrtausenden! Und weißt du, was danach mit seiner Erfindung geschah?«

»Ehrlich gesagt habe ich keine Ahnung«, sagte Daniel und zuckte mit den Schultern.

»Gar nichts! Die Leute fanden es bloß unterhaltsam! Eine drehende Kugel, aus der Dampf entwich! Und niemanden, auch nicht Heron, kam es in den Sinn, diese Kraft anderweitig zu nutzen. Jedenfalls wurde im Museion nicht nur diskutiert, gelehrt und geforscht, sondern ebenfalls viel geschrieben: Schreiber kopierten alte Schriftrollen, falls sie zu zerfallen drohten, und Texte in fremden Sprachen mussten übersetzt werden.«

»Und was hat das alles mit unserer Reise zu tun?«, fragte Daniel.

»Moment, ein Puzzlestück fehlt noch: In der Nähe des Museions haben die Könige einen weiteren Tempel erbaut und ihn dem Gott Serapis geweiht. Unter dem römischen Kaiser Hadrian erlangte dieses prachtvolle Gebäude, das Serapeum, den Status des bedeutsamsten Heiligtums von Alexandria. Wie beim Museion entstand auch hier eine Bibliothek, jedoch deutlich kleiner. Heute schätzt man den Umfang auf etwa zwanzig- bis vierzigtausend Schriftrollen, und man vermutet, dass im Serapeum hauptsächlich ausgesonderte Dubletten aus dem Museion lagerten.«

»Also stand das Serapeum im Schatten des großen Museions?«

»Damals sicherlich. Bis ins Mittelalter galt überall die Devise, dass neu erstellte Kopien wertvoller sind als deren Originale, die sich oft in einem schlechten Zustand befanden. Heute jedoch ist es genau umgekehrt: je älter ein Schriftstück, desto besser. Der Clou ist: Bis heute existiert auf der ganzen Welt kein einziges Dokument, dessen Herkunft dem Museion oder Serapeum zugeordnet werden kann. Die Abertausenden Schriftrollen mit dem unermesslichen Wissen der Antike sind ohne jede Spur verschwunden.«

»Aber was ist passiert? Eine halbe Million Schriftrollen können doch nicht einfach verschwinden?«

»Über die Zerstörung des Museions gibt es zahlreiche Mutmaßungen, aber keine Beweise. Beim Serapeum hingegen ist sicher, dass im Jahr 391 nach Christus ein Mob aus Christen die als heidnische Stätte verbrämte Bibliothek stürmte und alles zerstörte. Leider auch alle Schriftrollen, unter denen sich bestimmt unersetzliche Originale früherer Wissenschaftler befanden. Die heutigen Ruinen des Serapeums sind der Öffentlichkeit zugänglich. Genau dorthin führt unsere Reise.«

Ein Ruckeln ging durch das Flugzeug und unterbrach sie in ihrem Gespräch. Das Zeichen zum Anschnallen sprang an, und Jill schloss umgehend ihren Gurt.

Daniel tat es ihr nach. »Darf ich Sie etwas fragen, Dr. Carter? Warum sitzen Sie immer beim Notausgang? Sind Sie schon einmal abgestürzt?«

»Bisher bin ich immer heil gelandet«, antwortete Jill. »Ich bin auch nicht klaustrophobisch.« Sie blickte nachdenklich zum Fenster hinaus. »Ich weiß einfach gern, wie man nach draußen kommt.«

XII

Manchester, England

Vor 33 Jahren, im Sommer

Als das Mädchen auf dem Rücksitz erwachte, war ihr heiß, viel zu heiß. Schweiß tropfte auf die bereits durchnässten Kleider und die Luft im Auto trocknete ihre Kehle aus. Draußen brannte die Sonne grell, und gleißende Sonnenstrahlen blendeten sie.

»Durst!«, schoss es der Sechsjährigen durch den Kopf. Jeder Atemzug schmerzte in ihren Lungen. Mit pochendem Herzen schaute sie sich um. Alle Fenster waren verschlossen und im Auto herrschte eine unangenehme Stille.

Sie lehnte sich nach vorn, doch niemand saß auf den vorderen Sitzen. Verwirrt schaute sie hinaus. Wo befand sie sich? Das Auto stand dicht an einer Hauswand, anscheinend an der Rückseite eines Gebäudes. Rundherum sah sie einige Häuser mit Backsteinmauern, aber kein Mensch war in Sicht.

Das Mädchen versuchte, die Autotür an ihrer Seite zu öffnen. Sie war verschlossen, wie immer. Trotzdem rüttelte sie nochmals heftig an der Klinke. Durch das Schütteln wurde ihr schummrig vor den Augen.

Sie stieg zwischen den beiden Vordersitzen hindurch und probierte, die Vordertüren zu öffnen. Ebenfalls verriegelt. Die Kurbeln für die Autofenster waren schon vor langer Zeit abgebrochen, weshalb die Lüftung meistens auf der höchsten Stufe lief. Doch die

*Schlüssel steckten nicht, und nicht der geringste Luft-
hauch drang ins Auto.*

*In einem ersten Anflug von Panik klopfte das Mäd-
chen an die Autoscheibe.*

»Daddy?«

XIII

Alexandria, Ägypten

15.39 Uhr

Keine halbe Stunde nachdem ihr Flugzeug gelandet war, standen Jill und Daniel vor der Serapeum-Anlage. Ihr Taxifahrer wedelte dankbar mit seinem großzügigen Trinkgeld und brauste davon.

Jill hatte Daniel inzwischen über die Entführung und die Geheimkammer informiert und er hatte ihr mit großen Augen zugehört.

Sie blickte auf den umzäunten Park, in dem einige altägyptischen Skulpturen sowie Reste von Säulen und Mauern standen. Jill konnte erahnen, in welchem Glanz der ehemalige Tempel einst erstrahlt haben musste.

Sie zeigte auf die Mitte des Parks. »Die meisten Besucher kommen wegen der Pompejussäule hierher, mit knapp dreißig Metern Höhe einer der größten antiken Monolithen überhaupt. Die Säule wurde 297 nach Christus zu Ehren von Kaiser Diokletian erstellt und überlebte die Zerstörung des Serapis-Tempels.«

Jill seufzte. »Sobald man sich umsieht, geht jeglicher Zauber allerdings schnell verloren.« Rund um den Park türmten sich heruntergekommene Wohnsiedlungen oder sich im Bau befindende Hochhäuser. Das moderne Alexandria.

Einige Dutzend Touristen schlenderten zwischen den Überresten des einst wichtigsten Heiligtums der Stadt herum. Bei der Absperrung am Eingang zur Grabungsstelle stand ein gelangweilter Polizist, der sich hauptsächlich damit zu beschäftigen schien, nach hübschen Touristinnen Ausschau zu halten.

Ihre Ankunft musste bereits angekündigt worden sein, denn Jill brauchte bloß ihren Namen zu nennen. Ohne Worte ließ sie der Polizist daraufhin passieren und zeigte dabei auf ein weißes Zelt. Es hatte in etwa die Größe von fünf Metern im Quadrat und schloss einen Teil der ausgegrabenen »Wand der Wissenschaftler« ab, wie es die Presse nannte.

Ein Mann schaute zum Zelt heraus und entdeckte die beiden. Alain Dumant stürmte auf sie zu. Dunkelblonde Strähnen hingen in seinem unrasierten, verschwitzten Gesicht, er sah müde und erschöpft aus.

Jill spürte, wie sie sich innerlich anspannte. Ihre Wege hatten sich damals auf unglückliche Weise getrennt, ohne dass sie sich seither hatten aussprechen können. Wie würde Alain nach all dieser Zeit reagieren?

Zu Jills Verwunderung umarmte Alain sie wortlos, als wäre eine tot geglaubte Freundin wiederaufgetaucht. Er roch etwas schal nach Zigarettenrauch, diese Gewohnheit war ihm anscheinend geblieben. In Guatemala hatten sie oft zusammen geraucht, doch Jill hatte dieses Laster vor einigen Jahren abgelegt, eine gelegentliche Shisha ausgenommen.

»Danke, dass du schnell gekommen bist.« Alain warf einen Blick auf Daniel. »Und wer ist das?«

»Das ist mein ... Assistent, Daniel Preisner. Er wird uns sicher behilflich sein. Ich habe ihn über alles ins Bild gesetzt.«

Daniel schien gleichermaßen überrascht wie stolz ob der unerwarteten Beförderung.

Alain reichte Daniel die Hand. »Gut, wir brauchen jede Hilfe, die wir kriegen können!« Er warf einen kurzen Blick auf seine Armbanduhr. »Los, gehen wir.«

»Seid ihr inzwischen weitergekommen?«, fragte Jill.

Alain deutete mit einer Geste auf die umliegenden Wohnhäuser. »Es ist besser, wenn wir im Zelt weiterreden. Vermutlich werden wir beobachtet. Kommt!«

Tatsächlich lag die Ausgrabungsstelle offen und leicht observierbar für jeden, der sich mit einem Feldstecher oder Fernrohr ausrüstete.

Doch der Spion befand sich nahe genug und benötigte eine solche Ausrüstung nicht.

XIV

Eine drückende Hitze schlug Jill beim Eintreten in das Zelt entgegen. Trotz der weißen Planen herrschten Temperaturen wie in einem Treibhaus, das jedem den Schweiß aus den Poren trieb.

Eine Bohrmaschine, Staubpinsel und etliche andere Werkzeuge lagen verstreut auf Tischen oder auf dem Boden herum, ein Ventilator kämpfte tapfer gegen die abgestandene Luft an.

Jill blickte sich um, sie kannte Professor Faruk Aydin nicht persönlich, verfolgte aber dessen Arbeit und hatte vor zwei Jahren einem Vortrag des Professors über die antike Bibliothek von Alexandria beigewohnt. Sie erinnerte sich an Aydin als einen vitalen Mann in den Sechzigern, mit gepflegtem, weißem Bart und lebhaften Augen. Seine Wortgewandtheit und sein Humor hatten das Publikum rasch in den Bann gezogen. Im Tweed-Anzug mit Fliege erfüllte er jedes Klischee eines altmodischen Professors, mit jedem gesprochenen Satz entkräftete er es wieder.

Nun kam der Professor als gebrochener Mann auf sie zu, zerzaust und mit dunklen Rändern unter den Augen.

»Dr. Carter ...«, die Worte kamen nur mühsam hervor, »... endlich.«

»Ich hätte Sie lieber unter anderen Umständen kennengelernt, Professor Aydin.« Jill drückte ihm die Hand.

»Ihnen gebührt großer Dank für Ihr schnelles Erscheinen. Wie ich sehe, haben Sie Verstärkung mitgebracht?«

Daniel trat hervor. »Ich bin Daniel Preisner, Dr. Carters Assistent. Es ist mir eine Ehre.«

Zu Daniels Verwunderung drehte sich der Professor sogleich wieder von ihm ab und betrachtete die Wand. »Ich hoffe, Sie können uns weiterhelfen. Vor fünfzehn Jahren ist meine Frau gestorben. Sollte ich nun auch Yasmin ...«

Die Verzweiflung stand dem Professor ins Gesicht geschrieben. »Alain wird Ihnen zeigen, was wir bisher als aufschlussreich eingestuft haben. Ich muss kurz an die frische Luft. Wir haben die ganze Nacht durchgearbeitet, und in meinem Alter vergibt der Körper das nicht so schnell.«

Professor Aydin verließ mit einer Flasche Wasser das Zelt und Jill wandte sich an Alain. »Haben sich die Erpresser seither gemeldet?«

»Nein. Der Deal ist, dass sie sich um zwanzig Uhr wieder bei uns melden, um den Übergabeort zu diktieren. Gestern riefen sie auf Aydins Mobiltelefon an. Diese Verbrecher sind offensichtlich gut durch einen Spion informiert, und ich befürchte, dass sie uns beobachten.«

»Wisst ihr inzwischen, wer der Verräter ist?«

»Leider nein«, murrte Alain. »Gestern kamen einige Grabungshelfer angerannt, als sie uns jubeln hörten. Die Neuigkeit hat schnell die Runde gemacht, obwohl wir allen Mitarbeitern verboten haben, jemandem davon zu erzählen.« Wütend fuhr er fort. »Wenn jemand

Yasmin auch nur ein Haar krümmt, jage ich ihn bis ans Ende der Welt.«

»Noch haben wir gut fünf Stunden«, sagte Jill. Sie betrachtete die glatte, mit Gravuren versehene Felsmauer. Auf halber Höhe sprang ihr ein Vers in altgriechischen Buchstaben ins Auge. Darüber lag eine Sonne mit einigen Sonnenstrahlen, darunter das Abbild einer modern gezeichneten Eule.

»Ich muss euch ja nicht erklären, welchem Wissenschaftler dieser Wandabschnitt gewidmet ist«, sagte A-lain.

Jill nickte. Der Vers stellte sofort klar, dass hier einem großen Genie der Antike die Ehre erwiesen werden sollte:

»ΜΗ ΜΟΥ ΤΟΥΣ ΚΥΚΛΟΥΣ ΤΑΡΑΤΤΕ«

XV

»Archimedes!« Daniel rief den Namen des Altmeisters derart laut heraus, dass die anderen zusammenzuckten.

»Entschuldigung«, murmelte er. »Mir fiel nur gerade die Lösung ein, als ich die Sonne sah.«

»Die Sonne?« Jill schaute ihn verwundert an. »Wieso ist dir dabei Archimedes in den Sinn gekommen?«

»Ich musste an sein berühmtes Rätsel denken, das Rinderproblem. Es beginnt mit *Zähle, mein Freund, die Rinder unter der Sonne ...*«

»... *die einst unter der Sonne Siziliens grasten, die nach ihrer Farbe in vier Herden geteilt werden.*« Alain nickte anerkennend. »Nicht schlecht, *jeune homme*. Wir haben das Sonnensymbol ebenfalls dem Rinderproblem zugeordnet. Erst im 19. Jahrhundert hat jemand zu dieser mathematischen Aufgabe eine Lösung gefunden! Aber der Vers hier in der Mitte ist natürlich der eindeutige Hinweis.«

»*Störe meine Kreise nicht!*«, sagte Jill.

Daniel zuckte mit den Schultern. »Und wie passt die Eule dazu?« Er zeigte auf den gravierten Vogel, der einen kreisrunden Kopf besaß und im Schnabel einen Schlüssel trug.

»Das ist nicht irgendeine Eule, sondern die *Eule der Athene*, also einer griechischen Göttin zugehörig«, erwiderte Alain. »In der römischen Mythologie ist der Vogel als die *Eule der Minerva* bekannt. Minerva wiederum war die Schutzgöttin der Lehrer und Dichter, aber auch eine Göttin der Weisheit. Die Eule als ihre ständige Begleiterin galt seit jeher als Symbol der Erkenntnis, früher diente sie zum Beispiel als Wahrzeichen der Illuminaten. Heute findet man sie auch auf griechischen Ein-Euro-Münzen. Jedenfalls ist dieses Tier durchaus am richtigen Platz bei solch einem Genie. Archimedes hat nicht nur das Prinzip des Auftriebes und die Hebelgesetze entdeckt, sondern auch als Erster eine numerische Anleitung geliefert, um die Kreiszahl Pi beliebig genau zu berechnen. Wir nehmen deshalb an, dass der Schlüssel im Schnabel den Zugang zum Wissen des Archimedes symbolisiert.«

Alain holte tief Luft. »Aber wichtiger ist, was sich dahinter verbirgt. Wir haben gestern Mittag mit unserem Infrarotmessgerät einen signifikanten Temperaturunterschied hinter der Archimedes-Wand festgestellt und uns sofort entschlossen, eine Probebohrung zu drillen. Die Steinwand ist rund siebzig Zentimeter dick!« Er deutete auf ein Bohrloch auf Brusthöhe. Das Loch fügte sich dezent auf der linken Hälfte in die Verschnörkelungen des Wandmusters ein. »Daraufhin haben wir den Raum mit diesem Videoskop hier untersucht.«

Das Gerät war auf einem kleinen Tisch an der Wand aufgebaut und bestand aus einem Monitor mit Computer, Tastatur und Joystick. Daran angeschlossen führte eine Art Schlauch in das Bohrloch hinein.

»Durch diese meterlangen, rohrförmigen Videoskope mit einer Kamera an der Spitze sieht man hinter jeden Winkel«, sagte Jill zu ihrem Praktikanten und setzte sich an den Tisch. »Wir haben zwar selbst ein Videoskop mitgebracht, doch qualitativ macht es keinen Stich gegen dieses Gerät hier.«

Jill musterte den Bildschirm. »Normale Videoskope sind bloß steife Leitungen mit einer Kamera an der Spitze. Diese Röhre hier besteht aber aus Dutzenden Gliedern, die wie Gelenke funktionieren.« Sie navigierte gekonnt mit dem Joystick die Kamera an der Seite der Kammer umher. Das durch eine LED-Leuchte erhellte Bild erschien auf dem Monitor. Eine Art Gestell ohne Inhalt wurde sichtbar.

»Wir haben jede Wand und jede Nische nach Besonderheiten abgesucht, aber keinen Eingang zur Kammer gefunden«, sagte Alain. Resignation lag in seiner Stimme. »Diese Regale erinnern an ein Weingestell für überdimensionale Flaschen. Wir vermuten, dass hier Schriftrollen in Amphoren aufbewahrt wurden, um sie vor dem Zerfall zu schützen. Nur leider sind die Regale allesamt leer.«

Jill steuerte die Kamera zur Rückwand. »Die hintere Wand ist nicht allzu gut erkennbar, und näher komme ich nicht ran. Konntet ihr kein längeres Videoskop organisieren?«

»Wir haben am Mittag einen Ausgrabungshelfer losgeschickt«, sagte Alain. »Er soll eine Verlängerung auftreiben. Sein Name ist Sallah, ein junger und tüchtiger Bursche. Ich hoffe, er findet etwas, bevor uns die Zeit davonläuft.«

»Wieso sind diese leeren Regale denn wertvoll?«, fragte Daniel.

»Die Regale nicht. Aber das hier.« Jill bewegte den Joystick. Am Monitor erschien mit etwa einem Meter

Entfernung zur Kameralinse eine auf dem Rücken liegende Menschengestalt.

Daniel sog hörbar Luft ein.

»Der Tote liegt ziemlich untypisch da«, sagte Alain. »Habe ich so noch nirgends gesehen.«

Jill zoomte etwas näher heran. Jetzt sah sie es auch: Die Arme der Leiche lagen ausgestreckt auf dem Boden, als kreuzigte man den Körper auf unsichtbaren Holzbalken, und die Augenlöcher starrten nach oben. Tatsächlich ließ sich darin keine verbreitete Bestattungsform erkennen. Das Gewand ließ auf einen Mann schließen und konnte kaum mehr als eine normale, altertümliche Alltagsbekleidung gewesen sein. Hier lag weder ein König noch ein Krieger, höchstens ein Adliger.

»Vielleicht ist es Archimedes!«, sagte Daniel.

»Nicht auszuschließen, aber auch nicht sehr wahrscheinlich«, erwiderte Jill. »Ihn hätte man bestimmt ehrenvoller begraben. Außerdem starb Archimedes in Sizilien, erinnerst du dich? Störe meine Kreise nicht!«

»Ich steh auf dem Schlauch.« Daniel wirkte verwirrt.

Alain brummte: »Doch nicht so schlau, wie ich dachte.«

»Als die Römer gegen die Karthager gekämpft und dabei die Stadt Syrakus in Sizilien erobert hatten, war ein römischer Soldat ins Haus des Archimedes eingedrungen«, sagte Jill, während sie die Leiche weiter mit dem Videoskop untersuchte. »Der Wissenschaftler grübelte gerade über einem geometrischen Problem und herrschte den Eindringling an: *Störe meine Kreise nicht!* Der Legende nach tötete der Soldat daraufhin Archimedes mit dem Schwert.« Sie navigierte die Kamera links und rechts zu den Seitenwänden der Kammer, sah aber nichts als leere Regale. »Okay, Alain, sag mir, wieso diese Leiche wertvoll sein soll?«

»Das eigentliche Objekt der Begierde ...«, Alain übernahm den Joystick und navigierte das Videoskop etwas in die Höhe, damit der Boden ein paar Meter *hinter* dem Kopf der Leiche sichtbar wurde, »... ist hier!«

Jill und Daniel beugten sich gleichzeitig näher zum Monitor hin, bis sie den Gegenstand schließlich erkannten: Wie ein Christuskreuz lag ein Schwert auf dem Boden.

Jill fertigte einen Snapshot der Filmsequenz an und zoomte das Bild anschließend auf den maximal möglichen Faktor. »Das Ungewöhnliche an diesem Schwert scheint sich auf der Klinge zu befinden. Alain, ist es das, was ich denke?«

»Ganz recht«, erwiderte dieser.

Daniel konnte nichts erkennen. »Ich sehe nur schwarze Punkte auf der Klinge. Was ist das? Blut?«

Jill berührte mit der Nase beinahe den Bildschirm. »Nein, es ist eine Inschrift.«

XVI

Jill versuchte, mit dem Videoskop einen günstigeren Blickwinkel zu finden.

»Die Inschrift ist leider zu klein, um Genaueres zu erkennen. Das Gleiche gilt für das Siegel auf dem Knauf, aus dieser Distanz ist es schwer zu identifizieren. Das Heft und die Parierstange ...«, sie zeigte auf den Griff und die rechtwinklig abstehenden Querstücke, »... sind reichlich verziert. Somit handelt es sich kaum um ein Kampfschwert. Vielmehr sollte es seinen Träger adeln und erkennbar machen.«

»Was uns stutzig macht, sind diese kreisförmigen Ausbuchtungen in der Blutrinne in der Mitte«, sagte Alain.

»So was habe ich noch nie gesehen.« Jill runzelte die Stirn. »Aber irgendwie ...«

»Was ist?«, fragte Daniel nach.

»Das Schwert weist kaum Spuren von Rost auf, somit ist es nicht aus Eisen geschmiedet. Ich kann auch keinen Grünspan ausmachen, also besteht es nicht aus Bronze. Aus dieser Epoche bleiben da nicht viele Möglichkeiten übrig.«

Daniel stutzte. »Was wollen Sie damit sagen, Dr. Carter?«

»Dieses Schwert ist aus reinem Gold gefertigt oder zumindest mit solchem überzogen, ich schätze, zwischen fünfzehn bis zwanzig Karat. Jede Wette, dass euch das aufgefallen ist, richtig?«

Alain klopfte ihr auf die Schulter. »Verstehst du jetzt, Carter? Das Schwert ist unbezahlbar! Aus Gold, mit einer Inschrift, in einem verschollenen Raum mit leeren Regalen, platziert in den Ruinen des antiken Serapeums! Doch wie gesagt, in erster Linie geht es darum, wie wir an das Ding kommen. Und zwar schnell.«

Jill steuerte das Videoskop um hundertachtzig Grad herum und suchte auf der gegen sie gerichteten Rückwand nach weiteren Anhaltspunkten. Wäre die Archimedes-Wand aus Glas gewesen, hätten sie sich selbst zuwinken können. Die Rückwand war glatt und schmucklos. Am Boden lag ein altes, verrottetes Seil, sonst nichts. Vielleicht haben sie früher damit die Regale festgezurrt, dachte Jill. »Wie viel wisst ihr über die Datierung der Wand hier?«

Alain angelte nervös nach einer zerbeulten Gauloises und zündete sie an. »Wir haben einige Kohlestückchen und Tierknochen nahe der Mauer ausgegraben, hauptsächlich Geflügelknochen. Die C14-Methode hat für den Hauptteil der Funde ein Alter von 1600 Jahren ausgewiesen. In der Annahme, dass die Hähnchen erst nach dem Bau der Wand gebraten wurden, ergibt das ...«

»... einen Zeitpunkt im vierten Jahrhundert oder allenfalls früher.« Professor Aydin kehrte ins Zelt zurück. Dabei rümpfte er die Nase und blickte Alain missbilligend an. »Könntest du bitte die Zigarette ausmachen? Hier im Zelt ist die Luft schon unerträglich genug!«

Alain murmelte eine Entschuldigung, ließ seine Kippe fallen und drückte sie mit dem Schuh aus.

Professor Aydin fuhr fort: »Haben Sie etwas entdeckt, Dr. Carter?«

»Leider nein«, antwortete Jill. »Falls der Raum zur Zeit der Antike offen begehbar und Teil der Bibliothek war: Weshalb hat jemand die Regale leer geräumt und anschließend die Öffnung verschlossen? Mit einer Leiche und einem goldenen Schwert darin?«

»Und wenn es schon immer eine Geheimkammer war?«, fragte Daniel.

»Dann stellt sich nur die Frage: Wie kommt man hinein?« Professor Aydin seufzte.

»Lasst uns die Situation in Ruhe durchdenken«, sagte Jill. »Gehen wir mal davon aus, dass wir es mit einer Geheimkammer zu tun haben. Somit muss es von irgendwo einen Zugang geben, einen Tunnel. Er könnte hinter den Regalen, im Boden oder in der Decke versteckt sein. Wenn wir ...«

Das Klingeln eines Handys unterbrach sie. Professor Aydin griff in seine Hosentasche und angelte ein Smartphone hervor. »Eine anonyme Nummer. Womöglich sind es die Entführer. Aber warum ...« Er runzelte die Stirn, nahm den Anruf entgegen und schaltete den Lautsprecher ein.

»Guten Tag, Professor«, ertönte eine tiefe Stimme in fast akzentfreiem Englisch. »Wie mir scheint, ist Ihnen nicht viel am Leben Ihrer Tochter gelegen? Mir wurde jedenfalls zugetragen, dass Sie die Abmachung, niemandem etwas von unserem Handel mitzuteilen, nicht eingehalten haben.«

Im Zelt herrschte absolute Stille. Professor Aydin und Alain wechselten besorgte Blicke. »Was wollen Sie damit sagen? Wir haben weder die Polizei noch die Presse kontaktiert«, antwortete der Professor nervös. »Wir arbeiten hier wie verrückt an einer Lösung. Vertrauen Sie ...«

»Herr Aydin, bitte beleidigen Sie meine Intelligenz nicht!«, zischte es durch den Lautsprecher. »Sie haben Dr. Carter und deren Gehilfen hinzugezogen, also lügen Sie mich nicht an!«

Als wäre sein Wutausbruch kalkuliert gewesen, fuhr der Mann mit ruhiger Stimme fort: »Sie haben nun Verstärkung, darum werden Sie umso schneller an das Schwert gelangen. Ich gebe Ihnen bis siebzehn Uhr, dann rufe ich wieder an, um den Übergabeort mitzuteilen. Falls Sie das Schwert nicht rechtzeitig liefern, schneiden wir Ihrem liebenswürdigen Töchterchen alle fünfzehn Minuten einen Finger ab, als Strafe für Ihren Vertrauensbruch. Ticktack, Herr Professor!«

Mit offenem Mund starrte der Professor auf sein Handy. »Siebzehn Uhr. Das ist in einer knappen Stunde! Das reicht niemals!«, sagte er, doch der Entführer hatte bereits aufgelegt.

XVII

»So eine gottverdammte Scheiße!« Alain fegte mit einer Armbewegung einige Werkzeuge vom Tisch und warf ihnen französische Fluchwörter hinterher.

»Dr. Carter«, Professor Aydin wandte sich an Jill. »Haben Sie eine Idee?«

Jill ballte ihre Hände und stand auf. »Noch nicht. Entschuldigen Sie mich bitte kurz, ich bin gleich zurück.«

Kreidebleich verließ sie das Zelt und rannte zur Toilette. In ihrem Kopf wirbelten die Gedanken wie in einem Tornado. Sie spürte, wie sich ihr Magen verknotete. Alain rief sie um Hilfe, und nun musste sie das Schwert herbeizaubern, oder Yasmins Blut klebte genauso an ihr.

Du darfst jetzt nicht versagen. Nicht schon wieder.

Die Toiletten für die Mitarbeiter und Touristen standen gleich neben dem Eingang. Jill musste so schnell wie möglich wieder klare Gedanken fassen.

Sie drückte die Türklinke zur Frauentoilette nach unten und stellte fest, dass die Tür verschlossen war.

»Auch das noch«, raunte sie. Energisch rüttelte sie an der Klinke, bis sich Schritte von der anderen Seite näherten.

Warum schließt sich jemand im Toilettenhaus ein? Es gibt darin doch bestimmt mehrere Kabinen?

Eine ältere Putzfrau öffnete die Tür und deckte sie mit einem arabischen Wortgewitter ein. Jill stammelte kurz eine Entschuldigung und ging hastig an ihr vorbei.

Mit einem vernichtenden Blick verließ die Putzfrau das Toilettenhaus.

Jill rannte in eine Kabine und übergab sich. Mit zitternden Händen betätigte sie die Spülung.

Du bist eine tolle Hilfe.

Beim Spülbecken wusch sie sich das Gesicht mit kaltem Wasser ab und betrachtete sich im Spiegel.

Wie zur Hölle kommen wir an das Schwert heran?

Sie ließ ein paar Finger knacksen. Im Spiegel sah sie die von der Putzfrau offen gelassene Tür. Jill konnte sich glücklich schätzen, dass die wütende Frau sie nicht im Toilettenhaus eingeschlossen hatte.

Eingeschlossen.

Jill drehte sich wie in Zeitlupe zur Tür um. Die Putzfrau schloss sich während ihrer Arbeit ein, damit sie ungestört war. So einfach war das.

Es ist leicht, etwas zu verpassen, wonach man nicht sucht.

Und sie hatten es die ganze Zeit vor der Nase.

Jill stürmte hinaus und spurtete zurück zu den anderen, als würde eine Horde tollwütiger Putzfrauen hinter ihr herjagen.

Als Jill ins Zelt hineinplatzte, drehten sich alle nach ihr um. Mit tropfendem Gesicht sagte sie: »Es führt kein Tunnel in die Kammer. Warum hätte man einen solchen Raum mühselig durch einen Tunnel direkt hinter dieser Felswand graben sollen? Dann müssten an der Rückwand auch Regale stehen!«

»Also behaupten Sie, wir haben hier eine nachträglich eingebaute Mauer vor uns?«, erwiderte der Professor.

»Das ist keine Mauer, und die Leiche ist nicht eingemauert worden, weder tot noch lebendig.«

Professor Aydin lupfte eine Augenbraue. »Und wie ist sie Ihrer Meinung nach dorthin gelangt?«

Jill blickte auf den Monitor. »Der Tote hat sich selbst eingeschlossen. Und diese Wand hier ist keine Mauer, sondern ein Tor.«

XVIII

16.12 Uhr

Der Professor und Daniel schauten Jill verdutzt an. Nur Alain schüttelte missbilligend den Kopf. »Eine tonnenschwere Tür aus Stein? Das ist doch Quatsch, Carter! Wie sollte so ein Tor funktionieren?«

Jill glitt mit ihren Fingern über die Oberfläche der Felswand. »Vielleicht haben wir es nur mit einer kleinen Öffnung zu tun, durch die man hineinsteigen oder kriechen kann. Möglicherweise muss man eine Art Auslöser betätigen.«

Sie presste mit beiden Händen gegen den Sonnenkreis, als handelte es sich um einen runden Druckknopf. Vergeblich. Nichts rührte sich.

»Keine Ahnung, aus welchem Grund der Mann dieses Grab für sich gewählt hat«, sagte Jill und suchte weiter. »Womöglich wurde die Bibliothek im Krieg überrannt, und als letzte Rettung ist er in diesen Bunkerraum geflüchtet.«

Alain schaute sie zweifelnd an. »Ich möchte dir ja glauben, aber warum hat der Typ anschließend nicht versucht zu flüchten, als die Luft rein war?«

Jill drückte auf den Kopf der Minerva-Eule. Wieder rührte sich nichts. Als würde sie versuchen, die Pyramiden von Gizeh mit bloßen Händen herumzuschieben.

»Vielleicht hat ihn eine schwere Verletzung daran gehindert. Oder der Zugang wurde von außen blockiert«, antwortete Jill. »Oder ... er hatte keinen Schlüssel!«

Jills Blick wanderte zur gravierten Eule der Minerva.

»Und jeder Schlüssel benötigt ein Schlüsselloch.« Jill kniete vor dem Tier nieder und fuhr mit den Fingern über die Gravur. »Habt ihr euch den Schlüssel im Schnabel der Eule genauer angesehen? Ist darin vielleicht eine Öffnung versteckt, in der ein echter Schlüssel hineinpassen könnte?«

Alain schüttelte den Kopf. »Wir haben jede Linie, jede Furche auf der Wand untersucht. Da gibt es garantiert kein Schlüsselloch. Und wie sollte das auch funktionieren? Technisch gesehen ist es unmöglich, dass in der Antike ...«

Jill fiel ihm ins Wort. »Bisher haben wir die Eule der Minerva als Zeichen der Weisheit interpretiert. Sie trägt einen Schlüssel im Mund, symbolisch gedeutet ist das der Weg zur Weisheit. Aber womöglich täuschen wir uns und es ist der Weg zu diesem Raum!« Sie pustete auf den dünnen Halm des Schlüssels. Die Augen der Eule lagen direkt darüber und schienen sie herausfordernd anzublicken.

»Kann mir jemand einen Flachmeißel geben? Oder ein Messer?«

Der Professor schnappte sich Hammer und Meißel aus einer Werkzeugkiste und übergab beides an Jill. Alle beugten sich zur Eule hinunter.

»Vielleicht bilde ich es mir nur ein, aber die Farbe des Schlüsselhalms scheint mir leicht heller als der Rest des Eulenkopfs zu sein.« Jill setzte den Meißel an und ergänzte: »Hoffentlich führt mich der Vogel nicht an der Nase herum.«

Nach den ersten beiden vorsichtigen Schlägen geschah nicht viel, nur ein paar Steinkrümel fielen zu

Boden. Jill schlug nun härter mit dem Hammer auf den Meißel, woraufhin er einige Millimeter in der Wand versank.

»Sie hatten recht, da ist etwas!«, rief Daniel aus.

Jill hämmerte noch einige Male weiter und meißelte auf der gesamten Länge des Schlüsselhalmes ein Loch aus der Wand. Der Professor verfolgte gebannt, wie ein Schlitz mit der Länge von etwa sechs Zentimeter zum Vorschein kam. »Tatsächlich, da ist eine Öffnung. Verstopft durch alten, steinharten Sand.« Er blickte Alain an. »Das hätte uns nicht durch die Lappen gehen dürfen!«

»Noch wissen wir nicht, was wir damit anfangen können«, entgegnete dieser skeptisch. Er holte eine Dose Druckluftspray aus einer Kiste und gab sie Jill. »Pusten wir das Ding aus und werfen einen Blick hinein. Eventuell ist es nur ein gut getarntes Lüftungsloch!«

Jill sprühte das Loch mit Druckluft aus, nahm ihre kleine Taschenlampe aus der Brusttasche und leuchtete in die Öffnung. »Das Loch reicht weit in die Wand hinein, ohne breiter zu werden. Möglicherweise ist es sogar durchgängig. Ich kann mir daraus keinen Reim machen.« Enttäuscht senkte sie die Taschenlampe.

»Darf ich mal?« Der Professor beäugte nun ebenfalls den freigelegten Schlitz. »Ein Schlüsselloch ist es auf jeden Fall nicht, so viel steht fest. Aber womöglich ist darin irgendein Auslöser versteckt.«

Nun inspizierte auch Alain die Öffnung. »Ich schlage vor, dass wir das Loch mit Gießharz füllen. Anschließend wissen wir, ob das hier eine Sackgasse ist oder nicht. Viel Zeit bleibt uns nicht mehr!«

»Gute Idee, sehr gut sogar!«, sagte der Professor. »Hol bitte die Flasche mit dem schnell trocknenden Gießharz. Ich werde inzwischen Sallah anrufen, um zu fragen, wo er steckt. Er sollte schon längst wieder hier sein!«

Alain eilte aus dem Zelt. Der Professor griff nach seinem Handy und wählte eine Nummer.

Kurz darauf steckte er das Handy wieder weg. »Ich kann Sallah nicht erreichen, womöglich ist sein Handy ausgeschaltet. Und ich habe keine Ahnung, ob er eine Verlängerung für das Videoskop auftreiben konnte. Normalerweise ist er zuverlässig.«

»Also ruhen unsere Hoffnungen auf dem Abdruck!«, sagte der eintretende Alain und hob zwei Plastikflaschen hoch. »Wir benutzen transparentes Gießharz.«

Er nahm einen Eimer von unter dem Tisch und leerte den darin enthaltenen Müll aus. Dann goss er eine durchsichtige Flüssigkeit aus der größeren Flasche in den Eimer. »Dieses Harz vermischen wir mit der richtigen Menge eines schnell wirkenden Härters, und in knapp fünf Minuten haben wir einen harten, aber auch zerbrechlichen Abdruck des Hohlraumes.«

Er schüttete den ebenfalls transparenten Inhalt der anderen Flasche in den Kübel und verrührte beides mit einem Holzstab. »Carter, wir brauchen ein kleines Auffüllbecken, um das Harz eingießen zu können.«

Jill schaute sich im Zelt um und wurde schließlich in Form eines Gipsbechers aus Gummi fündig. Sie griff sich ein Messer und schnitt den Becher in zwei Hälften.

Anschließend hielt sie eine der Hälften an die Wand, direkt unter den Kopf der Eule samt der Öffnung. Professor Aydin brachte ihr ein Haft-Klebeband und schnitt mit dem Taschenmesser ein paar Streifen ab. Damit befestigten sie die Gipsbecher-Hälfte solide an der Wand und dichteten gleichzeitig die Ränder ab.

»*MacGyver* wäre stolz auf euch!«, sagte Alain.

»Wer ist MacGyver?«, fragte Daniel.

»Aber von Harry Potter kennt er bestimmt jeden Zauberspruch«, murmelte Alain. »Du solltest dir später mal ein paar Episoden von MacGyver anschauen, von dem kannst du noch etwas lernen.« Er holte ein Schweizer Taschenmesser aus seiner Innentasche. »Hier, ist ein Geschenk, zum Üben.«

Daniel nahm es entgegen und blickte dabei drein wie ein Schuljunge.

Alain leerte sorgfältig die dünnflüssige Gießharz-Mischung in die Becherhälfte. Das Harz floss direkt in die Öffnung hinein, und nach einer Weile wurde der Pegel im Becher immer höher.

»Das Loch sollte nun gefüllt sein. Jetzt müssen wir uns etwas gedulden«, sagte Alain.

Jill erwiderte: »Währenddessen arbeiten wir besser an einem Plan B, falls uns der Abdruck nicht weiterbringt.«

Der Professor und Alain wechselten kurz einen Blick. Dann sagte Alain: »Sallah bringt unseren Plan B. Mit einem verlängerten Videoskop können wir die gesamte Rückseite der Wand bis ins Detail untersuchen. Mit ein bisschen Glück ...«

Jill wollte gerade protestieren, aber da fiel ihr Daniel ins Wort. »Die Zeit ist zwar knapp, doch könnte man die Wand nicht einfach zertrümmern? Mit einem Bagger eindrücken oder mit einem Presslufthammer bearbeiten?«

Der Professor schüttelte nur den Kopf. »Junger Mann, der Park hier ist von Häusern umringt, das antike Serapeum befindet sich mitten in der Stadt! Polizisten bewachen die Ausgrabungsstelle, es wimmelt hier nur so von Touristen. Wir können nicht unbemerkt mit einem Bagger oder einem Presslufthammer auffahren. Man würde uns sofort verhaften.« Er ließ seiner Erklärung einen tiefen Seufzer der Verzweiflung folgen.

»Wer ist dieser Sallah überhaupt?«, fragte Jill.

»Sallah ist ein Mitarbeiter des Grabungsteams«, antwortete Alain. »Aus Respekt vor dem Gebetstag haben alle muslimischen Arbeiter freitags immer frei, nur Sallah steht uns dann zur Verfügung.«

»Könnte er vielleicht der Spitzel sein, der den Banditen die Entdeckung des goldenen Schwertes verraten hat?«, fragte Daniel. Jills Gedanken gingen in die gleiche Richtung.

»Sallah?« Der Professor schüttelte den Kopf. »Niemals. Ich kannte ihn schon als kleinen Jungen, für ihn lege ich meine Hand ins Feuer. Er ist ein begnadeter – wie soll ich es nennen – Beschaffungskünstler. Wenn in Alexandria etwas existiert, und sei es noch so ausgefallen, kann Sallah es auftreiben.«

Der Professor wandte sich der Eule der Minerva zu und prüfte die Festigkeit des Gießharzes. »Es ist hart genug. Lasst es uns versuchen!« Er nahm behutsam die Becherhälfte samt Klebeband von der Wand. Ein durchsichtiger Abdruck wie aus Glas kam zum Vorschein.

»Das Tolle an Gießharz ist, dass es kaum an Fremdstoffen kleben bleibt«, flüsterte Jill zu Daniel. »Es lässt sich problemlos herauslösen, im Gegensatz zu Gips.«

Mit viel Gefühl zog Professor Aydin an dem aus der Wand ragenden Pfropfen. Gebannt schauten alle auf den durchsichtigen Guss, der Stück für Stück zum Vorschein kam.

Als der gesamte Abdruck in den Händen des Professors lag, sagte niemand ein Wort.

Es gab keinen Zweifel, dass Jill mit ihrer Theorie richtiglag. Die vier starrten auf einen etwa sechzig Zentimeter langen Schlüssel, und sie begriffen sofort, dass dieses Schloss nicht einfach zu knacken sein würde. Jedenfalls nicht in einer solch kurzen Zeit.

Denn der Abdruck besaß die gleiche Form wie eine Schwertklinge.

XIX

»Das Schwert ist der Schlüssel!« Daniel fand als Erster die Worte wieder.

Und der Schlüssel ist nahe, dachte Jill. *Nur leider auf der anderen Seite der Wand.*

Alain griff sich an die Stirn. »Bis wir eine exakte Kopie der Schwertklinge aus Eisen oder sonst was Hartem gefertigt haben, vergeht mindestens ein Tag! Wir haben aber nur noch eine knappe halbe Stunde! Wo steckt Sallah bloß, verdammt!«

Der Professor prüfte den Abdruck aus der Nähe. »Hier sieht man sogar die Ansätze der drei Vertiefungen analog zu der Schwertklinge im Raum. Die kreisförmigen Einbuchtungen haben unterschiedliche Durchmesser und Tiefen, wie bei einem Bartschlüssel. Vermutlich sind im Loch drei Riegel aufgehängt, die in diese Wölbungen passen müssen, sonst öffnet sich das Tor nicht.«

Jill nickte. »Somit wäre auch eine Hartmetall-Kopie dieses Abdrucks unnütz. Die Einbuchtungen im Abdruck zeigen bloß die Reichweite der lose hängenden Bolzen im Ruhezustand, nicht die benötigte Tiefe für eine Entriegelung. Diese Riegel müssen immer noch beweglich sein, sonst wäre der Harzabdruck beim Herausziehen abgebrochen. So schnell kriegen wir das Tor also nicht auf.«

Alain raufte sich die Haare. »Welches Tor, verdammt, ich sehe hier nur eine *Wand!* Keine Klinken, keine

Scharniere, nichts.« Er seufzte: »Ich rufe nochmals Sallah an, das verlängerte Videoskop ist unsere letzte Chance.« Alain verließ das Zelt und zog dabei gleichzeitig sein Handy aus der einen und die Zigaretten aus der anderen Hosentasche.

Jill drehte sich zum Professor. »Haben Sie Draht oder irgendwelche dünne Stäbe? Eventuell kann ich die Riegel im Schlüsselloch erreichen und in die korrekte Position bringen.«

Professor Aydin wirkte wenig überzeugt, legte jedoch das Harzschwert behutsam auf den Tisch. Dann reichte er Jill einen kleinen Rest aufgewickelten Stahldraht aus der Materialkiste. »Selbst wenn Ihnen dies gelingen sollte, befürchte ich, dass noch etwas Entscheidendes fehlt: Wie wollen Sie den Schlüssel auf diese Weise *umdrehen?*«

Jill blieb ihm eine Antwort schuldig, denn der Professor hatte recht. Es genügte kaum, das Schwert einfach in die Öffnung zu stoßen; um einen Mechanismus in Gang zu bringen, musste es sicherlich umgedreht werden, wie ein richtiger Schlüssel eben.

Aber falls das Schloss bereits entriegelt ist?, dachte Jill.

Sie griff sich zwei dünne Schraubenzieher aus der Werkzeugbox und steckte diese je an einem Ende in das schlitzförmige Schlüsselloch. Sie versuchte zunächst mit Vorsicht, dann mit immer mehr Kraft, die Schraubenzieher im Kreis zu drehen. Der runde Kopf der Eule bewegte sich jedoch keinen Millimeter.

»Kann ich Ihnen helfen?« Daniel stand verloren neben seiner Chefin und wirkte zunehmend verzweifelt.

Jill wandte sich an Professor Aydin. »Wieso überprüfen Sie beide nicht noch mal die Rückwand mit dem Videoskop? Vielleicht finden Sie auf Höhe des Eulenkopfes etwas, das wir bisher übersehen haben.«

Der Professor nickte dankbar. Er setzte sich an den Tisch mit der Videoskopsteuerung, und Daniel gesellte sich zu ihm. Jill schnitt währenddessen drei Drahtstücke mit einem Meter Länge ab, glättete sie zu geraden Stäben und formte an den Enden jeweils einen kleinen Haken. Als sie den ersten Stab in die Öffnung einführte, schlug Alain die Türplane des Zeltes auf. »Sallah ist endlich da!«

Jill, Professor Aydin und Daniel spähten zum Zelt hinaus. Draußen rannte Sallah ihnen entgegen. Jill schätzte den Jungen auf etwa achtzehn. Dessen schwarze, krausen Haare erinnerten sie an Achmed. Freudig grinsend hob Sallah seine Tasche in die Höhe. »Mister Aydin! Monsieur Dumant! Ich habe es gefunden!«

»Es wurde aber auch Zeit!«, sagte der Professor.

Sallah prüfte die zwei ihm unbekannten Gesichter mit einem skeptischen Blick.

»Es ist okay, das sind Freunde von mir, Dr. Carter und Daniel, ihnen kannst du vertrauen«, sagte Alain. »Jetzt zeig die Verlängerung.«

Sallah nahm ein Bündel dünner Metallrohre aus seiner Tasche.

Professor Aydin nahm die Rohre. »Wir haben nur noch bis siebzehn Uhr Zeit.«

Sallah schaute erschrocken auf seine Uhr. »Das ist in zwanzig Minuten! Entschuldigen Sie die Verspätung, es ging leider nicht schneller. Und mein Handy hatte keinen Akku mehr.«

Der Professor hastete zum Tisch mit dem Videoskop. Fachmännisch begann er, die Leitung des bestehenden Videoskop-Rohres von der Steuerung abzukoppeln, damit er die Verlängerung anhängen konnte. Daniel schaute bewundernd zu.

Jill drehte sich zum Zelteingang um. Wo blieb Alain?

Sie lief zurück zum Eingang und hob die Zeltplane auf. Die beiden Männer draußen guckten sie überrascht an. Alains Hand steckte in der Tasche, die ihm Sallah hinhielt.

Nach einer Sekunde sagte Ersterer: »Erwischt. Einen Moment noch.« Er wühlte kurz in der Tasche herum und zog schließlich eine Stangenpackung Zigaretten hervor. Er öffnete diese und entnahm zwei Packungen. Eine gab er Sallah, die andere steckte er selbst ein. Und grinsend sagte er zu Jill: »Meine Marke kriegt man hier nicht überall!«

Jill schüttelte bloß den Kopf. »Wir brauchen deine Hilfe. Komm jetzt!«

Alain winkte ab und sagte zu Sallah: »Alles klar?«

Sallah nickte nervös, und gemeinsam gingen sie ins Zelt hinein.

Der Professor navigierte bereits das verlängerte Videoskop im Innern der Kammer herum. »Jetzt verfügen wir um zwei Meter mehr Länge. Am liebsten würde ich versuchen, die Inschrift auf dem Schwert zu entziffern, aber dazu fehlt uns natürlich die Zeit. Wo soll ich anfangen?«

»Mit der Rückwand«, antwortete Jill rasch. »Gehen Sie mit der Kamera so nahe wie möglich an die Rückseite der Eule. Ich leite Sie.« Sie kniete vor der Eule der Minerva nieder, zog die Stahldrähte aus dem Schlitz und spähte in die Öffnung hinein. Dabei hielt sie die Hände wie Scheuklappen neben ihre Augen.

»Ich sehe etwas Licht! Steuern Sie die Kamera noch mehr nach links unten!«

Der Professor folgte der Anweisung, bis Jill plötzlich ruckartig ihren Kopf abwandte und sich die Augen zuhielt. »Volltreffer! Sie haben mich soeben mit der Lampe der Kamera geblendet. Die Öffnung ist also durchgehend!« Aufgeregt stand sie auf und trat vor den Monitor.

Sie zeigte auf eine Stelle am unteren Rand des Lochs. »Hier sieht man noch ein paar Tropfen Gießharz. Zum Glück ist das Harz rechtzeitig geronnen und nicht einfach hinaus geflossen. Das Schwert kann vermutlich von außen wie von innen als Schlüssel benutzt werden.«

Alain quittierte dies mit einem finsteren Blick. »So funktionieren die meisten Türen. Und wie hilft uns das nun weiter? Außer einem Schlitz ist auf dem Monitor nichts zu entdecken! Carter, wenn wir mit der Lampe die Öffnung beleuchten, kannst du vielleicht das Schloss knacken?« Er schaute Jill Hilfe suchend an.

Sie zögerte. »Einen Versuch ist es sicher wert.«

Plötzlich klingelte Alains Handy. Verdutzt schaute er aufs Display. »Eine unbekannte Nummer«, sagte er und nahm den Anruf entgegen.

Eine Weile hörte er bloß zu. Dann stammelte er: »Ja … ja, ich komme«, bevor er das Gerät wieder wegsteckte.

»Was ist los?«, fragte der Professor.

»Die Entführer«, sagte Alain gehetzt. »Ich soll sofort beim Parkeingang erscheinen. Sie haben etwas, das uns helfen könnte.«

»Was denn?« Jill blickte Alain skeptisch an.

»Keine Ahnung, aber ich gehe besser hin. Ihr macht hier weiter.« Alain steckte sein Handy ein und klopfte beim Hinausgehen Sallah auf die Schulter.

Der Professor blickte nervös auf die Uhr. »Ich möchte mich lieber nicht auf die Hilfe von Verbrechern verlassen. Dr. Carter, wie sieht es bei Ihnen aus?«

Mit den Stäben in der Hand wandte sich Jill wieder dem Schlüsselloch zu. Doch bevor sie dem Professor antworten konnte, klingelte plötzlich dessen Handy.

»Es ist Alain. Was ist bloß los?« Der Professor nahm wortlos ab. Nach einer Weile sagte er verdutzt: »Ja, wir kommen sofort«, und legte auf. »Wir müssen zu Alain, schnell. Er braucht unsere Hilfe. Sallah, du bleibst hier und bewachst das Zelt.«

Der Angesprochene nickte heftig. Jill ließ vom Schlüsselloch ab und stand auf. »Hat er gesagt, worum es geht?«

Der Professor schüttelte nur den Kopf und lief los. Draußen sagte er schließlich: »Aber es klang sehr dringend.«

Wenig später erreichten sie den Parkeingang. Alain stand etwas abseits und winkte sie zu sich. Etwas überrascht stellte Jill fest, dass Alain allein war und absolut nichts bei sich hatte.

Wofür braucht er unsere Hilfe?

Als sie ihn erreichten, blickte Alain sie zerknirscht an. »Carter, es tut mir leid.«

XX

»Was geht hier vor?«

Jill blickte fragend zum Professor, doch dieser schien von der Situation nicht überrascht. Stattdessen sagte er entschuldigend: »Es handelte sich um ein kleines Ablenkungsmanöver, um Sie vom Zelt wegzulocken. Wir haben Sallah nicht nur wegen des Videoskops losgeschickt, sondern ...«, er schaute um sich, ob niemand mithörte, »... um Sprengstoff zu besorgen. Wie ich Ihnen bereits sagte, treibt Sallah alles Mögliche und Unmögliche auf. Wir haben ihn angewiesen, die Archimedes-Wand zu sprengen, damit wir endlich an das Schwert gelangen. Auch wenn es meiner Archäologenseele wehtut.«

Jill schaute den Professor verblüfft an. Dann wandte sie sich zu Alain. »In Sallahs Rucksack waren nicht nur Zigaretten. Du hast dir den Sprengstoff angeschaut, nicht wahr?«

Alain verneinte. »Das wollte ich, aber du kamst vorher dazwischen. Sallah sagte mir, dass er seinem Onkel eine Stange Dynamit abgeknöpft hatte. Modernen Sprengstoff konnte er nirgends finden.«

»Professor Aydin, wollen Sie wirklich die Archimedes-Wand in Stücke sprengen lassen?«, sagte Jill ungläubig. »Damit ruinieren Sie ihren Ruf!«

Der Professor antwortete ruhig, aber ernst: »Ich würde sogar das ägyptische Museum in Kairo in die Luft sprengen, falls ich damit das Leben meiner Tochter retten könnte.« Mit einer leicht entspannteren Mine fügte er hinzu: »Natürlich nur, wenn dabei niemand zu Schaden käme. Und der Bereich mit den Funden von Tutanchamun nicht betroffen wäre. Also, auch die Statue Echnatons dürfte nicht ...«

Jill fiel ihm ins Wort. »Okay, ich verstehe. Plan B läuft auf die harte Tour, und in gut zehn Minuten rufen die Entführer an. Aber wieso habt ihr mich nicht vorher eingeweiht?«

»Weil du es uns ausgeredet hättest, nicht wahr?«, fragte Alain.

Bevor Jill antworten konnte, kam Sallah schnaufend angerannt. »Alles in Ordnung. In etwa einer Minute geht es los! Niemand ist in der Nähe der Archimedes-Wand.«

Alain nickte zufrieden, und der Professor lächelte den Jungen dankbar an.

Jill blickte um sich. Plötzlich fuhr es ihr durch Mark und Bein. »Hat jemand von euch Daniel gesehen?«

XXI

Daniel wusch sich hektisch die Hände und verließ daraufhin das Toilettengebäude.

Nachdem im Zelt die Untersuchung mit dem verlängerten Videoskop begonnen hatte, war sein Blasendruck ins Unerträgliche gestiegen. Ihm war es peinlich, in diesem wichtigen Moment zu versagen und die Spannung nicht aushalten zu können, darum hatte er sich weggeschlichen und war zur Toilette gesaust.

Jetzt wollte er schleunigst wieder zurück. Auf dem Weg sah er in etwa fünfzig Meter Entfernung, wie Sallah in Richtung Parkeingang rannte.

Muss Sallah noch was anderes besorgen?, dachte Daniel und stürmte zum Ausgrabungszelt.

Dort angekommen, schaute er sich erstaunt um. »Wo sind denn alle?« Graue Schwaden hingen in der Luft. Daniel schnupperte und rümpfte die Nase.

Zigarettenrauch?

Daniel bemerkte nicht, dass die Videoskop-Leitung herausgerissen am Boden lag. Auch nicht, dass jemand stattdessen einen roten Stab im Loch der Probebohrung platziert hatte.

Und so entging ihm das Wichtigste: die filterlose, schon fast abgebrannte Zigarette an der Lunte des Stabes.

XXII

Jill rannte beinahe eine Touristin um. Fluchend stellte sie fest, dass sie sich nicht erinnern konnte, wann Daniel das Zelt verlassen hatte. Das Videoskop hatte sie derart abgelenkt, dass sie ihren Praktikanten vergessen hatte.

Beim Eingang zur Grabungsstelle angekommen, sah sie auf einer Entfernung von hundert Metern, wie Daniel ins Zelt trat.

Scheiße!

Sie rannte schneller.

Sie erreichte das Zelt und stieß fast mit Daniel zusammen, der gleich hinter dem Eingang stand und sich irritiert umblickte. Sie packte ihn an den Armen.

»Daniel, wir müssen hier ...«

In diesem Moment sprühten Funken auf den Boden, die Zündschnur fing Feuer.

Eine verdammt kurze Zündschnur, registrierte Jill mit einem Blick.

Sie stieß Daniel in Richtung Zeltausgang. Dabei geriet dieser aus dem Gleichgewicht und stürzte der Länge nach hin. Jill warf sich auf ihn und schrie: »Kopf runter!«.

Das Dynamit ist keine fünf Meter entfernt. Es wird jeden Moment ...

XXIII

16.51 Uhr

Ploff.

Jill wartete auf die Detonation, sie hörte aber nur ein zweites, sanftes *Ploff.*

Langsam hoben sie und Daniel ihre Köpfe. Überrascht sahen sie, wie die vermeintliche Dynamitstange noch einige Male einen farbenfrohen Sprühregen an die gegenüberliegende Zeltwand ausspuckte, bevor sie erlosch.

Etwas verlegen standen die beiden auf und klopften sich den Sand ab. »Was ist denn eigentlich los?«, fragte Daniel.

Jill räusperte sich. »Ich dachte, dass hier gleich Dynamit explodiert. Das war jedenfalls der Plan. Deren Plan. Ich wusste nichts davon.« Während Jill redete, wurde Daniel immer blasser.

Sie traten aus dem Zelt und sahen, wie Alain auf sie zurannte. Der Professor und Sallah kamen wenig später nach.

Als sie alle wieder im Zelt versammelt waren, deutete Jill auf die Überreste der roten Stange. »Das war kein Dynamit, sondern ein Feuerwerkskörper. Sallah, wer hat dir das gegeben?«

Sallah hob beschwichtigend seine Hände. »Ich habe es aus dem Keller meines Onkels. Er war nicht zu Hause, aber ich wusste, dass ...«

»Egal, jetzt ist es zu spät!«, brüllte Alain und trommelte mit seinen Fäusten an die Wand. »So eine

Scheiße, verdammt! Was sollen wir jetzt bloß machen? *Was?«*

Der Professor starrte mit leeren Augen auf die Wand des Archimedes. »Yasmin hätte nie nach Alexandria kommen dürfen. Wieso habe ich das nur zugelassen?«

Wortlos verließ Jill das Zelt. Sie musste ihren Kopf klarkriegen und nachdenken. Sie hätte jetzt tot sein können. Und ihr Praktikant auch. Daniel übte sich heute immer wieder in der Disziplin *zur falschen Zeit am falschen Ort.* Mit grandiosem Erfolg.

Die Sonne schien noch grell, obwohl sie schon in einer Stunde untergehen würde. Jill versuchte sich einzureden, dass sie bei der geplanten Übergabe mit einem Handel vielleicht etwas Zeit schinden konnten. Ein Tag genügte, um eine Kopie des Harzabdruckes zu fertigen.

Allerdings hatte das Tor über sechzehn Jahrhunderte auf dem Buckel. Es gab tausend Gründe, warum der Schlossmechanismus nicht mehr funktionieren würde.

Die Sonne blendete sie, sodass sie sich von ihr wegdrehte. Sie schaute kurz zu den gegenüberliegenden Wohnhäusern auf, als ein gleißendes Licht wie ein Laserstrahl in ihre Augen stach.

»Gottverdammt!«, fluchte Jill. Eine Fensterfassade spiegelte das Sonnenlicht direkt in ihr Gesicht und ließ nun auf ihrer Netzhaut weißgelbe Punkte tanzen. Benommen stand sie da und wartete darauf, wieder normal sehen zu können.

Die Sonne. Die kreisrunde Sonne.
Archimedes.
Störe meine Kreise nicht.

Die Lichtpunkte flimmerten noch immer vor ihren Augen, als ihr plötzlich eine Idee durch den Kopf schoss.

XXIV

16.53 Uhr

Jill rannte zurück in das Zelt und stellte sich direkt vor die Wand. »Ich weiß vielleicht, wie wir das Ding öffnen können.«

Alle schauten sie überrascht an.

»Was? Wie denn?«, fragte Alain in ungläubigem Ton.

Jill untersuchte die eingravierte Sonne und deren Strahlen sorgfältig mit den Fingern und pustete die Rinnen aus.

»Tatsächlich. Die Kerben der eingeritzten Strahlen sind kantig, jene des Sonnenkreises jedoch abgerundet.«

Professor Aydin nickte. »Wir haben diesen Unterschied ebenfalls festgestellt. Es scheint, dass die Baumeister damals für die Gravuren zwei verschiedene Werkzeuge benutzten.«

»Mehr als das!« Jill schaute sich im Zelt um und griff nach der Bohrmaschine, mit der Alain das Loch für das Videoskop gebohrt hatte. »Ich brauche eine Hakenschraube, einen passenden Steinbohrer sowie einen Dübel dazu und ein bisschen Seil. Und zwar jetzt.«

Alain reagierte als Erster. »Sallah, im Lager müsste noch ein Seil von den Versuchen mit dem Flaschenzug herumliegen. *Jallah!*«

Sallah rannte los. Alain wühlte selbst kurz in der Werkzeugbox herum und drückte Jill die verlangten Dinge in die Hand.

Jill ließ den Steinbohrer in das Bohrfutter ein. »Unser toter Freund hier im Raum besitzt also den Schlüssel, um hineinzukommen. Gehen wir davon aus, dass das Schwert das einzige seiner Art ist. Warum sollte er sich in einem leeren und daher völlig wertlosen Raum einsperren und später nicht mehr hinausgehen?«

Daniel versuchte, Jills Gedanken zu folgen. »Weil das Schwert äußerst wertvoll ist und er vermeiden wollte, dass es in falsche Hände gerät?«

Professor Aydin fügte hinzu: »Nicht das Gold macht das Schwert unbezahlbar. Der Mann wollte die Inschrift verstecken!«

»Genau das denke ich ebenfalls. Aber früher, als sich in diesem Raum vermutlich Hunderte Schriftrollen stapelten, diente das Schwert ausschließlich als Schlüssel. Möglicherweise erhielt die Klinge erst später die Inschrift.« Jill schloss den Stecker der Bohrmaschine an eine Stromschiene an.

»Worauf willst du hinaus?«, fragte Alain.

»Was wäre, wenn der einzige Schlüssel einer Tür zerbricht, verloren geht oder gestohlen wird?«, entgegnete Jill. »Falls die Tür geschlossen ist, wie diese hier, bleibt der Inhalt dahinter so lange unerreichbar, bis ein neuer Schlüssel geschmiedet ist. Wenn das überhaupt möglich ist.«

Der Professor runzelte zuerst die Stirn, dann plötzlich hoben sich seine Augenbrauen. »Die Tür müsste einen zweiten Öffnungsmechanismus besitzen! Welcher nur einmal ausgelöst werden kann, ein Notöffner sozusagen.«

Jill nickte. »Unser toter Kamerad da drinnen wusste dies natürlich. Und Archimedes weist uns darauf hin.«

Sie setzte den Steinbohrer in der Mitte der Sonne an. »Störe meine Kreise nicht«, murmelte sie zu sich selbst und bohrte ein Loch in den Kreis.

»Und du denkst, diese Notöffnung hat etwas mit der eingravierten Sonne hier zu tun?«, fragte Alain.

»Vielleicht. Wir werden es gleich wissen.« Sie stieß den Dübel in das soeben gebohrte Loch, drehte die Hakenschraube hinein und nahm dem zurückgekehrten Sallah das Seil aus der Hand. Sie befestigte es am Haken und zog anschließend kräftig daran. Nichts geschah. »Ich könnte hier etwas Hilfe gebrauchen. Kommt, packt an!«

Die anderen vier griffen ebenfalls nach dem Seil.

Jill ging in Position. »Los! Zieht!«, brüllte sie. Alle rissen am Seil, doch die Wand bewegte sich keinen Millimeter.

Jill trieb sie an. »Fester!« Nochmals zerrten sie mit aller Kraft, und diesmal ging ein kurzer Ruck durch das Seil.

Ungläubig schauten alle an die Wand. Sie stand immer noch am gleichen Ort, aber der Sonnenring ragte nun ein Stückchen aus der Mauer heraus.

Der Professor stellte verwundert fest: »Der Kreis ist gar keine Kerbe in der Wand, sondern der Übergang zu einem Steinkorken in einem Loch.«

Jill lächelte. »Und ich nehme an, dass wir dadurch an einen Hebel oder sonstigen Auslöser gelangen. Weiter!«

Nun zerrten sie wie verrückt, bis der Steinkorken plötzlich ganz zur Mauer herauspuffte. Alle fielen hin und starrten nach vorn: Ein etwa dreißig Zentimeter breites Loch klaffte nun in der Wand.

Als Jill mit ihrer Taschenlampe hineinleuchtete, erkannte sie zunächst gar nichts. Sie schloss die Augen und pustete ein paar Mal in die Vertiefung. Als sich der Staub legte, schaute sie nochmals hinein. Alain gesellte sich zu ihr.

»Was zum Teufel ist das?« Der Franzose zog nun ebenfalls seine Taschenlampe hervor. Die beiden sahen nur eine trübe, gläserne Scheibe am Boden des Lochs.

Alain griff mit der Hand in die Öffnung und versuchte, die Scheibe hineinzudrücken oder zu bewegen. »Da ist kein Hebel, nur dickes *Glas!* Lass es uns zertrümmern.«

Etwas verdutzt tastete nun Jill das Innere der Öffnung ab. Sie hätte wetten können, eine Art Auslöser vorzufinden. Aber Glas? Sie betastete die Oberfläche der Scheibe und bemerkte, dass diese eine leicht nach außen gewölbte Form hatte. Das ergab keinen Sinn. Glas war zerbrechlich, als Baustoff in diesem Fall völlig ungeeignet. Und was hatte Archimedes mit Glas ...

Archimedes.

»Nein, wir zerschlagen das Glas nicht!«, sagte Jill bestimmt.

Der Professor sowie Daniel und Sallah versuchten, einen Blick in die Öffnung zu erhaschen.

»Was willst du denn sonst machen?«, fragte Alain, bereits mit einem Hammer in der Hand.

»Licht!« Jill lächelte ihn geheimnisvoll an. »Wir öffnen diese verdammte Tür mit Sonnenlicht.«

XXV

»Sonnenlicht?« Der Professor und Alain schauten Jill an, als hätte sie den Verstand verloren. »Die Entführer rufen jeden Augenblick an!«

»Das Einzige, was wir brauchen, ist ein Spiegel. Irgendeiner. Habt ihr hier im Zelt so etwas?«

Daniel reagierte sofort: »Auf der Toilette für Touristen hängen ein paar an der Wand. Die können wir abnehmen!«

»Sehr gut! Sallah, geh mit ihm, schnell!«

Die beiden stürmten hinaus. Jill wandte sich wieder den anderen zu.

»Jetzt benötige ich ein Messer, wir müssen ein Loch in das Zelt schneiden.« Sie schaute kurz nach draußen, um den Stand der Sonne zu prüfen.

Alain kramte in der Werkzeugkiste und reichte ihr schließlich ein altes Pfadfindermesser. Damit schlitzte Jill gegenüber der Archimedes-Mauer einen viereckigen Ausschnitt in die Zeltwand. In diesem Moment klingelte das Handy des Professors.

»Die Erpresser rufen an! Ich ... Was soll ich tun?« Er schaute Hilfe suchend in die Runde, während das Handy zum zweiten Mal läutete.

»Sagen Sie denen, dass wir das Schwert haben und bereit sind für die Übergabe. Und dass Sie mit Ihrer Tochter reden wollen«, sagte Jill bestimmt.

Alain fuhr herum: »Was ist, wenn wir das Tor nicht öffnen können? Herrgott, ich weiß ja noch nicht mal, was du vorhast!«

Das Mobiltelefon klingelte zum dritten Mal. »Ich hoffe, Sie wissen, was Sie tun.« Der Professor nahm den Anruf entgegen und sagte: »Wir haben das Schwert. Aber zuerst will ich mit meiner Tochter sprechen.«

Seine Gesichtszüge weichten plötzlich auf, und eindringlich sprach er ins Handy: »Yasmin! Geht es dir ...«

Sofort verfinsterte sich sein Gesicht wieder. »Wenn Sie meiner Tochter etwas antun, dann ...« Er hielt einen Moment inne und sagte daraufhin: »Wann und wo soll der Tausch stattfinden?«

Jills Herz pochte. Sie war sich ihrer Sache sicher, nur garantierte ihr niemand, dass der Öffnungsmechanismus des Tores noch funktionierte. Inständig hoffte sie, dass sie sich soeben nicht verzockt hatte.

Der Professor quittierte die Angaben seines Gegenübers am Telefon jeweils mit einem knappen »Ja«. Am Schluss schwoll seine Stimme jedoch an. »Nein, nein, das reicht nicht. Hören Sie, wir brauchen mindestens ...« Dann brach das Gespräch bereits ab. Bestürzt schauten ihn die beiden anderen an.

»Sie wollen uns an der Küste treffen. Direkt am Eingang der Qaitbay-Zitadelle. In dreißig Minuten.«

»Eine halbe Stunde? Dann müssten wir jetzt schon losfahren«, schrie Alain. »Gottverdammt, das reicht nie im Leben! Wo zur Hölle sind die Jungs? Sallah!«

»Wir haben einen Spiegel gefunden!« Sallah kam angerannt, außer Atem und mit einem rechteckigen Wandspiegel unter dem Arm. Hinter ihm rang Daniel nach Luft.

Jill nahm Sallah den Spiegel ab und stellte sich direkt neben dem Zelt bei der ausgeschnittenen Öffnung hin. Die anderen versammelten sich links und rechts des Ausschnitts, jedoch innerhalb des Zeltes.

Jill reinigte den Spiegel hastig mit einem Taschentuch, hielt ihn hoch und richtete ihn schief zur Sonne hin aus. Ein Lichtfleck erschien auf der Zeltaußenwand. Nun lenkte sie das Sonnenlicht durch den Ausschnitt in das Zelt hinein, bis der gleißende Lichtstrahl in die Öffnung des Sonnenkreises fiel.

Niemand sagte ein Wort. Alle schauten gebannt auf die Wand und wussten dabei nicht genau, was passieren sollte.

Die umgeleiteten Sonnenstrahlen tauchten den Raum in ein magisches Licht, Tausende reflektierende Staubpartikel tanzten darin. Jill versuchte, den Spiegel ruhig zu halten, und achtete darauf, dass der Lichtstrahl möglichst senkrecht auftraf.

»Verdammt, wie lange wird das dauern, Carter?«, fragte Alain. »Bist du sicher, dass wir hier nicht unsere Zeit …«

»Schhhht! Hört ihr das?« Der Professor hob beschwörend den Zeigefinger.

Die anderen lauschten angestrengt in die Stille hinein. Ein kaum wahrnehmbares Zischen ertönte, ähnlich der brennenden Lunte des Dynamits.

Ein dumpfes *Klonk* ließ alle aufzucken. Wie von einer unsichtbaren Hand bewegt, drehte sich der kreisrunde Kopf der Eule langsam um 180 Grad herum. Eine unheimliche Pause folgte.

Schweißtropfen trieften von Jills Stirn. »Jetzt müsste irgendwo in der Wand eine kleine Tür oder Öffnung aufgehen ...«

Ein dröhnender Knall erklang, als die jahrhundertelang eingerasteten Verschlüsse ihre Last freigaben. Das Zelt vibrierte, als sich die *gesamte* Archimedes-Wand langsam wie eine kettenlose Zugbrücke heruntersenkte.

»Faszinierend«, raunte Professor Aydin.

Mit großen Augen wähnte sich Jill wie vor einer mittelalterlichen Burg, die ihnen endlich Einlass gewährte. Die Erde bebte leicht, als die Steinplatte dumpf auf dem Boden aufschlug und im Zelt eine Wolke aus Sand und Staub aufwirbelte.

»Heureka«, flüsterte Jill erleichtert.

XXVI

17.06 Uhr

»Eine Brennlinse?« Daniel wiederholte hustend die Worte seiner Chefin und wedelte gleichzeitig die Staubwolke weg.

»Genau!« Jill starrte gebannt auf die heruntergelassene Zugbrücke. »Als ich zuvor nach draußen gegangen bin, hat mich ein an den Häuserfenstern gespiegelter Sonnenstrahl geblendet. Da kam mir in den Sinn, dass Archimedes der Legende nach einen Hohlspiegel verwendet hat, um römische Kriegsschiffe in Brand zu setzen. Ein solcher Brennspiegel funktioniert gleich wie eine konkave Linse. Und hier drin ...«, sie deutete auf das Loch in der Wand, »... ist das Gegenteil davon verbaut, eine konvexe Linse.«

Die Staubwolke lichtete sich allmählich, und die Kammer dahinter erhellte sich. Kühle, stinkende Luft stieg ihnen entgegen.

»Eine übergroße Version der runden Leselupe meiner Großmutter«, murmelte Alain.

Ungläubig und ergriffen stieg Professor Aydin langsam auf die Zugbrücke aus Stein. »Im Brennpunkt der Lupe muss ein Seil oder etwas Ähnliches den Öffnungsmechanismus blockiert haben.« Ein stechender Geruch von versengtem Material lag in der Luft.

»Es riecht nach verbranntem Harz.« Daniel stieg nun ebenfalls auf die Steinplatte und stolperte beinahe über einen herausstehenden, mit einem Loch versehenen Knauf am oberen Ende.

»Archimedes«, sprach der Professor ehrfürchtig und schritt an den Rand der Kammer.

»Wir dürfen keine Zeit verlieren.« Alain lief Richtung Innenraum.

Professor Aydin hielt ihn mit seinem Arm zurück. »Moment. Dr. Carter? Würden Sie bitte für uns das Schwert holen? Sie haben es sich verdient!«

Überrumpelt konnte Jill zunächst nichts darauf erwidern. Sie bemerkte Alains enttäuschten Blick. Schnell lief sie zu Professor Aydin und hielt beim Kammereingang inne. »Sind Sie sicher?«

»Geben Sie nur acht, wohin Sie treten, Dr. Carter.« Der Professor sprach in völligem Ernst.

»Alles klar.« Jill fühlte sich beobachtet wie an ihrem ersten Praktikums-Tag. Sie lief behutsam an dem Toten vorbei. Während sie über den ausgestreckten Arm des Unglücklichen schritt, konnte sie dessen Gesicht – oder was davon übrig war – aus der Nähe sehen. Auf der dunklen ledrigen Haut stachen sogar noch einige Barthaare heraus.

Erstaunlich gut erhalten, dachte sich Jill und fokussierte sich wieder auf das blass schimmernde Schwert. Noch zwei Schritte ...

Bedächtig legte sie ihre Hand um das Heft. Es fühlte sich kühl an. Sachte hob sie das goldene Artefakt auf. Erhaben und schwer lag die Waffe in ihrer Hand. Die Inschrift bedeckte beide Klingenseiten und teilte sich in insgesamt vier Zeilen auf. Es handelte sich um griechische Buchstaben, doch ihr fehlte die Zeit, sie zu entziffern.

Flink lief sie über ihre eigenen Schuhabdrücke zurück und übergab Professor Aydin das Schwert mit beiden Händen. Fast hätte sie dabei ihren Blick gesenkt, als wollte sie zur Ritterin geschlagen werden.

Der Professor ergriff das Schwert wortlos und studierte sofort die Klinge. Er schien für einen Moment alles um sich herum zu vergessen. Dann kam er in Bewegung. »Sallah, könntest du hier die Stellung halten? Wir müssen jetzt los. Sag zu niemandem etwas, auch nicht den Wächtern.«

Sallah schaute ihn fragend an. »Aber wenn jemand hereinkommt, dann sieht er doch die Leiche und stiehlt sie womöglich?«

Alain nickte. »Die sind glatt fähig, hier alles zu ruinieren!«

»Irgendwie muss sich das Tor von innen verschließen lassen«, sagte Daniel. »Dieser Knauf hier«, er deutete auf den Henkel, über den er vorhin gestolpert war, »könnte dazu gedient haben, die Zugbrücke mit einem Seil von der Kammer aus hochzuziehen.« Er trat an das heruntergelassene Ende der Steinplatte und griff entschlossen mit seinen Händen unter den Rand.

Alain schüttelte den Kopf. »Junge, dieses Ding wiegt mehrere Tonnen, keine zehn Pferde ...«

Verblüfft sahen alle zu, wie Daniel das Tor mit einer Leichtigkeit anhob, als handelte es sich um ein modernes Schrankbett. Mit einem dumpfen Knall fügte sich das Tor nahtlos in die Wand ein.

»Da müssen enorme Gegengewichte vorhanden sein. Einfach unglaublich!«, sagte Professor Aydin und wies mit der Schwertspitze zur Eule der Minerva. »Sollten wir nicht zur Sicherheit die Haustür abschließen?«

Während Jill ob des unbeabsichtigten Witzes schmunzelte, nahm Alain dem Professor das Schwert aus der Hand und wickelte es in ein Tuch ein. »Wir haben schon genug Zeit vertrödelt. Los jetzt!«

Jill und Daniel schnappten sich ihre Rucksäcke und rannten mit den anderen aus dem Zelt, nur Sallah blieb zurück. Wenig später hatten sie den Park schon verlassen.

»Da drüben steht mein Auto. Wir haben bloß noch fünfzehn Minuten!« Alain steuerte auf einen silbernen Land Rover zu. Die anderen folgten ihm.

Jill und der Professor stiegen hinten ein, Daniel setzte sich auf den Beifahrersitz.

»Festhalten! Jetzt wird's ruppig!« Alain ließ den Motor aufheulen und hupte drauflos. Mehrere Touristen sprangen zur Seite, als er waghalsig die Sherif-Straße hinunterjagte. Dabei nahm er kaum die Hand von der Hupe.

Als sie auf einer befestigten Straße angekommen waren, wickelte Professor Aydin das Schwert aus dem Tuch und legte es sorgfältig auf seinen Schoß. Jill widerstand der Versuchung, die Klinge zu berühren. Gemeinsam lasen sie die Inschrift mit den griechischen Buchstaben.

»Mein erster Eindruck bestätigt sich leider«, sagte der Professor.

Jill nickte.

»Was ist? Was steht auf dem Schwert?«, rief Alain.

Sichtlich enttäuscht erwiderte Professor Aydin: »Gar nichts.«

XXVII

»Gar nichts? Was soll das heißen?« Alain runzelte die Stirn.

Der Professor beugte sich noch näher über die Klinge, als traute er seinen Augen nicht. »Es ist pures Kauderwelsch. Sinnlos aneinandergereihte griechische Buchstaben. Kein einziges Wort ist erkennbar. Da muss sich jemand einen üblen Scherz erlaubt haben.«

Alain trat aufs Gas und überholte zwei Taxis. »Das darf doch nicht wahr sein! Niemand macht sich die Mühe, ein Schwert aus Gold zu fertigen, um es anschließend ...«

»Verschlüsselt!«, rief Daniel begeistert. »Der Text ist codiert, damit es nicht jeder lesen kann!«

Die beiden gestandenen Archäologen auf den Rücksitzen starrten zunächst Daniel, dann sich gegenseitig an, bevor ihre Blicke wieder zur Inschrift wanderten.

»Eine chiffrierte Nachricht. Bei Allah«, raunte der Professor und fuhr mit einem Finger über die Schriftzeichen. »Wo genau haben Sie studiert, junger Mann?«

»An der Universität Leipzig«, erwiderte Daniel. Professor Aydin nickte ihm anerkennend zu.

Jill nahm inzwischen ihr Handy hervor. »Ich mache einige Fotos. Um die Entschlüsselung kümmern wir uns nach der Übergabe!«

»Dann beeile dich besser!«, rief ihr Alain zu. »Da vorn liegt schon die Küste!« Einige Minuten später schlängelte sich der Land Rover durch den lärmenden Abendverkehr entlang der El-Gaish Straße. Alain verfluchte das Gedränge und schaute immer wieder besorgt auf die Zeitanzeige im Armaturenbrett.

Jill sah auf die ovalförmige Bucht, die sich zu ihrer Rechten öffnete. Unzählige Boote und Jachten tummelten sich am dort gelegenen Hafen, auf der gegenüberliegenden Seite lag das sich im Licht spiegelnde Glasdach der Bibliotheca Alexandrina, kaum zwei Kilometer von ihnen entfernt. Das Gebäude schien wie eine Sonne im Meer zu versinken.

»Da vorn ist die Zitadelle!«, rief Alain.

Er zeigte auf ein quadratisch angeordnetes Fort, umrundet von einer stattlichen Festungsmauer. An drei Seiten brandete das Meer an die Festung. Abgerundete Zinnen thronten auf allen Mauern, und jede Ecke wurde durch einen Turm abgeschlossen. In der Mitte stand ein Fahnenmast mit einer immensen ägyptischen Flagge.

Sie beugte sich nach vorn zu Daniel. »Ursprünglich wurde die Zitadelle vor über fünfhundert Jahren als Schutz gegen die Osmanen gebaut. Nun beherbergt sie ein Marinemuseum und eine kleine Moschee. Hier erhob sich einst der Pharos von Alexandria, ein Leuchtturm mit über hundert Metern Höhe. Das antike Weltwunder ist jedoch nach mehreren Erdbeben im vierzehnten Jahrhundert komplett zusammengestürzt. Später benutzte man die Steine der Ruine für den Bau der Zitadelle hier.«

Eine Vollbremsung unterbrach sie.

»Dort drüben ist der Eingang!« Alain zeigte auf ein Bogentor in der Steinmauer. Gleichzeitig schaute er auf die Uhr. »17.32 Uhr. Hoffentlich nehmen sie es nicht zu genau mit der Pünktlichkeit!« Sie stiegen aus, der Professor mit dem eingewickelten Schwert in der Hand.

Alain wandte sich zu Jill und Daniel. »Ihr zwei bleibt hier und rührt euch nicht vom Fleck! Wenn wir in einer halben Stunde nicht zurück sind, ruft ihr die Polizei. Ironischerweise gibt es gleich hinten um die Ecke eine Polizeistation.« Er klopfte Jill auf die Schulter und gab ihr die Autoschlüssel.

Jill wollte zuerst protestieren, doch dann erinnerte sie sich daran, dass ihre Aufgabe erledigt war. »Also gut. Viel Glück«, sagte sie nur. Alain nickte und hechtete dem Professor hinterher.

Beim Torbogen wartete ein uniformierter Museumsangestellter auf den Professor und Alain. Der Professor ging direkt auf ihn zu, ohne etwas zu sagen. Der untersetzte Mann lächelte ihn schief an. »Mister Aydin?«

Der Professor schaute etwas nervös zu Alain und antwortete mit einem Nicken.

»Bitte treten Sie ein! Man erwartet Sie schon vor dem Main Tower. Ab 17 Uhr ist der Eintritt gratis!« Das dazugehörige Lächeln war noch schiefer als sein Witz.

Der Professor hastete unbeeindruckt voraus. Im Vorbeigehen sah er ein Schild, das die Öffnungszeiten anzeigte. Die Zitadelle blieb jeden Tag nur bis 17 Uhr geöffnet.

Im teilweise begrünten Innenhof von der Größe eines Fußballplatzes hielt sich niemand auf. Nur vor dem Eingang der Burg selbst standen zwei weitere uniformierte Männer.

Der Professor schritt entschlossen voran. Im Innenhof herrschte eine Todesstille, nur von draußen dröhnte eine Autohupe.

»Wo ist meine Tochter? Ich will sie sofort sehen!«, fauchte Professor Aydin die Männer am Eingang an und wedelte mit dem verhüllten Schwert vor deren Gesichtern herum.

»Nur die Ruhe«, antwortete einer der beiden. Er öffnete kurz den Kittel und präsentierte eine Waffe. Auch die tätowierte Träne unter seinem Auge ließ erahnen, dass er nicht hauptberuflich in Museen arbeitete.

Der Mann nahm ein Funkgerät zur Hand, bellte einen knappen Befehl auf Arabisch hinein und zeigte daraufhin auf die Spitze des linken Eckturmes der Festung.

Professor Aydin und Alain folgten mit ihren Blicken der Richtung des ausgestreckten Armes. Eine Gestalt mit verhülltem Kopf erschien zwischen den Zinnen. Ein bärtiger Mann mit Glatze stand direkt dahinter und zog mit einem Ruck den Sack vom Kopf der Person.

»Yasmin!«, schrie Professor Aydin.

XXVIII

Qaitbay-Zitadelle, Alexandria

17.36 Uhr

Daniel trat von einem Fuß auf den anderen. »Ich habe bei der Sache kein gutes Gefühl«, flüsterte er, nachdem Alain und der Professor im Eingang verschwunden waren.

»Das geht mir genauso«, erwiderte Jill. Sie öffnete die Autotür und setzte sich auf den Fahrersitz. Dann steckte sie den Schlüssel rein und drehte ihn bis zur Zündung.

»Wo fahren Sie hin?«, fragte Daniel.

Jill stieg wieder aus. »Ich schaue mir die Sache aus der Nähe an. Setz dich in das Auto, warte auf mein Zeichen und hupe dann zehn Sekunden lang, okay? Und vergiss nicht, notfalls in einer halben Stunde die Polizei zu rufen!«, sagte sie und schlich in Richtung Eingang.

***

Verdattert setzte sich Daniel ins Auto und sah, wie Dr. Carter sich an der Schutzmauer entlang zum Torbogen schlich. Schweißperlen traten aus seinen Poren, als sie ihm zuwinkte und er daraufhin eine nervtötende Ewigkeit auf die Hupe drückte.

Der Lärm lockte den uniformierten Mann vom Torbogen weg, der sich sogleich wild gestikulierend dem Auto näherte. Daniel erkannte gerade noch, wie Jill unbemerkt in den Eingang hastete.

Er verkniff sich ein Siegeslächeln und stoppte die Huperei. Der wütende Wächter erreichte ihn und redete energisch und mit tadellosem Englisch auf ihn ein, doch Daniel antwortete ihm stur auf Deutsch. Er tat dies hin und wieder, um hartnäckige Händler loszuwerden. Er ergänzte es mit bedauerndem Schulterzucken, deutete auf die Hupe und sagte: »Kaputt.« Das war eines der wenigen deutschen Worte, die man weltweit verstand, jedenfalls ließ der Wächter von ihm ab und kehrte zurück zum Eingang.

Für Daniel begann jetzt die Warterei. *Doch meine Chefin weiß, was sie tut,* dachte er. *Ganz bestimmt.*

***

Als Jill durch den Eingang schlich, erspähte sie den Professor und Alain, die auf zwei Männer vor der Burg zuliefen. Sie verharrte in Deckung und schaute sich um. Sonst schien sich niemand im Innenhof aufzuhalten.

Die Entführer müssen sich in ihrer Festung sehr sicher fühlen.

Als draußen die Hupe verstummte, wusste sie, dass ihr nicht mehr viel Zeit blieb. Im Schutze eines Geländers rannte sie eine schmale Seitentreppe hinauf, die direkt auf die breite Festungsmauer führte. Geduckt preschte sie entlang des Mauerrandes rund um den Innenhof, bis sie eine kleine Nische entdeckte. Von hier aus bot sich ihr ein guter Ausblick auf die rechte Seite der Burg.

Doch was sie sah, gefiel ihr gar nicht.

XXIX

Professor Aydin hörte sein Herz pochen. Verzweifelt hob er die Hand in Richtung seiner Tochter. Drei Stockwerke trennten sie voneinander, und Yasmins Oberkörper lehnte bereits gefährlich weit über die Kante hinaus. Ihre schwarzen, zerzausten Haare hingen hinab, doch sie erblickte ihren Vater. »Baba!«

»Yasmin! Es wird alles gut!«, schrie er ebenfalls auf Türkisch zurück.

Oben zerrte der bärtige Kerl Yasmin wieder von der Burgzinne. Plötzlich stand Alain neben dem Professor, entriss ihm das Schwert und reichte es dem falschen Wärter mit dem Tränentattoo. »Also los, bringt sie runter! Ihr habt jetzt, was ihr wollt!«

Der Mann lächelte ihn gleichgültig an. »Du weißt, dass mein Gebieter zuerst das Artefakt besichtigen muss. Wartet hier, ich bin gleich zurück.«

Der Mann drehte sich um, stieg ein paar Stufen hinauf zum Eingang der Festung und verschwand dahinter.

Kurz darauf kam er wieder, ohne Schwert. »Es wird nur ein paar Minuten dauern.«

Der Professor wandte sich Alain zu und zischte leise: »Du hättest ihnen das Schwert nicht einfach geben dürfen! Was ist, wenn sie uns alle umbringen?«

»Keine Angst. Sollte was schiefgehen, habe ich eine kleine Lebensversicherung dabei.« Alain zeigte ihm kurz eine Pistole, die unter dem Hemd in der Hose steckte, ohne dass es die beiden Männer sehen konnten.

Professor Aydin fühlte sich keineswegs beruhigt, im Gegenteil. Er und Alain verhielten sich wie Anfänger, und nun hatten die Verbrecher Yasmin *und* das Schwert in ihren Händen.

Misstrauisch schaute er zum Eingang. Jeden Moment konnte seine Tochter herauskommen ... oder weitere bewaffnete Wärter, gegen die Alains Waffe nicht viel ausrichten würde.

Aus den Augenwinkeln registrierte er einen Schatten, der hinter dem rechten Eckturm der Burg verschwand. Oder täuschte er sich?

XXX

Jill wusste, dass sie handeln musste.

Sie schlich die Festungsmauer entlang, bis sie den Eckturm der Burg erreichte. Dort sprang sie hinunter und glitt unbemerkt in einen seitlichen Durchgang unter der Festungsmauer.

Den genauen Grundriss von Qaitbay kannte sie zwar nicht. Aber Jill vermutete, dass diese Unterführung früher als Lager oder Stallung gedient hatte und direkt mit der Burg verbunden war.

Sie lag richtig.

Leise huschte sie durch einen kleinen Durchgang und fand sich in einem Korridor wieder. Er führte rund um einen Turm, der in der Mitte des Gebäudes stand. Es kam ihr vor, als stünde sie im Flur eines gotischen Klosters: Schnörkellose Torbogen rundeten die Decke ab, und weder an den Wänden noch am Boden gab es Verzierungen oder Mosaike. Eine spartanische Anlage, die für militärische Zwecke gebaut worden war.

In unmittelbarer Nähe hörte sie einige Leute angeregt diskutieren. Drei Männer, vielleicht auch mehr.

Sie folgte den Geräuschen und lehnte sich neben einem vergitterten Fenster an die Wand. Auf der anderen Seite murmelte eine tiefe Stimme auf Arabisch: »Eine altgriechische Inschrift.«

»Können Sie die Schrift lesen?«, fragte ein eher jüngerer Mann.

Der Mann mit der tiefen Stimme erwiderte nach einer kurzen Pause. »Ich erkenne kein einziges Wort. Merkwürdig.«

»Womöglich handelt es sich bei der Inschrift um einen verschlüsselten Text«, sagte der Mann schließlich. »Bei Mohammed, Friede sei mit ihm! Mein ganzes Leben habe ich danach gesucht.«

Im Raum fragte jemand: »Und was sollen wir jetzt mit der Frau machen? Und den beiden Trotteln da draußen?«

»Eins nach dem anderen«, entgegnete der Anführer.

Vorsichtig entfernte sich Jill von den Stimmen und erreichte am Ende des Korridors eine Treppe, die in den ersten Stock führte. Dort befand sich eine kleine, nachträglich eingebaute Moschee. Kein Mensch war weit und breit zu sehen.

Jill wollte gerade die nächste Treppe hochsteigen, als jemand ihr den Lauf einer Pistole an den Hinterkopf drückte, gefolgt vom Klicken des Hahns.

»Dachtest du etwa, du könntest hier einfach reinspazieren? Nimm die Hände hoch!«, kläffte ein Mann mit arabischem Akzent.

Jill atmete tief ein und hob langsam ihre Arme.

Blitzschnell drehte sie sich um und schlug mit ihrem angewinkelten Arm die Waffe zur Seite. Bevor der Angreifer abdrücken konnte, krachte Jills Faust in dessen Gesicht. Der Mann ging zu Boden und blieb regungslos liegen.

Jill nahm dem Mann ein Funkgerät und die Pistole ab. Hastig lief sie die nächsten beiden Stockwerke hoch, bis sie undeutlich einen anderen Mann sprechen hörte. Sie schlich an der Wand entlang durch den Korridor und blieb neben einem Durchgang stehen, hinter dem sie den Sprechenden wähnte. Sie wagte einen kurzen Blick in den Raum: Auf einem Stuhl saß eine Person, die Hände hinter der Lehne gefesselt und mit einem Sack über dem Kopf.

Yasmin!

Ihr gegenüber stand ein Berg von einem Mann, wie Vin Diesel mit Bart. Es war der Bärtige mit Glatze, der vorher Yasmin über die Burgzinnen gedrückt hatte. Jetzt stand er mit dem Rücken zu Jill und hielt eine Pistole in der rechten und ein Walkie-Talkie in der linken Hand.

Plötzlich musste sie mit Schrecken sehen, dass der bärtige Glatzkopf das Funkgerät anhob, um etwas reinzusprechen.

Shit!

»Tut sich bei dir was?«, fragte der Bärtige auf Arabisch. Gleichzeitig plärrten dieselben Worte aus Jills Walkie-Talkie. In voller Lautstärke.

Shitshit!

Der Bärtige drehte sich sofort um. »Abdul?«, rief er.

Hastig verschwand Jill in einen Nebenraum, in dem eine alte Festungskanone durch eine Fensteröffnung aufs Meer zielte. Nirgends sah sie eine Möglichkeit zur Deckung, aus der sie den Gegner angreifen konnte.

Außer …

***

Der Bärtige warf verwundert einen Blick in den Korridor, als die Stimme des Anführers aus dem Funkgerät erklang. »Wartet auf Befehle!« Aus dem Nebenraum hörte der Bärtige dieselbe Nachricht. Er trat hinein und sah zu seiner Verwunderung ein Walkie-Talkie einsam in der linken Ecke liegen.

***

Diese kurze Ablenkung genügte Jill. Von rechts näherte sie sich dem Mann und schlug ihm mit voller Wucht den Knauf ihrer Waffe auf den Kopf.

Dem Bärtigen fielen die Pistole und das Funkgerät aus der Hand und er stolperte ein paar Schritte vorwärts. Zu Jills großer Verwunderung blieb er aber stehen ... und drehte sich wütend um.

Sehr wütend.

XXXI

Jill starrte den glatzköpfigen Hünen an, der auf sie zukam. Mit der Waffe in der Hand wollte sie eine Drohung aussprechen.

Doch dazu kam sie nicht.

Als würde er die Pistole nicht ernst nehmen, rannte der Mann brüllend auf sie zu. Wie eine Puppe schleuderte der Riese sie an die Wand. Jill glaubte, ihre Rippen knacken zu hören.

Beim Aufprall fiel ihr die Waffe aus der Hand. Mit Mühe kam sie wieder auf die Beine. Der Mann wog bestimmt doppelt so viel wie sie. Knapp wich sie dem ersten Faustschlag des Bärtigen aus, den zweiten konnte sie nur noch blocken. Jill parierte einige weitere Schläge gegen ihren Kopf und ihren Rumpf, bevor sie selbst ein paar Haken austeilte. Sie traf nicht mal schlecht, aber es kam ihr vor, als würde sie einen Grizzlybären mit Wattebäuschen bewerfen.

Plötzlich krallte sich der Bärtige mit den Händen an Jills Kragen fest und warf sie quer durch den ganzen Raum. Jill taumelte und knallte bäuchlings auf die Kanone. Ohne diese wäre sie direkt durch die Fensteröffnung nach draußen geflogen.

Ich brauche eine Waffe, irgendetwas …

Ihr Blick fiel auf den Boden, der nur eine Armlänge von ihr entfernt war.

Wie ein tollwütiger Gorilla stapfte der Hüne wieder auf sie zu. »Du verdammte Ami-Schlampe! Ich werde dir ...«

Jill ließ sich ohne Widerstand wie eine Marionette hochziehen. Aus der Drehung heraus schlug sie Vin Diesel mit beiden Händen einen Gegenstand auf den Kopf. Der Riese ließ sie fallen, verdrehte seine Augen und sank in Zeitlupe auf seine Knie. Kleine Staubwölkchen wirbelten auf, als er bewusstlos mit dem Oberkörper aufschlug.

»Ich bin Britin, Arschloch!«, feixte ihn Jill an und warf die rostige Kanonenkugel zurück auf den Stapel neben der Kanone.

Sie steckte hastig die beiden herumliegenden Pistolen und Funkgeräte ein und rannte in den Raum, wo die verhüllte Yasmin gefesselt auf einem Stuhl saß. Jill riss ihr den Beutel vom Kopf und löste das Seil um ihre Handgelenke. »Wir müssen uns beeilen. Die Übergabe ...«

Völlig überrascht traf Jill ein satter Aufwärtshaken im Gesicht.

»Aua!« Jill spuckte verärgert etwas Blut. »Sagt man so Danke auf Türkisch?«

Yasmin stand herausfordernd in einer perfekten Boxer-Ausgangsstellung da. Ihre grünen Augen funkelten sie kampflustig an. »Komm nur, ich habe noch mehr davon.«

Verblüfft hielt sich Jill die Wange wie ein geohrfeigtes Mädchen. »Ich sehe schon, Alain hat dir einiges beigebracht. Aber du darfst deinen Uppercut nicht so tief ansetzen, sonst bleibt dem Gegner mehr Zeit zum Blocken!«

»Für dich war ich jedenfalls schnell genug!«, erwiderte Yasmin.

Als Geisel sicher nicht pflegeleicht. »Ich bin Jill und kenne Alain von früher. Er und dein Vater warten draußen und denken, sie könnten dich mit einem wertvollen Artefakt freikriegen. Aber ich fürchte, der Deal ist geplatzt. Wir müssen von hier verschwinden, und zwar sofort!«

Yasmin nahm ihre Fäuste herunter. »Ich dachte, du gehörst zu denen, Entschuldigung! Wie ist euer Plan?«

»Wir ... arbeiten daran. Los jetzt!« Jill rannte mit der Pistole in der Hand aus dem Raum und schaute sich im Korridor um. Alles ruhig. Vielleicht konnten sie sich unentdeckt rausschleichen.

In diesem Moment schrie jemand laute Befehle aus dem Erdgeschoss. »Sie muss oben sein. *Jallah!*«

»Mist, der Typ aus dem ersten Stock hat Alarm geschlagen.« Jill drückte Yasmin ihre zweite Waffe in die Hand. »Kannst du mit einer Pistole umgehen?«

»Nur, wenn sie mit Wasser gefüllt ist.« Yasmin blickte sich um. »Können wir uns hier irgendwo verstecken?«

»Dann finden sie uns früher oder später. Ich bleibe hier und lenke sie ab, und du schleichst dich inzwischen ins Erdgeschoss. Dort gibt es einen Seitenausgang, so kommst du unbemerkt raus. Okay?«

»Sie sind in der Überzahl. Wie willst du ...?« Yasmins Blick fiel auf das Walkie-Talkie in Jills Hosentasche. »Ist das ein Funkgerät von denen?«

»Ja, aber das nützt uns nichts mehr.«

»Vielleicht doch!« Yasmin schnappte sich das Funkgerät, und bevor Jill reagieren konnte, drückte sie auf den

Senden-Knopf. »Papa! Jill und ich sind auf dem Dach! Kommt und helft uns bitte!«, schrie sie auf Arabisch.

***

Alain und der Professor schauten sich überrascht an. Soeben hörten sie Yasmins Nachricht aus dem Walkie-Talkie des Mannes, der bei ihnen stand.

»Was zum Teufel hat Jill bei Yasmin zu suchen? Wie ist sie überhaupt da reingekommen?«, zischte Alain.

Der Professor antwortete nervös: »Wir müssen ihnen sofort helfen! Wenn ...«

Blitzschnell zog der Bewacher seine Waffe. »Oh nein, ihr beide bleibt schön hier. Wir haben das Mädchen und das Schwert, also rührt euch nicht vom Fleck!«

Während Alain den Mann mit einem Schwall französischer Fluchwörter eindeckte, verschwand dieser in die Burg und schloss das Eingangstor hinter sich ab.

***

Jill schaute Yasmin ungläubig an. »Was sollte das?«

»Wir verstecken uns und lassen die Mörderbande aufs Dach rennen. Dann haben wir freie Bahn nach unten!«

»Ist es nicht etwas verdächtig, dass du mit deinem eigenen Vater auf Arabisch sprichst und nicht auf Türkisch?«

»Ach, das bemerken diese Einzeller doch nicht. Los, wir müssen uns ein Versteck suchen!«

Jill nickte und lief voraus. Diese Yasmin schien cleverer als sie gedacht hatte und sie behielt trotz der heiklen Lage einen kühlen Kopf. Davon konnte sich Alain ruhig eine Scheibe abschneiden.

Das Getrampel der anstürmenden Banditen hallte bereits bis zu ihnen herauf. In wenigen Sekunden würden sie hier sein. Sie führte Yasmin in einen Raum gleich neben der Treppe. Sie pressten sich um die Ecke an die Wand. Jill nahm die Pistole in die Hand und hoffte, dass der Plan aufging.

Tatsächlich stob die Meute an ihnen vorbei. Jill zählte an die fünf Mann, vermutlich alle bewaffnet. Die Jungs würden nicht lange auf dem Dach bleiben und schon gar nicht die Aussicht genießen.

»Los!«, flüsterte Jill und lief die Treppe hinunter, mit der Waffe im Anschlag. Yasmin folgte ihr auf leisen Sohlen. Als sie das Erdgeschoss erreichten, hörten sie bereits wütende Rufe aus dem dritten Stock.

Das hat sie nicht lange aufgehalten, dachte Jill. *Wir müssen uns ...*

Als sie um die Ecke bog, blickte sie plötzlich in den Lauf einer Pistole. Jill machte einen Schritt zurück und richtete rasch ihre Waffe auf den Angreifer.

Ihr Gegenüber meinte bloß trocken: »Dr. Carter! Es ist mir eine Ehre, Sie kennenzulernen. Wozu die Eile?«

XXXII

Der Mann lächelte. Seine Haare und sein gepflegter Bart waren mit grauen Strähnen durchsetzt, Jill schätzte ihn auf etwas über fünfzig Jahre. Sie erkannte seine Stimme als jene des Anführers. Sein aufgesetztes Lächeln besaß den Charme eines Saddam Hussein.

Jill hörte die Männer die Treppen herunterrennen, ihnen blieb nicht mehr viel Zeit. Jill zwang sich zu einem Lächeln. »Wer immer Sie auch sind: Sie lassen uns ziehen, dafür verpasse ich Ihnen keine Kugel. Sie haben das Schwert, ich bringe Yasmin hier raus. Deal?«

Der Mann überlegte kurz. »Ein eleganter britischer Kompromiss. Sie gefallen mir, Dr. Carter. Leider kann ich auf den Handel nicht eingehen. Trotz Ihrer Pistole haben Sie die weit schlechteren Karten. Denn Sie sind keine Killerin, das spüre ich. Außerdem: Wo ist Madame Aydin überhaupt?«

Jill stutzte und wagte einen flüchtigen Blick neben sich. Yasmin war nirgends zu sehen.

Er sah ihr die Überraschung an. »Kann es sein, dass Sie ihre wertvolle Fracht vergessen haben?«

Sein Lächeln verzog sich plötzlich zu einer Fratze, als ihn Yasmin von hinten mit einem Absperrungs-Pfosten niederschlug. Wie ein umgesägter Baum fiel er um.

Mit erstaunter Miene schaute Jill zu Yasmin. Diese hatte offensichtlich schnell reagiert, den in der Mitte stehenden Turm umrundet und konnte so von hinten angreifen. »Ich glaube, die sind froh, dass sie dich endlich los sind.«

Verächtlich spuckte Yasmin auf den Mann. »Er hat Hamadi, den Aufseher in der Bibliothek, vor meinen Augen umgebracht, einfach so.«

»Um ihn kümmern wir uns später.« Jill lief los und zog Yasmin mit sich.

»Wo ist das Schwert?«, fragte Yasmin. »Die Kidnapper haben mir davon erzählt. Wir sollten es mitnehmen, falls es in der Nähe ist!«

Jill schüttelte den Kopf. »Zum Suchen bleibt uns keine Zeit. Lass uns abhauen.«

Gemeinsam verließen sie die Festung durch den seitlichen Stollen, durch den Jill hineingelangt war. Draußen erklommen sie ungesehen die Treppe zur Festungsmauer und rannten los. Auf dem Platz vor der Burg sahen sie Professor Aydin und Alain und winkten ihnen zu. Mit der Hand deutete Jill an, dass sie sich zum Ausgang des Innenhofs bewegen sollten.

Der Wächter beim Ausgang sah nur Alain und den Professor auf dem Hofweg auf ihn zukommen. Er ging den beiden entgegen und zückte seine Pistole.

In diesem Moment sprang Jill seitlich von der Treppe herunter und pflügte den Mann um, und zwei Faustschläge später stand ihnen nichts mehr im Weg. Aus der Burg stoben die ersten Männer wild schreiend heraus.

»Weg hier!«, rief Jill.

Sie stürzten durch den Besucherausgang und rannten nach rechts, wo der Land Rover parkte. Oder geparkt gewesen war. Denn in der Parklinie sahen sie nur eine Lücke.

»Wo zur Hölle ist mein Auto?«, fluchte Alain.

Von hinten hörten sie jemanden anbrausen. Daniel bremste direkt neben ihnen und öffnete die Beifahrertür. »Taxi?«

»Wehe, du fährst meine Karre zu Schrott!« Alain stieg als Beifahrer ein, die anderen auf den Rücksitzen.

Alain schlug die Autotür zu. »Fahr los!«

Daniel ließ die Kupplung derart springen, dass die Köpfe aller Insassen nach hinten gedrückt wurden. Sie gewannen rasch an Fahrt und hängten so ihre Verfolger ab.

Der Professor umarmte seine Tochter innig. »Geht es dir gut, *canım*? Haben sie dir was angetan?«

»Ich bin okay, Baba, mach dir keine Sorgen. Aber Hamadi, der junge Aufseher aus der Bibliothek ... Sie haben ihn einfach umgebracht, meinetwegen!«

»Oh nein, du wirst nicht die Schuld für diesen Mord auf dich nehmen.« Der Professor legte einen Arm um ihre Schulter. »Diese Verbrecher und das verfluchte Schwert sind der Grund für all das Übel. Ich wünschte, wir hätten das Ding nie entdeckt!«

»Entschuldigung, wenn ich störe«, unterbrach ihn Daniel. »Die Entführer sind abgehängt. Aber wohin soll ich fahren? Ich habe keine Ahnung, wo wir sind.«

»Ich möchte nach Hause«, sagte Yasmin. »Ich bin völlig erschöpft und brauche eine heiße Dusche.«

»*Chérie,* ich bin unendlich froh, dich wiederzuhaben«, sagte Alain zu ihr, »aber die wissen bestimmt, wo wir wohnen. Faruks Adresse kennen sie sicher auch. Wir können nicht dorthin. Vielleicht sollten wir heute in einem Hotel übernachten?«

»Egal wo, aber wir müssen dort die Inschrift auf dem Schwert entschlüsseln!«, entgegnete Professor Aydin. »Diese Verbrecher werden früher oder später selbst dahinterkommen.«

»Eher früher«, sagte Jill. »Der Anführer meinte, dass das Schwert der fehlende Hinweis sein könnte, wonach er sein ganzes Leben gesucht hat.«

Professor Aydin schaute sie erstaunt an. »Hat er gesagt, wohin dieser Hinweis führen soll?«

»Leider nein.«

»Aber seine Aussage bedeutet, dass er mehr weiß als wir. Vielleicht hilft uns die Inschrift, das Rätsel zu lösen.«

»Und wohin soll ich jetzt fahren?«, fragte Daniel.

»Halt mal rechts an. *Ich* fahre jetzt!«, herrschte ihn Alain an. Er schien unzufrieden, wie die Übergabe gelaufen war, aber Jill wagte es nicht, ihn darauf anzusprechen.

Alain und Daniel wechselten die Plätze. »Also wohin?«, fragte Alain.

»Es gibt nur einen würdigen Ort in Alexandria, wo wir die Entschlüsselung vornehmen sollten!«, antwortete Professor Aydin.

Jill schüttelte den Kopf. »In der *Bibliotheca Alexandrina* sind wir nicht sicher, dort vermuten uns die Verbrecher als Erstes.«

»Außerdem bringen mich keine zehn Pferde in dieses Gebäude«, sagte Yasmin. »Dort haben sie Hamadi umgebracht.« Tränen stiegen in ihre Augen.

Ihr Vater nahm sie in den Arm. »Du hast recht, lasst uns in ein Hotel gehen.«

Jill blickte zum Fenster hinaus. Sie fühlte, wie sich die Erschöpfung im ganzen Körper breitmachte. Nur im Kopf wirbelten die Gedanken weiter.

Warum wollte dieser Anführer das Schwert?

XXXIII

Hotel Sea Star, Alexandria

18.13 Uhr

Es handelte sich nicht gerade um einen Fünf-Sterne-Palast, doch durch die unauffällige Lage in einer kleinen Seitenstraße schien das Hotel *Sea Star* eine gute Wahl zu sein.

Sie buchten drei Einzelzimmer sowie ein Doppelzimmer für Yasmin und Alain. Der Professor zückte großzügig seine Kreditkarte und bezahlte die Rechnung. Auf dem Weg zu den Zimmern bot er Jill das Du an, bestand aber darauf, sie mit ihrem vollen Namen anzusprechen: Jillian. »In dieser Hinsicht bin ich altmodisch, ich mag keine Abkürzungen«, sagte er lächelnd.

Anschließend versammelten sich alle in seinem Zimmer. Daniel betrat es als Letzter. »Wieso gehen wir nicht erst zur Polizei?«, fragte er. »Noch sind die Spuren ...«

»Du kennst die Polizei hier schlecht!«, erwiderte Alain, bevor Jill antworten konnte. »Diese Schurken haben die gesamte Qaitbay-Anlage übernommen, obwohl sich gleich nebenan eine Polizeistation befand! Die haben bestimmt die Hälfte der Behörden der Stadt in der Tasche.« Und an Yasmin gewandt fragte er besorgt: »Wie haben dich die Kerle behandelt?«

»Ich war die ganze Zeit in einer Art unterirdischen Luxuswohnung. Mit Himmelbett, Fernseher, Stereoanlage, und im Badezimmer gab es sogar eine Sprudel-Wanne.«

»Du hast ein *Bad* genommen?«, fragte Alain entgeistert.

»Natürlich nicht. Obwohl ich es nötig gehabt hätte. Es standen auch einige Vitrinen an den Wänden, in denen Antiquitäten ausgestellt waren, wie in einem Museum. Zuerst dachte ich, die wollen mich als Haremsdame für den Anführer halten. Doch der Wächter vor meiner Tür sagte immer nur, dass mir nichts geschehen würde und ich heute Abend wieder freikäme.«

»Unser Gegner muss ein beachtliches Vermögen angehäuft haben. Das unterirdische Loft scheint sein Rückzugsort zu sein.« Professor Aydin schnaubte verächtlich. »Bestimmt alles mit antiker Schmugglerware bezahlt. Leider ein äußerst lukratives Geschäft, gerade in Ägypten. Aber im Moment bin ich nur froh darüber, dass sie dir nichts angetan haben!« Er umarmte seine Tochter innig. Dann nahm er sein Handy hervor und verließ das Zimmer, um Sallah anzurufen.

Zu Alain gewandt sagte Jill: »Ich würde sagen, wir sind quitt, oder?«

Alain nickte.

Yasmin schaute die beiden interessiert an. »Quitt? Wieso?«

»Vor neun Jahren waren wir beide an derselben Grabung in Guatemala beteiligt, in der Nähe von Tikal.«

»Wo die berühmten Stufentempel der Mayas sind?«, fragte Daniel.

»Genau«, antwortete Alain. »Eines Abends war Jill noch etwas länger an einer Grabungsstätte geblieben, in einer neu entdeckten unterirdischen Anlage. Am nächsten Morgen war sie nicht zur Arbeit erschienen, und niemand hat sich etwas dabei gedacht. Durch Zufall habe ich plötzlich in einem der Tunnel ein schwaches, dumpfes Klopfen gehört. Schließlich gelang es mir, einen geheimen Durchgang zu öffnen, indem ich zwei bestimmte Mauersteine gleichzeitig in die Wand drückte.«

Jill errötete leicht, doch Alain schmunzelte nur: »Dahinter kam eine ziemlich zerzauste Archäologin zum Vorschein. Carter hatte den Durchgang am Abend zuvor entdeckt und sich versehentlich in eine Grabkammer der Mayas eingeschlossen.«

»Die Steintür ging von selbst wieder zu. Gegengewichte.« Jill seufzte. »Ich habe die ganze Nacht und einen halben Tag in diesem Loch verbracht.«

»Das ist ja der absolute Horror!« Yasmin blickte sie entsetzt an.

Alain grinste. »Die Presse hat sich regelrecht auf sie gestürzt, in den Berichten wurde sie nur noch *Indiana Jill* genannt.«

Jill verdrehte die Augen. Sie mochte diesen Spitznamen nicht.

»Echt jetzt?«, wandte sich Yasmin zu ihr. »Nicht gerade passend für eine Archäologin, die als seriöse Wissenschaftlerin wahrgenommen werden will.«

Jill zuckte mit den Schultern. »Leider hat Alain der Presse dann auch noch von meinem Onkel erzählt ...«

Yasmin stutze. »Welchem Onkel?«

»Eigentlich Großonkel der vierten Generation«, murmelte Jill. »Er ist schon lange tot.«

»Du weißt nicht, wer Jills Onkel war?«, rief Daniel dazwischen.

»Ich weiß anscheinend so einiges nicht«, antwortete Yasmin kopfschüttelnd.

»Jills Großonkel war niemand Geringeres als Howard Carter«, sagte Daniel.

Yasmin blickte überrascht in die Runde. »*Der* Howard Carter? Der Entdecker der Grabkammer von Tutanchamun?«

Jill nickte verlegen. Für sie waren solche Momente seit jeher unangenehm. Als Großnichte einer Legende spürte sie immer wieder die übermäßigen Erwartungen, die an sie gestellt wurden.

Es war an der Zeit, das Thema zu wechseln. Sie blickte Alain und Yasmin an. »Und woher kennt ihr euch?«

»Wir haben uns bei der Ausgrabung in Alexandria kennengelernt«, antwortete Alain, »und wir haben uns auf Anhieb verstanden.«

»Obwohl ich sonst Archäologen prinzipiell aus dem Weg gehe«, unterbrach Yasmin ihn. »Ich liebe meinen Vater sehr, aber von ihm weiß ich auch, dass Archäologen immer unterwegs und ihnen ihre Forschungen wichtiger sind als alles andere.«

»Trotzdem konntest du meinem Charme nicht widerstehen«, sagte Alain, zog sie zu sich und küsste sie.

Jill musste an Ethan denken, ihre Jugendliebe. Er hatte ihr am Ende ihrer Beziehung genau das Gleiche vorgeworfen, nämlich dass sie die Arbeit ihm stets vorzöge.

»Gibt es jemanden Spezielles in deinem Leben?«, fragte Yasmin.

Außer einem toten Pharao?, dachte Jill. Die Frage traf sie unerwartet. »Nein, im Moment nicht«, antwortete sie ausweichend. »Die große Liebe muss mich noch finden, denke ich.«

»Oder umgekehrt. Schließlich bist du eine Entdeckerin!«, sagte Yasmin und grinste schelmisch.

»Da liegst du wohl schon wieder richtig«, erwiderte Jill lächelnd. »Dein Alain ist jedenfalls ein echter Glückspilz.«

XXXIV

Faruk kam wieder zurück in das Hotelzimmer. »Bei Sallah ist alles ruhig, da vermisst uns niemand. Lasst uns das Vermächtnis der Inschrift freilegen. Ich habe übrigens Pizzen bestellt. Ich bin fast am Verhungern.«

Yasmin klatschte freudig in die Hände, und Daniel stieß einen Seufzer der Erlösung aus. Jill lud die Bilder der Schwertklinge auf ihr Tablet und alle versammelten sich am Tisch, um auf das Display zu schauen.

Die Inschrift des Schwertes erschien klar und deutlich, eine magische Nachricht aus der Vergangenheit. Ein anderes Foto zeigte den Knauf und den Griff.

»Es ist überwältigend«, sagte Yasmin.

»Aber nicht ungewöhnlich, ma fleure«, antwortete Alain. »Bei Zierschwertern wie diesem wird die Klinge oft mit Inschriften verschönert. Meistens haben Adlige solche Schwerter besessen oder als Geschenk erhalten. Auf Zeremonialschwertern hat man Verse aus der Bibel oder dem Koran graviert. Bei den alten Germanen fand man etliche Schwerter mit der Inschrift *Ulfberht*, als wäre der Name ein Markenzeichen für besonders robuste Klingen. Die Buchstaben auf unserem Schwert muten allerdings eher nüchtern und schnörkellos an. Auch die Anordnung und die Abstände sind präzise und symmetrisch.«

»Sehe ich dort eine Gravur?« Yasmin zeigte auf das Heft der Klinge.

»Gut bemerkt!« Jill zoomte hinein, und gut erkennbar erschien das Symbol der Weisheit auf dem Bildschirm: Eine Eule mit großen Augen.

»Die Eule der Minerva! Der Kopf sieht ähnlich aus wie auf der Wand des Archimedes, nur die Form ist ovaler.« Jill zoomte wieder hinaus, sodass der Beginn der Inschrift auf der Klinge sichtbar wurde.

»Antike Kryptographie, ein interessantes Thema!«, sagte Faruk.

»Nun beginnt der Unterricht«, flüsterte Alain Yasmin zu.

Sie kicherte.

»Bereits die alten Ägypter haben eine Art Verschlüsselung benutzt, um in ihren Schriften die Namen der Götter zu verschleiern«, sagte Faruk. »Ihr Glaube verbot es, die Gottheiten direkt beim Namen zu nennen. In unserem Fall müssen wir davon ausgehen, dass die Gravur auf der Klinge vor dem fünften Jahrhundert nach Christus angefertigt wurde. Damals steckte die Kryptographie noch in ihren Kinderschuhen, und ich könnte mir nur zwei Verfahren vorstellen, die zur Codierung benutzt worden sind.« Erwartungsvoll schaute er in die Runde.

Alain hob verschmitzt die Hand und antwortete: »Die Cäsar-Verschlüsselung und den Atbasch-Code, Herr Professor!«

»Sehr gut!« Faruk lachte. »Natürlich ist das Skytale eine noch ältere Methode, doch diese kommt hier offensichtlich nicht infrage.«

»Skytale?«, fragte Daniel. »Klingt nach einem James-Bond-Film.«

»Englisch ausgesprochen hat das was, und die Methode selbst ist sehr clever!«, sagte Jill. »Skytale ist Griechisch für Stab oder Stock. Die alten Spartaner überbrachten zu ihrer Zeit Nachrichten wie folgt: Man wickelte ein schmales Lederband um einen runden Holzstab mit einem gewissen Durchmesser. Anschließend schrieb man längsseitig die Wörter über die einzelnen Wickelungen. Der Nachrichtenüberbringer trug das Lederband als Gurt mit der Inschrift auf der Innenseite. Mit den untereinander angefügten Buchstaben war die Nachricht absolut unleserlich, und nur der Empfänger kannte den exakten Durchmesser des Holzstabes. Ohne diesen konnte die Botschaft nicht entschlüsselt werden. Leider enthält unsere Inschrift keine einzige Zahl oder einen Hinweis, mit dem man auf einen Stabdurchmesser schließen könnte. Und das Skytale war in der spätantiken Epoche bereits als unsicher verpönt.«

»Genau!«, bejahte Faruk. »Anhand der Schriftart der Schwertgravur und der Ausführung der Eule würde ich das Schwert auf Ende des vierten Jahrhunderts datieren. Natürlich ist das grob geschätzt, aber es würde zur Cäsar-Verschlüsselung passen. Diese Verschlüsselungsart war während einiger Jahrhunderte weitverbreitet.«

Er räusperte sich. »Bei diesem Verfahren wird jeder Buchstabe eines Textes um die immer gleiche Zahl verschoben. Ist die Zahl beispielsweise Sieben, wandelt man ein Alpha in ein Theta um, ein Beta in Iota und so weiter. Da wir diese Zahl nicht kennen, werden wir wohl oder übel alle vierundzwanzig Buchstaben des griechischen Alphabetes ausprobieren müssen.«

»Und der Atbasch-Code?«, fragte Daniel.

»Der ist noch einfacher zu knacken«, sagte Jill. »Man erstellt eine Liste aller Buchstaben eines Alphabetes und weist den ersten Buchstaben dem letzten zu, den zweiten dem zweitletzten und so fort. Aus Alpha wird also ...«

»Omega!«, rief Daniel dazwischen. »Ich verstehe. Nicht gerade geeignet, um hochgeheime Nachrichten zu codieren, nicht?«

»Da hast du recht«, warf Alain ein. »Der Atbasch-Code diente in der jüdischen Tradition mehr als eine Methode, um religiöse Texte auf verborgene Bedeutungen hin zu verschlüsseln oder zu untersuchen. Im Alten Testament ist im Buch Jeremiah an einer Stelle die Rede von einem König aus Sheshach. Mit dem Atbasch-Code entschlüsselt sich dies als *Babel*, also Babylonien.«

»Unser bibelfester Alain.« Jill konnte sich den Kommentar nicht verkneifen. »Deine Kenntnisse erstaunen mich immer wieder!«

»Meine Mutter ist eine sehr gläubige Katholikin«, murmelte Alain. »Die Bibelschule war für mich als Kind Pflicht.«

Yasmin lächelte ihn verschmitzt an. »An deinem Wissen über den Koran arbeiten wir noch!«

»Meine Eltern sind auch ... ehm ... religiös«, sagte Daniel. »Dieser Code stammt von Juden?«

»Ursprünglich ja. Atbasch leitet sich aus dem ersten und letzten sowie zweiten und zweitletzten Buchstaben des hebräischen Alphabets zusammen. Exakt, wie der Code funktioniert.«

Daniel zählte auf: »Aleph – Taw – Beth – Schin. Tatsächlich! Bis auf das kleine a!«

»In Althebräisch hast du aber gut aufgepasst.« Alain lächelte.

Sie teilten sich auf, um schneller an Resultate der beiden antiken Verschlüsselungen zu kommen. Dazwischen wurden die Pizzen geliefert, die rasch, aber in voller Konzentration heruntergeschlungen wurden.

Nach einer guten Stunde seufzte Alain auf. »Mit dem Cäsar-Verfahren gibt es bloß Buchstabensalat. Wie sieht es bei Team Atbasch aus?«

Yasmin winkte ab, und Daniel zuckte mit den Schultern. Jill schüttelte leicht den Kopf. »Nicht besser. Ich kontrolliere gerade, ob uns nicht ein Fehler unterlaufen ist. Aber es sieht so aus, als handelte es sich nicht um einen Atbasch-Code.«

»Jetzt nur nicht aufgeben!«, sagte Faruk Aydin entschlossen. »Ich schlage vor, wir versuchen systematisch weitere Entschlüsselungsverfahren. Auch solche, die damals noch nicht bekannt waren. Die alten Griechen waren ihrer Zeit voraus, vielleicht auch bei der Kryptographie! Lasst uns weitermachen.«

Die nächsten zwei Stunden forschten alle nach Hinweisen. Jill, Alain und Faruk gingen verschiedene Entschlüsselungsverfahren durch. Sie zählten die Häufigkeit der einzelnen Buchstaben im chiffrierten Text und versuchten dadurch, Rückschlüsse auf viel benutzte Vokale oder Konsonanten zu erhalten, doch erfolglos.

Sie wandten bekannte Transpositions- wie auch Substitutionsverfahren an, nur um weiteren Buchstabensalat zu erhalten. Auch die Vigenère- oder Beaufort-Chiffren, die erst tausend Jahre später erfunden wurden, brachten keine Erleuchtung. Ernüchterung machte sich breit.

Als Daniel beinahe im Sitzen einnickte, stand der Professor auf und warf seinen Kugelschreiber auf den Tisch. »Ich schlage vor, wir machen Schluss für heute. Es war für uns alle ein langer Tag. Schauen wir morgen früh weiter.«

Allen war die Erleichterung anzusehen. Sie wünschten einander eine gute Nacht, und Yasmin umarmte ihren Vater, bevor sie mit Alain hinausging.

Jill bot Faruk an, ihr Tablet hierzulassen. Der Professor lächelte dankbar und nickte. »Vielleicht schaue ich mir später nochmals das Schwert an«, sagte er.

Jill lächelte zurück. *Oh ja, das wirst du ganz sicher.*

In ihrem Zimmer angelangt, fühlte sich Jill eher aufgekratzt als müde. Nach einer Dusche, einem Telefonat und der Feststellung, dass ihr Gesicht und Oberkörper einige blaue Flecken abbekommen hatten, ging Jill an die Hotelbar. Sie musste das alles etwas sacken lassen.

Überraschenderweise saß Daniel bereits am Tresen auf einem Barhocker. Er hielt ein Weißbier in der Hand und schaute sich auf einem Fernseher über der Bar einen alten James-Bond-Film an. Dazu spielte er mit dem Schweizer Taschenmesser herum, das ihm Alain geschenkt hatte.

»Nach einem solchen Tag fällt einem der Weg ins Bett schwer, oder?«, fragte Jill.

Daniel erschrak, als seine Chefin plötzlich vor ihm stand. Er stellte etwas verlegen das Bier zur Seite und nickte. »Heute ist wahnsinnig viel passiert.«

»Ich kann es kaum erwarten, morgen bei unserer Grabkammer weiterzumachen. Um zehn Uhr ist der nächste Flug, mit Zwischenstation in Kairo.« Jill bestellte sich ebenfalls ein Bier, und gemeinsam stießen sie an.

»Ich habe vorhin Jemal angerufen«, erzählte Jill. »Er meinte, der Tag bei der Grabungsstätte sei ruhig verlaufen, und niemand habe nach mir gefragt.«

»Und Jemal ahnt nicht, was wir gefunden haben?«

Jill senkte ihren Blick: »Das kann man nicht wissen, aber er wirkte normal.«

Dann wandten sie sich beide dem Fernseher zu. Dort besuchte Roger Moore gerade den uralten Q in dessen Labor. James Bonds technischer Ausrüster präsentierte einige seiner ulkigen Erfindungen, darunter eine moderne Bola-Jagdschleuder: Eine dreiarmige Leinenschnur, an deren Enden jeweils eine Kugel hing. Ein Mitarbeiter von Q schleuderte die Bola um den Hals eine Schaufensterpuppe: Die Kugeln und der Kopf der Puppe explodierten, sobald die Leine den Hals fertig umwickelt hatte.

Daniel schien die Szene zunächst amüsant zu finden, dann runzelte er die Stirn. »Normalerweise benutzte man die Bola bei der Jagd nach Tieren und schleuderte sie um deren Beine. Nicht den Hals.«

Jill hob eine Augenbraue. »Ja, und?«

»Sie hatten recht, es ist einfach zu verpassen, wonach man nicht sucht. Oder woran man nicht denkt.«

»Und woran haben wir nicht gedacht?«

Der Praktikant schaute seine Chefin mit einem Lächeln an. »Ich glaube, ich weiß, wie wir die Inschrift entschlüsseln können.«

XXXV

Daniel und Jill besorgten Papier und Klebeband und gingen zum Hotelzimmer des Professors. »Dr. Carter, der schläft sicher schon«, entgegnete Daniel und lauschte an der Tür. »Er und Alain haben die letzte Nacht durchgearbeitet, um in den Archimedes-Raum zu gelangen!«

»Glaub mir, Faruk ist bestimmt noch wach.« Jill klopfte an die Tür.

Ein zerzauster Faruk öffnete ihnen, ungewaschen und noch in den Kleidern. »Ist etwas passiert?« Die Müdigkeit war ihm anzusehen.

Jill verkniff sich ein Lächeln. »Daniel hatte eine Idee. Vielleicht können wir die Inschrift doch entschlüsseln.«

Grinsend hielt Daniel eine Schere und einen Kugelschreiber hoch.

Faruk bat beide in sein Zimmer.

»Beim Schwert handelt es sich nicht um eine moderne Verschlüsselung, sondern um eine uralte!«, sagte Daniel. »Skyfall!«

Der Professor schaute ihn fragend an, und Jill lachte.

»Nein, Entschuldigung. *Skytale!*« Daniel grinste. »Ein Band mit Buchstaben wird um einen Holzstab mit einem bestimmten Durchmesser gewickelt. Die nun nebeneinanderliegenden Buchstaben ergeben die Nachricht!«

Faruk schüttelte den Kopf. »Aber Skytale haben wir bereits ausgeschlossen. Wir wissen nicht, wie dick der Stab sein müsste.«

»Wir brauchen gar keinen Holzstab«, sagte Daniel. »Wir benutzen das Schwert anstelle eines Holzstabes. Die Nachricht muss um die Klinge gewickelt werden.«

Faruk blickte sie ungläubig an. »Das könnte einen Versuch wert sein. Bloß, wir haben das Schwert nicht. Den Umfang und die Dicke der Klinge können wir nur grob schätzen. Liegen wir fünf Millimeter daneben, haben wir wieder einen Buchstabensalat!«

Jill zeigte auf ihren Praktikanten. »Womit wir beim Höhepunkt von Daniels Vorstellung angelangt wären.«

Daniel griff in seinen Rucksack. »Wir besitzen zwar nicht das echte Schwert, dafür eine perfekte Kopie der Klinge.« Feierlich zog er den Gießharz-Abdruck hervor, den sie am Nachmittag bei der Archimedes-Wand gegossen hatten.

»Du hast den Abdruck *gestohlen?*«, raunte der Professor.

»Nein, nein! Ich wollte nur nicht, dass er beschädigt wird!«, sagte Daniel entschuldigend.

Jill hielt Papier und Klebeband hoch. »Zeit für eine Bastelstunde!«

Mit den Utensilien, die sie sich vom Hotelempfang ausgeliehen hatten, setzten sie sich an einen kleinen Tisch im Hotelzimmer. Aufgeregt klebten sie mehrere Seiten Papier untereinander und schnitten sie in Streifen. Mit einem Lineal maß Jill den jeweiligen Abstand zwischen den Buchstaben auf den Fotos, der Professor schrieb sie anschließend auf den Papierstreifen.

Nachdem alle Lettern der ersten Klingenhälfte notiert waren, klebten sie mit Klebeband das obere Ende auf die Klinge des Abdrucks. Daniel hielt den Guss waagerecht, während Faruk den Streifen sorgfältig darum wickelte.

Nach drei Umrundungen japste der Professor aufgeregt. »Es scheint zu funktionieren! Ich kann es nicht fassen!«

In diesem Moment erscholl plötzlich die Indiana Jones-Fanfare dumpf in Daniels Hosentasche.

»Ups, Entschuldigung! Bitte, kann jemand den Abguss halten?«

Jill half ihm aus. Hastig kramte Daniel sein Handy hervor und stellte die Musik ab. Verlegen sagte er: »Mein Mitternachts-Wecker. Damit ich nicht zu spät ins Bett gehe.«

Jill rollte die Augen. »Erst um Mitternacht? Kein Wunder, dass du morgens immer müde bist«, meinte Jill.

»Wie ich sehe, hat dein Handy eine robuste Hülle, wie es sich für Grabungsarbeiten gehört«, sagte Faruk zu Daniel. »Staubdicht und stoßfest, nehme ich an?«

»Sogar wasserdicht«, erwiderte Daniel grinsend. »Sicher ist sicher!«

Sie fuhren mit der Arbeit fort. Nachdem sie den ganzen Streifen umwickelt hatten, zog Jill hektisch ihr Notizbuch und einen Kugelschreiber hervor und gab beides Faruk. Dieser las die sich offenbarenden Worte auf den Klingenseiten und schrieb sie mit zitternden Händen in das Notizbuch. Wie ein Pfarrer die Bibel hob er ehrfürchtig das Buch hoch und las:

»In der Quelle des Lebens, in den Augen der Weisheit
liegt der Weg.«

XXXVI

»Wir haben den Code geknackt!«, rief Daniel aufgeregt.

Der Professor nickte ihm anerkennend zu. »Aber wir müssen noch drei andere Streifen dechiffrieren!«

In ungeduldigem Eifer beschrifteten sie das nächste Papierband und wickelten es um den Klingen-Abguss. Der Professor schrieb die Übersetzung der zweiten Zeile hin.

Doch nur dem wissensdurstigen Mann wird Einlass geboten.

Er schaute verblüfft zu Jill. »Es ist ein Rätsel. Wer es löst, dem wird Einlass geboten. Aber Einlass zu was?«

Ohne eine Antwort abzuwarten, entfernte er den Streifen sofort wieder und griff sich bereits den nächsten. Jill vermaß und schrieb eilig die weiteren Buchstaben. Es konnte ihr nicht schnell genug vorangehen.

Nachdem der Professor die dritte Zeile notiert hatte, klebten seine Augen an den Worten. Lautlos bewegten sich seine Lippen, als er den Satz mehrere Male las.

»Was steht denn da?«, fragte Daniel ungeduldig und versuchte einen Blick ins Notizbuch zu erhaschen.

»Ich bin am Ziel«, flüsterte Faruk leise.

Daniel runzelte die Stirn. »Da steht doch noch mehr, nicht wahr?«

Professor Aydin löste sich aus seiner Versunkenheit. »Was? Nein, ich meinte: Ich bin am Ziel mit *meiner*

Forschung! Durch diese Zeile!« Feierlich zeigte er auf die Notiz und las vor:

In Selino auf Creta, im Maul des Krokodils, ruht das Erbe des Serapeums

Niemand sagte ein Wort. Ergriffen schaute der Professor auf. »Kreta! Alle Schriftrollen aus der Archimedes-Kammer hat man auf Kreta in Sicherheit gebracht! Und dort lagern sie immer noch und niemand weiß bisher davon!«

Aufgeregt lief er durchs Zimmer. »Kreta! Natürlich! Im vierten Jahrhundert war Kreta eine der stabilsten römischen Provinzen und daher eine solide Wahl für ein Versteck. Die Insel wurde zwar immer wieder durch heftige Erdbeben erschüttert, aber politisch gesehen war sie damals eine Oase der Ruhe.«

»Und wo liegt Selino? Ist das eine Stadt?«, fragte Daniel.

»Hier steht, Selino ist eine Region in Westkreta.« Jill tippte auf ihrem Tablet herum.

»Vielleicht gibt es dort eine große, alte Krokodilstatue, durch deren Maul ein Geheimgang führt!« Daniel redete schnell und aufgeregt.

»Nur, dass auf Kreta keine Krokodile leben. Warum sollte davon je eine Statue gefertigt worden sein?« Der Professor ging mit den Händen hinter dem Rücken verschränkt in einem Kreis. »Allenfalls gibt es eine Art Krokodils-Schlucht oder Höhle, wo das sogenannte Erbe versteckt liegt.«

»Oder es gibt eine Halbinsel in der Form eines Krokodilkopfs!« Euphorisch zeigte Jill auf ihrem Tablet die

Luftaufnahme einer ins Meer reichenden Landzunge, die tatsächlich an einen Krokodilkopf erinnerte. »Diese Stadt besitzt einen kleinen Hafen und liegt im Südwesten von Kreta. Von Alexandria aus haben damalige Schiffe die Strecke in drei Tagen geschafft.«

Faruk nahm das Tablet in die Hand und zoomte das Bild heran. »Du hast recht! Weit weg von jeder damaligen römischen Metropole, liegt unser Ziel noch heute fernab von größeren Städten oder Verkehrspunkten.«

Daniel räusperte sich. »Kann mir jemand sagen, wie der Ort heißt, nach dem wir suchen?«

Jill und Faruk sagten beide gleichzeitig: »Paleochora!«

»Paleochora? Noch nie gehört.«

»Das überrascht mich nicht. Dieses Städtchen ist zwar touristisch erschlossen, aber der nächste Flughafen liegt in Chania und ist über eine Autostunde entfernt.« Faruk zoomte das Satellitenbild noch näher heran. »Wenn die Halbinsel dem Kopf eines Krokodils entsprechen soll, dann liegt das Maul ...«

»... an der Spitze der Landzunge, im Hafen!«, Daniel zeigte mit seinem Finger auf die Karte.

»Nicht ganz«, sagte der Professor. »Dies ist ein künstlich ausgehobener und betonierter Jachthafen, der vor 1600 Jahren noch nicht existierte. Nein, ich denke ...« Er führte seinen Finger in Richtung Norden, bis er zufrieden lächelte. »... ich denke, das Erbe ruht direkt *im* Maul des Krokodils: Hier, in einer alten Festung namens Selino Kasteli. Das *muss* es sein! Gleich morgen werden wir aufbrechen!«

Jill seufzte. »Aber leider ohne uns, Faruk. Wir haben eine eigene Mission zu beenden. Falls ihr bei irgendetwas Hilfe benötigt, könnt ihr euch gern bei uns melden.«

Es reizte sie zwar, bei dieser Exploration dabei zu sein. Doch wer wusste schon, ob die Überreste des Serapeums noch in Paleochora lagen und nicht längst schon geplündert worden waren? In Luxor hingegen wartete garantiert ein echter Schatz, nichts stand dem mehr im Wege.

Außer ein paar tödliche Fallen.

Faruk sah man sein Bedauern an. »Schade. Denkt trotzdem über Nacht bitte nochmals darüber nach, ob ihr nicht doch mitkommen wollt.«

»Das werden wir«, antwortete Jill.

»Sollten wir Alain und Yasmin nicht Bescheid geben?«, fragte Daniel. »Diese Neuigkeiten müssen sie dringend erfahren!«

Die anderen beiden wechselten einen amüsierten Blick. »Glaube mir, die zwei haben sich bestimmt sehnlichst vermisst. Lassen wir sie lieber ungestört«, erwiderte Jill.

»Oh!« Daniel biss sich auf die Lippen. »Ja, klar!«

»Ich überlege mir jetzt, wie wir drei morgen am schnellsten nach Kreta gelangen.« Der Professor kratzte sich hinter dem Ohr. »Es erscheint mir zwar unwahrscheinlich, dass diese Verbrecher vor uns das Rätsel lösen, doch wir dürfen keine Risiken eingehen! Darf ich mir das Tablet über Nacht ausleihen, Jillian?«

»Natürlich! Nur ... Moment!« Jill zeigte auf den Abdruck der Schwertklinge. »Vorher sollten wir noch die vierte Zeile entschlüsseln!«

»Puh!« Faruk fasste sich an die Stirn. »Ich bin wohl zu erschöpft, ich hatte den Rest komplett vergessen. An die Arbeit!«

Routiniert beschrifteten sie den letzten Streifen Papier und wickelten diesen um die Klinge. Professor Aydin schrieb gewissenhaft die Wörter ins Notizbuch und stutzte dabei mehrmals. Auch Jill hob ihre Augenbrauen.

»Das kann nicht sein.« Faruk legte zitternd das Notizbuch auf den Tisch und fuhr mit der Zimmerwanderung fort. »Das ergibt keinen Sinn!«, flüsterte er dazu.

Jill nahm Daniel den Abdruck aus der Hand, um die Wörter zu studieren. »Ein Irrtum scheint mir ausgeschlossen.«

Eine seltsame Stimmung breitete sich im Raum aus. Daniel nutzte den Moment, um das Notizbuch zu ergattern und las laut vor:

»und das Vermächtnis des Jesus Christus, dem Sohn unseres Herrn«

XXXVII

Von Jills Stirn tropfte Schweiß. Diese Hitze!

Verängstigt blickte sie um sich. Überall Schriftrollen! Sie schwamm quasi in uralten Rollen. Sie grub sich bis zur Wand durch, unzählige Schriftrollen lösten sich unter ihren Fingern in Staub auf.

Dann erst sah sie es: Die Wand bestand aus einem Autofenster, sie steckte in einem Auto! Die Tür ließ sich nicht öffnen, das Fenster nicht herunterkurbeln.

Sie erschrak. Draußen stand ihr Vater mit hängenden Armen, sein Gesicht bleich, mit einem blauen Striemen rund um den Hals. So wie ihn damals wohl die Polizei aufgefunden hatte, nachdem er sich während der Untersuchungshaft in der Zelle erhängt hatte. Doch jetzt waren seine Augen geöffnet und starrten Jill leer an.

»Du hättest ihn retten müssen«, schrie ihr Vater wütend und machte keine Anstalten, die Tür zu öffnen. Vor Schreck kroch Jill auf die andere Seite und fand sich auf dem Fahrersitz wieder.

Hier musste der kleine Hebel zur Entriegelung der Kofferraumtür sein! Die Rettung! Tatsächlich entdeckte sie links von den Pedalen einen versteckten Abzugshahn. Rasch griff sie danach, doch der Hebel verschwand plötzlich.

Als sie sich wieder aufrichtete, bemerkte sie durch das Fenster eine weitere Person. Der ihr unbekannte Mann trug ein weißes Gewand, war etwa einen Kopf kleiner als sie selbst und winkte ihr lächelnd zu. Mit seinen kurzen, schwarzen Locken und der braunen Haut sah der Mann aus, als entstammte er direkt der

Antike. Seine Ausstrahlung wirkte beruhigend, irgendwie vertraut.

Nur mit seiner winkenden Hand stimmte etwas nicht. Aber was?

»Lass mich raus!«, schrie Jill verzweifelt.

Doch der Mann lächelte ruhig und sagte nur: »Du musst glauben, Jill.« Dann klopfte er dreimal laut auf das Autodach.

Schweißgebadet erwachte Jill in ihrem Hotelbett. Dieser Albtraum hatte ihr schon öfter den Schlaf geraubt, aber der Mann im weißen Gewand hatte noch nie einen Auftritt gehabt.

Wieder klopfte es dreimal. Benommen stellte Jill fest, dass jemand vor ihrem Zimmer stand. Wie betäubt taumelte sie zur Tür und öffnete sie.

Davor stand Faruk und hob froh gelaunt eine große Kanne hoch. »Guten Morgen, Jillian! Wie wäre es mit einem starken Kaffee bei mir im Zimmer? Die anderen kommen ebenfalls, dann können wir die nächsten Schritte besprechen!«

»Natürlich ... einen Moment noch« Jill schloss die Tür.

Sie atmete tief durch. *Wer war dieser Mann in meinem Traum?*

XXXVIII

»In Selino auf Creta, im Maul des Krokodils, ruht das Erbe des Serapeums und das Vermächtnis des Jesus Christus, dem Sohn unseres Herrn. In der Quelle des Lebens, in den Augen der Weisheit liegt der Weg. Doch nur dem wissensdurstigen Mann wird Einlass geboten.«

Im Zimmer des Professors beugten sich Yasmin und Alain ungläubig über die vier Zeilen und lasen sie mehrere Male. Jill und Daniel saßen neben ihnen und prüften nochmals die Übersetzung.

Die Nachwirkungen des Albtraums spukten immer noch in Jills Gehirnwindungen herum. Sie glaubte nicht an eine tiefere Bedeutung von Träumen. Aber die ihr bisher unbekannte Intensität überraschte sie.

Sie und Faruk hatten bis drei Uhr morgens die mögliche Bedeutung der Zeilen diskutiert. Die Verheißung von Überresten des Serapeums war spektakulär genug. Umso erstaunlicher erschien ihnen der nebulöse Hinweis auf ein Vermächtnis jenes Mannes, dessen Lehre das Fundament für die größte Weltreligion der Gegenwart bildete.

Für Professor Aydin stand dabei hauptsächlich die wissenschaftliche Frage im Vordergrund, aus welchem *Grund* eine Hinterlassenschaft von Jesus den Weg in die antike Bibliothek fand. Zwar wusste man, dass das Christentum im vierten Jahrhundert in Alexandria erstarkt war und somit ironischerweise den Untergang des Serapeums, einst ein heidnischer Tempel, heraufbeschworen hatte. Doch eine direkte Verbindung des Propheten mit der Bibliothek war bis dato unbekannt, geschweige denn die Verwahrung seines Vermächtnisses.

Für Jill drehte sich alles um die Frage: Woraus bestand die Hinterlassenschaft von Christus? Basierte das Vermächtnis auf bereits bekannten Schilderungen aus den Evangelien?

Nicht, dass sie sich selbst als Christin betrachtete. Ihr Interesse an Religionen reduzierte sich allgemein auf den Bezug zur Archäologie. Doch sie konnte sich schwerlich der Verheißung einer möglichen Entdeckung entziehen, die nach zweitausend Jahren möglicherweise neue Informationen über das Christentum lieferte.

Ihr Albtraum musste durch die Entdeckung von letzter Nacht und den fehlenden Schlaf ausgelöst worden sein. Auch für den Mann im weißen Gewand legte sie sich eine Erklärung bereit: Vor einigen Jahren hatte sie einen Bericht über eine Studie gelesen, die das Aussehen von Jesus aufgrund von archäologischen Funden aus seiner Zeit rekonstruierte. Da im Neuen Testament an keiner Stelle auf die äußere Erscheinung des Gottessohnes eingegangen wird, verließ sich die bildende Kunst bisher auf Mutmaßungen: Ein Mann mit langen, glatten Haaren und heller Haut.

Die Studie folgerte aufgrund von Büsten aus dieser Zeit, dass Juden damals meist kurzes, lockiges Haar trugen. Zudem erreichten Männer vor zweitausend Jahren durchschnittlich die Größe von einem Meter fünfzig.

Da Jesus als Zimmermann arbeitete, musste er muskulöser gewesen sein als in den meisten westlichen Darstellungen.

Ein gezeichnetes Bild im Bericht, so erinnerte sich Jill, zeigte Jesus als kleinen Mann mit kurzen Locken und brauner Haut. Und mit abgebrochenen Zähnen, weil Brot damals als Hauptnahrungsmittel winzige Steinchen enthielt, der Abrieb von Mühlensteinen.

Wie der Mann aus meinem Traum.

Jill goss sich bereits den dritten Kaffee ein. Sie vermutete, dass Faruk kaum mehr als zwei Stunden geschlafen hatte, wenn überhaupt. Doch der Professor strahlte eine Vitalität aus, als wäre er heute Morgen in einem nur halb so alten Körper aufgewacht. Während Yasmin und Daniel noch verschlafen wirkten, rührte Alain seinen Kaffee gar nicht erst an.

»Faruk, das ist ein absoluter Jackpot!«, sagte er. »Eine Sensation! Falls die Schriftrollen gut versteckt und von äußeren Einflüssen geschützt wurden, könnte das der Fund des Jahrhunderts werden!«

»Es fällt mir schwer, meine Fantasie zu zügeln.« Der Professor strahlte. »Stellt euch vor: die verlorenen Schriften des Archimedes. Die verschollenen Werke des Philosophen Sophokles. Oder die Aufzeichnungen des Eratosthenes von Kyrene! Er leitete nicht nur die Bibliothek fünfzig Jahre, sondern berechnete zudem als Erster den Umfang unserer Erde. Nicht zuletzt dürften frühe Abschriften des Alten und Neuen Testamentes zum Erbe des Serapeums zählen.«

»Und was ist mit dem Vermächtnis des Jesus?«, fragte Yasmin.

»Vielleicht ist es der Heilige Gral!« Daniel riss erwartungsvoll die Augen auf.

Alain kicherte. »Oder gar das *Sanctum Praeputium* von Jesus, wer weiß?«

Der Professor schenkte beiden einen tadelnden Blick. »Nun hört aber auf. Der Heilige Gral ist eine Legende, entstanden mehr als tausend Jahre nach dem Tod Christi. Und dass die abgeschnittene Vorhaut von Jesus all die Zeit aufbewahrt wurde, ist nicht einmal eine Diskussion wert! Nein, ich tippe eher auf apokryphe Schriften aus dem zweiten bis dritten Jahrhundert nach Christus. Bestimmt interessante Texte, sonst hätten sie ihren Weg nicht in die Archimedes-Kammer gefunden.«

Sichtlich geknickt versuchte Daniel, das Thema zu wechseln. »Warum sind so viele wichtige Werke verschollen?«, fragte er. »Gab es denn nur in Alexandria Abschriften davon?«

»Ganz und gar nicht!«, antwortete Faruk. »Aber die Spätantike, also die Zeit zwischen dem dritten und sechsten Jahrhundert, hat nur etwa ein mickriges Prozent aller Schriften überdauert, leider. Erst im neunzehnten Jahrhundert erreichte die Menge an Texten eine Anzahl wie zu den besten Zeiten der Bibliothek von Alexandria.«

»Nur ein Prozent? Was ist passiert?«

»Die Gründe sind vielfältig«, antwortete Jill. »Einerseits hat man ab dem dritten Jahrhundert nach Christus viele heidnische Schriften vernichtet. Als das Römische Reich unterging und viele Völker umherwanderten, pflegte man das kulturelle Erbe von Schriftrollen nicht mehr wie früher. Viele Bibliotheken wurden zerstört. Außerdem begann man, statt auf Papyrus auf Pergament zu schreiben – auf Tierhaut. Übertrug man bestehende Werke nicht auf Pergament, verlor man die Schriften. Für immer.«

»Das kommt mir bekannt vor«, sagte Daniel. »Ich habe zu Hause im Keller eine Unmenge alter Platten von meinen Eltern, komme jedoch nie dazu, diese zu digitalisieren. Sobald die Platten kaputt sind ...«

»Dafür gibt es heute Streaming-Dienste«, erklärte Faruk grinsend, als wäre er jeden Abend als DJ unterwegs. »Aber der Vergleich ist nicht schlecht: Wenn der Übergang auf das neue Medium nicht stattfindet, gehen die alten Werke verloren. Genau dies ist in der Spätantike passiert.« Er zupfte sich am Ohr. »Über Pergamente, Papyri und deren Geschichte könnte Menachem viel erzählen.«

»Oh ja!«, rief Yasmin. »Menachem Levi ist ein alter Freund von uns. Er ist Paläograf, allerdings in Pension. Er hat früher in Tel Aviv und Athen doziert und kennt sich bestens mit alten Schriften aus.«

»Er und kein anderer wird als Erster die Schriftrollen des Vermächtnisses untersuchen dürfen«, sagte Faruk bestimmt. »Wenn wir welche finden.«

Alain räusperte sich ungeduldig. »Also, wann starten wir?«

»Na, sofort!«, antwortete Faruk. »Viel zu packen haben wir sowieso nicht.«

»Sollten wir nicht die Behörden auf Kreta informieren?«, fragte Yasmin. »Falls meine Entführer dort auftauchen? Außerdem brauchen wir eine Erlaubnis, um in Paleochora auf einer archäologischen Stätte zu graben.«

»Die Behörden auf Kreta würden sich in die Hose machen vor Lachen«, antwortete Alain. »Wenn wir denen mitteilen, dass in Paleochora die Überreste der Alexandria-Bibliothek versteckt sind, passiert erst mal gar nichts. Bis der Amtsschimmel in Bewegung gerät, sind diese Kerle mit dem Schatz schon über alle kretischen Berge! Und wenn wir um eine Exkavations-Erlaubnis bitten, warten wir womöglich mehrere Monate, wenn wir überhaupt je eine Lizenz kriegen.« Er schüttelte den Kopf. »Zudem: Wer hat etwas von Graben gesagt? Wir untersuchen doch bloß eine öffentlich zugängliche Attraktion für Touristen. Nicht wahr, Faruk?«

Der Professor nickte schelmisch. »Sobald wir etwas finden, beschreiten wir natürlich den offiziellen Weg.« Und zu Jill und Daniel gewandt sagte er: »Euch beiden möchte ich nochmals meinen großen Dank aussprechen. Seid ihr sicher, dass ihr nicht mitkommen wollt? Ihr habt es euch verdient.«

Jill bemerkte, wie Daniel sie unsicher anblickte. Dabei stiegen auch Zweifel in ihr auf. Die Vernunft befahl ihr, so schnell wie möglich nach Luxor zurückzukehren und endlich die notwendigen Vorbereitungen zu treffen.

Als Ägyptologin gab es sicherlich keinen größeren Traum, als eine versiegelte Pforte zu einer Pharaonen-Grabkammer zu öffnen. Wenn da nicht dieser Traum von letzter Nacht gewesen wäre. Und die schlichten Worte des Mannes im weißen Gewand: »Du musst glauben, Jill.«

An wen glauben? Oder an was? An das Vermächtnis von Jesus?

Sie seufzte. Wahrscheinlich gab es nur einen Weg, dies herauszufinden.

»Also gut, ich bin dabei, aber spätestens morgen Abend muss ich wieder zurück. Daniel, du kannst schon heute nach Luxor aufbrechen, wenn du willst.«

Ihr Praktikant schaute sie erleichtert an. »Nein, ich komme gern mit nach Kreta.« Und frech fügte er an: »Wer knackt sonst die Codes und hilft euch aus der Klemme?«

»Na also!«, rief Faruk vergnügt, »dann lasst uns alles Nötige besorgen, bevor es losgeht! Ich habe bereits alles organisiert, in einer Stunde werden wir im Hafen von Alexandria erwartet.« Er bemerkte die weit aufgerissenen Augen von Yasmin und fügte eilig hinzu: »Keine Sorge, wir werden weit weg von der Qaitbay-Zitadelle starten.«

Alain kratzte sich am Kopf. »Dauert die Reise mit einem Schiff nicht zu lange?«

Der Professor lächelte verschmitzt. »Wer hat etwas von einem Schiff gesagt?«

XXXIX

Paleochora, Kreta, Griechenland

12.30 Uhr

»Wir sind gleich da! Da vorn liegt Paleochora!«, rief eine aufgeregte Stimme aus dem Cockpit.

Jill schreckte aus ihrem Tiefschlaf auf und blickte sich benommen um. Alain saß neben ihr und grinste: »Du hast den halben Flug verpasst. Und eine spannende Partie Schach.«

Verwirrt schaute Jill auf die Sitzreihe vor ihr. Dort beugten sich Faruk und Yasmin über ein Schachbrett, der Professor seufzte. »Ich muss zugeben, du hast mich ziemlich in der Mangel. Schade, dass wir jetzt abbrechen müssen.«

Yasmin lächelte ihn nur an und zückte ihr Handy. »So leicht lasse ich dich nicht vom Haken. Ich fotografiere das Brett, und später spielen wir weiter. Du bist am Zug!«

Jill schmunzelte. Daraufhin bemerkte sie, wie ihr Daniel begeistert aus dem Cockpit der etwas in die Jahre gekommenen Cessna 206 zuwinkte. Ihr Praktikant durfte vorn als Co-Pilot sitzen und wirkte auch nach fünf Stunden Flug überglücklich darüber.

Der Pilot selbst, ein Ägypter namens Emad und ein alter Freund von Faruk, schien über den ungewöhnlichen Auftrag erfreut zu sein. Mit seinem Flugzeug, das Emad liebevoll Fatima nannte, flog er in der Hauptsaison Touristen herum.

Er drückte die mit Schwimmern ausgerüstete Cessna etwas herunter und zog eine Kurve über Paleochora. Das Städtchen ragte als Ausläufer der angrenzenden Berge wie ein krummer Zipfel ins Meer hinein. Die Breite der Landzunge betrug kaum mehr als vierhundert Meter. Darauf verteilten sich die Häuser großzügig, keines wies mehr als drei Stockwerke auf.

»Da drüben sieht man die Ruinen der alten Festung.« Faruk zeigte auf ein höher gelegenes Plateau am Ende der Landzunge, das die Stadt rund zwanzig Meter überragte. Einzig der Hafen lag noch südlicher davon.

»Ist nicht viel übrig geblieben, außer ein paar Steinen. Ob wir da noch was finden?«, fragte Alain skeptisch.

Jill konnte nur die Grundmauern der Außenwände und einiger Räume ausmachen.

»Ich bin mir jedenfalls sicher, dass noch nie jemand nach den Schriftrollen des Serapeums gesucht hat«, erwiderte Faruk optimistisch.

Oder nach dem Vermächtnis von Jesus, fügte Jill in Gedanken hinzu.

Emad setzte an der äußersten Spitze des Städtchens zur Landung im Meer an, anschließend steuerte er einen Steg des Jachthafens an. Ein Mann in Uniform kam bereits auf sie zu und streckte seinen Kopf nach dem ungewöhnlichen Besuch aus. Sonst stand der Hafen beinahe leer, im März fanden fast keine Touristen den Weg hierher.

»Ah, Kreta!«, sagte der Professor erfreut, während er ausstieg. »Die Wiege der europäischen Zivilisation! Daniel, wusstest du, dass hier vor viertausend Jahren die erste Hochkultur des Kontinents entstanden ist?«

Daniel nickte, doch Faruk fuhr ungerührt fort. »Der Palast von Knossos wurde damals erbaut, Handel betrieben, Kunst und Mythen geschaffen. Zeus erblickte hier das Licht der Welt, Theseus besiegte den Minotaurus, und sogar Homer beschreibt in seiner Odyssee diese Insel. Und mit dem aus Ton gebrannten Diskos von Phaistos fand man auf Kreta das älteste Schriftstück mit gestanzten Lettern. Bis heute wartet die Inschrift auf ihre Entschlüsselung.« Er lächelte. »Aber jetzt sollten wir los. Bis später, Emad!« Faruk packte eine Tasche mit Ausrüstungsmaterial. Dann marschierte er voraus, die anderen konnten nur mit Mühe Schritt halten.

Sie folgten einer staubigen Straße entlang des Hafens direkt auf die Anhöhe, auf der einzig eine alte meteorologische Messstation stand. Gleich dahinter befand sich auf freiem Gelände die Ruine des Forts Selino Kasteli. Oder was davon übrig war.

Jill und Alain liefen hinter die Grundmauern. Weit und breit konnten sie niemanden sehen, nicht einmal Touristen. Nur zwei streunende Hunde scharrten abseits der Mauern in einem Loch herum.

Hunde sind wie wir Archäologen: Sie buddeln herum und suchen alte Knochen, dachte Jill.

Ein leichter, kühler Wind wehte um die Überreste der Stätte, die Aussicht auf das Städtchen und die dahinterliegende Bergkette hätte jeden Postkartenfotografen erfreut. Doch nichts wies darauf hin, dass hier seit sechzehn Jahrhunderten ein Vermächtnis ruhte und auf seine Entdecker wartete.

Daniel kratzte sich an der Stirn. »Also, hier gibt es nichts zu finden.«

Professor Aydin blickte um sich. »Wir wissen, dass man die Überreste der Bibliothek hierherbrachte. Oder zumindest bringen wollte. Also könnte noch etwas da sein.«

»Vielleicht haben Einheimische vor tausend Jahren die Papyri und Pergamente entdeckt und sie zum Feuermachen benutzt? So wie die Beduinen es zunächst mit den Schriftrollen vom Toten Meer taten?«, fragte Yasmin.

Alain fügte trocken hinzu: »Manchmal haben sie sich damit auch den Hintern abgewischt.«

»Das ist doch Blödsinn!« Faruk räusperte sich. »Das damalige Fort hat ein venezianischer General erst um 1278 errichtet. Also schätzungsweise sieben Jahrhunderte, nachdem ein Schiff von Alexandria das Vermächtnis hierhergebracht hat. Es ist anzunehmen, dass die Schriften nicht in irgendeiner feuchten Höhle aufbewahrt wurden, sondern in einem soliden, trockenen Raum.«

»Ein unterirdischer Raum, genau wie im Serapeum.« Jill dachte nach. »Sicher und geschützt von äußeren Einflüssen. Um alles zu tarnen, hat man möglicherweise ein unscheinbares Gebäude daraufgestellt. Eine Kirche oder Kapelle, schließlich trat zu dieser Zeit das Christentum großflächig in Erscheinung.«

Der Professor nickte. »Gut möglich. Das Gebäude ist früher oder später in sich zusammengefallen oder wurde zerstört, sieben Jahrhunderte sind eine lange Zeit. Schließlich hat man das vorhandene Fundament benutzt, um eine Festung darauf zu bauen.«

»Leider können wir nicht einfach drauflosbuddeln«, entgegnete Alain. »Wir bräuchten ein größeres Team für Sondierungsgrabungen und mehrere Monate, um anständige Resultate zu erzielen.«

»Eventuell helfen uns die Hinweise von der Schwertklinge weiter«, sagte Jill. »Dort stand: *In der Quelle des Lebens, in den Augen der Weisheit liegt der Weg.* Vielleicht finden wir Spuren eines Altars oder eines Taufbeckens. Mit Quelle des Lebens könnte Gott gemeint sein, und die Verbindung zu Gott erhält man als Christ durch die Taufe.«

»Etwas weit hergeholt, findest du nicht?«, fragte Alain skeptisch.

»Nicht mehr, als ein Felsentor mit Sonnenlicht zu öffnen«, sagte Jill und verschränkte ihre Arme.

Faruk fuhr dazwischen. »Irgendwie müssen wir beginnen! Verteilt euch und haltet die Augen nach christlichen Symbolen offen oder ...«

»Ich weiß, wo wir suchen müssen!«, rief Yasmin plötzlich. Sie stand etwas abseits vor einem kreisrunden Loch, das durch ein verrostetes, nur mit vier Steinen fixiertes Gitter abgedeckt war. Die anderen liefen eilig zu ihr.

»*Die Quelle des Lebens*«, murmelte Faruk andächtig.

Daniel beugte sich vorsichtig über das Loch und blickte hinein. »Natürlich!«, rief er aufgeregt, »ein Brunnen!«

XL

Faruk blickte skeptisch in das Loch hinunter. »Ein Brunnen ist so ziemlich der unvorteilhafteste Ort, um Schriftrollen aufzubewahren, findet ihr nicht?« Er zupfte sich nachdenklich an seinem Ohrläppchen. »Ich meine, da unten ist Wasser, die Steine sind voller Moos. Und eine Taucherausrüstung haben wir ebenfalls nicht.«

Jill kramte ein Seil und einen Klettergurt aus der mitgebrachten Tasche. »Wasser ist die Quelle *allen* Lebens. Vielleicht liegt hier unten ein Hinweis versteckt, was mit der nächsten Zeile des Rätsels gemeint ist. Die Schriftrollen und das Vermächtnis liegen bestimmt nicht da.«

»*In den Augen der Weisheit liegt der Weg.*« Alain rieb sich das Kinn. »Die archäologischen Ausgrabungen hier sind nie abgeschlossen worden. Aber trotzdem hat man damals sicher diesen Brunnen untersucht. Es würde mich doch sehr überraschen, wenn wir hier was finden.«

Jill stieg in den Klettergurt. »Schauen wir uns die Sache doch einfach an.« Sie befestigte das Kletterseil am Stamm eines nahen Feigenbaumes, schob das Eisengitter weg und seilte sich dann vom Brunnerrand herunter.

Fünf Meter unterhalb der Oberfläche, nur knapp über dem Wasser, rief Jill den anderen zu: »Hier ist alles voller Moos.« Sie schabte von einigen Steinen etwas von dem Grünzeug weg, doch nirgends fand sich eine Auffälligkeit oder ein Hinweis.

Plötzlich hielt sie inne. Ihr Blick fixierte einen Stein etwas oberhalb von ihrem Kopf.

Ist das ein graviertes Dreieck? Eilig zog sie sich etwas am Seil hoch, sicherte ihre Position und wischte das Moos am besagten Stein ab. Eine Schwanzflosse kam zum Vorschein.

»Hier ist ein Fischsymbol in den Stein gehauen!«, rief sie nach oben. »Das Erkennungssymbol der Urchristen!« Jill reinigte ein paar weitere Steine und entdeckte weitere Symbole wie eine Ziege, einen Stier und eine Schildkröte, alle simpel graviert.

Jill stutzte beim nächsten Tier und vergewisserte sich, dass ihre Augen sie nicht täuschten. Sie reinigte die Rillen der Gravur sorgfältig und leuchtete mit der Taschenlampe auf das Bild.

»Was siehst du, Carter?«, rief Alain zu ihr herunter.

Jill blickte auf das einzige Tier, dessen Kopf von der frontalen Ansicht graviert wurde und nicht von der Seite. Ein Augenpaar starrte sie an.

Es war schon fast zu einfach.

»In den Augen der Weisheit liegt der Weg«, murmelte Jill mit klopfendem Herzen und drückte mit zwei Fingern gleichzeitig auf die Augen des Tieres.

Die Eule der Minerva.

Zunächst geschah nichts.

»Carter, verdammt, sprich mit uns!«, dröhnte Alains Stimme in den Brunnenschacht.

Mit den Fingern säuberte Jill die Rillen um die Eulenaugen und drückte nochmals fest darauf. Sie vernahm ein leises »Klick«, woraufhin sich ein Quadratmeter großes Stück Mauer von der Brunnenwand löste und wie eine Klappe beinahe auf sie niederfiel. Im Gegensatz zur Archimedes-Pforte besaß diese Mini-Zugbrücke zwei tragende Ketten wie bei einer Burg. Die Klappe ragte nun horizontal in den Brunnen hinein.

»Du hast es geschafft!«, rief Daniel übermütig seiner Chefin zu.

Währenddessen baumelte Jill am Seil und leuchtete mit ihrer Taschenlampe in den nun freiliegenden, kleinen Tunnel hinein. »Hier ist ein Gang und ich sehe dahinter eine Kammer. Ich gehe rein.«

»Moment!«, schrie der Professor, sodass die anderen zusammenzuckten. Spitzbübisch hob er die Hand. »Ich bin als Nächster dran!« Jill kletterte auf die Klappe, befreite sich aus dem Klettergurt und befestigte diesen am Seil. Alain zog das Seil hoch und half anschließend Faruk, den Gurt anzuziehen.

Auf den Knien kroch Jill durch den etwa fünf Meter langen Tunnel hindurch und brachte zwei Akku-Scheinwerfer in Position. Der Professor, Yasmin und zuletzt Alain folgten ihr.

Daniel erhielt die undankbare Aufgabe, oben Wache zu schieben. Faruk versprach ihm dafür, er dürfe anschließend ebenfalls den Raum ausgiebig untersuchen.

Am Ende des engen Tunnels lag eine Kammer, oder vielmehr eine kleine Halle, die rund zehn mal zehn Meter maß und mit stützenden Säulen ausgestattet war. Die aus Bausteinen gemauerten Wände schimmerten zwar moosgrün, befanden sich aber sonst in einem tadellosen Zustand. An der Südmauer ragte ein Löwenkopf aus Stein aus der Wand. Unterhalb des geöffneten

Rachens befand sich ein blütenkelchförmiger, leerer Brunnen aus Marmor.

Der Anblick des etwa vier Meter hohen Raumes war zwar beeindruckend, doch dem Professor stand die Enttäuschung ins Gesicht geschrieben.

»Keine Schriftrollen. Nur dorische Säulen und ein weiterer Brunnen.«

»Wir sind noch nicht am Ziel«, sagte Jill. »Die letzte Zeile auf der Schwertklinge lautete: *Doch nur dem wissensdurstigen Mann wird Einlass geboten.*«

»Wir müssen den Brunnen füllen!« Alain inspizierte den Löwenkopf. »Im Maul erkenne ich eine runde Öffnung, hier soll bestimmt Wasser herausfließen. Hoffentlich funktioniert der Zufluss noch. Jetzt muss ich nur noch den Schalter finden.« Ungeduldig drückte und zog er überall an der Steinfigur herum.

Die anderen gesellten sich zu ihm und untersuchten den Brunnen. Yasmin fuhr sanft über die Verzierungen des übergroßen, weißen Kelches, der ihr bis zum Bauch reichte. »Dieser Brunnen scheint aus einem einzigen Stück Marmor gefertigt zu sein. Die Liebe zum Detail ist unglaublich.«

Auch Professor Aydin untersuchte die Oberfläche aus nächster Nähe. »Die Ornamente und Muster ähneln jenen der Archimedes-Wand. Hier sind wir definitiv richtig! Nur die Form dieses Beckens und der Erhebung in der Mitte kann ich nicht einordnen.«

Er deutete auf die kegelförmige Erhebung, die wie der Blütenstempel einer Tulpe aus der Mitte des Kelches emporstieg. Jill packte den Höcker mit ihren Händen und versuchte sanft daran zu rütteln. Erfolglos.

»Was geschieht, wenn der Brunnen voll ist?«, fragte Yasmin.

»Das Wasser wird durch dieses Loch hier ausfließen«, erwiderte Jill und wies auf eine handtellergroße Öffnung in der Seitenwand des Kelches, knapp unterhalb des oberen Brunnenrandes.

»Ich hab's!«, rief Alain. Mit einem Ächzen drehte er den Löwenkopf um 360 Grad. Augenblicklich blubberten die ersten Wassertropfen aus dem Maul, und nach kurzer Zeit stob ein ansehnlicher Strahl Wasser heraus. Langsam füllte sich der Kelch mit Wasser.

»Unglaublich, dass der Brunnen immer noch funktioniert. Fantastisch!« Faruk hielt eine Hand unter den Wasserstrahl. Er kostete ein paar Tropfen. »Süßwasser! Hier wird offenbar eine uralte Quelle angezapft.«

Alain drückte Yasmin an sich und gab ihr einen Kuss auf die Stirn. »Siehst du, so aufregend kann das Archäologenleben sein!«

Sie lachte und küsste ihn zurück. »Ich gebe zu, es ist ungemein spannender, als an meiner Dissertation zu arbeiten.«

Jill beäugte den Brunnen misstrauisch. »Vielleicht ist das nur eine Falle.«

»Ach was.« Alain kniete vor dem Brunnenkelch auf dem Boden. »Möglicherweise wird durch das Gewicht des Wassers ein Mechanismus unter dem Brunnen ausgelöst. Ich denke, es wird sich bald an irgendeiner Stelle eine Tür öffnen, die zum Vermächtnis führt.«

»Wir sind so nahe am Ziel«, sagte Faruk. »Ich hoffe, wir sind wissensdurstig genug!«

Der Brunnen war inzwischen bis zur Hälfte gefüllt. Alain starrte den steigenden Wasserpegel an. Das Wasser erreichte endlich das Abflussloch. Sanft plätscherten die ersten Tropfen durch die Öffnung und fielen auf den Boden.

»Was jetzt?« Die Nervosität war Alain anzusehen.

»Hier ist eine kleine Rille.« Der Professor kniete nieder und befreite eine Vertiefung vom Moos. Rasch füllte sich die Rille mit Wasser. »Da! Der Kanal führt zu einem kleinen Loch hinter dem Brunnen!« Er deutete auf eine trichterförmige Ausbuchtung im Steinboden.

Gebannt folgten alle dem Rinnsal. Rasch bahnte es sich den Weg bis zum Loch im Boden und verschwand darin.

Jill nahm ihre Taschenlampe und leuchtete in die Senke hinein. »Ich sehe eine Art Gefäß, es scheint sich zu füllen! Sobald genug Flüssigkeit reingeflossen ist, löst das Gewicht bestimmt einen Mechanismus aus.«

Aufgeregt stand sie wieder auf und leuchtete nun in der Kammer umher. »Jetzt kann es nicht mehr lange dauern.« Auch die anderen schauten erwartungsvoll die schweigsamen Wände an. »Jeden Moment müsste ...«

Ein schleifendes Geräusch ließ alle sich ruckartig zum Brunnen umdrehen.

Der Löwenkopf drehte sich langsam in die ursprüngliche Position zurück. Der Wasserstrahl versiegte und brachte das Plätschern zum Verstummen.

Mehr geschah nicht.

XLI

Alain drehte den aus der Mauer ragenden Löwenkopf erneut herum, bis wieder Wasser herauskam. Der gefüllte Brunnen lief über und das Wasser floss über die Rinne im Boden in das Loch. Das Resultat blieb dasselbe: Der Löwenkopf drehte sich zurück, der Wasserstrahl versiegte.

»Ein sich selbst regulierender Brunnen!«, sagte Yasmin anerkennend. »Würde das Wasser seit Jahrhunderten durch die Leitung fließen, wäre inzwischen alles verkalkt und verstopft. Aber so bleibt alles gut erhalten.«

»Vielleicht ist der Mechanismus inzwischen kaputt? Nach all der Zeit?« Alain zuckte mit den Schultern.

»Nein, wir übersehen etwas.« Jill knackste ihre Fingerknöchel. »Nur Wasser in den Brunnen zu lassen, wäre zu einfach. Dann hätten sie auch gleich eine Tür mit einer Klinke einbauen können.«

»Na gut, dann zu Plan B.« Alain zog aus seinem Rucksack ein kleines Brecheisen hervor. »Irgendwo hier gibt es einen Durchgang zu einer weiteren Kammer. Wir müssen nur suchen.«

Er begann, mit dem Eisen systematisch die Wände abzuklopfen, um anhand der Geräusche einen Hohlraum auszumachen.

»Und wir überlegen uns, ob uns ein Bär vor der Nase herumtanzt«, sagte Faruk. »Jillian, ich schlage vor, du examinierst den Brunnen nochmals genau. Yasmin, untersuche doch die Säulen und Wände nach Zeichen oder sonstigen Hinweisen, ja?«

»Und was machst du?«, fragte Yasmin.

Der Professor grinste. »Ich werde versuchen, meinen Wissensdurst zu stillen! Hat jemand Papier und Bleistift für mich?«

Jill kramte ihr Notizbuch aus der Tasche und händigte es Faruk aus. »Was hast du vor?«

»Ich versuche, den Mechanismus zu rekonstruieren. Mit der Frage: Wie hätte Archimedes die Geheimtür versteckt? Oder Heron von Alexandria?« Munter kritzelte Faruk drauflos. Jill wandte sich wieder dem Brunnen zu. Die Form und Verzierung erinnerte sie zwar an eine Blüte, aber irgendwie kam ihr die Kontur bekannt vor. Aber woher?

Sie versuchte, den Brunnen zu kippen oder in seiner Längsachse zu drehen. Fehlanzeige. Mit der Taschenlampe leuchtete sie sämtliche Verzierungen aus, konnte jedoch nichts Auffälliges feststellen. »Yasmin, Alain, schon was gefunden?«, fragte sie schließlich.

»Nicht das Geringste, aber ich bin noch nicht fertig.« Alain klopfte weiter die Wand ab. »Könnte eine längere Geschichte werden. *Et toi, chérie?*«

»*Rien du tout.*« Yasmin schüttelte den Kopf und glitt mit der Hand über eine Säulenoberfläche. »Ich habe bisher nur ein paar Risse entdeckt. Die Insel hat offenbar einige Erdbeben abbekommen.«

»Kreta ist für seismologische Aktivitäten bekannt«, sagte der Professor und kritzelte dazu etwas in das Notizbuch. »Ein Wunder, dass die Kammer noch nicht eingestürzt ist.«

»Schon eine zündende Idee gehabt?« Jill gesellte sich zu Faruk und sah, dass dieser einen Querschnitt des Brunnens skizziert hatte.

»Leider nicht«, erwiderte Faruk. »Mir geht immer wieder der Satz durch den Kopf: *Doch nur dem wissensdurstigen Mann wird Einlass geboten.*« Er drückte Jill das Notizbuch in die Hände und stellte sich direkt vor den Brunnen. »Was bedeutet das bloß?«

Jill sah sich Faruks Zeichnung genauer an: Ein halbierter Kessel, in dessen Mitte ein Kegel emporragte. *Verdammt, diese Zeichnung kommt mir bekannt vor!* Jill stellte sich vor, was sich die Konstrukteure damals ausgedacht hatten. Musste man am Ende gar kein Wasser in den Kelch füllen? Sollte der Brunnen nur vom eigentlichen Mechanismus ablenken? Aber wozu dann der Aufwand?

Der Professor drehte nochmals den Löwenkopf herum. Wieder spie das steinerne Tier Wasser aus seinem Maul, wieder rotierte es zurück. »Verflixt und zugenäht«, murrte Faruk, »wir sind nah dran, ich spüre es!«

Jill betrachtete erneut die Zeichnung. »Nur der wissensdurstige Mann kommt rein«, sagte sie laut. Yasmin schaute zu ihr. »Vielleicht symbolisiert das Wasser im Brunnen Wissen? Damit kann der Wissensdurst gestillt werden.«

»Wohl kaum gestillt! Wissen ist wie eine Sucht.« Faruk hob seine Hände wie ein Prediger. » Je mehr man weiß, desto mehr möchte man wissen, nicht wahr? Dieser Durst hört niemals auf.«

Nun trat Alain zu Jill und blickte auf die Skizze im Notizbuch. »Der wissensdurstige Mann würde also den

Brunnen leer trinken und hätte trotzdem noch Durst. Er kriegt nie genug.«

Nie genug. Diese zwei Worte hallten in Jills Kopf nach. Plötzlich stieß sie hervor: »Der wissensdurstige Mann kriegt nie genug, er will immer *mehr*!«

»Wie meinst du das?« Yasmin ließ von der Säule ab und ging zu Jill und Alain. Diese übergab Yasmin wortlos das Notizbuch, stellte sich neben Faruk an den Brunnen und krempelte den rechten Ärmel hoch. »Die Zeichnung im Notizbuch kam mir irgendwie bekannt vor.«

Verdutzt blickte Faruk sie an. »Also, woran erinnert sie dich?«

Mit ihrem rechten Arm langte Jill bis zum Boden des Brunnens und tastete dort den Rand der Erhebung in der Mitte ab. »Tatsächlich, ich fühle hier eine Öffnung, so breit wie meine Hand.« Sie zog ihren Arm wieder aus dem Wasser.

»Der Pythagoras-Becher! Obwohl man nicht sicher ist, dass Pythagoras wirklich der Erfinder war, aber ...«

»Natürlich!« Faruk hielt sich die Hand an den Kopf. »Unterhalb vom oberen Rand des Pythagoras-Bechers befindet sich eine dünne Linie. Der Legende nach durfte man den Wein nur bis zur Linie füllen, sonst ... Oh!« Faruk riss die Augen auf. »Du meinst, dieser Brunnen ...«

»... ist eine überdimensionale Version des Bechers!« Jills Augen funkelten. »Der wissensdurstige Mann kriegt nie genug, er will mehr! Mehr Wissen, also noch mehr *Wasser*!«

»Ich erinnere mich an diesen Becher. Als ich noch ein Kind war, hast du mir ein Exemplar als Geschenk nach

Hause gebracht.« Yasmin lächelte ihren Vater an. »Meine Freude hielt sich damals in Grenzen.«

»Zugegeben«, erwiderte der Professor, »ich hatte dieses Souvenir mehr für mich als für dich gekauft.«

Alain schaute verwundert in die Runde. »Ich begreife es immer noch nicht. Der Brunnen ist doch schon voll?«

»Eben nicht!«, sagte Jill. »Wir müssen den Pegel noch erhöhen. Dazu stopfen wir einfach das Abflussloch. Hat jemand ein Tuch oder sonst etwas?«

Yasmin drückte Alain das Notizbuch in die Hand und zog kurzerhand ihre dünne Jacke aus. »Hier. Damit sollten wir das Loch schließen können.«

Alain blickte immer noch verwirrt. »Und wie soll das funktionieren? Wenn wir das Loch zumachen, fließt das Wasser doch einfach über den oberen Rand ab. Das ändert doch nichts?«

Der Professor zeigte auf den Kegel in der Brunnenmitte. »Schau, unten beim Kegel gibt es eine Öffnung, wie Jillian sagte. Von dort führt ein kleines Rohr im Innern bis ans obere Ende des Kegels und geht dann wieder bis unten. Wenn der Wasserpegel hoch genug ist, fließt das Wasser schließlich innen durch das Rohr ab und füllt zum Beispiel einen weiteren Behälter. Dieser könnte wiederum einen Mechanismus auslösen. Rein theoretisch natürlich.«

Jill stopfte inzwischen Yasmins Jacke in das Abflussloch und drehte den Löwenkopf herum. Langsam stieg der Pegel höher, vom Zylinder ragten nur noch wenige Zentimeter über dem Wasser heraus.

»Wie bekommen wir mit, dass der Brunnen wie der Pythagoras-Becher funktioniert?«, fragte Alain.

»Sobald das Wasser durch die innere Leitung abfließt, entsteht ein Unterdruck und der gesamte Inhalt wird augenblicklich angesaugt«, antwortete der Professor. »Gemäß der Legende sollte der Becher gierige Weintrinker bestrafen, wenn sie sich zu viel einschenken wollten!«

»Na, dann will ich mal hoffen, dass wir nicht auch bestraft werden«, meinte Alain spöttisch.

»Jeden Moment ist es so weit.« Jill blickte gebannt auf den Brunnen. Ein lautes Gurgeln erfüllte plötzlich die Kammer, und der Pegel im Brunnen sank rasant tiefer.

Der Professor klatschte freudig in die Hände. Alain kratzte sich derweil ungläubig am Kopf. »Carter, du bist unglaublich.«

Jill wandte sich vom Brunnen ab und beobachtete die Kammer. »Hoffen wir nur, dass der Mechanismus noch funktioniert.«

Erschrocken sprang sie zur Seite, als direkt hinter ihr knirschend eine Pforte aufschwang. Sie war perfekt getarnt in die Wand eingelassen.

Sprachlos starrten alle in eine dunkle Kammer hinein. Einzig das Plätschern des Brunnens durchdrang die Stille.

»Nur dem wissensdurstigen *Mann* wird Einlass geboten«, sagte Yasmin heiter. »Heißt das, Jill und ich dürfen nicht hinein?«

Faruk schnappte sich einen der Akkuscheinwerfer und ging als Erster durch das Tor. Er tat dies in langsamen, respektvollen Schritten, als beträte er ein Heiligtum.

»Bei Allah«, stammelte er.

Die anderen folgten ihm in den Raum, der beinahe doppelt so groß war wie jener in Alexandria. Regale aus Marmor säumten die Wände und den Raum zwischen den Säulen. Wie in einer richtigen Bibliothek.

»Das kann nicht sein«, murmelte Jill und leuchtete skeptisch die Wände ab.

Die Gestelle boten Platz für Dutzende Amphoren und somit auch Aberhunderten Schriftrollen.

Doch die Regale waren alle leer.

XLII

»Jemand muss uns zuvorgekommen sein«, sagte der Professor und leuchtete den Boden ab. Er schreckte zurück.

In einer Ecke lag eine Leiche, dunkles Moos bedeckte den kahlen Schädel des Toten. Seine Uniform und eine Armbinde mit einem allzu bekannten Symbol verrieten ihn als Soldat.

»*Ein Nazi? Hier?*« Yasmin trat angewidert einen Schritt zurück.

»Unglaublich«, flüsterte Alain und starrte auf die schwarze Swastika.

»Aber nicht unmöglich«, sagte Faruk nüchtern. »Kreta galt strategisch sowohl für die Deutschen wie auch für die Alliierten als äußerst wichtige Insel. Nachdem die deutsche Wehrmacht 1941 die Insel besetzt hatte, stießen sie auf erheblichen Widerstand durch Partisanen. Als Folge davon zerstörten sie ganze Dörfer, massakrierten die Bewohner und stationierten teilweise bis zu fünfzigtausend Soldaten hier. Ob sie die Kammer durch Zufall gefunden haben?«

Jill öffnete die Brusttaschen des Toten und fand eine Brieftasche. Sie enthielt einige Münzen sowie einen Ausweis und ein stark abgenutztes Foto, darauf waren ein Mann und eine Frau abgebildet.

»Sagt Hallo zu Horst Schlonz«, sagte Jill. »Wahrscheinlich ist er der Mann auf dem Bild, zusammen mit seiner Frau.«

Verächtlich spuckte Alain auf den Boden. »Diese Scheiß-Nazis. Wenigstens einer hat es nicht geschafft.«

»Ich glaube nicht, dass die Schriftrollen von den Deutschen gestohlen wurden«, entgegnete Jill. »Warum sollten sie einen der ihren vergessen? Vermutlich kam dieser Soldat als Einziger hier herunter. Und kam plötzlich nicht mehr raus.«

Sobald sie die Worte ausgesprochen hatte, drehte Jill sich hastig zur Eingangspforte um. »Oh nein!«

Sie sprang los, doch zu spät: Mit einem lauten Knarren schloss sich die Steintür zur Kammer.

Jill drückte mit ihrem ganzen Gewicht dagegen, doch es war vergebens. Ein Klicken verriet allen Anwesenden, dass sie nun ebenfalls Geiseln der Kammer waren.

»Verdammt! Los, helft mir!«, rief Jill.

Alain und Yasmin versuchten verzweifelt, die Tür von innen aufzustoßen. Doch sie rührte sich keinen Millimeter.

Der Professor blieb ruhig und untersuchte die Kammer weiter, als ob nichts geschehen wäre. »Keine Sorge, das Tor wird sich in Kürze wieder von selbst öffnen.«

»Wie denn?«, fragte Alain.

Jill kam Faruk zuvor. »Stimmt. Es fließt immer noch Wasser in den Brunnen. Sobald das Gefäß wieder bis zum Rand gefüllt ist, springt der Mechanismus nochmals an und ...« Sie bemerkte, wie Yasmin sie mit großen Augen anblickte und sich auf die Lippen biss. »Yasmin, was ist?«

»Ehm, es gibt da ein kleines Problem.«

Alain drehte sich zu ihr herum. »Welches denn?«

Yasmin trat verlegen von einem Fuß zum anderen. »Nun, meine Jacke ist ja nass geworden, da dachte ich mir, ich nehme sie wieder zum Abflussloch heraus und hänge sie schon mal hin.«

»Du hast *was?*« Alain schaute sie entgeistert an.

»Ich dachte, die Pforte ist geöffnet, und ...«, erwiderte Yasmin kleinlaut. »Tut mir leid.«

»Schon gut, das konntest du nicht wissen.« Jill griff zu ihrem Handy. »Kein Netz. Mist, ich kann Daniel nicht anrufen.«

Ein unbehagliches, aber wohlbekanntes Gefühl machte sich in Jill breit. Seit Guatemala hatte sie sich nicht mehr in einem geschlossenen Raum aufgehalten, aus dem sie nicht ohne fremde Hilfe hinauskonnte. Sie schluckte und versuchte, ihr Missbehagen zu unterdrücken.

Sie blickte die anderen an, alle waren kreidebleich geworden, selbst Faruk.

»Wie lange reicht die Luft hier unten?«, fragte Yasmin.

»Umso länger, je mehr Ruhe wir bewahren«, antwortete Jill.

»Kommt her!« Faruks Taschenlampe beleuchtete eine steinerne Tafel, die mitten im Raum in den Boden eingefasst war. »Hier hat jemand eine Nachricht hinterlassen.« Er zeigte auf die eingemeißelten Lettern der weißen Marmortafel. »In Altgriechisch.« Laut übersetzte er die erste Hälfte:

»Im Jahre eins des Augustus Anthemius. Dieser Ort ist dem Untergang geweiht, eine neue Stätte birgt nun das Vermächtnis. Auf der Insel des schimmernden Steines sollst du dich auf dem Brunnen taufen lassen, auf welchem steht:

»Sie haben alles weggebracht. Aber warum?«, fragte Yasmin.

»Vielleicht wegen der Vandalen«, bemerkte Jill.

»Vandalen?« Yasmin schaute sie befremdet an.

»Ich meine das Volk der Vandalen. Der heutige Begriff Vandalismus rührt zwar von diesem Volk her, obwohl sich die ursprünglichen Vandalen gar nicht so blindwütig aufführten, geschichtlich betrachtet.«

»Na, Heilige waren sie auch nicht gerade«, entgegnete Alain. »Immerhin haben sie Rom geplündert.«

»Und Kreta«, ergänzte Faruk. »Hier wird auf die gerade begonnene Regierungszeit von Anthemius hingewiesen. Als weströmischer Kaiser galt seine größte Herausforderung der Vernichtung der Vandalen, die das Reich bedroht haben. Im Jahre 467 nach Christus fielen sie auch über Kreta her. Vielleicht brachte man deshalb alle Schriftrollen von hier weg und hat diese Tafel als Wegweiser für das nächste Ziel gefertigt.«

»*Auf der Insel des schimmernden Steines*«, wiederholte Alain. »Wo soll das sein?«

»Bestimmt ein Rätsel, damit nicht jeder Vandale ...«, Jill räusperte sich kurz, »... oder Nazi den Standort errät. Kümmern wir uns später darum.«

Faruk las den Rest der Tafel vor:

Die heilige Hand wird der Eule der Athene Flügel verleihen. Hinter der hundertsten Türe sollen die Weisheit von Alexandria und die Schriftrolle des Jesus ruhen, bis der Würdige in Demut ein Opfer gibt.

Niemand sprach ein Wort, Stille erfüllte den Raum. Schließlich sprach Faruk ergriffen: »Das ist unfassbar. Und wir sind kurz vor dem Ziel!«

»Aber wie kommen wir hier raus?«, fragte Yasmin. »Gibt es da irgendeinen Hinweis?«

Der Professor schüttelte den Kopf. Er zog sein Handy hervor und fotografierte die Inschrift. »Gut, suchen wir einen Weg hier raus.«

Kaum hatte er das gesagt, öffnete sich das Tor zur Kammer mit einem lauten Knirschen.

Alle schreckten zurück, als hätte ein Gespenst die Pforte aufgestoßen. Doch draußen stand kein Geist, sondern jemand anderes.

»Daniel!«, rief Faruk erfreut. Doch das Lächeln des Professors erstarb, als eine weitere Person mit einer Waffe in der Hand zum Vorschein kam.

»Hallo zusammen«, sagte der Mann. »Was für eine Überraschung.«

XLIII

Der Anführer schubste den verängstigten Daniel in die Kammer hinein. Ihm folgten zwei weitere Männer mit Spitzhacken, sowie der Muskelprotz, mit dem Jill in der Qaitbay-Zitadelle Bekanntschaft gemacht hatte. Der glatzköpfige Hüne hatte ein Maschinengewehr im Anschlag und kniff die Augen zusammen, als er Jill erblickte.

Diesmal sieht Vin Diesel so sauer aus wie eine Zitronen-Plantage, dachte sie.

»Ich ... ich konnte nichts tun«, stammelte Daniel. »Sie haben sich angeschlichen, und ...«

Jill legte ihre Hand auf seine Schultern. »Schon gut, ist nicht deine Schuld.«

»Wie wäre es mit einer Vorstellungsrunde?«, fragte der Anführer. »Damit ich weiß, welche Namen ich auf Ihre Grabsteine schreiben muss.«

»Gentlemen first.« Jill nickte dem Anführer zu.

»Ich bin Dr. Said, aber Sie, Dr. Carter, dürfen mich beim Vornamen nennen: Amun.«

Ein ägyptischer Göttername, wie passend. »Danke, aber ich verzichte«, erwiderte Jill bloß.

»Mir scheint, Ihnen ist nicht wirklich an einem Kennenlernen gelegen«, sagte Dr. Said mit gespieltem Bedauern in seiner Stimme. »Dann schreibe ich in Ihrem Fall Praktikant auf den Grabstein?« Er grinste Daniel an.

Dieser wollte etwas sagen, doch Jill hielt ihn zurück. »Ich hätte es nicht für möglich gehalten, dass Sie den Schwertcode so schnell entschlüsseln, Dr. Said.«

»Das habe ich gar nicht«, erwiderte Said nonchalant, »wir sind Ihnen einfach gefolgt. Sogar hier unten im Tunnel haben wir euch belauscht, ohne dass ihr es bemerkt habt.«

Professor Aydin erwiderte trotzig. »Wie Sie sehen können, ist die Kammer leer. Wahrscheinlich wurde sie bereits im Zweiten Weltkrieg geplündert.«

»Netter Versuch, Herr Professor«, sagte Said spöttisch. Er deutete auf die Tafel im Boden. »Wahrscheinlich wurde der Schatz an einen anderen Ort gebracht und hier steht, wo er sich befindet, oder?« Er nickte den beiden Männern zu, die mit ihren Spitzhacken zu der Platte gingen.

Alain wollte sie aufhalten, doch Vin Diesel schlug ihm den Schaft des Maschinengewehrs über den Schädel. Alain brach zusammen und blieb regungslos am Boden vor dem Tor liegen.

Der Professor wollte zu ihm, doch Said schüttelte den Kopf. »Ich würde Hazem an Ihrer Stelle nicht auch noch reizen.«

Mit den Spitzhacken lösten die Männer die Platte aus dem Boden und brachten sie zu Said. Dieser musterte mit glänzenden Augen das Artefakt. »Ich teile zwar ihre Enttäuschung, hier eine leere Kammer vorzufinden. Doch diese Tafel ist eine Schatzkarte von ungeheurem Wert! Vor allem, wenn man eine Ahnung hat, was in der Jesus-Schriftrolle steht.«

Said wies seine Männer an, den bewusstlosen Alain von der Tür in den Vorraum zu ziehen. »Mit etwas

Überzeugungskunst wird er uns sicherlich bei der Entschlüsselung helfen.«

Es knirschte und wie von Jill befürchtet, begann sich die Steintür wieder zu schließen. Said und seine Männer traten auf die andere Seite des Tors, die Waffen erhoben. »Leider müssen wir uns nun verabschieden«, sagte Said. »Ich bin mir sicher, in ein paar Hundert Jahren stellen sie einen fabelhaften Fund für Archäologen dar!«

Krachend fiel das Steintor zu.

Die anderen versuchten es aufzudrücken, doch Jill stand nur ruhig da und starrte das Tor an. »Das bringt nichts«, sagte sie schließlich.

»Sie wollen aufgeben?« Daniel blickte sie irritiert an.

»Ganz im Gegenteil.« Jill stieß ein Marmorregal um, das beim Aufprall am Boden in viele Teile zerstob. »Mir ist vorhin aufgefallen, dass beim Schließen die Pforte etwas abgesackt ist.« Sie hob einen längeren, dünnen Marmorpfeiler auf. »Wir müssen die Steinpforte zuerst etwas anheben, bevor wir es von innen aufstoßen können.«

Daniel stieß ein weiteres Regal um. »Hat nicht Archimedes das Hebelgesetz erfunden?«

»So ist es«, antwortete Jill. »Lasst es uns versuchen. Zwei Leute heben das Tor an, zwei drücken dagegen.«

Jill stieß den Pfeiler flach unter das Steintor. Daniel nahm sich ebenso einen und tat es ihr nach.

»Auf drei«, kommandierte Jill. »Eins, zwei, drei!«

Mit Ächzen hoben Jill und Daniel den Pfeiler hoch, während sich Yasmin und ihr Vater gegen das Tor stemmten. Knirschend öffnete sich die massive Steintür.

»Na also. Nichts wie raus hier«, flüsterte Jill und lief als Erste aus der Kammer raus. Sie hastete am Pythagoras-Brunnen vorbei direkt zum Tunnel. Am anderen Ende sah sie Hazem, Saids hünenhafter Helfer. Er blickte sie zuerst überrascht an, dann grinste er und hob einen Gegenstand hoch, den Jill zunächst nicht erkannte.

Bis Hazem aus dem Objekt einen Stift zog.

Jill erstarrte. *Nein!*

Hazem ließ die Handgranate seelenruhig in den Tunnel kullern und verschwand darauf nach oben.

»Granate!«, schrie Daniel, der zu seiner Chefin aufgeschlossen hatte.

Jill rührte sich nicht. *Die Granate ist zu weit weg, da komme ich nicht mehr rechtzeitig ran.*

»Dr. Carter, wir müssen hier weg!« Daniel riss sie am Arm und zog sie rückwärts. Jill taumelte und fiel beinahe um. Yasmin und Faruk waren bereits in der Bibliothekskammer, Daniel rannte gerade hinein.

Jill fasste sich und hechtete zum Kammereingang, als ...

XLIV

Eine Feuerwalze schoss durch den Tunnel, gefolgt von einer gewaltigen Druckwelle. Die Säulen und der Pythagoras-Brunnen stürzten tosend in sich zusammen. Jill erreichte im letzten Moment den Durchgang, die Explosion schleuderte sie in den Bibliotheksraum hinein. Hinter ihr zerbarst die steinerne Pforte wie ein Kartenhaus und begrub sie beinahe unter sich. Der Durchgang sowie der gesamte Pythagoras-Raum waren in Sekundenschnelle verschüttet.

Der Aufprall auf dem Steinboden ließen einige von Jills Rippen knirschen. Ächzend hob sie den Kopf und blickte direkt in die leeren Augenhöhlen des toten Nazis. Dessen ledrigen, ausgefransten Lippen schienen zu flüstern: »Na, auch einen üblen Tag erwischt?«

Staub wirbelte durch die leere Bibliothek. Die Säulen der Kammer knarrten protestierend wegen der verschobenen Deckenlast.

Langsam stand Jill auf und wischte sich den Staub von den Kleidern. Zu Daniel sagte sie: »Ich danke dir. Das war ... sehr knapp.«

»Keine Ursache«, erwiderte dieser sichtlich stolz.

Sie blickte sich um. »Wir müssen das Vermächtnis vor ihnen finden und sie dort gebührend empfangen.«

»Nichts leichter als das!« Yasmin hob verzweifelt die Hände hoch. »Wir kommen hier doch niemals raus!«

Grollende Laute erfüllten die Kammer, und an einer Steinsäule in der Nähe der zertrümmerten Pforte bildeten sich Risse.

Jill fühlte sich immer noch benommen. »Wir müssen einen Weg hinausfinden, hier fällt bald alles zusammen!«

Sie zog ihre Stiftlampe aus der Brusttasche und begann, den zugeschütteten Durchgang zu untersuchen. Die anderen sahen sich ebenfalls um. Nach kurzer Zeit wurde Faruk als Erster fündig: »Kommt mal alle her!«

In der hinteren Ecke des Raumes, versteckt durch ein vorstehendes Regal, stand der Professor vor einer in die Mauer eingelassenen Nische. Diese quadratische Einbuchtung beherbergte eine Art steinerne Halbkugel mit fünf Löchern. Faruk beugte sich vor, bis sein Kopf in der Nische verschwand, und untersuchte mit der Taschenlampe die Einbuchtungen.

»Keine Ahnung, was das hier ist.« Er zog seinen Kopf wieder zurück. »Irgendwie sieht es aus ...«

»... wie eine halbierte Bowlingkugel, nur mit fünf Löchern statt drei«, sagte Daniel.

»Vielleicht ein Türöffner, um hier herauszukommen«, sagte Jill. Sie untersuchte die Mauer und drückte dagegen. Nichts rührte sich. »Soldat Horst Schlonz fand jedenfalls nicht heraus, wie der Mechanismus funktionierte.«

Ein Stein löste sich aus der Decke der Kammer und zersplitterte mit einem lauten Krachen auf dem Boden.

Uns bleibt nicht viel Zeit, dachte Jill. Sie wandte sich wieder der Bowling-Halbkugel zu. »Die Löcher sind offensichtlich für die Finger gedacht. Das Loch rechts unten scheint mir etwas größer, hier könnte der Daumen hineinpassen.«

Sie steckte kurz ihren linken Daumen in das Loch und zog ihn erstaunt wieder heraus. »Mit der Daumenspitze habe ich eine Art Druckschalter gespürt. Womöglich haben alle Löcher eine solche Vorrichtung.«

Weitere Steine fielen von der Decke und ließen alle aufschrecken. »Lasst es uns versuchen«, sagte Jill und versenkte langsam die Finger ihrer linken Hand in die Löcher.

»Stopp!«

Daniels Schrei ließ Jill zusammenzucken. »Was ist?«

»Der Nazi hatte die gleiche Idee wie wir.« Daniel hob den Arm des Toten hoch.

Am Ende des linken Armes des toten Soldaten fehlte die Hand.

Behutsam zog Jill ihre Hand wieder aus den Löchern. In diesem Moment zerbarst in der Nähe des Durchganges eine Säule, und die Decke darüber stürzte ein und begrub ein Regal unter sich.

»Los, wir ziehen uns in die Ecke zurück. Packt zu!«, rief Jill. Zusammen schleppten sie den Soldaten zur Nische. Dort untersuchte Jill kurz den Unterarmknochen des Nazis. »Tatsächlich, ein sauberer Schnitt. Aber eventuell hatte er die Hand ja schon früher verloren.«

»Und trug sie seither mit sich herum?« Angewidert zog Daniel eine knöcherne Hand aus der Seitentasche des Soldaten hervor.

»Verdammt!« Jill rieb sich die Stirn. »Was machen wir jetzt?«

Faruk hob den rechten Arm der Leiche hoch und riss ihn unzimperlich mit einem Ruck ab. »Horst hat sich soeben freiwillig gemeldete«, flötete er und versenkte geschickt vier der fünf Fingerknochen in die Löcher. »Der Daumen spreizt sich in die andere Richtung, da es die rechte Hand ist. Schauen wir, was vier Finger bewirkten können ...« Sorgfältig hielt er den Oberarmknochen fest, um genug Abstand zur Steinhalbkugel zu erhalten. Mit einem sanften Stoß übte er Druck auf die Fingerknochen aus.

Blitzschnell sauste aus der Nischendecke eine Art Guillotine herunter und trennte die Skeletthand vom Unterarm. Yasmin stieß einen Schrei aus, Faruk ließ vor Schreck den Rest des Armes fallen und Daniel trat respektvoll ein paar Schritte zurück. Klickernd fuhr die rostige Trennscheibe wieder hoch und verschwand in der oberen Mauerkante der Nische.

Yasmin fasste sich instinktiv an die Hand. »Puh, das war knapp. Nur sind wir jetzt nicht weiter.«

»Es ist ein PIN-Code«, murmelte Jill.

»Wie bitte?«, meinte Faruk verblüfft.

Sie zog die Augenbrauen zusammen. »Man braucht die richtige Kombination von Fingern, damit der Mechanismus funktioniert. Heutzutage hätte man dafür drei Versuche. Hier kostet jeder falsche Test eine Hand.«

Eine weitere Säule in der Kammer fiel um und zerschellte krachend am Boden.

»Los, nachdenken!«, rief Jill. »Also: Vier Finger ohne Daumen bedeutet eine Hand weniger und alle fünf Finger vermutlich auch. Denn diese Kombination hat Horst wohl vor über siebzig Jahren versucht. Der Daumen allein genügt jedoch auch nicht, das habe ich vorher ausprobiert.« Sie schluckte bei dem Gedanken, dass sie beinahe ihre Hand verloren hätte.

»Wir müssen andere Kombinationen ausprobieren, nur wie? Die Hände des Nazis ohne die Unterarme taugen nicht mehr«, sagte Faruk verzweifelt.

»Ich habe eine Idee!« Yasmin hob den Soldaten an und zerfetzte ihm die Uniformjacke. Anschließend riss sie dem Toten einige Rippen aus.

Ein Lächeln glitt über Faruks Gesicht. »Spareribs, eine gute Idee! Die dürften lang genug sein!«

Jill griff sich einen Rippenknochen und steckte ihn in das Daumenloch, bis sie spürte, dass der Auslöser nachgab. Nichts passierte. »Wie gehabt, der Daumen ist sauber.«

Ein weiteres Stück der Decke fiel herunter und ließ einige Regale zersplittern.

»Schnell! Probieren wir nun den Zeigefinger.« Wieder fuhr Jill die Rippe in das Loch. Die Trennscheibe raste herunter und schnitt den Knochen entzwei, sodass sie nur noch fünf Zentimeter davon in den Fingern hielt.

»Scheiße noch mal!«, fluchte sie. Die Säulen unmittelbar hinter ihnen knirschten, und Risse bildeten sich auf der gesamten Länge.

Jill nahm die nächste Rippe und drückte in das Loch des Mittelfingers. Nichts geschah. Das Gleiche beim Ringfinger. Blieb noch der kleine Finger. Wieder fuhr die Trennscheibe herunter und zerhackte den Knochen.

»Also, kleiner Finger und Zeigefinger lösen die Guillotine aus.« Faruk blickte hinter sich. Das Knacken der Risse in den Säulen wurde bedrohlich lauter.

Jill keuchte. Langsam fuhr sie drei weitere Rippen in die Daumen-, Mittel- und Ringfingerlöcher ein und übte anschließend sanften Druck darauf aus. Die anderen hielten den Atem an.

Wieder rührte sich nichts.

»Wir übersehen etwas«, meinte Jill fluchend. »Und die restlichen Rippen sind entweder zu breit für die Löcher oder zu kurz.«

»Die Kombination ist noch falsch«, wandte Yasmin ein. »Der kleine Finger und der Zeigefinger allein lösen die Trennscheibe aus. Aber einer von beiden wird benötigt, um den PIN-Code zu vervollständigen.« Sie machte eine kurze Pause. »Nur welcher?«

Das Krachen um sie herum kündigte das Ende an. Eine letzte, von Rissen durchzogene Säule widerstrebte noch dem Druck.

Kleiner Finger oder Zeigefinger? Welcher der beiden Finger würde sie die Hand kosten? Und welcher ihr Leben retten? *Du musst glauben, Jill.*

Der merkwürdige Traum von letzter Nacht stieg unvermittelt in ihr hoch. Sie erinnerte sich an den winkenden Mann im Gewand. Seine Hand mutete immer noch komisch an, etwas schien anders. Aber was?

Plötzlich wusste sie es.

Ein Finger fehlt. Aber welcher?

Sie schloss die Augen.

Der Zeigefinger. Mein Traum-Jesus hat keinen Zeigefinger!

»Was machen wir jetzt?«, brüllte Daniel und wich einem Stein aus, der von der Decke fiel.

Ohne weiter nachzudenken, griff Jill mit der linken Hand zur Steinkugel und versenkte alle Finger in die Löcher. Bis auf den Zeigefinger.

»Was machst du da?«, schrie Faruk überrascht.

Jill drückte die Hand hinein und kniff dabei die Augen zu. Die anderen drei hielten den Atem an.

Plötzlich drehte sich die Halbkugel von selbst im Uhrzeigersinn herum und jauchzend presste Jill sich gegen die Mauer, die sich nun wie eine Pforte öffnen ließ.

In diesem Moment gab die letzte Säule nach, und der Rest der Decke stürzte ein. Daniel und Yasmin schlüpften ebenfalls unversehrt durch die Pforte, aber ein herabfallender Steinbrocken streifte Faruks Schulter und er stürzte auf den Boden.

Eilig zogen Jill und Yasmin den benommenen Faruk in den schmalen Korridor hinter die Pforte. Ein Grollen verkündete, dass auch die Decke im Tunnel einstürzen würde.

Während Daniel im spärlichen Schein seiner Taschenlampe vorausrannte, hievten Jill und Yasmin den Professor hoch und legten dessen Arme über ihre Schultern. »Los!«, schrie Jill.

Keinen Moment zu spät. Sie spürte den Luftdruck des kollabierenden Tunnels direkt hinter sich. Am Ende des Korridors blieb Daniel bei einem weiteren Tor stehen und rief: »Hier ist noch mal die gleiche Bowling-Kugel, ebenfalls mit fünf Löchern. Was sollen wir tun?«, fragte er verzweifelt.

Hinter ihnen fielen die Wandstützen in sich zusammen wie Domino-Steine. Noch fünfzehn Meter, und sie würden hier begraben.

Jill übergab Faruk dessen Tochter, glitt an Daniel vorbei und steckte die Finger in die Kugellöcher, wiederum ohne Zeigefinger. *Die werden kaum verschiedene PIN-Codes an den Türen angebracht haben*, dachte sie. *Oder doch?*

Sie presste die Finger hinein und atmete auf: Die Kugel drehte sich nach rechts, und das steinerne Tor klappte wie eine Zugbrücke nach vorn.

Gleißendes Sonnenlicht blendete sie, als sie nach draußen stürzten. Yasmin rettete sich als Letzte mit einem Sprung, bevor der Tunnel in sich zusammenfiel. Erschöpft ließen sie sich nieder und ignorierten die Staubwolke um sich herum.

»Das war knapp«, stöhnte Faruk nach einer Weile. »Danke Jillian, dass du für uns deine Hand ins ... na, du weißt schon.« Der Professor lächelte müde. Jill musste schmunzeln.

»Bist du verletzt, Baba?«, fragte Yasmin sorgenvoll. Sein Hemd war zerfetzt, und Blut troff aus einer Wunde an der Schulter.

»Ist nur eine Schramme. Langsam werde ich wohl zu alt für solche Abenteuer.«

Jill stand auf und blickte sich um. Sie befanden sich an der unteren Außenmauer des Kastells, in etwa auf halber Höhe des Hügels. Vor ihnen lag ein kleiner Abgrund mit einigen malerischen Häuschen darunter. Das Meer glänzte in der Nachmittagssonne, eine milde, kühle Brise umwehte sie.

»Ah, Kreta!«, rief Daniel und lachte laut heraus.

XLV

Jill legte ihre Tasche auf den Boden.

Zum Glück hat wenigstens dieses Hotel bereits im März geöffnet.

Daniel ließ sich erschöpft auf ein Sofa fallen, mattes Licht fiel in das rustikale Hotelzimmer.

Yasmin versorgte die Wunde ihres Vaters, während dieser gerade einen Anruf beendete. »Emad geht es gut, er gibt sofort Bescheid, falls jemand von Saids Bande auftaucht. Wir müssen ihnen zuvorkommen. Diesmal haben wir den Vorteil, dass sie denken, wir seien immer noch in der Kammer eingesperrt.« Er zuckte kurz zusammen, als Yasmin einige blutende Striemen reinigte. »Wenn wir vor ihnen am Ort des Vermächtnisses sind, werden wir sie mit der Polizei empfangen.«

»Aber Alain wird alles tun, um ihnen zu helfen, für Yasmin«, entgegnete Jill.

Der Professor drückte auf seinem Mobiltelefon herum und zeigte das Foto der Tafel. »Wir müssen bloß das Rätsel schneller lösen als sie!«

Sie beugten sich über das Foto.

Yasmin öffnete eine Verbandspackung. »Sollten wir nicht lieber zugeben, dass dies alles eine Nummer zu groß für uns ist? Und die Polizei einschalten, vielleicht sogar international?«

»Werden mir machen«, antwortete Faruk. »Sobald wir wissen, wo die Entführer als Nächstes auftauchen.

Und das finden wir nur heraus, wenn wir so schnell wie möglich das Rätsel entschlüsseln!«

Jill öffnete ihr Notizbuch, nahm das Handy des Professors, übersetzte die Inschrift auf der Tafel und schrieb sie auf.

Im Jahre eins des Augustus Anthemius. Dieser Ort ist dem Untergang geweiht, eine neue Stätte birgt nun das Vermächtnis. Auf der Insel des schimmernden Steines sollst du dich auf dem Brunnen taufen lassen, auf welchem steht:

N Ψ N N M MATAM H O A O I

»Warum haben sie nicht direkt das genaue Jahr nach Christus eingemeißelt?«, fragte Daniel.

Jill grinste. »Weil erst im sechsten Jahrhundert ein Mönch auf die Idee kam, Jesus' Geburt als Startpunkt der christlichen Zeitrechnung zu benutzen. Allerdings hatte er sich um ein paar Jahre verrechnet. Heute geht die Wissenschaft davon aus, dass Jesus zwischen sieben bis vier Jahre vor Christus geboren wurde.«

»Langsam überrascht mich nichts mehr«, erwiderte Daniel.

Yasmin zeigte auf die letzte Zeile. »Was ist mit den griechischen Lettern?«

»Sie ergeben keinen Sinn«, entgegnete Faruk. »Wir müssen sie anders anordnen.«

Yasmin verschränkte ihre Arme. »Was bedeutet MA-TAM?«

»Gar nichts.« Faruk rieb sich die Stirn. »Da es in der Mitte steht, könnte es aber eine zentrale Bedeutung haben.«

Daniel beugte sich nach vorn. »Tatsächlich, MATAM steht in der Mitte.«

»Wie meinst du das?«, fragte Jill.

»Links und rechts von MATAM stehen exakt fünf Buchstaben.«

Eine kurze Pause entstand. Offensichtlich überprüften alle Daniels Behauptung.

Jill starrte gebannt auf die Buchstaben und knackste dabei mit den Fingerknöcheln. Nach einer Weile spürte sie Yasmins Blick und drehte sich zu ihr um. »Was ist?«

Yasmin fühlte sich ertappt und sagte eilig: »Du heckst doch etwas aus? Dieses Knacken macht mir Gänsehaut, wie vorhin in der Kammer, bevor du deine Hand in die Bowlingkugel ... ich will gar nicht mehr daran denken.«

»Du hast recht, mir kam gerade eine Idee.« Jill zeigte auf ihre Notizen. »Ich glaube, Daniel hat uns soeben den Schlüssel des Rätsels geliefert.«

»Ich? Wie denn?«

Aufgeregt griff sie zum Kugelschreiber und schrieb eine zweite Zeile unter die erste:

N Ψ N N M MATAM H O A O I
I O A O H M N N Ψ N

»Du hast die Buchstaben von der rechten Hälfte unter die Linke eingefügt, jedoch rückwärts«, sagte Faruk. »Warum?«

»Weil es links sowie rechts von MATAM nicht nur je fünf Buchstaben hat, sondern auch fünf Leerstellen.«

Yasmin runzelte die Stirn. »Und jetzt?«

»Jetzt schieben wir die unteren Buchstaben in die Leerstellen oben.« Sie schrieb hastig nochmals eine neue Zeile, dazu fügte sie vor und hinter dem T in der Mitte noch eine Leerstelle ein:

NIΨONANOMHMA T AMHMONANOΨIN

Alle starrten auf die Buchstaben, als Yasmin plötzlich aufgeregt das Buch aus Jills Händen schnappte. »Nein, das glaube ich nicht! Ein Palindrom!«

»Ein Pali...was?«, fragte Daniel.

»Ein Palindrom!«, rief Yasmin und zeigte ihm den Vers. »Ein Wort oder ein Vers, die vorwärts wie rückwärts gelesen gleich lauten.«

»Ach, so wie: Nie leg Raps neben Spargel ein!«, erwiderte Daniel stolz.

Jill stand auf. »Das T in der Mitte ist wie ein Spiegel, links und rechts davon erscheinen gespiegelt die gleichen Buchstaben, je zwölf.«

»Schön, aber bedeutet es auch etwas?«, fragte Daniel.

Nun riss Faruk das Notizbuch hastig an sich und schrieb die gleiche Buchstabenfolge abermals ab, diesmal mit Abständen an verschiedenen Stellen.

NIΨON ANOMHMATA MH MONAN OΨIN

»Nipson anomimata mi monan opsin«, las er laut vor. Bedeutungsvoll schaute er die anderen an. Yasmin nickte bewundernd. »Wasche deine Sünden ab, nicht nur dein Gesicht!«

»Eine wahrlich zutreffende Inschrift für einen Brunnen«, raunte der Professor nach einer Weile.

Yasmin seufzte erlöst. »Nun brauchen wir nur noch im Internet danach zu suchen. Und dann befreien wir Alain!«

Daniel packte sein Handy und tippte darauf herum. »Ich befürchte, es wird nicht so einfach.« Er schaute gequält von seinem Handy auf. »Auf Wikipedia finden sich eine Unmenge von Kirchen, die einen solchen Brunnen besitzen. Allein in Paris gibt es fünf davon!« Er schluckte leer. »Sogar in der Hagia Sofia in Istanbul findet sich diese Inschrift. An einem Taufbecken.«

»Kein Problem.« Faruk winkte ab. »Die beiden Städte sind keine Inseln. Wo noch?«

»Sonst noch eine in Frankreich, mehrere in England und zwei in Griechenland. Aber ohne Angabe, ob die Inschrift auf einem Brunnen steht.«

»Hm, Großbritannien könnte doch glatt als Insel durchgehen«, sagte Jill trocken und blickte auf ihr Handy. »Aber ob sie etwas mit einem schimmernden Stein zu tun hat?«

Faruk hakte nach: »Wo in Griechenland findet sich die Inschrift?«

»Auf Thessaloniki und ... oh!« Daniel blickte erstaunt auf den Bildschirm.

Alle schauten ihn erwartungsvoll an.

»Auf Kreta, aber nicht in Paleochora, sondern weiter östlich, in einem Kloster namens *Moni Preveli*.«

»Dann würde der Vers absichtlich in die Irre führen«, sagte Faruk. »Jeder soll denken, der Schatz sei auf einer anderen Insel, dabei ist er immer noch auf Kreta versteckt. Aber wozu diese Ablenkung?«

Jill studierte die Satellitenbilder auf ihrem Handy. »Das Kloster Moni Preveli liegt nahe der Küste, aber erhöht und schwer erreichbar im Schutze des Berges. Kein schlechtes Versteck!«, bemerkte sie.

»Hier ist sogar ein Foto mit dem Brunnen!«, rief Daniel aufgeregt und zeigte seinen Bildschirm. »Also, wenn ihr mich fragt, diesen weißen Brunnen haben sie aus schimmerndem Stein gemauert!«, rief er triumphierend.

»Tatsächlich wirkt das Mauerwerk sehr hell auf diesem Foto«, sagte Faruk. »Was meinst du, Jillian?«

»Ich denke, es spielt keine Rolle, ob das Vermächtnis dort versteckt liegt oder nicht. Wir müssen dorthin, denn dieser Said wird dasselbe tun. Bevor er und seine Männer mehrere Städte in England bereisen, überprüfen sie sicher den Brunnen in der Nähe. Dies könnte unsere Chance sein.«

»Na also, worauf wartet ihr!«, sagte Faruk. »Leiht euch ein Auto aus und fahrt zum Kloster!«

»Und du?«, fragte Yasmin besorgt.

»Ich bleibe hier und halte die Stellung.« Er deutete auf seine Verletzung. »Ich wäre nur ein Hindernis für euch. Aber ich will jederzeit informiert werden.« Er blickte sich um. »Vielleicht gibt es hier im Haus ein Schachspiel? Zum Entspannen?«

Yasmin verdrehte die Augen. »Du bist bestimmt der einzige Mensch auf der Welt, der eine Schachpartie gegen sich selbst entspannend findet! Ist es in Ordnung, wenn ich mitgehe?«

»Natürlich, du musst doch deinen Alain zurückholen!« Er nickte ihr zu.

Yasmin seufzte. »Und was ist jetzt mit der Polizei?«

Jill strich ihr über die Schulter. »Wie ich Alain kenne, wird er Said und seine Leute auf eine falsche Spur locken, um Zeit zu gewinnen. Die Zeit sollten wir nutzen. Solange sie das Vermächtnis nicht in den Händen halten, brauchen sie ihn.«

Yasmin drückte ihrem Vater einen Kuss auf die Stirn. »Und du machst keine Dummheiten. Und iss etwas, ja?«

»Du bist wie deine Mutter.« Er seufzte und lächelte sie an. »Nun geht schon los!«

Sie verloren keine weiteren Worte und machten sich auf den Weg. Der Hotelbesitzer verwies sie für Mietautos an einen Freund in der Nähe. Kurze Zeit später brausten sie in einem knallroten Jeep in Richtung Moni Preveli davon.

***

Faruk besorgte sich vom Hotelbesitzer ein uraltes Schachspiel aus Holz, das er im Zimmer auf einen kleinen Tisch vor einem Sessel aufbaute. Die weißen Figuren standen auf seiner Seite, doch er berührte sie nicht. Stattdessen starrte er versunken auf die gegnerischen Figuren, als wollte er die nächsten Züge des Feindes erraten.

XLVI

Kloster Moni Preveli, Kreta

17.36 Uhr

Zweieinhalb Stunden später erschienen vor ihnen die Umrisse des Klosters. Eine große Kirche, dazu ein Hof und viele kleine Gebäude glänzten in einem hellen Weiß, ebenso der Hauptplatz. Der gesamte Komplex war majestätisch zum Meer ausgerichtet. Feigen- und Olivenbäume sowie unzählige dornige Büsche umsäumten das Kloster, die Grillen zirpten, als gäbe es kein Morgen.

Auf dem Parkplatz vor dem Kloster stand ein einziges verstaubtes Auto. Jill parkte ihren roten Jeep versteckt hinter einer Mauer. Vor dem Klostereingang tummelten sich einige streunende Katzen, sonst war niemand zu entdecken.

Fast lautlos stiegen die drei aus und schlichen sich entlang einiger Seitengebäude. Nach fünfzig Metern entdeckten sie in einer Ecke quer über den Klosterhof einen kleinen Brunnen.

»Das muss er sein«, sagte Jill. »Die Anlage wirkt wie ausgestorben. Entweder waren die Gauner schon da, oder sie kommen noch.« Sie wandte sich an Daniel. »Gehe bitte zum Eingang zurück und halte dort Wache. Taucht ein Auto auf, kommst du sofort zu uns. Wir werden uns den Brunnen dort drüben genauer ansehen.«

Daniel machte ein enttäuschtes »Warum immer ich?«-Gesicht, doch schließlich lief er los. Jill nickte Yasmin zu. »Bereit, normale Touristinnen zu mimen?«

Sie grinste. »Aber sicher. Alte Klosterbrunnen interessierten mich schon immer brennend!«

Gemächlich schlenderten sie nebeneinander über den Klosterhof und blieben vor dem Brunnen stehen. Erstaunlicherweise war die flache, senkrechte Brunnenwand Bestandteil einer Hausmauer, gleich rechts davon befand sich eine Eingangstür zu einer kleinen Kapelle. Dem weißen Kalkstein des Brunnens sah man die Jahrhunderte an, leise floss Wasser aus zwei Ausgüssen am unteren Rand in ein kleines, bodenebenes Becken. Eine Kelle, befestigt an einer Kette an der Wand, lud den Besucher dazu ein, sich zu erfrischen.

Der Brunnen enthielt insgesamt drei Inschriften, doch die älteste davon prangte stolz am oberen Rand:

ΝΙΨΟΝ ΑΝΟΜΗΜΑΤΑ ΜΗ ΜΟΝΑΝ ΟΨΙΝ

»Hier sind wir richtig.« Yasmin blickte sich um. »Aber wo könnte das Vermächtnis versteckt sein?«

Jill fuhr mit den Fingern über die Inschrift und tastete die Wand nach einem versteckten Auslöser ab. »Mit dem Prinzip des Pythagoras-Bechers kommen wir hier nicht weiter. Auf der Tafel von Paleochora stand: *Auf der Insel des schimmernden Steines sollst du dich auf dem* Brunnen *taufen lassen.* Vielleicht ist dies der Schlüssel?«

»Du willst dich *taufen* lassen? Hier und jetzt?« Yasmin schaute sie ungläubig an.

»Ich bin zwar bereits getauft, aber sicher ist sicher, nicht wahr?« Jill kniete sich vor das Wasserbecken. Der algenbedeckte Boden ließ das Wasser grünlich erscheinen und wirkte dadurch wenig einladend.

Wasche deine Sünden ab, nicht nur dein Gesicht, dachte Jill.

Als ob dies so einfach wäre.

Sie grub die Hände in das Becken und wusch sich Kopf und Nacken. Die Tropfen fielen von ihrem Gesicht zurück auf die Oberfläche und bildeten kleine Kreise.

Was mache ich hier?, überlegte sie. *Vielleicht bin ich des Vermächtnisses gar nicht würdig?*

Sie schüttelte den Kopf und wies den Gedanken von sich. Als sie in das Becken hineinstarrte, kam ihr eine Idee: Hastig griff sie mit den Händen bis zum Beckenboden und tastete ihn nach Unebenheiten ab.

Ihre Fingerspitzen entdeckten etwas. Es fühlte sich an wie ... *eine weitere Inschrift?*

»Hier steht etwas.« Jill wischte die Algen an dieser Stelle vom Boden.

»Was ist, was steht da?«, fragte Yasmin.

»Wir müssen warten, bis sich das Wasser klärt, erst dann kann ich die Inschrift erkennen.« Jill blickte in das Becken, konzentrierte sich, sah etwas, hörte plötzlich ein Geräusch und fuhr herum.

Yasmin stieß einen kleinen Schrei aus. Hinter ihr stand ein bärtiger Mann.

»Entschuldigung, ich wollte Sie nicht erschrecken«, sagte der in Schwarz gekleidete Priester in gebrochenem Englisch. Er war anscheinend genauso überrascht gewesen, jemanden anzutreffen, als er aus der Kapelle getreten war. In der Hand hielt er ein Komboloi, eine traditionelle Perlenkette, und auf dem Kopf trug er den typischen Priesterhut der orthodoxen Kirche.

»Kein Problem«, sagte Jill. »Darf ich sie etwas fragen? Hier auf dem Brunnenboden steht die Zahl 1693. Bedeutet das etwa, dass der Brunnen in diesem Jahr gebaut wurde?«

»Dem ist so«, erwiderte der Priester. »Ein erstes Kloster wurde hier zwar bereits gegen Ende des zehnten Jahrhunderts errichtet, doch die Osmanen haben das meiste davon im Jahre 1649 zerstört. Knapp fünfzig Jahre später haben die tapferen Kreter das Kloster wiederaufgebaut. Aus dieser Zeit stammt auch der Brunnen, und bemerkenswerterweise funktioniert er immer noch. Wie ich sehe, erfreut er sich heute einiger Aufmerksamkeit.«

Jill und Yasmin wechselten einen kurzen Blick. »Warum? Sind wir heute nicht die ersten Touristen hier?«, fragte sie unschuldig.

»Vor etwa einer Stunde waren bereits zwei Männer hier und wollten wissen, wann der Brunnen erbaut wurde.«

»Tja, was für ein Zufall«, sagte Jill lächelnd. »Leider müssen wir jetzt los. Besten Dank für Ihre Hilfe!« Sie zog Yasmin am Arm davon.

Auf dem Weg nach draußen murmelte Jill: »Das Vermächtnis kann unmöglich hier sein. Der Brunnen und das gesamte Kloster wurden viel zu spät erbaut. Saids Männer wissen das ebenfalls und haben zudem eine Stunde Vorsprung. Verdammt!«

»Was machen wir jetzt?«, fragte Yasmin. »Wie finden wir Alain?«

»Wir müssen zurück zu deinem Vater«, sagte Jill. »Dann besprechen wir die nächsten Schritte.«

Nachdenklich blickte ihnen der Priester nach.

***

Ein forsches Klopfen an der Hotelzimmertür riss den Professor aus seinen Gedanken. »Wer ist da?«, fragte er.

»Sie haben eine wichtige Nachricht von einer gewissen Jillian Carter erhalten«, dröhnte eine Stimme.

Seltsam, dachte sich Faruk, als er zur Tür schritt und diese öffnete. Sofort stieß ein muskulös gebauter Mann die Tür auf, packte ihn am Kragen und drängte ihn ins Zimmer hinein.

»Was soll das? Was erlauben Sie sich?« Faruk versuchte erfolglos sich zu befreien. Hinter dem Muskelprotz kam ein weiterer Mann zum Vorschein.

»Guten Abend, Professor. Ich denke, es ist an der Zeit für ein gemeinsames Gespräch«, säuselte Amun Said und schloss die Hotelzimmertür.

XLVII

17.51 Uhr

Hazem drückte den Professor in seinen Sessel, stellte sich hinter ihn und ließ seine mächtigen Pranken auf dessen Schultern ruhen.

»Professor Aydin«, sagte Said in einem gemächlichen Ton, als würden sie sich zum Kaffee-Tratsch treffen. »Ich gebe zu, ich war einigermaßen überrascht, als mein Beobachter mir berichtet hat, sie hätten alle überlebt. Eigentlich sollte mein Mann nur neugierige Besucher wie beispielsweise Ihren Piloten abwimmeln. Wie sind Sie aus den Kammern hinausgelangt?«

Faruk starrte ihn mit giftigen Augen an, sagte jedoch nichts.

Said fuhr ungerührt fort. »Nun, ich bin überzeugt, dass Dr. Carter ihre Finger im Spiel hatte. Diese Frau hat mehr Leben als eine Katze. Dr. Dumant war ebenfalls sehr tüchtig. Zur Entschlüsselung hat er gerade mal zwanzig Minuten benötigt. Hazem weiß, wie man Leute motiviert.«

Faruk bäumte sich in seinem Sessel auf. »Sie dürfen das Vermächtnis, falls es noch existiert, nicht einfach an den Meistbietenden verhökern, das wäre ein Verbrechen an der Menschheit!« Seine Hände krallten sich an der Stuhllehne fest. »Für die Wissenschaft ist jeder Papyrus, jedes Pergament von unschätzbarem Wert!«

»Machen Sie sich keine Sorgen, Herr Professor. Sie wissen ja, wie das Spiel läuft: Ich verkaufe die Schriftrollen zum Beispiel an reiche amerikanische Sammler.

Diese leihen die Artefakte als Wohltäter an bekannte Museen aus, um sie dort auszustellen. Meistens erhöht sich dadurch der Wert des Pergamentes nochmals gehörig. Am Schluss schenken die Sammler das Stück dem Museum. Warum? Weil nach amerikanischem Steuerrecht eine solche Schenkung mit einer beachtlichen Steuererleichterung einhergeht! Der Sammler steht so als Wohltäter da und spart Unmengen an Steuerausgaben. Und die Museen, deren Besucher und die Wissenschaftler sind glücklich. Und ich auch!« Er lachte und setzte sich auf den Sessel Faruk gegenüber. »Sie sehen, es ist ein Spiel, in dem es nur Gewinner gibt.«

»Von wegen!« Faruk schnaubte aufgebracht. »Indem Sie die Artefakte ohne archäologische Begleitung aus ihren Fundorten entfernen, geht Wissen verloren, der kulturelle Kontext. Außerdem ist es Diebstahl an dem Staat, dem das Kulturgut gehört.«

Said fuhr sich durch den Bart. »In Ihrer Situation sollten Sie mich besser nicht stinkig machen, mein Lieber.« Er blickte Hazem kurz an, der sofort den Druck auf Faruks Schultern verstärkte. Ein stechender Schmerz schoss durch die Wunde des Professors, woraufhin dieser einen kurzen Schrei ausstieß. In diesem Moment gab Faruks Handy einen Piepston von sich. Said blickte auf.

»Ich glaube, es gibt Neuigkeiten.« Said zog die schwarzen Lederhandschuhe an und hob das Handy auf. »Eine Nachricht von Ihrem Töchterchen. Eine reizende Amazone, muss ich sagen, nur etwas mehr Demut und Respekt vor Männern würde ihr guttun.« Said hielt dem Professor das Handy hin. »Wenn Sie wissen möchten, ob es ihr gut geht, müssen Sie das Handy wohl entsperren, oder? Vielleicht braucht sie Hilfe?«

Der Professor gab missmutig den Code ein und reichte das Gerät wieder an Said. »Danke. Hier steht, dass sich das Vermächtnis nicht beim Kloster Moni Preveli befinden kann. Außerdem seien die Verbrecher«, er räusperte sich kurz, «bereits eine Stunde vor ihnen beim Kloster erschienen. Nun kehren die drei zurück, um das weitere Vorgehen zu besprechen.«

Faruk schaute ihn verblüfft an. Said gab ihm das Handy zurück. »Oh, Sie sind überrascht, dass ich Türkisch verstehe? Das ist immer wieder von Vorteil, schließlich führen etliche meiner Transportrouten durch die Türkei.« Said lehnte sich wieder im Sessel zurück. »Womit wir beim Grund meines Besuches angelangt sind. Das Vermächtnis befindet sich nicht im Kloster, und die im Internet ausgewiesenen Kirchen mit der Palindrom-Inschrift passen allesamt nicht zu einer Insel des schimmernden Steines. Deshalb meine Frage: Wo muss ich suchen?«

Faruk starrte ihn verächtlich an. »Sie denken nicht im Ernst, dass ich Ihnen helfen werde?«

Ein kurzes Nicken von Said genügte, und Hazem presste einen Daumen in Faruks Wunde. Der Professor schrie laut auf, doch Hazem hielt ihm sofort den Mund zu.

»Kommen Sie, Professor«, sagte Said in einem Ton, als spräche er zu einem trotzigen Kind. »Sie haben gewiss eine Vermutung, wo das Vermächtnis liegen könnte, nicht wahr? Wenn Sie jetzt kooperieren, geschieht weder Ihrem Töchterchen noch Alain etwas, ich verspreche es.«

Faruk rang um Atem. Wut, Erschöpfung, Schmerz, Resignation, ein Sturm von Gefühlen und Empfindungen fegten über ihn hinweg. Er wusste, er konnte nicht gewinnen. Also spielte er seinen letzten Trumpf aus.

Keuchend sagte er: »Das Vermächtnis ist auf dem Berg Athos versteckt, eine Halbinsel in der Nähe von Thessaloniki.«

»Ich kenne Athos natürlich«, erwiderte Said. »Seit Jahrhunderten führen dort orthodoxe Mönche ein abgeschiedenes Leben, etliche Klöster zieren den Berg, die meisten von ihnen sind nur schwer erreichbar.«

Faruk nickte mit schmerzverzerrtem Gesicht. »Einige von ihnen, wie das Kloster *Dochiariou*, dürften dem Betrachter in einem schimmernden Weiß erscheinen. Zudem ist die ganze Halbinsel schlecht erforscht, noch heute dürfen keine Touristen dorthin, sondern nur Männer mit einem kirchlichen Empfehlungsschreiben. Als autonome Mönchsrepublik ist das Gebiet tabu für staatliche Interventionen oder wissenschaftliche Untersuchungen. Auf Athos müsste es Dutzende alte Taufbrunnen geben, und sicher weist einer davon die Inschrift der Tafel auf. Nur steht dies nirgends im Internet.«

Said faltete zufrieden seine Hände. »Ich wusste, bei Ihnen bin ich an der richtigen Adresse.« Er erhob sich und verneigte sich leicht. »Meinen aufrichtigen Dank, Professor. Ich werde es Ihnen nicht vergessen.« Er nickte Hazem zu.

Dieser zog hinter dem Rücken von Faruk ein kleines Etui aus seiner Jackentasche hervor und entnahm eine Ampulle und eine Spritze.

Faruk widerstand der Versuchung, vom Sessel aufzustehen. »Sie werden also Alain freilassen und uns künftig in Ruhe ...« In dem Moment stach Hazem ihm mit der Spritze durch die Kleider in den Rücken und injizierte eine Flüssigkeit. Faruk drehte sich weg, doch es war zu spät.

Said betrachtete ihn mit einem schelmischen Grinsen. »Alain und Ihre Tochter werden wohlauf bleiben. Doch von Ihnen war nicht die Rede.«

»Was haben Sie mir da gespritzt?« Faruks Zunge fühlte sich plötzlich schwerer an.

»Botox«, antwortete Said amüsiert. »Oder Botulinumtoxin, wie es richtig heißt. Ziemlich giftige Sache. Ein zehn Millionstel Gramm genügt bereits, um einen Menschen zu töten. Promis lassen sich dieses Zeug auch spritzen, leider viel zu verdünnt. Nun, in drei Minuten wird Ihnen das egal sein, dann sind Sie tot. Und das Beste daran ist, dass es Tage dauern wird, bis ein Pathologe herausfindet, dass Sie nicht an einem normalen Herzinfarkt gestorben sind. Wenn überhaupt.«

Verzweifelt versuchte Faruk aufzustehen, aber seine Beine gehorchten bereits nicht mehr. Wütend wollte er etwas sagen, doch er brachte nur lallende Laute zustande.

Seine Genugtuung, dass er Said mit der Theorie über den Berg Athos angelogen hatte, verschwand sofort. Das Vermächtnis konnte nicht dort sein, doch anscheinend wusste Said das nicht. Tränen der Verzweiflung liefen ihm über die Wangen.

»Na, wie fühlt es sich an, sich langsam in eine Marmorstatue zu verwandeln?« Said grinste diabolisch.

Faruk verrenkte sich auf dem Sessel. Seine Beine verwandelten sich zu Stein, zumindest fühlte es sich so an.

Marmorstatue.

Faruk schloss die Augen. *Marmor.* Das Wort schwirrte durch sein Gehirn, als trügen diese Buchstaben eine letzte wichtige Nachricht für ihn.

Plötzlich wusste er, auf welcher Insel das Vermächtnis sein musste.

Panik erfasste ihn. Gleich würde er sterben.

Ich muss meine Entdeckung an Yasmin weitergeben, sonst ist alles umsonst.

Doch seine Mörder standen direkt vor ihm und das Gift lähmte seinen Körper unerbittlich weiter. In diesem Zustand konnte er weder eine SMS noch eine Notiz auf einen Zettel schreiben.

Sein Blick fiel auf das Schachbrett, auf welchem alle Figuren immer noch in Ausgangsposition standen. Dieses Spiel war neben der Suche nach der antiken Bibliothek von Alexandria seine größte Leidenschaft, aber er würde nie mehr eine Partie spielen können.

Ächzend lehnte er seinen Oberkörper nach vorn. Zitternd führte er kurzerhand fünf Züge auf dem Schachbrett aus, bevor er aus dem Sessel fiel. Auch seine Arme versagten nun ihre Dienste, in einer verkorksten Stellung lag er auf dem Bauch, unfähig, auch nur den Kopf zu bewegen. Mit einem Auge registrierte er, wie sich Said ihm näherte.

Nach einem kurzen Blick auf das Schachbrett schüttelte dieser nur den Kopf. »Mir scheint, das Botox hat bereits Ihr Hirn gelähmt.« Langsam kniete er zum Professor nieder. »Das Spiel ist aus, Sie alter Narr! Lassen

Sie mich Ihnen noch ein Geheimnis verraten, bevor Sie Allah gegenübertreten.«

Said beugte sich vor und flüsterte seinem Opfer etwas ins Ohr.

Faruk Aydins Augen weiteten sich vor Schreck. Danach schlossen sie sich für immer.

XLVIII

Paleochora, Kreta

20.47 Uhr

Mit quietschenden Reifen parkte Jill den Jeep vor ihrem Hotel. Seit zwei Stunden versuchte Yasmin, ihren Vater zu erreichen. Normalerweise antwortete er auf ihre SMS. Auch ihre Anrufe blieben unbeantwortet.

Sie fanden die Tür zum Zimmer des Professors unverschlossen auf. Als sie eintraten, rannte Yasmin sofort zu ihrem am Boden liegenden Vater.

»Baba!«

Schnell kniete sich Jill daneben und überprüfte Puls und Atmung.

Verzweifelt schüttelte Yasmin ihren Vater. »Ist er bewusstlos? Bitte sag mir, dass er ohnmächtig ist!«

Jill biss sich auf die Lippen und prüfte nochmals den Puls, diesmal an der Halsschlagader. Sie suchte nach weiteren Verletzungen, Blut, Spuren von Gewaltanwendung, fand aber nichts. Als Letztes wollte sie den Augenreflex testen, doch es gelang ihr nicht, die Augenlider zu öffnen.

Selbst überrumpelt von der Situation, blickte sie Yasmin traurig an. »Es tut mir leid, aber dein Vater ist tot.«

Yasmin schüttelte vehement den Kopf. »Nein, nein, das kann nicht sein. Vor ein paar Stunden ging es ihm noch gut.« Verzweifelt begann sie eine Herzrhythmusmassage. *»Baba*, komm zurück«, rief sie mit Tränen in den Augen.

Daniel stand schockiert daneben. »Sie haben ihn umgebracht«, flüsterte er.

Jill stand auf, griff nach ihrer Waffe. »Auf den ersten Blick konnte ich keine äußeren Verletzungen feststellen. Aber vielleicht hast du recht.«

Vorsichtig kontrollierte Jill den Kleiderschrank sowie das Bad und blickte anschließend zu den beiden Fenstern hinaus. Nichts.

Sie steckte die Waffe wieder ein, kniete neben Yasmin nieder und fasste sie behutsam an ihren Schultern. »Er ist tot. Es tut mir leid.«

Zitternd ließ Yasmin von ihrem Vater ab und packte Jill am Arm. »Ich hätte ihn nicht allein lassen dürfen. Ich hätte nicht ...«

»Es ist nicht deine Schuld.«

»Was soll ich jetzt nur tun?«

Jill wusste, dass Yasmin damit ihre Zukunft meinte, die sie ohne ihren Vater durchleben musste. Trotzdem sagte sie: »Du solltest ihm zum Abschied die *Shahada* auf den Weg geben, nicht? Daniel und ich werden in dieser Zeit die Behörden informieren. Ist das okay für dich?«

Yasmin schüttelte den Kopf, mit Tränen in den Augen. »Bleib bei mir, bitte.«

Jill nickte und bat Daniel, dem Hotelbesitzer Bescheid zu geben.

Der Praktikant wirkte überfordert, war aber trotzdem dankbar für den Auftrag und verließ das Hotelzimmer.

Yasmin kniete sich neben ihren Vater hin, sammelte sich einen Moment und hielt ihm die Hand auf seine

Stirn. Langsam, mit geschlossenen Augen, sprach sie:
»Lā ilāha illā 'llāh ...«

Jill konnte nicht anders, als Yasmin zu betrachten: Wie sie unter Tränen das islamische Glaubensbekenntnis für ihren Vater sprach, zitternd, aber mit einer berührenden Anmut.

»Muhammadun rasūlu 'llāh ...«

Gebannt nahm Jill an diesem uralten Ritual teil und lauschte den sich immer wiederholenden Versen. Durch Yasmins Stimme erhielten die Worte eine Art Magie, die weit über den Inhalt hinausging. Mit Bewunderung und etwas Neid stellte Jill fest, wie der Glaube durch einen vorgegebenen Ritus Yasmin Halt gab.

Für einen Moment tauchte Jill in eine andere Welt, eine jenseitige Welt, in der sie sich einen lächelnden Faruk vorstellen konnte, der seiner Tochter sagte, dass alles gut werde.

Plötzlich klopfte es an der Tür. Daniel und der Hotelbesitzer traten ein. Letzter starrte schockiert auf die Leiche des Professors. »Was ist passiert?«

Jill löste sich aus ihren Gedanken. »Wir sind nicht sicher, eventuell ein Herzinfarkt. Haben Sie etwas gehört, während wir weg waren? Oder sind gegen Abend noch andere Besucher aufgetaucht?«

»N... Nein, aber ich war auch nicht immer hier.«

»Bitte rufen Sie die Polizei und einen Krankenwagen«, sagte Jill.

Der Hotelbesitzer nickte heftig und flüchtete aus dem Zimmer, nicht ohne sich vorher zu bekreuzigen.

Yasmin schniefte. »Ich kann es nicht glauben. Mein Vater ... tot? Und Alain entführt? Wenn ich ihn auch noch verliere ...«

»Wir werden Alain finden, ganz bestimmt.« Jill schaute Yasmin aufmunternd an. »Es gilt immer noch: Wenn wir vor ihnen am Ort des Vermächtnisses sind, dann können wir Alain retten. Aber zuerst kümmern wir uns um deinen Vater. Und um dich.«

»Wie geht es nun weiter?«, fragte Daniel bleich. »Die Polizei kann uns doch sicher bei der Suche nach Alain helfen?«

»Das glaube ich kaum«, antwortete Jill und wandte sich Yasmin zu. »Und ich befürchte, dass es für Alain gefährlich wird, wenn plötzlich Polizisten in der Nähe von Said auftauchen. Ist es okay für dich, wenn wir die Polizei noch nicht einweihen?«

Yasmin nickte kaum merklich. Jill griff sich Faruks Handy, das immer noch auf dem Tisch beim Sessel lag. Auf dem Frontdisplay entdeckte sie all die unbeantworteten Anrufe von Yasmin. Und einige von Emad, dem Piloten.

»Ich rufe Emad an. Er muss es ebenfalls erfahren.« Jill betätigte die Rückruf-Funktion und erklärte Emad in kurzen Worten, was geschehen war und wo das Hotel lag. Keine zehn Minuten später stand der Freund des Professors vor dem Hotelzimmer.

Ungläubig trat er zu Faruks leblosen Körper und kniete sich vor ihn hin. »Er ist zu jung von uns gegangen. Viel zu jung«, sprach er mit trauriger Stimme.

Wenig später tauchte ein Dorfpolizist auf, nach weiteren geschlagenen neunzig Minuten erschienen dann endlich die Polizei und ein Krankenwagen aus Chania, die nächstgelegene größere Stadt. Ein Arzt konnte nach einer ersten Untersuchung keine genaue Aussage über die Todesursache machen und sie erzählten ihm auch nichts von ihrem Verdacht, um Alain nicht in Gefahr zu bringen. Der Polizist aus Chania stellte Jill und dem Hotelbesitzer einige Fragen, während die Sanitäter die Leiche des Professors in einem Metallsarg aus dem Zimmer trugen.

»Ich denke, wir sind hier fertig«, sagte der Polizist kurz darauf. »Die Leiche wird in das Spital in Chania gebracht.«

»Wir werden ihnen folgen und übernachten in einem Hotel in der Nähe«, erwiderte Jill.

»Ich kann leider nicht mitkommen«, sagte Emad mit ehrlichem Bedauern. »Meine Familie in Alexandria wartet auf mich. Wenn ihr wollt, kann ich euch gern jederzeit abholen, ruft mich einfach an.«

Er umarmte Yasmin innig. »Passt aufeinander auf, ja?«

Yasmin nickte erschöpft.

Emad seufzte. »Ich werde ihn vermissen.« Daraufhin verabschiedete er sich und verließ das Zimmer.

Jill packte Faruks Tasche zusammen, während Yasmin bereits draußen im Hotelkorridor wartete. Sie wollte anscheinend nur noch weg von hier.

Daniel betrachtete das Schachbrett auf dem Tisch. »Vielleicht hatte Faruk doch einen Hirnschlag oder so etwas Ähnliches.«

Jill schaute auf. »Was meinst du damit?«

»Ich kenne mich mit Schach zwar nicht gut aus, aber die Figuren stehen falsch.«

»Vielleicht nur eine Blödelei von ihm«, flüsterte Jill.

Yasmin kehrte hastig in das Zimmer zurück. »Welche denn?«, fragte sie und wischte sich dabei die Tränen aus den Augen.

Daniel zeigte auf das Schachbrett. »Der Läufer steht auf einer Position, wo er nicht sein kann. Fünf weiße Figuren wurden bewegt, aber die schwarzen Figuren befinden sich immer noch in der Ausgangsstellung. Siehst du?«

Nun sah sich auch Jill die Aufstellung an. »Stimmt, der Läufer steht auf einem weißen Feld, dabei darf der sich nur auf schwarzen Feldern bewegen. Wahrscheinlich ging es Faruk bereits nicht mehr gut.«

Yasmin beugte sich nach vorn, um die Figuren genauer zu studieren. »Es ist ungewöhnlich ...«, sagte sie. Nach einem Moment lehnte sie sich wieder zurück und atmete tief durch.

»Nein, das ist ganz sicher keine Spielerei. Es ist ein Code.«

XLIX

23.27 Uhr

Ein Code? Jill blickte Yasmin fragend an. »Ich habe noch nie etwas von einem Schachcode gehört.«

»Das kannst du auch nicht. Mein Vater hat ihn erfunden und mir als Kind beigebracht. Es ist kein brillanter Code und ich fand es damals eine lustige Idee.«

»Kennst du den Code noch?« Jill zeigte auf die Schachfiguren. »Was steht da?«

»Es ist lange her, die letzte Partie in der Art habe ich mit ihm gespielt als ich vierzehn war.« Diese Erinnerung ließ sie eine kurze Pause machen. Dann schüttelte sie den Kopf. »Ich ... ich kann jetzt nicht.«

»Schon gut«, sprach Jill und zückte ihr Handy. »Ich fotografiere die Aufstellung und wir schauen es uns später an. Wir müssen jetzt los.«

Daniel und Yasmin verließen das Zimmer. Jill folgte ihnen, doch vorher stellte sie noch alle weißen Schachfiguren wieder in die Ausgangsposition.

Vor dem Hotel stiegen sie in den Jeep und warteten auf die Abfahrt des Krankenwagens. Jill setzte sich ans Steuer, während Yasmin auf dem Beifahrersitz und Daniel hinten Platz nahm. Sie beobachteten, wie der Sarg in den Krankenwagen geladen wurde.

Jill bemerkte Yasmins traurigen, sehnsüchtigen Blick. Sie selbst erinnerte sich nur noch dunkel an den Tod ihres Vaters. Die leeren Augen ihrer Mutter, die mitleidsvollen Gesichter der Verwandten, die Urne, in der absurderweise ihr Vater stecken sollte. Und immer wieder der Spruch: *Es ist nicht deine Schuld.*

Nein, war es nicht. Aber erkläre das einem sechsjährigen Mädchen.

Yasmin riss sie aus den Gedanken. »Kannst du mir dein Handy geben? Und dein Notizbuch?«

»Natürlich.« Jill gab ihr das Notizbuch und navigierte auf dem Handy zur Aufnahme des Schachbretts. »Er hat fünf Figuren bewegt. Also hat er ein Wort mit fünf Buchstaben codiert?«

»Außer er konnte das Wort nicht beenden.« Yasmin schlug das Notizbuch. »Der falsch platzierte Läufer deutet darauf hin, dass er in Eile war. Als ich den Code gelernt hab, ging es jeweils darum, ein Wort aus einer gewissen Anzahl Buchstaben zu bilden. Anschließend wurde die Partie normal fertig gespielt.« Sie lächelte kurz. »Je nach Wort ergaben sich manchmal ziemlich schwierige Ausgangssituationen. Doch mein Vater ließ mich trotzdem hin und wieder gewinnen. Ich habe es jedes Mal gemerkt.« Eine Träne rann über ihre Wange. »Und jedes Mal habe ich mich diebisch darüber gefreut.«

Der Krankenwagen fuhr los. Jill startete den Motor und folgte ihm.

Yasmin atmete durch und erklärte weiter: »Die Unvollkommenheit des Codes zeigt sich bereits darin, dass keine Wörter mit Anfangsbuchstaben von Q bis Z möglich sind.« Sie hielt kurz inne, dann schrieb sie alle Buchstaben des Alphabets auf:

YZ
QRSTUVWX
IJKLMNOP
ABCDEFGH

»Es ist ganz simpel. Man legt dieses Raster gedanklich auf die Reihe direkt vor die Figur, die man als nächste ziehen will. Jeder Buchstabe entspricht einem Schachfeld. Zieht nun der Bauer ganz links um ein Feld nach vorn, landet er im Coderaster auf dem A.«

»Dann haben wir ja schon einen Buchstaben!« Daniel schien sich nur zu gern vom Code ablenken zu lassen. »Das Wort beginnt mit A».

»Nicht unbedingt«, widersprach Yasmin. »Die Buchstabenreihenfolge ergibt sich aus den hintereinander ausgeführten Schachzügen. Wir wissen leider nicht, in welcher Abfolge er die Figuren bewegt hat.«

Yasmin verglich die Schachfiguren auf dem Handyfoto mit der Tabelle im Notizbuch. »Der Springer ist in der zweiten Spalte um drei Felder nach vorn verschoben. Legt man das Coderaster vor den Springer, ergibt dies ein R. Der Läufer neben ihm ist ebenfalls um drei Felder gesprungen, das bedeutet ein S. Hier musste mein Vater wohl schummeln, denn ein S kann man nicht leicht durch einen Schachzug codieren.«

Daniel überlegte weiter. »Die beiden Bauern am rechten Rand sind jeweils zwei Felder vorgerückt, also ein O und ein P, richtig?«

»Ganz genau, du lernst schnell«, sagte Yasmin und kringelte die genannten Buchstaben ein. »Somit haben wir diese fünf hier.«

»ARSOP?« Daniel rieb sich verwirrt die Nase. »Ist das türkisch?«

»Nicht dass ich wüsste«, sagte Yasmin. »Aber wie gesagt, die Reihenfolge kennen wir nicht. Wir müssen jede Möglichkeit durchdenken.« Sie begann, einige Kombinationen aufzuschreiben.

Jill musste sich auf die kurvige, schlecht beleuchtete Straße konzentrieren und zwang sich, nicht auf den Notizblock zu schauen. »In einem ersten Schritt solltest du Kombinationen berücksichtigen, in denen sich Konsonanten und Vokale abwechseln.«

Yasmin blickte nicht auf. »Du weißt schon, dass du mit einer Sprachwissenschaftlerin sprichst?«, meinte sie tadelnd. »Trotzdem gibt es einiges zu tun.«

»Ich habe ein Wort!«, rief Daniel freudig nach vorn.

»Was?«, sagten Jill und Yasmin gleichzeitig.

»Ich habe im Internet nach Wortgeneratoren für Scrabble-Spieler gesucht«, er winkte kurz mit dem Handy, »und auf Deutsch gibt es ein Wort: PROSA.«

»Das hilft uns nicht weiter«, sagte Yasmin und schüttelte kaum merklich den Kopf.

»Ich suche nach einem englischen Wortgenerator«, sagte Daniel enttäuscht.

Yasmin seufzte laut. »Auf Türkisch kann ich ebenfalls kein Wort bilden.« Sie blickte Jill an. »Täusche ich mich etwa? Hatte mein Vater einen Hirnschlag oder war geistig benommen? Und die Figuren stellen gar keinen Code dar?«

»Ich weiß es nicht.« Jill legte kurz die Hand auf Yasmins Schulter. »Aber wenn es eine Nachricht ist, finden wir es bestimmt heraus. Schließlich ist Daniel ein talentierter Codeknacker.«

»Diesmal nicht.« Daniel klang verärgert. »Auch auf Englisch findet sich nur das Wort SAPOR, was aber auch nicht viel Sinn ergibt.«

Jill fixierte die roten Rücklichter des Krankenwagens vor ihnen. »Wir übersehen etwas. Aber spätestens morgen früh finden wir es heraus. Dann schauen wir weiter.«

Sie versuchte, optimistisch zu klingen, obwohl sie wusste, dass kein Code der Welt Faruk wieder lebendig machen würde.

L

Chania, Kreta

Sonntag, 19. März, 06.47 Uhr

Die ersten Sonnenstrahlen drängten durch die dünnen Vorhänge und erhellten das Hotelzimmer. Jill öffnete langsam die Augen.

Wenigstens keine Träume von Jesus diese Nacht.

Erstaunt stellte sie fest, dass Yasmin bereits am Tisch saß, über das Notizbuch und den Code gebeugt. Wenn es überhaupt einer war.

»Guten Morgen. Konntest du etwas schlafen?«, fragte Jill und setzte sich neben Yasmin auf einen Stuhl.

»Komischerweise ... ja«, antwortete diese. »Tief und fest.«

»Der Tag gestern hat uns alle drei erschlagen.« Jill zeigte auf den schlafenden Daniel. »Aber dich am meisten.«

»Ich kann es immer noch nicht fassen.« Yasmin blickte in das Notizbuch. »Und dieser Code hier ... vielleicht bilde ich mir nur etwas ein.«

»Vertraue deinem Gefühl«, sagte Jill. »Es sagt dir, dass es ein Code sein könnte.« Ermunternd fügte sie hinzu: »Und wir knacken jeden Code, wie du weißt.«

Yasmin lächelte matt und zeigte auf zwei vollgekritzelte Seiten mit den codierten Buchstaben. »ARSOP. Oder AOPRS, alphabetisch geordnet. Oder SOPRA, klingt auch wie ein Wort, italienisch für *über* wie in *über etwas reden*. Oder ...«

Yasmins klingelndes Handy auf dem Tisch unterbrach sie. Auf dem Bildschirm blinkte der Name des Anrufers.

Alain.

»Vielleicht konnte er sich befreien!« Yasmin griff nach dem Handy, nahm den Anruf entgegen und stellte auf Lautsprecher. Der plötzliche Lärm weckte Daniel.

»Alain«, rief Yasmin, »wo bist du? Geht es dir ...«

»Guten Morgen, Frau Aydin«, tönte es beinahe vergnügt aus dem Lautsprecher. »Wie ich annehme, leisten Sie Dr. Carter bereits Gesellschaft.«

Amun Said. *Dieser gierige Drecksack*, dachte Jill.

Yasmin war außer sich. »Hören Sie mir gut zu! Wehe, wenn Sie Alain etwas ...«

»Mister Dumant geht es gut. Von ein paar blauen Flecken abgesehen, natürlich.« Die dunkle Stimme klang amüsiert. »Leider ist er für uns nicht mehr von Nutzen. Ihm gehen die Ideen aus, wo das Vermächtnis von Alexandria versteckt sein könnte.«

»Was wollen Sie?«, zischte Jill.

»Das, was wir schon gestern Abend von Professor Aydin wissen wollten: den Ort.«

»Sie ... Sie waren bei meinem Vater?«, sagte Yasmin. »*Sie* haben ihn umgebracht!«

»Es ging leider nicht anders«, erwiderte Said mit gestelltem Bedauern. »Aber falls es Sie tröstet: Sein Tod war schnell und schmerzlos.«

»Sie gottverdammter Bastard!« Yasmin schrie das Handy an. »Wenn ich Sie kriege, dann ...«

»Nun, zum Glück haben Sie nun etwas, das ich brauche«, fuhr Said ungerührt fort. »Der letzte Tipp Ihres Vaters erwies sich leider als Sackgasse: Das Vermächtnis liegt nicht auf dem Berg Athos, es kann nicht sein. Wir fanden heraus, dass auf dem Berg Athos erst ab dem neunten Jahrhundert Bauten für die Mönche errichtet wurden. Viel zu spät.«

Er räusperte sich kurz. »Ich bin trotzdem überzeugt, dass Professor Aydin den Ort des Vermächtnisses kannte. Und sein letztes Geheimnis mit einem Schachcode verschlüsselt hat.«

»Was?« Yasmin schaute entgeistert zu Jill. Ihr Blick schien zu sagen: *Woher weiß er das?* Jill kochte vor Wut. »Sie haben das Hotelzimmer verwanzt, um uns zu belauschen? Und jetzt wissen Sie vom Schachcode, kennen aber die Lösung nicht.«

»Sie sind eine schnelle Denkerin, Dr. Carter. Ich schlage Ihnen einen Handel vor: Ich biete Mister Dumant im Austausch gegen den Namen der Insel des schimmernden Steines.«

Yasmin schüttelte den Kopf. »Aber wir wissen ...«

Jill unterbrach sie. »Wir haben den Namen der Insel. Aber zuerst will ich wissen, ob es Alain gut geht.«

»Natürlich, einen Moment«, erwiderte Said im Stil eines gelangweilten Callcenter-Mitarbeiters und rief ein paar arabische Befehle.

Panisch griff Yasmin nach Jills Arm und flüsterte: »Wir haben doch den Code noch gar nicht entschlüsselt!«

»Aber dies ist unsere einzige Chance. Vertrau mir!«, erwiderte sie leise.

»Also gut, hier ist Ihr Freund«, sprach Said.

»Yasmin? Jill? Sagt diesen Halunken kein Wort, sonst ...« Weiter kam Alain nicht. Ein Faustschlag und ein Ächzen im Hintergrund deuteten an, dass Said über Alains Wortwahl nicht glücklich war.

»Alain!«, schrie Yasmin, doch Said übernahm wieder das Gespräch.

»Wie Sie gehört haben, ist Mister Dumant nicht nur wohlauf, sondern auch stur und äußerst unkooperativ. Ich persönlich werde froh sein, ihn endlich los zu sein, auf welche Art auch immer. Es ist also Ihre Entscheidung.«

»Alain gegen den Namen der Insel«, sagte Jill zähneknirschend.

»So ist es. Sie treffen sich mit mir auf dem deutschen Soldatenfriedhof in Maleme. Er liegt einige Kilometer westlich von Chania, wir sehen uns in exakt einer halben Stunde dort. Dass Sie die Polizei nicht mitbringen, versteht sich wohl von selbst, wenn Sie nicht für Alains Tod verantwortlich sein wollen, oder?«

Jill sparte sich eine Antwort und brach den Anruf ab. Im Zimmer wurde es still.

»Was machen wir jetzt?«, fragte Daniel. »Der Code ist noch nicht entschlüsselt.«

Jill packte ihre Sachen. »Auf dem Weg zum Friedhof überlege ich mir eine Insel, auf welcher das Vermächtnis zumindest theoretisch versteckt sein könnte. Ihr kaut bis dahin weiter am Code herum und schreibt mir die Antwort, wenn ihr sie habt. Gesucht ist also ein Inselname mit fünf Buchstaben.«

Yasmin saß als Einzige noch am Tisch und bewegte sich nicht. Mit leerem Blick sagte sie: »Said hat meinen Vater umgebracht. Einfach so. Wozu?«

Jill kniete vor ihr nieder und nahm ihre Hände. »Manche Menschen ... sind keine Menschen mehr.« Sie seufzte. »Aber im Moment braucht Alain uns. Ihr knackt den Code, ich hole Alain. Dann schauen wir weiter.« Sie stand auf, kontrollierte ihre beiden Waffen und steckte eine davon ein. Die andere übergab sie Daniel. »Kannst du damit umgehen?«

Überrumpelt schaute Daniel sie an. »Nur, was ich aus Actionfilmen kenne.«

»Also nicht viel Brauchbares«, murrte Jill und erklärte kurz die wichtigsten Grundlagen. »Du hast nur fünf Patronen übrig. Das bedeutet: Zuerst einen Warnschuss abgeben, dann in Deckung gehen und die Polizei rufen. Lasst niemanden ins Zimmer hinein.«

Daniel nickte und nahm die Pistole in die Hand.

Langsam drehte sich Yasmin zu Jill um. »Meinst du, wenigstens mit Alain wird alles gut?«

»Ganz bestimmt.« Jill zwang sich zu einem Lächeln. »In ein bis zwei Stunden bin ich zurück. Mit ihm.«

Sie klopfte Daniel auf die Schulter und verließ das Zimmer. Draußen im Korridor zog sie die Tür zu und atmete einmal tief durch.

Ich gegen eine Bande von Schmugglern und Mördern, und alles, was ich habe, sind fünf lose Buchstaben und zehn Schuss. Na toll.

LI

07.25 Uhr

Mit dem Jeep fuhr Jill der Küstenstraße entlang bis nach Maleme. Ihr Navigationsgerät führte sie direkt zum Soldatenfriedhof auf einer Anhöhe, wo sie das Auto einige Hundert Meter vor dem Eingang abstellte. Sie prüfte nochmals ihr Handy, doch Yasmin und Daniel schienen die Lösung für den Code noch nicht gefunden zu haben.

Also Plan B.

Sie stellte das Handy auf leise und schlich in einem großen Bogen durchs Dickicht auf den abgelegenen Friedhof zu. Weit und breit schien sich hier niemand aufzuhalten. Auch von den Verbrechern fehlte noch jede Spur.

Wie Jill befürchtet hatte, bestand dieser Soldatenfriedhof hauptsächlich aus Bodenplatten. Grabsteine, hinter denen sie sich hätte verstecken können, standen keine herum. Außer ein paar Bäumen boten sich keine Verstecke an, nur außerhalb des Friedhofs standen dichte Büsche. Ein Schild erklärte Besuchern, dass auf dieser Begräbnisstätte über viertausend deutsche Soldaten begraben lagen, gefallen im Zweiten Weltkrieg. Jill hielt sich knapp außerhalb der Friedhofsmauer auf, mit der geladenen Waffe in der Hand.

Die Stille machte sie nervös. Nach einer Weile vernahm sie jedoch ein lauter werdendes Geräusch. Verblüfft erkannte sie die Silhouette eines Hubschraubers am Himmel.

Dröhnend setzte der Hubschrauber mitten auf dem Friedhof auf, ohne Rücksicht auf die eingelassenen Grabsteintafeln zu nehmen. Jill erkannte Hazem, der mit eingezogenem Kopf ausstieg und sich umschaute. Von Alain fehlte jede Spur.

Jetzt oder nie.

Jill sprang über die Friedhofsmauer und lief direkt auf den Hubschrauber zu.

Hazem sah in ihre Richtung, machte aber keinerlei Anstalten, ihr entgegenzukommen. Auch schien er nicht bewaffnet zu sein. Mit Schwung hob Jill ihre Pistole, nur drei Meter von Hazem entfernt. »Wo ist Alain? Ich sehe ihn nicht.«

»Weil er nicht da ist. Dr. Said hat mich gebeten, Sie mitzunehmen.« Hazem grinste.

»Red keinen Scheiß! Ihr bringt jetzt sofort ...«

Der Schlag von hinten auf den Kopf traf Jill hart und völlig unvorbereitet. Sie ließ die Waffe fallen und sank bewusstlos zusammen.

***

Als Jill wieder zu sich kam, befand sich der Hubschrauber bereits in der Luft. Unsanft ohrfeigte Hazem sie einige Male. »Dr. Carter! Sie verpassen eine tolle Aussicht!«

Arschloch.

Jills Schädel dröhnte, als hätte sie eine Flasche Ouzo zuerst ausgetrunken und anschließend über ihrem Kopf zerschlagen.

Die haben jemanden beim Friedhof postiert, bevor ich dort angekommen bin. Ich habe mich wie eine Anfängerin überrumpeln lassen.

Sie wollte sich bewegen, doch ihre Hände waren hinter ihrem Rücken gefesselt, zudem war sie mit zwei Gurten auf dem Sitz gesichert.

»Dr. Carter, mein Auftrag ist simpel: Ich soll Sie höchstens drei Mal fragen, wie die Insel des schimmernden Steines heißt. Spätestens dann müssen Sie es mir sagen.« Hazem beehrte Jill mit einem gestellten Lächeln.

»Und wenn ich nichts sage? Schließlich hatten wir einen Deal.«

Hazem zeigte nach draußen. »Dann soll ich Sie rauswerfen, ganz einfach. Also: Wie lautet der Name der Insel?«

»Du kannst mich mal«, knurrte Jill.

Die dürfen mich nicht umbringen, sonst nehme ich das Geheimnis mit ins Grab. Die ganzen fünf Buchstaben.

Hazem schnalzte mit der Zunge, gab dem Piloten ein Zeichen und öffnete die Seitentür. Sofort erfüllte sich der Raum mit Getöse. »Den Namen der Insel, Dr. Carter!«, schrie Hazem.

»Die Insel heißt *Fahrzurhölle*«, rief Jill zurück.

Ohne zu zögern, öffnete Hazem Jills Gurte, packte sie hinten am Kragen und riss sie zur offenen Tür hin. Dort griff er nach einer Haltestange und drückte Jills Kopf nach draußen.

Unter ihnen breitete sich die tiefblaue Meeresoberfläche aus. Sie beide befanden sich mit ihren Oberkörpern außerhalb des Helikopters auf bestimmt eintausend Metern Höhe. Jill hing an Hazems Hand wie an einem Haken.

»Letzte Chance, Dr. Carter. Wie heißt die verdammte Insel?«, schrie ihr Hazem ins Ohr.

Er kann mich nicht rauswerfen, dachte Jill. *Ohne mich ...*

Der Hüne grinste sie an. »Du schweigst? Na dann, viel Glück!«

Mit einem Ruck warf er Jill dem Meer entgegen.

Kalte Luft schlug ihr ins Gesicht. Das Gefühl des freien Falls verschlug ihr den Atem. Adrenalin schoss durch ihren Körper.

Nein, das kann nicht sein. Das ist nicht möglich.

Nach einigen Saltos gelang es ihr, sich in der Luft zu stabilisieren, obwohl ihre Hände immer noch hinter dem Rücken gefesselt waren. Die Meeresoberfläche und ihr sicheres Ende kamen unaufhaltsam näher.

Ich habe etwas übersehen. Aber was?

Ihr blieben nur noch wenige Sekunden, dann würde sie auf dem Wasser aufprallen.

Ob Wasser oder Felsen, das spielt keine Rolle. Ich bin tot.

Ihr blieben noch etwa dreihundert Meter. Auf dem Meer konnte sie ein Schiff ausmachen, eine protzige Jacht. Sie glaubte zu sehen, dass sich einige Leute an Deck aufhielten.

Bilder tauchten in ihr hoch. Von ihrer Familie, als alle noch lebten. Und von Ethan, Alain, Daniel, Yasmin.

Ich lasse sie im Stich. Ich lasse sie alle im Stich.

Sie verabschiedete sich von dieser Welt und schloss die Augen.

LII

Chania, Kreta

07.59 Uhr

Daniel lief kopfschüttelnd durch das Hotelzimmer. »Wir gehen das Ganze falsch an.«

Yasmin blickte besorgt auf die Uhr. »Jill ist jetzt schon eine Stunde weg. Entweder hat sie den Banditen eine erfundene Insel aufgetischt, und sie und Alain kommen bald zurück, oder ...« Sie beendete den Satz nicht.

»Vielleicht ist sie aber noch am Verhandeln. Oder sie hat zumindest die Buchstaben rausgerückt, um Zeit zu gewinnen.« Daniel starrte auf das vollgekritzelte Papier mit allen Variationen aus den Lettern A-R-S-O-P. Ihre bisherige Methode ergab keine sinnvolle Lösung. »Wir fischen im Trüben. Auch das Internet gibt nichts her.«

Yasmin rieb sich die Augen. »Du hast recht, wir kommen so nicht weiter. Hast du eine Idee?«

Daniel stand auf und lief im Zimmer herum. »Es ist nicht wie ein Kofferschloss mit fünf Zahlen, dann müssten wir 99999 Kombinationen durchgehen. Mit fünf Buchstaben sind es bloß fünf Fakultät, also fünf mal vier mal drei mal zwei mal eins, ergibt 120 Möglichkeiten. Diese haben wir alle aufgelistet, aber keine hat Sinn.«

Er blieb vor einem Wandbild stehen, das eine antik aussehende Seefahrerkarte darstellte. Inseln erkannte Daniel jedoch keine. *Also auch keine Hilfe.*

Er wandte sich ab und setzte sich wieder zu Yasmin an den Tisch, doch keine Sekunde später sprang er auf, als würde der Stuhl aus Nadeln bestehen.

»Wir brauchen eine Karte, sofort!«, schrie er aufgeregt.

LIII

Jill riss die Augen auf. Ein heftiger Ruck ging durch ihren Körper, als hätte sie ein Riese gepackt und nach oben gezerrt. Jill bekam gerade noch mit, wie sie ins Wasser sank.

Als sie wieder auftauchte, stellte sie verblüfft fest, wie sich ein Fallschirm neben ihr auf die Wasseroberfläche setzte.

Ich lebe!

Immer noch gefesselt, hielt sie sich strampelnd über Wasser.

Die haben mir einen Fallschirm angezogen, als ich bewusstlos war.

Ihr Herz klopfte heftig, und sie keuchte wie nach einem langen Sprint.

Jill blickte um sich. Die Jacht ankerte nicht allzu weit entfernt, und genau aus dieser Richtung näherte sich bereits ein kleines Motorboot.

Das ist natürlich kein Zufall. Verdammt.

Zwei Männer hievten sie wenig später ins Motorboot. Der eine grinste sie mit einem breiten Lächeln und einer tiefroten Nase an, der andere hatte eine Kopfform wie eine Ananas und besaß dicke Augenbrauen.

Wie die Horrorversion von Ernie und Bert aus der Sesamstraße. Bin ich etwa doch tot?

Während Ernie eine Pistole auf Jill richtete, löste Bert hinten die Karabiner, mit denen der Fallschirm am Klettergurt befestigt war. Er zog den Schirm ins Boot und setzte sich anschließend direkt hinter Jill. Spöttisch sagte er: »Tja, dein Jäckchen ist im Eimer, tut mir leid.«

Sie haben die Gurte unter meine Jacke und meine Hose angezogen und am Rücken eine Öffnung für den Schirm geschnitten. Und ich Idiot habe nichts gemerkt.

Sie fuhren zur Luxusjacht zurück, die Jill auf etwa zwanzig Meter Länge schätzte.

Das ideale Schmugglerschiff. Zu luxuriös für Flüchtlingsschlepper, aber zu schlicht, um in einem Hafen Aufmerksamkeit auf sich zu ziehen.

Plötzlich bemerkte sie, wie ein Gegenstand direkt über dem Schiff vom Himmel fiel.

Kein Gegenstand. Ein Mensch.

Nur etwa hundert Meter über der Wasseroberfläche öffnete sich ein Fallschirm, und kurz danach landete eine Person elegant auf dem Deck der Jacht.

Hazem.

Wenig später erreichten sie das Schiff. Die beiden Männer zogen sie aus dem Boot und warfen sie aufs Hinterdeck. Langsam richtete Jill sich auf die Knie, nur um sich in ihren Befürchtungen bestätigt zu sehen.

»Dr. Carter! Ich bin beeindruckt, Sie haben nicht einmal geschrien.« Said zeigte seine Goldreserven in Form eines Lächelns. In seinem weißen Anzug sah er aus, als käme er direkt vom Golfplatz.

Hazem gesellte sich zu ihm und öffnete seinen Klettergurt. »Na, guten Flug gehabt?«, fragte er Jill grinsend.

Said wartete die Antwort nicht ab. »Natürlich wussten Sie, dass ich die Information von Ihnen brauche, Dr. Carter. Verzeihen Sie mir also den kleinen Spaß mit dem automatisch öffnenden Fallschirm. Wir benutzen diese manchmal, um antike Güter während eines Fluges abzuwerfen. Sehr zuverlässiges System, öffnet ab einer gewissen Höhe automatisch. Meistens.« Er zwinkerte lässig und wies Hazem an, Jills Fesseln zu lösen. »Wie fühlt es sich an, dem Tod so knapp von der Schippe gesprungen zu sein?«

»Immer noch besser, als mit dem da im Helikopter zu sitzen«, sagte Jill trocken.

»Sie werden vor ihm noch um Gnade winseln!«, entgegnete Said. »Hazem kennt keine Angst. Und damit meine ich nicht, dass er mutig ist. Nein, er ist neurologisch nicht imstande, Angst zu empfinden.«

Er machte eine bedeutungsschwere Pause. »Sie kennen den Begriff Toxoplasmose, Dr. Carter? Eine Infektionskrankheit, deren Parasiten als Hauptwirt Katzen befallen. Als Zwischenwirte dienen andere Säugetiere wie Menschen oder Mäuse. Fast die Hälfte der Menschheit ist von Toxoplasmose durchseucht, gefährlich ist es allerdings nur für den Fötus von schwangeren Frauen. Aber bei Mäusen bewirkt der Parasit gelegentlich, dass sie jegliche Scheu vor Katzen verlieren. Sie werfen sich regelrecht zum Fraß vor, womit der Parasit erneut zu seinem Hauptwirt, der Katze, gelangt. Genial, nicht?«

Er schaute bewundernd zu Hazem. »Bei *Menschen* kommt es hin und wieder zu Symptomen wie erhöhter Risikobereitschaft. Man spürt keine Angst, ohne dabei leichtsinnig zu sein. Wissen Sie, was das bedeutet?«

Jill zuckte mit den Schultern. »Dass Ihr Vin Diesel eine Maus ist und Sie sind seine Pussy?«

Hazem stampfte auf sie zu, schlug ihr die Faust ins Gesicht und drückte anschließend mit der Hand Jills

Wangen zusammen. Auge in Auge zischte er: »Das bedeutet, dass eine Schlampe wie du keine Chance gegen mich hat!«

Jill wollte etwas erwidern, doch ihr Kiefer fühlte sich an wie in einem Schraubstock eingeklemmt. Mit einem verächtlichen Schnauben ließ Hazem von ihr ab.

»Wie dem auch sei«, sagte Said. »Ich nehme an, Sie haben den Inselnamen nicht verraten, sonst säßen Sie noch im Helikopter. Nun, Mister Dumant ist nicht auf dem Schiff, sondern auf Kreta. Wir bringen Sie zu ihm.«

Jill wollte aufstehen, doch zwei Männer drückten sie an den Schultern auf den Boden.

»Das Schmuggelgeschäft scheint gut zu laufen«, knurrte Jill. »Helikopter, eine Jacht, bestimmt haben sie noch eine Villa auf Kreta?«

»Nicht gerade eine Villa, aber einen gut ausgebauten und abgelegenen Stützpunkt für meine Geschäfte«, erwiderte Said. Er wies Hazem auf Arabisch an, zum Ufer zurückzukehren. Dann wandte er sich wieder Jill zu.

»Wissen Sie, wir sind uns beide ähnlicher, als Sie denken. Schon als kleiner Junge galt mein Interesse antiken Artefakten, auch ich mag das Abenteuer und ich habe dem Tod schon mehrmals ins Auge gesehen, glauben Sie mir.«

»Ich bezweifle, dass wir noch gute Freunde werden, Said.«

»Die verschollenen Schriften eines Archimedes oder anderer toter Denker interessieren mich höchstens in finanzieller Hinsicht«, sagte Said. »Die Schriftrolle von Jesus hingegen wird die Welt verändern!«

»Woher wollen Sie das wissen?«, entgegnete Jill zornig. »Niemand kennt den Inhalt dieses Dokumentes, wenn es überhaupt noch existiert. Geschweige denn, wer es geschrieben hat und zu welcher Zeit. Die einzigen schwammigen Hinweise lauten *das Vermächtnis des Jesus* und *die Schriftrolle des Jesus*. Das kann alles und nichts bedeuten.«

»Lassen Sie mich eine Geschichte erzählen, Dr. Carter.« Said fuhr ungerührt fort. »Vor vierzig Jahren, als zehnjähriger Junge, zog ich mit meiner Familie als mausarmer Beduine in Ägypten herum. Nichts deutete darauf hin, dass sich an diesem harten Leben je etwas ändern würde. Bis ich eines Tages in der Nähe der Oase Siwa einen spektakulären Fund gemacht habe: Tonscherben und ein paar Fetzen eines Papyrus lagen einfach so auf einer kleinen Anhöhe im Sand. Gleich daneben fand ich den Bau eines Wüstenfuchses. Die Tiere hatten den verlorenen Schatz einer Karawane ausgebuddelt, die vor über fünfzehnhundert Jahren dort durchgezogen sein muss.«

Said kam näher auf sie zu. »Meine Vorfahren haben gefundene Schriftrollen wegen des angenehmen Dufts verbrannt. Doch nach den Funden in Oxyrynchus, dem Chester-Beatty sowie Bodmer-Papyri begriff auch der letzte Beduine, dass in Ägypten wertvolle, manchmal sogar biblische Schriften vergraben lagen. Also legten wir den Hügel frei und fanden gut erhaltene Pergamente, die mein Vater anschließend verkaufen wollte. Wir reisten alle nach Kairo, fertigten Kopien einiger Schriften an und zeigten diese in entsprechenden Händlerkreisen herum.«

Er machte eine Pause. »Der Köder wirkte. Ein reicher, arroganter Amerikaner namens Tyler Brooks sowie drei Begleiter haben meinen Vater aufgesucht und ließen sich gegen eine großzügige Vorauszahlung ein gewisses Fragment zeigen. Ich habe dem Deal in unserem Zelt zugeschaut, versteckt hinter einigen Kisten. Nachdem der Amerikaner das Schriftstück untersucht hatte, warf er ein beachtliches Bündel Geld auf den Tisch, und als mein Vater es zählte, zog der Mann seine Waffe.«

Said schnaubte verächtlich und blickte aufs Meer hinaus. »Es war ein Massaker. Sie haben meine gesamte Familie umgebracht, meine Mutter, meine Geschwister, einfach alle. Sie haben neben dem Fragment noch andere Schriftstücke gestohlen, das Geld haben sie natürlich auch mitgenommen. Ich blieb zurück, allein.«

»Das gibt Ihnen noch lange nicht das Recht, ebenfalls Leute umzubringen«, sagte Jill.

Said ignorierte den Einwand und schaute sie wütend an. »Das ist noch nicht alles. Wissen Sie, wozu Tyler Brooks noch die Zeit fand, bevor er sich aus dem Staub machte? Er zeichnete meinem toten Vater das Christus-Kreuz auf die Stirn, mit Blut! Verstehen Sie?« Er geriet in Rage. »Es war der Beginn eines modernen Kreuzzuges, mit meiner Familie als erstes Opfer! Und dies alles wegen eines Stück Papiers.«

Die Jacht pflügte sich durch das Meer, die Küste Kretas lag nicht mehr weit entfernt.

»Doch mit etwas hatte Tyler Brooks nicht gerechnet: dass ich überlebt hatte! Ich nahm die restlichen Pergamente meines Vaters mit und habe fortan in Alexandria bei Verwandten gewohnt. Ich habe die Schule besucht und nebenbei die meisten Fundstücke für beachtlich viel Geld verkauft. So bin ich zum antiken Kunsthandel gekommen und habe damit begonnen, die Ausgrabungen in und rund um Alexandria zu beobachten.«

Said schnippte mit den Fingern. »Ich war gerade mal achtzehn Jahre alt, als Allah meine Gebete erhörte und mir den größten Wunsch wahr werden ließ: Tyler Brooks tauchte erneut auf, er arbeitete als Archäologe auf dem Gelände des Serapeums. Ich erkannte ihn sofort wieder. Natürlich konnte ich die Zeichen des Himmels nicht ignorieren, und so bin ich ihm eines Abends nach Hause gefolgt und habe ihn umgebracht. In der Wohnung fand ich schließlich das gestohlene Fragment meines Vaters. Natürlich ließ ich den Text des Schriftstücks so bald als möglich übersetzen, um zu begreifen, warum meine Familie sterben musste.«

Said lächelte geheimnisvoll. »Der Text hat es in sich, Sie werden begeistert sein.« Er griff in seine Jackentasche. »Ich habe eine Kopie mitgebracht, damit Sie sich selbst ein Bild von der Wichtigkeit des Vermächtnisses machen können. Betrachten Sie es als Zeichen meines Respekts.«

Jill stand auf und nahm unwirsch das Blatt Papier von Said entgegen, auf dem die Farbkopie eines Pergaments abgebildet war.

Ich muss irgendwie flüchten, bevor sie mich zu Alain bringen, sonst ist alles verloren.

Sie blickte auf die Kopie, es handelte sich um einen Text in Koine, eine Form von Altgriechisch, die dreihundert Jahre um Christi Geburt verwendet wurde. Jill schätzte, dass das Schriftstück somit aus dem ersten bis dritten Jahrhundert stammen musste.

Als hätte Said ihre Gedanken erraten, sagte dieser: »Das Pergament besteht aus der Haut einer Ziege, die gegen Ende des zweiten Jahrhunderts gelebt hat.« Nicht ohne Stolz fügte er hinzu: »C14-Analysen gehören zu meinem Business.«

Jill las die Zeilen und versuchte dabei, sich möglichst nichts anmerken zu lassen. Sie las den Text dreimal durch. Kein Zweifel, hier stand:

Im Serapeum verwahrt, liegen die Schriften der größten Denker ihrer Zeit. Das goldene Schwert ist der Schlüssel zu diesen Werken und der Weg zu den Prophezeiungen des Jesus Christus, auf dass der von ihm angekündigte Messias der letzte sei!

LIV

»Jesus hat einen weiteren Messias angekündigt?« Jill hielt einen Moment inne, dann schüttelte sie den Kopf und gab Said die Kopie zurück. »Kommen Sie, solche Pseudo-Schriften gibt es zuhauf. Das Evangelium des Judas, jenes der Maria Magdalena, das geheime Markusevangelium. Sie alle stammen ebenfalls aus dem zweiten Jahrhundert nach Christus und dienen heute nur noch als Basis für Verschwörungstheorien. Diese Zeilen bedeuten gar nichts.«

Said bleckte seine Zähne. »Sie machen einen Denkfehler, Dr. Carter. Wie wir seit Kurzem wissen, sind die Archimedes-Kammer und das goldene Schwert alles andere als ein Fantasie-Gebilde. Die Person, die diese Zeilen verfasste, wusste um das Schwert und somit auch um das Vermächtnis von Jesus!«

Jill wollte etwas dazu erwidern, doch Said fuhr fort: »Ich kenne die Bibel vielleicht nicht so gut wie Sie, aber Jesus sah doch seinen eigenen Tod und seine Auferstehung voraus, nicht wahr? Gemäß den vier Evangelien im Neuen Testament prophezeite Jesus zudem seinen Verrat, die Verleugnung von Petrus und viele andere Dinge. Nun, *eine* Prophezeiung schaffte es offenbar nicht in die Bibel: dass Jesus nämlich nur der Vorbereiter eines weit wichtigeren Mannes war.«

»Der letzte Messias.« Jill wiegte den Kopf hin und her. »Aber wer soll das sein?«

»Sie dürfen nicht so beschränkt denken.« Said genoss offensichtlich Jills Verwirrung. »Jesus ist gemäß den Evangelien am Kreuz gestorben. Vielleicht ist er nach drei Tagen auferstanden, vielleicht auch nicht, wer weiß das schon? Das ist nur für die Christen wichtig. Die Juden erkennen Jesus bis zum heutigen Tag nicht als ihren Messias an und warten weiter auf dessen Ankunft. Der Koran behandelt Jesus in neunzig Versen als Menschen, der als Prophet agierte und keinen brutalen, sondern einen seligen Tod fand. Im islamischen Verständnis genießt Jesus eine wichtige Position, da er in der Prophetenkette an vorletzter Stelle liegt.«

Entgeistert blickte Jill den Ägypter an, bevor sie laut auflachte. »Dr. Said, mit allem Respekt! Wollen Sie ernsthaft behaupten, dass Jesus ...«

»... Mohammed, Friede sei mit ihm, als letzten Messias ankündigte.«

»So ein Quatsch!« Jill blickte ihn spöttisch an. »Eher konvertiert der Papst zum Jedi-Ritter, als dass diese Geschichte stimmt. Aber nun ist es mir klar: Der Mörder Ihrer Familie hat ebenfalls in Alexandria nach dem goldenen Schwert gesucht. Anschließend haben Sie selbst ein Auge auf das Serapeum gerichtet. Und als Faruk Aydin die *Wand der Wissenschaftler* entdeckt hat, haben Sie einen Spion eingeschleust.«

Said ging nicht weiter darauf ein. »Wie dem auch sei, ich besitze nun eine Tafel, die von einer Insel und einem Brunnen spricht. Noch nie waren wir dem Vermächtnis näher. Stellen Sie sich nur vor, was geschieht, wenn ich die Jesus-Rolle finde und publik mache!«

»Wahrscheinlich gar nichts. Der Vatikan wird das Dokument nie anerkennen, haufenweise Wissenschaftler werden es sich zum Lebensziel machen, die Authentizität der Rolle zu widerlegen. Sollte sich zudem das Alter des Papyrus nur wenig älter als die Evangelien herausstellen, wird es als Erfindung irgendwelcher Christen-Gegner abgestempelt. Und wir kennen ja nicht einmal den Text!« Jill schnaubte verächtlich. »Sie wissen ja Bescheid über die Natur solcher Prophezeiungen: Blumige Worte, in die man alles oder nichts hineininterpretieren kann. Der Vatikan wird den Text zurechtbiegen, die Juden sehen sich in ihrer Erwartung an einen Messias bestätigt und die Muslime werden die Verheißung als Beweis für Mohammed als ihren Propheten deuten. Nichts wird sich ändern, gar nichts.«

»Aber wenn die Schriftrolle auf wenige Jahrzehnte nach Christi Geburt geschätzt wird, was dann, Dr. Carter? Wenn die Prophezeiung so genau ist, wie Jesus seine Auferstehung vorausgesagt hat? Dann ändert sich *alles*.« Said hob seine Arme in die Luft. »Das Christentum wird noch mehr Gläubige verlieren, und der Islam erhebt sich endgültig und übernimmt in der Welt jene Rolle, die ihm gebührt, *Inschallah!*«

Jill wusste, dass eine Diskussion keinen Sinn hatte. Außerdem erreichten sie bald das Ufer, und sie musste sich einen Plan zurechtlegen.

Einen verdammt guten Plan.

Die Jacht legte an einem modernen, aber allein stehenden Schiffssteg mitten im Niemandsland an.

»Dr. Carter, in Kürze stehen Sie Ihrem alten Freund gegenüber. Ich hoffe doch sehr, wir können die Sache endlich bereinigen.«

Während Said mit zwei Männern in einen Offroader einstieg und losfuhr, stieß Hazem Jill auf den Rücksitz eines anderen Wagens und legte ihr Handschellen an. Zwei Gesellen nahmen vorn Platz, während Hazem sich neben Jill setzte und ihr einen Sack über den Kopf zog. Die Autos fuhren los und folgten einem holprigen Schotterweg den Berg hinauf. Jill fühlte den Lauf einer Pistole zwischen den Rippen und roch den schlechten Atem ihres Bewachers.

Nach etwa fünfzehn Minuten mündete der Weg in eine asphaltierte Straße ohne Gefälle. Ein kurzer Stopp ließ Jill vermuten, dass sie einen Kontrollpunkt passierten. Wenig später riss ihr Hazem den Sack vom Kopf.

»Wir wollen dir das Willkommenskomitee nicht vorenthalten.« Er grinste und zeigte zum Autofenster hinaus auf ein Feld. Dort sah Jill einen Mann mit nur einem Arm, an Hals und Hüfte an einem Pfahl angebunden. Ein äußerst toter Mann. Ein streunender Hund schnüffelte an der Leiche herum, während eine Krähe am Augapfel des Unglücklichen zupfte.

»Der Mann hieß Kostas und hat einige kretische Fundstücke unterschlagen. Nichts Besonderes, aber da versteht Dr. Said keinen Spaß.« Hazem grinste breit.

Sie näherten sich einigen typisch hell weiß gestrichenen Häusern mit himmelblauen Fensterläden. Offensichtlich übte sich Said auch hier in Bescheidenheit, um nicht aufzufallen.

Wie eine Feriensiedlung, nur nicht kinder- und archäologenfreundlich.

Der Helikopter ruhte auf einem runden, betonierten Landefeld nahe den Häusern. Vor der Einfahrt zum Hauptplatz sah Jill zwei rechteckige, an einer Wand aufgestellte Holzkisten. Zwei Särge.

Gar nicht gut.

LV

09.17 Uhr

»Verdammt!«

Daniel warf den Rotstift hin und spielte nervös mit seinem Taschenmesser. Vor ihm lagen mehrere Landkarten mit verschiedenen Ausschnitten ausgebreitet. Auf jeder Karte fanden sich Inseln mit durchgestrichenen Namen.

»Deine Idee ist brillant, wir müssen bloß noch weitersuchen«, ermutigte ihn Yasmin, obwohl auch sie Zweifel plagten. Vor einer halben Stunde hatte Daniel vorgeschlagen, sich Karten von Griechenland und den Nachbarländern zu besorgen und jede nichtzutreffende Insel durchzustreichen.

Leider mussten sie feststellen, dass es in Griechenland Hunderte von Inseln gab, so auch vor Kroatien und der Türkei. Ihre Augen brannten inzwischen, ohne dass sie fündig geworden waren.

Daniel prüfte sein Handy. »Immer noch nichts von Dr. Carter. Auf meine zwei SMS hat sie ebenfalls nicht geantwortet.«

»Wir können ihr nur helfen, wenn wir den Namen der Insel finden. Komm, wir machen weiter.« Yasmin starrte auf die fünf Buchstaben in Jills Notizbuch:

A – R – S – O – P

»Also noch mal.« Daniel seufzte. »Die Hüter des Vermächtnisses verlassen Kreta und flüchten vor den

Vandalen. So weit weg wie möglich. Also beispielsweise hoch bis Kroatien oder ins schützende Marmarameer in der Nähe von Istanbul, damals noch Konstantinopel.« Er klappte das Taschenmesser zu und schob einige Karten umher. »Doch hier sind wir schon durch. Alles durchgestrichen.«

»Was, wenn wir falsch überlegen? Vielleicht brachte man das Vermächtnis gar nicht weit weg, sondern auf eine näher gelegene Insel, die trotz der Gefahr als sicher galt?«

Yasmin nahm die griechische Karte hervor und zeigte auf eine Inselgruppe nördlich von Kreta. »Wie steht es mit denen hier, den Kykladen?«

Daniel nahm mutlos den Rotstift wieder zur Hand und beugte sich über die Karte. »Sifnos, Milos, Ios, Andros, passt alles nicht. Auch Naxos ...« Er hielt kurz inne.

»Was ist?« Yasmin bemerkte, dass Daniels Hand zitterte.

»Das Notizbuch, schnell!« Hastig griff er danach und fuhr mit einem Finger über die Buchstaben.

»Ich hab's!«, schrie er plötzlich, sodass Yasmin zusammenzuckte. Mit einem großen Kreis markierte er die Insel. »Es war zu nahe, viel zu nahe!« Sofort griff er nach seinem Handy.

Yasmin schaute sich den Namen an. »Du hast recht, das ist es.« Und nachdenklich fügte sie hinzu: »Die letzte Nachricht meines Vaters.«

Daniel tippte wie verrückt auf dem Handy herum. Auf einmal schaute er ungläubig auf. »Yasmin, es ist die richtige Insel. Und wir wissen auch *genau*, wo der Brunnen mit der Inschrift steht!«

LVI

In Jills Kopf wirbelten die Gedanken durcheinander. Doch bevor sie sich einen Fluchtplan ausdenken konnte, erreichten sie mit dem Wagen einen weitläufigen Platz. Einige Häuser säumten den Rand des Ortes, als handelte es sich um eine Feriensiedlung. Als sie ausstieg, wurde ihr mit schmerzlicher Gewissheit klar, für wen die zwei Särge beim Eingang gedacht waren.

Alain kniete mitten auf dem großen Platz, seine Arme zur Seite ausgestreckt. Sein Gesicht sah aus, als hätte er mit Muhammed Ali über sieben Runden eine Meinungsverschiedenheit ausdiskutiert. Dumpf blickte er auf den Boden und rührte sich nicht. Hinter ihm richtete ein Mann die Pistole auf den Hinterkopf, während Said etwas abseits stand.

Was Jill wirklich verzweifeln ließ, waren nicht die zwei dicken Seile, die an den Handgelenken von Alain baumelten und in Seilbündel am Boden mündeten. Sondern die zwei Autos, an denen je ein Seilende an der hinteren Stoßstange befestigt war. Die Fahrer der Wagen ließen ihre Motoren demonstrativ aufheulen.

Saids goldener Schneidezahn blitzte auf. »Welcher Arm wird zuerst ausgerissen, Dr. Carter? Ich tippe auf den linken Arm, denn Mister Dumant ist anscheinend ein Rechtshänder. Meine Theorie lautet, dass der rechte Arm muskulöser ist und sich deshalb weniger schnell von der Schulter löst. Es hat sich jedenfalls bei Kostas vor einer Woche bewahrheitet. Der war allerdings Linkshänder.«

Sein Lächeln verkam zu einer Grimasse. »Aber wie glaubwürdig ist schon eine Studie mit nur einem Probanden? Also, Dr. Carter, treten Sie näher!«

Jill lief zögernd zu Said. Alain hob matt seinen Kopf und blickte sie an, doch er schien keine Kraft mehr für Worte zu haben.

»Also«, Said blickte sie siegessicher an, »wie heißt die Insel?«

In Jills Kopf arbeitete es fieberhaft. Doch umringt von bewaffneten Männern und Alain als Geisel gab es keinen Ausweg mehr für sie. Resigniert blickte sie zu Boden und flüsterte: »Ich weiß es nicht.«

Said brüllte sie an: »Unsinn! Natürlich wissen Sie es! Dr. Carter, meine Geduld ist am Ende. *Jallah!*« Die beiden Autos setzten sich langsam in Bewegung.

»Stopp!«, schrie Jill.

Said wies die Fahrer an, zu halten. Noch blieben einige Meter, bevor sich die aufgerollten Seilbündel am Boden spannen würden.

»Okay, ich nenne Ihnen den Namen der Insel. Aber zuerst lassen Sie Alain frei und geben ihm ein Auto.«

Said lachte laut heraus. »Sie sind in keiner Position, um Bedingungen zu stellen! Geben Sie mir den Namen, oder Ihr Freund wird zum einarmigen Banditen.«

Alain schaute Jill direkt in die Augen. »Sag es für Yasmin. Wenn ich auch noch sterbe ...«

Said näherte sich Jill. »Nun?«

»Das Vermächtnis liegt auf Chios. Dies sagt jedenfalls der Code von Professor Aydin. Fünf Buchstaben, die CHIOS bedeuten.«

Said schien zu überlegen. Kurz darauf flüsterte ihm einer der Männer etwas in sein Ohr.

»Sie lügen mich an!« Said spukte diese Worte vor lauter Wut förmlich aus. »Es ist absolut unmöglich, dass sich die Hinweise auf diese Insel beziehen, wir haben sie bereits geprüft.« Kurzerhand gab er den Fahrern ein Zeichen. Sie gaben Gas, ließen den Fuß aber noch auf der Bremse.

Alain blickte zu Jill. Sein Gesicht spiegelte pure Angst wider.

»*Halt!*« Jill biss sich auf die Lippen.

Said hob seine Hand, die Fahrer bremsten ab. »Last call, Dr. Carter!«, schrie Said.

Jill atmete tief durch. »Wir wissen selbst nicht, wie die Insel heißt. Aber wir kennen die fünf Buchstaben, die Faruk ...«, sie schluckte, »die Professor Aydin uns mit den Schachfiguren mitteilte. Sie lauten A-R-S-O-P.«

Misstrauisch musterte Said ihre Augen. Dann sagte er: »Entweder lügen Sie schon wieder, oder Mr. Dumant ist uns nicht mehr von Nutzen.« Er hob langsam seine Hand, um ein weiteres Zeichen zum Losfahren zu geben.

Doch bevor Jill eingreifen konnte, trat ein Geselle Saids mit einem Handy an ihn heran. »Dr. Said, auf dem Mobiltelefon der Frau sind einige Textnachrichten eingetroffen. Sehen Sie selbst.«

Said griff nach dem Handy. »Den Code bitte. Sie wissen, was passiert, wenn Sie mich anlügen.«

Jill zischte ihm den Code zu. Said tippte ihn ein, starrte auf das Display, dann hellten sich seine Gesichtszüge auf. »Sieh an, Ihr junger Praktikant hat die Buchstaben in die richtige Reihenfolge gebracht.«

Jill schaute ihn fragend an.

»PAROS!« Said lächelte. »Eine Touristeninsel neben Naxos, in der Antike bekannt für den Abbau von weißem Marmor. Damit muss die *Insel des schimmernden Steines* gemeint sein! Professor Aydin kannte also tatsächlich die Lösung. Ein schlauer Mann.«

Jill versuchte, ihre Gedanken zu ordnen. *Paros? Warum waren sie nicht schneller darauf gekommen? Früher galt Marmor aus Paros als beste Qualität. Sogar die Venus von Milo sowie die Grabstätte von Napoleon sind aus parischem Marmor gefertigt worden. Es musste stimmen.*

Said riss sie abrupt aus den Gedanken. »Ich denke, wir sind am Höhepunkt der Vorstellung angelangt.« Lächelnd trat er einen Schritt zur Seite, hob seinen Arm erneut und gab den Fahrern ein Zeichen. Beide Autos fuhren mit Vollgas los, die Seilhaufen am Boden lösten sich rasant auf.

»Nein!«, schrie Jill. Mit gefasstem Blick schaute Alain zu ihr hinüber.

LVII

Entsetzt musste Jill mit ansehen, wie sich die Seile spannten. Sie schloss die Augen. *Ich habe versagt.*

Doch statt Schmerzensschreie hörte sie plötzlich Gelächter. Zuerst jenes von Said, dann von Hazem und den Wachen, und schließlich ... von Alain.

Er stand unverletzt am selben Ort, mit den vom Seil umschlossenen Handgelenken, während die Seil-Enden zwei Meter entfernt lose auf der Erde lagen. Genau dort, wo sich die aufgerollten Seilbündel befunden hatten.

Jill begriff nicht. *Was zum ...*

Alain streifte sich mühelos die Seile von den Händen und kam lachend auf Jill zu. »Ich wusste schon immer, dass ich mich auf dich verlassen kann, Carter.«

Sie spürte, wie ihre Beine zitterten. »Du elender Mistkerl!« Jill wollte sich auf Alain stürzen, doch zwei Männer hielten sie zurück. »Du hast von Anfang an mit Said zusammengearbeitet?« Sie keuchte. »Du hast Yasmins Entführung eingefädelt, die Entschlüsselung der Schwertinschrift an Said verraten, Faruks Tod in Kauf genommen ...«

Alains Miene wurde plötzlich ernst. »Ich habe es satt, immer Zweiter zu sein, Carter. Zweiter in Guatemala, in Alexandria. Faruk Aydin hat seine Erfolge genossen, aber das Vermächtnis gehört uns!« Er stellte sich neben Said. »Faruk hätte es früher oder später geschafft, an das Schwert zu gelangen und die Inschrift zu entschlüsseln. Er hätte eine formelle Anfrage an die griechischen Behörden für eine Ausgrabung gestellt, es hätte Monate oder vielleicht Jahre gedauert ...«

»Und Yasmin?« Jill konnte es immer noch nicht fassen.

Alain zuckte mit den Schultern. »Ich dachte, mit ihr an meiner Seite, behandelt Faruk mich endlich als gleichberechtigt, aber der hatte ja nur seinen eigenen Ruhm im Sinn.«

»Und du nicht?«

Alain wischte sich das künstliche Blut von der Nase weg. »Ich hatte das goldene Schwert entdeckt, doch er hätte erneut den Ruhm eingesackt.«

»Du Arschloch!« Jill schäumte vor Wut. »Denkst du, Said wird dich am Gewinn beteiligen? Sobald er das Vermächtnis hat, bist du tot, du Idiot!«

»*Au contraire.* Said hat sich bereits als sehr vertrauenswürdiger Chef erwiesen«, erwiderte Alain ungerührt. »Der beträchtliche Vorschuss sowie eine Pauschale für das Schwert liegen bereits auf meinem Konto. Soll die Welt doch erkennen, dass Mohammed der letzte Messias ist und nicht Jesus, damit kann ich gut leben. Damit und mit ein paar Hunderttausend Euro, versteht sich.« Er feixte unverblümt.

Said nickte. »Selbstverständlich wird Alain der Ruhm für die Entdeckung des Vermächtnisses zuteilwerden, die Botschaft ist viel wirksamer, wenn sie von einem Christen entdeckt wird.«

»Siehst du?« Alain nickte zufrieden.

»Damit kommst du nicht durch!«, zischte Jill. »Daniel und Yasmin werden dich auffliegen lassen. Du kannst dich nicht ewig verstecken!«

»Das will ich auch gar nicht.« Alain genoss sichtlich den Moment. »Sobald das Vermächtnis in unseren Händen liegt, melde ich mich bei ihnen zurück. Mit der traurigen Neuigkeit, dass du es leider nicht geschafft hast. Der arme Daniel wird bestimmt zu Tode betrübt sein. Und mir vor lauter Gram verraten, was ihr genau in Luxor entdeckt habt. Und dann werde ich der bekannteste Archäologe der Welt!«

Jill biss sich auf die Lippen und sackte leicht in sich zusammen. Sobald sie merkte, dass sich die Griffe der Bewacher lockerten, riss sie sich blitzschnell los und stürzte sich auf Alain. Die Wucht des Aufpralls ließ den überraschten Alain umfallen, und Jill schlug trotz Handschellen wie wild auf ihn ein, bis sie von Saids Gehilfen zurückgezogen wurde.

Verächtlich spukte Alain etwas Blut aus. Dann stellte er sich vor Jill und schlug ihr hart ins Gesicht. »Na, Goldmädchen, wie fühlt sich das an? Diesmal ziehst *du* den Kürzeren.« Er rieb sich seine Faust und nickte Hazem zu. Langsam zog dieser das Etui mit den Spritzen und Ampullen hervor.

In Jills Kopf drehte sich alles. Sie blickte auf und sah, wie Hazem demonstrativ vor ihr eine Spritze mit einer gelben Flüssigkeit aufzog.

»Professor Aydin hat eine Dosis unverdünntes Botox erhalten und ist einen schnellen, gnädigen Tod gestorben«, sagte Said. »*Sie* hingegen haben Hazem übel mitgespielt und werden langsam sterben. Er kann sehr nachtragend sein.«

Hazem grinste auf Kommando und näherte sich Jill. Sie wehrte sich, doch gegen den Stich in den Hals war sie machtlos.

»Träum was Schönes«, sagte Alain. »Und grüß Onkel Howard Carter von mir. Du kannst ihm ausrichten, der bedeutendste archäologische Fund des einundzwanzigsten Jahrhunderts geht an mich.«

Jill wollte noch etwas Trotziges erwidern, doch schon verschwamm alles vor ihren Augen. Eine bleierne Finsternis machte sich in ihrem Kopf breit.

Wir sehen uns in der Hölle, dachte sie noch, bevor sie bewusstlos umkippte.

LVIII

11.47 Uhr

Als Jill erwachte, dröhnte ihr Kopf lauter als eine besoffene Blaskapelle. Sie öffnete ihre Augen, doch absolute Dunkelheit umgab sie. Mit Schwung richtete sie sich auf und schlug sich dabei wuchtig den Kopf an.

Verdammt noch mal, wo bin ich? Und was stinkt hier so?

Mit den Händen tastete Jill die Umgebung ab. Sie schien in einem Kasten zu liegen, nur zu ihrer Linken fühlte sie etwas Weiches.

Sie tastete mit den Händen ihre Taschen ab und bemerkte, dass sie kein Handy mehr besaß.

Natürlich.

Immerhin waren der Flachmann und die Stiftlampe noch in ihren Brusttaschen verstaut. Erstaunlicherweise lag eine Pistole neben ihr. Sie drückte den Schalter der Stiftlampe. Nur eine Handbreit über ihrem Kopf befanden sich Holzbretter.

Eine Decke aus Holz. Nicht gut.

Jill fühlte, wie das Adrenalin und eine wohlbekannte Nervosität in ihr hochstiegen. Widerwillig richtete sie das Licht der Lampe zu ihrer Linken. Der leere, einäugige Blick der menschlichen Vogelscheuche namens Kostas spiegelte sich im Schein des Lichts. Der ausgerissene Arm des Griechen lag fein säuberlich neben ihm auf dem Sargboden, in der offenen Schulterwunde krabbelten bereits einige Maden herum.

Dass neben ihr eine stinkende Leiche lag, war eine Sache. Aber als Jill realisierte, dass man sie lebendig begraben hatte, schrie sie laut auf.

Wie von Sinnen hämmerte Jill gegen die Sargdecke, bis ihre Hände bluteten. Dann versuchte sie, sich auf den Ellbogen abzustützen und senkrecht mit der Faust nach oben gegen das Holz zu schlagen. Schon bald gab sie auf.

Scheiß Tarantino-Film!

Schweißperlen rannen ihr herunter.

Diese Arschlöcher haben zwei Särge zusammengenagelt und in der Mitte die Wände herausgesägt. Wie krank muss man sein?

Keuchend hielt sie inne.

Ich muss Luft sparen. Eigentlich müsste ich schon erstickt sein.

Mit flachen Atemzügen versuchte sie, sich zu beruhigen. Sie knipste die Lampe aus, schloss die Augen und zählte bis zehn. Plötzlich, kaum merklich, spürte sie einen leichten, kühlen Luftzug.

Sofort zündete Jill das Licht wieder an und überprüfte die Sargwand hinter ihrem Kopf.

Tatsächlich: ein kleines Lüftungsrohr, kaum zwei Fingerbreit.

In einem ersten Reflex schrie sie verzweifelt um Hilfe. Nichts, nicht mal eine Grille zirpte eine Antwort.

Sie wollte nochmals rufen, als ihr etwas klar wurde.

Said hat mir einen langsamen Tod versprochen. Ich soll gar nicht ersticken, sondern verdursten. Niemand wird mich hören.

Hastig griff sie nach der Waffe und nahm das Magazin heraus.

Mit der Stiftlampe im Mund schaute sie in das Magazin. *Wie ich vermutet habe, nur eine Patrone drin. Diese Arschlöcher!*

Laut verfluchte sie Alain und Said. Die beiden befanden sich auf dem Weg nach Paros, zum Vermächtnis.

Hoffentlich ist alles weg. Oder vermodert. Oder mit eierabschneidenden Fallen des Archimedes versehen.

Sie setzte das Magazin wieder ein und löschte das Licht.

Ich werde mich nicht selbst umbringen. Sonst bin ich genauso feige wie mein Vater damals. Aber es ist nicht das Gleiche, ich werde sowieso sterben. Entweder bestimme ich den Zeitpunkt, oder ich verdurste. Verdammt! Die Gedanken begannen in ihrem Kopf zu kreisen, bis sie die Waffe sicherte und zu ihren Füßen warf.

Nein, es ist noch nicht so weit. ICH bin noch nicht so weit.

Sie dachte an Yasmin und Daniel. *Alain wird ihnen sagen, dass ich tot bin, und er selbst nur knapp fliehen konnte.*

Sie musste hier raus und zu ihnen gelangen. Das Leuchtzifferblatt ihrer Armbanduhr zeigte knapp zwölf Uhr an, doch sie wusste nicht, ob es gegen Mittag oder Mitternacht war.

Ihre Hände bluteten. Dies erinnerte sie an eine Geschichte: Als im Mittelalter die Pest wütete, hatte man aus Versehen schwer kranke Menschen oft noch lebendig beerdigt. Im folgenden Überlebenskampf verletzten sich diese armen Teufel manchmal am Holz oder an den Sargnägeln. Bei Exhumierungen boten solche Leichen einen schockierenden Anblick, die Legende über Vampire nahm ihren Anfang. Jill stellte sich vor, wie

ein Archäologe sie in zweitausend Jahren ausgraben
würde.

*Die zwei rätselhaften Leichen von Kreta. Ein Ritual-
mord?*

LIX

12.17 Uhr

Der rote Eurocopter jagte über das leicht gekräuselte Meer und pflügte seinen Weg über die Kykladeninseln. Ein zufriedenes Lächeln huschte über Dr. Saids Gesicht im Passagierraum. Von einem Knistern begleitet erklang eine Durchsage des Piloten. »Wir überfliegen gleich Folegandros. Nach Paros sind es noch gut fünfzig Kilometer, in etwa einer Viertelstunde landen wir.«

Said nickte Alain und Hazem zu. »Es ist offensichtlich, wo wir suchen müssen: Es gibt nur einen einzigen Brunnen auf der Insel, ein Taufbrunnen, der die besagte Inschrift trägt. Dieser befindet sich in einer Kirche direkt beim Hafen in Parikia, der Inselhauptstadt. Mit etwas Glück halten wir bereits am Abend das wertvollste Vermächtnis der Menschheit in unseren Händen.«

Zur Bergung würde er sein ganzes Team benötigen. Die restliche Mannschaft folgte ihnen mit der Jacht und würde einige Stunden später in Paros eintreffen.

Alain tippte auf einem Tablet herum. »Ich bin zwar nicht so optimistisch wie du, aber wir suchen definitiv an der richtigen Stelle. Hier steht, dass die Kirche *Panagia Ekatontapiliani* einer der ältesten christlichen Tempel Griechenlands ist. Anscheinend ließ die heilige Helena sie erbauen, also niemand Geringeres als die Mutter des römischen Kaisers Konstantin.«

»*Der* Kaiser Konstantin?« Said schaute ihn erstaunt an. »Kann das ein Zufall sein? Helena hat eine Kirche gegründet, in der das Vermächtnis versteckt liegt, und ihr Sohn legalisiert das Christentum. Wusste er um die Prophezeiung Christi?«

»Wir werden es bald herausfinden«, antwortete Alain. »Jedenfalls wurde die Kirche im vierten Jahrhundert nach Christus gebaut, das Taufbecken stammt schätzungsweise aus dem fünften Jahrhundert ...«

»... also aus der gleichen Zeit, in der das Vermächtnis von Kreta nach Paros transportiert wurde.« Said spürte freudig, wie sich alles zusammenfügte.

Alain nickte. »Auf der Tafel von Paleochora steht: *Hinter der hundertsten Türe sollen die Weisheit von Alexandria und die Schriftrolle des Jesus ruhen.* Nun, *Panagia Ekatontapiliani* bedeutet übersetzt *Heilige Maria der hundert Türen!* Eine Legende besagt, dass eines Tages die hundertste Tür gefunden wird. Und ab diesem Tag wird Konstantinopel wieder zu Griechenland gehören.«

»Konstantinopel?« Hazem schaute Alain fragend an.

»Das heutige Istanbul in der Türkei, Griechenlands Erzfeind. Die beiden Länder geraten sich immer wieder in die Haare. Eine solche Prophezeiung allein ist pures Dynamit.« Alain feixte. »Wie auch immer: Jill Carter wird nicht die Entdeckung der hundertsten Tür feiern, sondern ich.«

»Weißt du, Alain«, sagte Said, »manche bezeichnen mich ja als bösartig, aber du bist der grausamste Typ, der mir je untergekommen ist. Nicht, weil du deine alte Freundin lebendig begräbst, sondern weil du ihr mit einer Luftzufuhr noch tagelang vergebens Hoffnung verschaffst. Das ist wirklich brutal!«

Alain blickte gleichgültig durch ein Fenster auf das Meer hinaus. »Im Gegenteil. Ich habe ihr vor knapp zehn Jahren das Leben gerettet, nur damit sie mich anschließend links liegen ließ. Damals wäre sie beinahe in einer Gruft verrottet. Jetzt tritt sie endlich ihrem Schicksal gegenüber.«

Said hob etwas überrascht die Augenbrauen. »Falls wir in Paros das Vermächtnis nicht finden, könnten wir Carter immer noch ausgraben und sie zwingen, uns zu helfen.«

Alain drehte sich um und schaute Said durchdringend an. »Eher jage ich die ganze Kirche in die Luft, als dass ich Jill wieder ausgrabe.«

LX

Nicht ignorieren, nicht reagieren, nur observieren. Ich bin in einem Sarg. Ganz einfach.

Jill atmete gleichmäßig und konzentrierte sich auf ihren Atem. So gut es ging jedenfalls. Immer wieder schweifte sie mit den Gedanken ab.

Sie erinnerte sich an die Vipassanã, eine Meditationstechnik, die sie in einem Seminar mit ihrer Jugendliebe Ethan zusammen erlernt hatte. Zehn Tage hatte sie mit ihm und ein paar anderen in einem abgelegenen Haus verbracht, ohne miteinander zu sprechen, ohne Bücher oder Musik, nur Meditation, Essen und Schlafen. *Wohl das Verrückteste, was wir je gemacht haben.*

Sie lag in der Dunkelheit, um die Batterien der Stiftlampe zu schonen. An den bestialischen Gestank hatte sie sich inzwischen gewöhnt, an die ausweglose Situation hingegen nicht.

Lange werde ich es nicht mehr aushalten. Scheiß auf die Meditation. Du bist verloren. Gib es zu.

Eine diabolische Stimme spukte in ihrem Hirn herum. *Nimm die Knarre. Bring es zu Ende, schnell und schmerzlos. Oder willst du noch zwei Tage lang darauf warten?*

Jill hielt noch eine Weile durch.

Schließlich schob Jill die Pistole mit den Füßen zu sich hoch und griff widerwillig danach. Kühl und schwer lag die Waffe in ihrer Hand. *Schon bald bist du sowieso Madenfutter. Aber nur mit der Pistole kannst du selbst den Zeitpunkt bestimmen, wann es vorbei ist. Ich will nicht mehr, ich ...*

Ein leises, kaum wahrnehmbares Geräusch unterbrach ihre Gedanken. *Oder habe ich mir das nur eingebildet?* Sie zwängte ihr Ohr so nahe wie möglich an die Öffnung des Lüftungsrohres und horchte. *Doch, da! Es klingt wie ein ... Scharren.*

Ohne zu überlegen, schrie Jill einige Male um Hilfe. Das Geräusch von draußen verebbte, nur eine hämische Stille drang durch das Rohr in den Sarg. *Verdammt, was war das? Blätter im Wind? Regen? Ich weiß nicht einmal, wo ich bin.*

Sie wartete einige Minuten und wagte kaum zu atmen. Gerade, als sie resignieren wollte, erklang wieder ein scharrendes Geräusch. *Was zur Hölle ist das?*

Diesmal schrie sie nicht. Angestrengt lauschte sie in die Dunkelheit hinein. Das Scharren erklang nun stetig weiter, ohne dass sie die Ursache dafür einordnen konnte. Geduldig harrte Jill einige Minuten aus. *Wird das Geräusch lauter, oder doch nicht? Ich werde verrückt!*

Etwas kitzelte ihre Nase. Hastig zündete sie die Taschenlampe an. Ein bisschen Erde rieselte durch eine schmale Spalte zweier Bretter des Sargdeckels hindurch. Augenblicklich spannte sie alle Muskeln ihres Körpers an. *Bittebittebitte.*

Einige lange Minuten später sah Jill etwas, wovon sie vorher nicht mehr zu träumen gewagt hatte: Ein kleiner, fader Lichtstrahl schien durch einen Spalt in den Sarg hinein.

Nun gab es kein Halten mehr. Mit letzter Kraft stemmte sie die Hände gegen den Sargdeckel und presste dagegen. Langsam lösten sich die Nägel, und mit einem gewaltigen Urschrei drückte Jill endlich den Deckel nach oben. Ein Schwall lockerer Erde fiel herein und bedeckte ihr Gesicht, bevor sie sich hastig aus dem Sarg zwängte und spuckend an die Erdoberfläche kraxelte. *Frei. Endlich!*

Japsend sog sie die frische Luft ein. Noch nie zuvor hatte sie sich so lebendig gefühlt.

Jill drehte sich um, hielt die Waffe hoch und blickte in die verängstigten Augen ihres Befreiers: ein zottiger und abgemagerter Hund. *Der Streuner von Saids Anwesen. Der Verwesungsgeruch der Leiche muss ihn hierhergeführt haben. Zum Glück war die Erde locker genug für seine Pfoten.*

»Guter, braver Hund«, sagte Jill erleichtert und hielt dem Tier ihre Hand hin. Der Hund näherte sich schüchtern, ließ sich dann aber von ihr streicheln.

Die Sonne stand im Osten, wenig höher als der Horizont. Sie hatte eine ganze Nacht im Sarg verbracht.

Der verdammt schönste Sonnenaufgang in meinem Leben, dachte sie und ließ einen tiefen Seufzer folgen. »Ah, Kreta!«

LXI

Chania, Kreta

10.17 Uhr

»NEIN! DU LÜGST! DAS KANN NICHT SEIN!« Yasmin lief wütend ans andere Ende des Hotelzimmers.

Jill presste die Lippen zusammen. Eine solche Reaktion hatte sie erwartet.

Per Anhalter war sie zurück nach Chania gelangt, doch ohne ihren Retter: Der Streuner war ihr zwar für eine Weile gefolgt, war dann aber plötzlich davongerannt und nicht mehr zurückgekommen.

Im Hotelzimmer angekommen, wurde Jill von Daniel und Yasmin überschwänglich begrüßt, die Erleichterung war ihnen anzusehen. Leider musste Jill ihnen erklären, warum Alain nicht bei ihr war.

Yasmin war außer sich. »Wenn Alain tot ist, dann sag es mir. Aber lüg mich nicht an.«

»Es ist leider die Wahrheit.« Jill zeigte auf ihre verdreckten Kleider. »Schau mich doch an! Alain hat zugelassen, dass mich die Bande lebendig begraben hat und jetzt sind sie auf dem Weg nach Paros. Er war Saids Spion bei den Ausgrabungen im Serapeum. Er hat ihnen von Kreta erzählt. Und Alains Entführung in Paleochora war inszeniert, damit sie einen Grund hatten, ihn aus dem Pythagoras-Raum mitzunehmen und uns zurückzulassen, in der Annahme, dass wir dort sterben würden.«

»Quatsch!« Yasmin schüttelte verzweifelt den Kopf. »Jemand anderes muss Said von der Archimedes-Kammer erzählt haben. Said hat den Skytale-Code selbst geknackt, schließlich war er im Besitz des echten Schwertes.«

»Welchen Grund hätte ich, dich anzulügen?«, fragte Jill.

»Wenn Alain alles geplant hat, warum hat er dich dann überhaupt angerufen?«

»Weil sie es selbst nicht geschafft haben, an das goldene Schwert zu kommen und wenn die Behörden davon Wind bekommen hätten, wäre die Gelegenheit vorbei gewesen. Dich haben sie entführt, weil er wusste, dass ich nur für ein Schwert nicht alles stehen und liegen lasse.«

»Ich glaube ihr«, sagte Daniel.

Yasmin schaute ihn an, dann vergrub sie den Kopf in ihren Händen und weinte. »Zuerst wird ein Unschuldiger meinetwegen umgebracht, dann verliere ich meinen Vater und schließlich stellt sich die Liebe meines Lebens als ein Betrüger heraus. Alle verlassen mich!«

»Du hast doch uns!« Daniel ging zu ihr hin und ergriff ihre Hand. »Wir lassen dich nicht allein, versprochen.«

Yasmin schniefte. »Danke.«

»Ich denke, am besten bleibt ihr beide hier in Chania, und ich ...«

Ein Klopfen an der Hotelzimmertür unterbrach Jill. Schnell griff sie zur Waffe und stellte sich neben die Tür. »Wer ist da?«

»Euer Lieblings-Chauffeur!«, rief eine Stimme von draußen.

Jill senkte die Pistole und blickte Yasmin und Daniel fragend an. Daniel öffnete die Tür. Emad trat hinein. »Euer Flugtaxi ist da!«

Jill schüttelte dem Piloten verdutzt die Hände. »Dich schicken die Götter!«

»Nur, wenn die Götter Yasmin und Daniel heißen.« Emad grinste und umarmte Yasmin herzlich.

»Wir hatten ihm Bescheid gegeben, damit er uns nach Paros fliegt«, sagte Daniel. »Wir sind davon ausgegangen, dass dein Plan schiefgegangen war und Said euch benutzen würde, das Vermächtnis zu finden.«

»Aber jetzt«, Yasmins Augen funkelten, »will ich Alain entgegentreten und ihn zur Rede stellen.«

»Habe ich etwas verpasst?«, fragte Emad vorsichtig.

»Allerdings«, sagte Jill. »Wir werden dich unterwegs auf den neusten Stand der Dinge bringen.« Sie musterte Yasmin. »Bist du sicher, dass du mitkommen willst?«

Yasmin blickte sie kampfeslustig an. »Darauf kannst du Gift nehmen. Aber nur unter einer Bedingung!«

»Und die wäre?«, fragte Jill.

»Du nimmst zuerst eine Dusche. So steige ich nicht in ein Flugzeug mit dir. Ich gebe dir fünf Minuten.«

Jill lächelte und lief an Emad vorbei zum Bad. »Ich bin in drei zurück.«

Emad hob seine Nase in die Luft und schnüffelte. »Ich habe wohl wirklich einiges verpasst.«

LXII

Naoussa, Paros

17.24 Uhr

Sanft landete die *Fatima* in der Nähe des fast leeren Jachthafens von Naoussa. Um diese Jahreszeit steckte das touristische Fischerdorf noch im tiefsten Winterschlaf. Als das Wasserflugzeug an einem Schiffssteg anlegte, konnte Jill nur einige Einheimische und ein paar gestrandete Rentner aus Westeuropa sehen.

Sie wollten nicht riskieren, direkt in Parikia zu landen, ihrem eigentlichen Ziel. Naoussa lag nur knapp zehn Kilometer von der Inselhauptstadt entfernt und bot mit seinem kleinen Hafen einen idealen Landepunkt. Wie auf den meisten Inseln der Kykladen zierten weiße Häuser mit dunkelblauen Fensterläden das Städtchen. Manche Bewohner frischten emsig die Farben für die kommende Saison auf, sogar die Fugen der Steinplatten auf dem Boden erhielten einen weißen Anstrich.

Während des rund zweistündigen Fluges hatte Yasmin mit stockender Stimme erzählt, dass der Leichnam ihres Vaters nach Heraklion gebracht worden war, der Hauptstadt von Kreta. Nur dort gab es einen Gerichtsmediziner, und da Faruk Aydin türkischer Staatsangehöriger war, wollten die griechischen Behörden kein Risiko eingehen und die Untersuchung korrekt nach Vorschrift durchführen.

Zudem erfuhr Jill, dass Yasmin und Daniel die Polizei in Paros bereits über Said und Alain informiert haben. Allerdings mit mäßigem Erfolg: Der diensthabende Beamte versprach lediglich, er würde zusammen mit einem Arbeitskollegen der Kirche einen Besuch abstatten.

Auf dem Schiffssteg verabschiedete sich Emad unter tausend Entschuldigungen. Er konnte und wollte seine Familie sowie sein Geschäft in Alexandria nicht länger vernachlässigen. Jill und Daniel drückte er freundschaftlich die Hand, während er Yasmin innig umarmte. »Tut nichts, was Faruk euch verboten hätte«, rief er halb sorgenvoll, halb wehmütig den dreien nach.

Wenig später fuhren sie per Anhalter in einem verstaubten VW zu ihrem Ziel. Der Fahrer, ein junger Grieche, lud sie in der Nähe des Hafens ab und warf Yasmin zum Abschied keck einen Luftkuss zu.

»Nicht viel anders als in der Türkei«, sagte sie zu ihren beiden Begleitern und schritt munter Richtung Hafen los. Daniel schaute etwas verträumt dem davonfahrenden Griechen nach.

Auch Parikia schien sich für die Touristensaison herauszuputzen: Zwei Bauarbeiter besserten die Beläge der Hafenstraße aus und ein Ladenbesitzer putzte sein Schaufenster. Der Frühling würde ihnen bald die ersten sonnenhungrigen Touristen bescheren.

Ihnen kam ein rundlicher, schwarz gekleideter Mann mit langem Bart entgegen. Er trug eine Halskette mit dem Christuskreuz um den Hals und schien in Gedanken versunken zu sein. Jedenfalls schreckte er kurz auf, als Jill ihn ansprach: »Entschuldigung. Können Sie uns sagen, wo wir die *Panagia Ekatontapiliani* finden?«

Der Priester nickte erfreut und antwortete in gebrochenem Englisch. »Natürlich! Nur etwa hundertfünfzig Meter von hier befindet sich auf der linken Seite ein großes, weißes Gebäude mit zwei schmalen Türmen. In der Mitte liegt der Eingang zum Innenhof und zum Vorplatz der Kirche.«

»Danke«, sagte Jill und wollte bereits weitergehen. Doch Daniel wandte sich nochmals an den Mann.

»Verzeihen Sie, aber in unserem Reiseführer steht, dass der Name der Kirche *Heilige Maria der hundert Türen* bedeutet. Allerdings zählt der Komplex nur neunundneunzig Türen, stimmt das?«

»Ja und nein«, antwortete der Priester. »Der Name der Kirche ist korrekt übersetzt, aber inzwischen gibt es weit weniger als neunundneunzig Türen. Die Legende besagt, wenn die hundertste Tür zum Vorschein kommt, wird Istanbul wieder zu Griechenland gehören. Nun, viele Türen sind im Laufe der Zeit durch Umbauten weggefallen, und wir fügen, wenn möglich, keine neuen Türen mehr ein. Schließlich wollen wir keinen Krieg anzetteln, nicht wahr?«

Daniel hakte nach: »Aber wie viele Türen gab es ursprünglich, ich meine vor 1500 Jahren?«

Nun blickte der Geistliche etwas nervös um sich. »Tatsächlich haben Architekten und Archäologen aufgrund alter Pläne die Anzahl der Türen gezählt. Sie kamen dabei erstaunlich nahe an die neunundneunzig heran.«

»Wie nahe denn?«, fragte Jill.

Der Priester hielt kurz inne. »Siebenundneunzig«, sagte er schließlich. »Und sie fanden einen Schornstein, der aus dem Nichts kommt.«

Daniel riss die Augen auf. »Wie denn das?«

Der Mann räusperte sich. »Bei den Untersuchungen hat man auf dem Dach zwischen der Kirche und der Kapelle mit dem Taufbrunnen einen kleinen, unscheinbaren Schornstein entdeckt. Er ist nirgends in den Plänen verzeichnet, und darunter gab es auch nie einen Kamin.« Er flüsterte nun und fuhr geheimnisvoll fort: »Es geht unter uns Priestern die Legende herum, dass an jenem Tag, an dem aus diesem Schornstein Rauch aufsteigt, der Heilige Vater seinen Sohn wieder auf die Erde schicken wird!« Mit verschwörerischem Blick schaute er sein Publikum erwartungsvoll an.

»Danke sehr!«, sagte Jill etwas verwirrt, und die drei verabschiedeten sich.

***

Der Priester schaute den dreien nach. »Niemand interessiert sich für den Schornstein«, murmelte er seufzend. »Aber wenn ich jedes Mal einen Souma spendiert bekäme, wenn mich ein Tourist nach der Anzahl Türen fragt, wäre ich andauernd betrunken.«
Dann lächelte er. Ein Souma, der für Paros typische Traubenschnaps, wäre jetzt genau das Richtige.

LXIII

Aus sicherer Deckung beobachteten Jill, Yasmin und Daniel den Haupteingang zur *Panagia Ekatontapiliani.* Die Kirche selbst konnten sie nicht sehen, die Anlage war umsäumt von einer hohen, schneeweißen Mauer. Weit und breit war außer ein paar Einheimischen niemand zu sehen.

»Sollen wir jetzt einfach da reinspazieren?«, fragte Daniel.

»Lieber nicht. In der Seitenmauer gibt es eine kleine Tür«, sagte Jill. »Yasmin und ich schleichen uns dort in den Innenhof hinein und suchen den Brunnen. Daniel, du schiebst hier so lange Wache und rufst Yasmin über das Handy an, falls Saids Leute auftauchen. Hast du genügend Akku im Handy und Yasmins Nummer?«

»Ja, habe ich. Aber macht nicht zu lange«, antwortete Daniel nervös.

So unauffällig wie möglich liefen Jill und Yasmin an der Mauer entlang, geschützt durch die Bäume des Parks, der auf zwei Seiten der Kirche angelegt war. Die Seitentür befand sich etwa in der Hälfte der Mauer und bestand aus massivem Holz. Jill drückte die Klinke herunter. Natürlich war sie verschlossen.

»Eine von ehemals siebenundneunzig Türen«, sagte Yasmin. »Und wie kommen wir rein? Klopfen ist wohl keine Alternative?«

Jill griff in ihre Tasche und nahm einen dicken Draht hervor. »Habe ich von einem Kleiderhaken aus dem Hotel geklaut. Ist sonst nicht meine Art, aber ich habe etwas Trinkgeld zurückgelassen.«

Sie drückte das gebogene Ende des Hakens in das Schlüsselloch. »Kinderspiel. Ein einfaches, uraltes Buntbartschloss.« Ein paar Sekunden später öffnete Jill die Tür. Sie spähten durch den Türspalt in den Innenhof, niemand schien sich dort aufzuhalten. Behände schlichen sie durch einen Säulenkorridor bis zur Mauer der eigentlichen Kirche im Innenhof.

Das Gebäude sah erstaunlich unscheinbar aus, man hätte es fast für eine klobige, alte Villa halten können. Die Mauern beschrieben einen fast quadratischen Umriss und bestanden aus Steinen in unterschiedlichen Brauntönen.

Eine der ältesten Kirchen Griechenlands. Aber nicht die schönste, dachte Jill.

Obwohl der Innenhof leer war, umschlichen sie die Kirche von hinten. Der Taufbrunnen lag den Internetquellen zufolge in einem Seitenannex südlich der Kirche. *Falls Alain und Said noch hier sind, treffen wir sie dort.*

Jill zückte ihre Waffe und wies Yasmin an, zu warten. Vorsichtig trat Jill in den kapellenartig angelegten Raum ein. Eine kühl anmutende Stille empfing sie, doch niemand war da, auch in den Seitenräumen nicht.

Sie winkte Yasmin zu sich und steckte die Pistole wieder ein. Erst jetzt konnte sie bewundern, wozu die Kapelle erbaut worden war.

Die letzten Sonnenstrahlen des Tages schienen durch einige Fenster hinein und beleuchteten schwach den uralten, in der Form eines Kreuzes erbauten Taufbrunnen. Auf den Seitenwänden aus altem, grauem Marmor trotzten etliche eingravierte byzantinische Kreuze dem Zahn der Zeit. Der Boden im Innern des Brunnens lag tiefer als der umliegende Grund, und in der Mitte ragte eine schlichte Säule auf.

»Wunderschön«, flüsterte Yasmin andächtig. »Hier sind sogar Treppenstufen eingelassen, um in den Brunnen zu steigen.«

»Wirklich ein unglaublich gut erhaltenes Stück. Hier oben auf den abgebrochenen Wänden muss das Palindrom gestanden haben«, sagte Jill und stieg nun in den Brunnen, um ihn genauer zu untersuchen. »Nur befürchte ich, dass wir zu spät kommen.«

»Warum?«, fragte Yasmin erstaunt und schaute sich den Brunnen aus der Nähe an. Schließlich sah sie es auch: »Der Boden ist nass!«

»Wenn wir davon ausgehen, dass heute keine Taufe stattfand, war das gewiss Said. Und Alain.«

Yasmins Augen blitzten auf. »Du meinst, sie haben sich bereits mit dem Vermächtnis aus dem Staub gemacht?«

»Je nachdem. Oder sie sind vorläufig erfolglos wieder abgezogen und kehren bald zurück. Hoffentlich passt Daniel gut auf.« Jill knackste nervös ihre Fingerknöchel.

»Bestimmt hast du wieder eine Idee.« Yasmin schauderte.

»Ich bin mir nicht sicher«, murmelte Jill. »Auf der Tafel von Paleochora stand der Hinweis: *Du sollst dich auf dem Brunnen taufen lassen. Die heilige Hand wird der Eule der Athene Flügel verleihen. Hinter der hundert-*

sten Türe sollen die Weisheit von Alexandria und die *Schriftrolle des Jesus ruhen, bis der Würdige in Demut ein Opfer gibt.«*

Sie stieg wieder aus dem Brunnen und schaute sich in der Kapelle um. »Eine Eule der Athene erkenne ich hier nirgends. Und eine heilige Hand schon gar nicht.«

Auf dem Mosaikboden entdeckte Jill jedoch eine dünne Wasserspur. Sie folgte ihr zu einer Seitennische der Kapelle und kehrte mit einem dicken Wasserschlauch zurück. »Bist du bereit für deine Taufe?«, fragte sie Yasmin.

***

Daniel lehnte mit der Schulter seitlich an einer Häuserwand und beobachtete den Eingang zum Kirchenhof. Es schien, als wären zu dieser Zeit nur alte Großmütterchen in schwarzen Kleidern unterwegs.

Immer wieder schweiften seine Gedanken zu Achmed ab. *Hoffentlich ist er nicht sauer, dass ich länger weg bin als abgemacht.*

Zu weiteren Überlegungen kam er nicht. Bewusstlos sackte Daniel zusammen, als ihm jemand von hinten mit dem Griff einer Pistole auf den Kopf schlug.

LXIV

Leise plätscherte das Wasser aus dem Schlauch in den Taufbrunnen. Während der Pegel langsam stieg, vergewisserte sich Jill immer wieder, dass im Innenhof alles ruhig blieb. *Kein Mensch weit und breit*, dachte sie. *Man könnte die ganze Kapelle stehlen, es würde niemand merken.*

Yasmin lief um den Brunnen herum. »Das Wasser allein bewirkt gar nichts.« Sie beugte sich leicht über den Brunnenrand. »*Auf der Insel des schimmernden Steines sollst du dich auf dem Brunnen taufen lassen*«, murmelte sie den Hinweis vor sich hin.

Plötzlich zog Yasmin die Schuhe aus und faltete ihre Hose hoch. »Dann wollen wir mal!« Kurzerhand kletterte sie über den Rand und stieg ins Wasser. »Brrr, das ist ja eiskalt! Muss ich jetzt zum Christentum konvertieren?«

»Ich denke, das wird nicht nötig sein«, erwiderte Jill und schmunzelte dabei.

»Im Islam hauchen viele den Neugeborenen mehrmals *Allahu akbar* ins rechte Ohr. Bei uns gibt es keine schreienden Babys, weil man sie mit Wasser übergießt.«

Jill ging nicht darauf ein. »Etwas übersehen wir. Nur was?« Sie zog nun ebenfalls ihre Schuhe aus und stieg in den Brunnen.

»Wozu dient die Säule in der Mitte?«, fragte Yasmin.

»Vielleicht diente er als Ablage von Ritualgegenständen. Oder ...« Sie hielt kurz inne. »Oder dieser Pfeiler symbolisiert das Zentrum des Glaubens.« Sie legte die Hände um die Säule und versuchte sie zu drehen, jedoch erfolglos.

Yasmin runzelte die Stirn. »Etwas verwirrt mich. Als Hinweis steht: *Du sollst dich auf dem Brunnen taufen lassen.* Doch eigentlich sollte es *im Brunnen* heißen, oder nicht?«

Jill blickte sie verblüfft an, dann schnippte sie mit den Fingern. »Du hast recht! Die Taufe sollte *auf* dem Brunnen stattfinden. Also entweder muss man irgendwo auf dem Brunnenrand stehen oder ...«

»... auf dem Zentrum des Glaubens!« Yasmin zeigte auf die Säule in der Mitte.

»Ist einen Versuch wert!« Jill erklomm mit nassen Füßen den Pfeiler.

Die Oberseite der Säule war kaum größer als ein Frühstücksteller und Jill verlor fast das Gleichgewicht.

Sie stand da, balancierte, doch nichts geschah.

Oder doch? Sie meinte zu spüren, wie die Säule sich ein kleines bisschen nach unten bewegte. Sie hüpfte ein paarmal leicht, die Säule rührte sich nicht. »Ich hätte nie gedacht, dass ich das sage, aber ich glaube, ich bin zu leicht.«

Yasmin setzte ihren Fuß auf die Pfeilerkante und streckte ihr beide Hände entgegen. »Zieh mich hoch.«

Jill hievte Yasmin mit einem Ruck auf die Säule. Sie hielten sich an den Hüften umklammert, um nicht herunterzufallen.

Yasmin blickte etwas beschämt zur Seite auf den Brunnen hinunter. Für einen Moment schwiegen beide verlegen, bis Jill schließlich die Stille brach: »Also, entweder haben wir den Teil mit der Taufe völlig falsch verstanden, oder der Mechanismus ist eingerostet und ...«

Mit einem lauten Knarren löste sich die Säule und fuhr unter dem Gewicht der beiden langsam nach unten. Dabei kreiste sie sich um die eigene Achse, sodass Jill und Yasmin sich wie zwei Figuren in einer Spieldose drehten. Nach einer ganzen Umdrehung senkten sich die vier Bodenplatten um die Säule ebenfalls ab, jede unterschiedlich schnell, wobei das Wasser im Brunnen gurgelnd in den Untergrund floss.

Als sie das Niveau des Brunnenbodens erreicht hatten, stand die Säule wieder still. Zu ihren Füßen führte eine vierstufige Wendeltreppe nach unten.

Jill und Yasmin zogen sich die Schuhe an und stiegen vorsichtig die Treppe hinunter. Mit gezückter Taschenlampe in der einen und der Pistole in der anderen Hand ging Jill voraus. Die Wendeltreppe erreichte kurz darauf ein rechteckiges Podium aus Stein, von dem aus eine weitere Treppe nach unten führte. Sobald sie auf die Plattform traten, drehte sich die Steinsäule wieder empor und mit ihr die vierstufige Wendeltreppe. Sie waren eingeschlossen.

Hört das denn nie auf?, dachte Jill.

Yasmin zog ihr Handy hervor und aktivierte die Kameraleuchte. Sie schien ihre Ängste abgelegt zu haben und wild entschlossen, das Rätsel zu lösen. Klar, was hatte sie noch zu verlieren?

Jill atmete tief aus und versuchte, sich zu konzentrieren. An den Mauern wucherte feuchtes Moos, wie in Paleochora. »Hoffentlich sind die Schriftrollen gut verpackt. Sonst ist nur noch ein Haufen Schimmel davon übrig«, sagte sie.

»Wenn wir nicht zu spät sind«, antwortete Yasmin. »Vielleicht erwartet uns nur gähnende Leere.«

Jill blickte um sich und steckte die Waffe weg. Unter ihnen herrschte totale Stille und Dunkelheit. *Alain und Said sind längst wieder weg. Uns erwarten höchstens ein paar Ratten.*

Sie versuchte, ihren Ärger wegzustecken. Sie würde die beiden aufspüren, früher oder später.

Nachdem sie die Treppen heruntergestiegen waren, leuchtete Jill in Richtung des Durchgangs, der vor ihnen lag. Yasmin stieß einen kurzen Schrei aus. Auf dem Boden lagen zwei tote Polizisten, jeder mit einer Schusswunde in der Stirn.

In diesem Moment flutete ein gleißendes Licht den Korridor, die beiden Frauen hielten schützend die Hände vor die Augen. Jill wollte zu ihrer Waffe greifen, als ihr jemand aus dem Nichts heraus den Lauf einer Pistole an den Hinterkopf hielt.

»Schaut an, wer von den Toten auferstanden ist. Aber man lebt nur zweimal, nicht wahr, Carter?«

LXV

»Alain?« Yasmin blinzelte ungläubig in die Akkuscheinwerfer. Hazem entwaffnete Jill und schubste sie vorwärts in den Gang hinein.

Das Licht wechselte die Richtung zur Decke, und nun sahen sie die versammelte Gesellschaft: Alain, Said, Hazem und zwei weitere Komparsen.

Für Yasmin gab es kein Halten mehr. Sie stürzte sich auf Alain und schlug wütend auf ihn ein. »Sag mir, dass es nicht wahr ist. Sag, dass du mich und meinen Vater nicht verraten hast. Du ... lasst mich los!«

Zwei Männer packten sie an den Armen und zerrten sie weg.

»Tut mir leid, *chérie.*« Alain zuckte mit den Schultern, »aber du musst verstehen, es gibt Dinge, die sind wichtiger als du und ich.«

Said trat mit erhobener Pistole auf Jill zu. »Dr. Carter, so langsam scheinen *Sie* mir wie eine Maus zu sein, die immer wieder direkt in die Krallen der Katze läuft. Doch diesmal entkommen Sie mir nicht. Genauso wie diese beiden Polizisten hier, die vermutlich auf Ihren Hinweis hier herumgeschnüffelt haben. Auch mit Ihnen«, er wandte sich Yasmin zu, »habe ich eine Rechnung offen. In der Qaitbay-Zitadelle haben Sie mich von hinten niedergestreckt.«

Yasmin entgegnete ihm giftig: »Hätte ich dir doch gleich den Kopf abgeschlagen!«

Said blieb ruhig. »Wissen Sie was? Eigentlich sind wir quitt, schließlich musste Ihr Vater meinetwegen das Zeitliche segnen. Sie hätten seinen letzten Blick sehen sollen, als ich ihm ins Ohr flüsterte, dass die Prophezeiung von Jesus den Untergang des Christentums bedeuten wird!«

Diesmal hatten die Bewacher größte Mühe, Yasmin zurückzuhalten. Sie verwünschte Said auf Türkisch.

»Lassen Sie Ihren Frust nur raus, solange Sie noch können, Miss Aydin.« Said drehte sich wieder zu Jill. »Ach ja, vorhin haben wir per Funk erfahren, dass sie beide auf dem Weg zu uns sind und dass Ihr junger Assistent gerade ein unfreiwilliges Schläfchen macht. Sie sollten wirklich aufhören, ihn Wache schieben zu lassen, dazu ist er völlig unbrauchbar. «

»Sie verdammter Mistkerl«, keifte Jill. »Wenn Sie ihm auch nur ein Haar krümmen ...«

»... dann kriegt er endlich mal eine anständige Frisur!« Said bleckte die Zähne und fuhr fort: »Ob Sie es glauben oder nicht, Ihr Eintreffen macht uns überaus glücklich. Jede helfende Hand ist äußerst willkommen.«

Seine Männer lachten, und Said fügte an: »Aber sagen Sie uns, wie Sie aus dem Sarg entkommen sind? Ich glaube kaum, dass jemand Sie gefunden hat?«

»Ein Hund, der mehr Würde besitzt als ihr alle zusammen, hat mich ausgegraben«, erwiderte Jill spöttisch.

Alain ging dazwischen. »Du hättest auch einfach nach Luxor zurückkehren können, Carter. Aber dir kann es nie genug Abenteuer sein, nicht wahr?« Er trat an Jill heran, durchsuchte sie und nahm ihr die Tasche weg. Schließlich hielt er Jills Flachmann tadelnd hoch. »Och, du trägst das olle Ding noch mit dir rum? Und füllst es immer noch mit dem gleichen Gesöff auf? Du solltest lernen, wann es Zeit ist, loszulassen. Und die eine Kugel, die wir dir nach alter Piratensitte in der Pistole übrig gelassen haben, hast du ebenfalls nicht benutzt.« Alain seufzte gespielt. »Nun gut, wie Amun bereits gesagt hat, sind wir froh, wenn du uns ein bisschen *zur Hand gehst.*«

Wieder lachten die Verbrecher auf. Jill beschlich ein mulmiges Gefühl. »Warum sollten wir euch helfen?«

»Ich könnte dir jetzt damit drohen, deinen sogenannten Assistenten in den ewigen Schlaf zu versetzen«, sagte Alain. »Aber ich kenne dich. Du willst doch auch wissen, was hier unten auf uns wartet, nicht wahr?«

Jill verzog den Mund vor Abscheu. *Ich habe Daniel da reingezogen, mir bleibt keine Wahl.* »Auf der Hinweistafel steht: *Die heilige Hand wird der Eule der Athene Flügel verleihen.* Aber ihr kommt nicht weiter, habe ich recht?«

»Wie immer weißt du Bescheid. Ich bin nicht überrascht.« Alain machte eine einladende Geste und drehte einen Scheinwerfer zum hinteren Ende des zwei Meter breiten Korridors. »Darf ich präsentieren: *die hundertste Tür der Panagia Ekatontapiliani.*«

Erst jetzt sah Jill, was sich am Ende des Gangs befand: eine Steinskulptur in Form einer drei Meter großen Eule. Der steinerne Kauz, offensichtlich die Eule der Athene oder eben der Minerva darstellend, hielt seine beiden Flügel wie verschränkte Arme schützend unter seinem Kopf zusammen.

Die Flügel sind bewegliche Pforten. Wenn die Eule fliegt, dann öffnet sich das Tor.

Jill ging langsam zu der Eule. Die anderen hinter ihr hielten Abstand, Dr. Said zielte mit seiner Waffe auf Yasmins Kopf. »Dr. Carter, wollen Sie nicht Ihr Glück versuchen? Ich hoffe bloß, Sie haben ein besseres Händchen als einer meiner Männer gestern.«

Diesmal lachte niemand. Vor der Eule auf dem Boden waren einige Spritzer Blut. Die Blutspur führte zu einer kleinen Nische auf der Seite. Darin eingebettet lag eine ihr wohlbekannte steinerne Halbkugel mit fünf Löchern.

Sie haben den gleichen Mechanismus wie in Paleochora benutzt, dachte Jill.

Aber ist es auch die identische Kombination?

»Diese Ingenieure aus Alexandria waren verdammt pfiffige Kerle«, raunte Said. »Gestern hatte einer meiner Männer die Hand in die Kugel gesteckt, um die Pforte zu öffnen. Zuerst hatte ihm eine Trennscheibe die Hand abgeschnitten, danach ist er durch eine Falltür in ein Loch gefallen. Wir haben gerade noch gesehen, wie er von spitzen Speeren aufgespießt wurde, bevor sich die Tür wieder schloss. Er liegt jetzt noch da unten.«

Jill stellte sich vor die Nische mit der Halbkugel. Dünne, kaum erkennbare Rillen am Boden entlang der Mauer zeigten Umrisse der Platte, die durch einen Auslöser herunterklappen würde. Die Löcher in der Steinkugel befanden sich in der gleichen Position wie in Paleochora, sie waren ebenfalls für eine linke Hand erbaut. *Nur diesmal verlierst du nicht nur eine Hand, sondern alles.*

»Lass dich nicht auf dieses Spiel ein, Jill. Sie bringen uns sowieso um«, schrie Yasmin und spuckte verächtlich auf den Boden.

Alain grinste. »Hat sich da eine kleine Romanze aufgebaut? Dabei bin ich gerade mal zwei Tage weg gewesen!« Er zog seine Waffe und richtete sie auf Jill. »Öffne das Tor!«

Jill schüttelte ihre linke Hand, als müssten sie für die bevorstehende Aufgabe gelockert werden. *Die heilige Hand wird der Eule der Athene Flügel verleihen. Eine Hand ohne Zeigefinger. Falls ich mich täusche, wird dies mein letzter Irrtum sein.*

Vorsichtig griff sie mit ihren Fingern in die Kugellöcher hinein, nur den Zeigefinger ließ sie aus. Niemand sagte ein Wort, alle starrten auf Jill. Mit den Fingerspitzen berührte sie die wohlbekannten Auslöser auf dem Grund der Einbuchtungen. Jill hielt den Atem an und schloss die Augen. Dann drückte sie die vier Auslöser durch.

Nichts geschah.

Erleichtert atmete sie wieder aus und spürte ihr Herz heftig schlagen. *Warum bin ich nicht einfach Buchhalterin geworden?* Sie drehte die Halbkugel im Uhrzeigersinn herum. Wie schon in Paleochora funktionierte der Mechanismus einwandfrei.

Ein Grollen kündigte die sich lösenden Gewichte an. Jill trat respektvoll einige Schritte zurück, als sich die tonnenschweren Steinflügel der Eule langsam zur Seite anhoben.

Dahinter kam ein dunkler Durchgang zum Vorschein.

Alain senkte erstaunt seine Waffe. »Woher hast du die Kombination gewusst?«

Jill antwortete nicht, sondern blickte in den niedrigen Gang vor ihr.

»Respekt, Dr. Carter«, sagte Said, »ich schlage vor, als Dankeschön dürfen Sie als Erste das Vermächtnis betreten. Hazem, gib ihr einen Leuchtstab.«

Jill nahm diesen wortlos entgegen und ging in den Gang hinein. Die niedrige Höhe des Korridors nötigte jeden dazu, leicht gebückt zu gehen. *Ein Klassiker. Dadurch betritt man das Vermächtnis mit gesenktem Haupt, ein erzwungenes Zeichen der Demut.*

Nach wenigen Metern erreichte Jill einen Raum, der leicht größer war als die Räume in Alexandria und Paleochora. Sie warf den Leuchtstab in die Dunkelheit hinein und staunte: Diesmal stützten keine Säulen die Decke, dafür zierten griechische Büsten die Mauern, direkt in die Wände eingearbeitet. Zahllose leere Augen und Münder starrten vor sich hin. An den Wänden hingen einige uralte Fackeln, und in der hinteren Ecke der Kammer plätscherte ein kleiner Brunnen.

Jill schenkte solchen Details keine Aufmerksamkeit. Sie fixierte nur den Gegenstand, der im Halbdunkeln etwa zehn Meter entfernt vor ihr lag. *Das ... das kann nicht sein. Ich träume.*

Nun trat auch Alain mit dem Scheinwerfer hinter ihr hervor. Das helle Licht ließ das Objekt aufblitzen, und beide vergaßen für einen Augenblick alles um sich herum, sogar ihre Feindschaft.

Das Objekt war eine einfache, goldfarbene Kiste, fast zwei Meter breit und knapp einen Meter hoch. Sie lag leicht erhöht auf einem kleinen Podest. Eine scheinbar normale Kiste, doch die zwei goldenen Tierfiguren auf der Deckplatte der Truhe ließen Jill und Alain verstummen. Die gefiederten Tiere standen einander zugewandt, ihre Köpfe waren nach unten zur Deckplatte geneigt, und ihre ausgebreiteten Flügel hielten sie schützend über die Kiste.

Jill schluckte. *Cherubim. Engelsgleiche Wesen. Das ist unmöglich!*

Alain fand als Erster seine Sprache wieder. »Ich will verdammt sein. Diese Kiste sieht aus ...«

»... wie die Bundeslade«, sagte Jill.

LXVI

»*Mon dieu*«, wisperte Alain in den Raum hinein.

»Das Vermächtnis ist *die Bundeslade?*«, raunte Jill ungläubig. Sie konnte immer noch nicht fassen, was sie vor sich sah. Nun traten Yasmin, Said, Hazem und die zwei Männer in die Kammer hinein und stellten sich neben Alain und Jill. Said riss die Augen auf. »Ist es das, wofür ich es halte?«

»Eine goldene Kiste?«, fragte Hazem schulterzuckend.

»Nicht irgendeine Kiste!« Alain starrte weiter auf das Artefakt. »Das ist die Bundeslade, das heiligste Heiligtum des Volkes Israel. Darin lagerten laut dem Alten Testament die Zehn Gebote von Moses. Sie gilt seither als Symbol für den Bund der Israeliten mit Gott, daher nennt man sie Bundeslade.«

Jill ergänzte: »Gemäß der Legende brachte König Salomon die Lade seinerzeit in den ersten Tempel in Jerusalem, bis die Babylonier die Stadt zerstörten. Seit 2500 Jahren fehlt von der Lade jede Spur.« *Und jetzt steht sie einfach da.*

»Also der Jackpot!« Einer von Saids Männern frohlockte. »Worauf warten wir noch?«

Said hob gebietend die Hand. »Keiner rührt sich. Vergesst nicht die Hinweise auf der Tafel: *Hinter der hundertsten Türe sollen die Weisheit von Alexandria und die Schriftrolle des Jesus ruhen, bis der Würdige in Demut ein Opfer gibt.*«

»Ein Opfer geben. Also Fallen.« Alain nickte. Plötzlich wandte er sich an Jill und winkte mit dem Lauf seiner Pistole in Richtung Bundeslade. »Ich denke, wir haben schon eine Freiwillige, nicht wahr?«

Said verzog sein Gesicht ebenfalls zur Grimasse, schlang seinen Arm um Yasmins Hals und hielt ihr die Waffe an den Kopf. »Was soll denn jetzt noch schiefgehen, Dr. Carter?«

Jill verkniff sich einen hörbaren Kommentar und dachte nur: *In der Hölle wartet ein VIP-Bereich auf euch Arschlöcher.*

Sie stellte sich vor die Reihe und leuchtete mit ihrer Stiftlampe auf beide Seiten des Raums. Mit leeren Blicken starrten die Büsten der Berühmtheiten aus der Antike in die Kammer. Sie konnte nicht erkennen, ob die Augen und Münder aus tiefergehenden Löchern bestanden oder nur zur Zierde dienten. Auf den quadratischen Bodensteinen vor ihr hatte jeweils genau ein Fuß Platz.

Noch vor drei Tagen hatte sie Daniel darüber belehrt, dass keine antiken Fallen mit aus der Wand herausschießenden Pfeilen existieren konnten. Die dazu benötigten Spannvorrichtungen würden binnen Monaten erschlaffen, geschweige denn nach Jahrhunderten noch funktionieren. Archimedes-Erfindungen hin oder her. Archäologie in der Realität hatte nichts mit Hollywood gemeinsam. *Verdammt, diese Büsten glotzen mich aber an wie im Film.*

Alain witzelte: »Na los, du Heldin! Oder denkst du, ein Blitz wird dich treffen?«

Vorsichtig tappte Jill mit dem Fuß einen Bodenstein an. Zuerst mit wenig, dann mit etwas mehr Druck. Der Stein rührte sich nicht.

Wieder beschleunigte sich ihr Puls auf die Herzfrequenz eines zugedröhnten Techno-DJs. Sie fasste sich und trat nun mit dem vollen Gewicht auf den Stein. Kein Surren fliegender Pfeile erklang. Nur gebannte Stille erfüllte den Raum. *Bis der Würdige in Demut ein Opfer gibt. Ich bin demütig. Sollte ich etwa hinknien?*

Misstrauisch leuchtete Jill zur Decke. Nichts wies darauf hin, dass bald eine Axt auf sie niedersausen könnte.

»Kennst du das elfte Gebot, Carter? Es lautet: *Beweg endlich deinen Arsch!*«, zischte Alain ungeduldig.

Die Lade stand noch etwa acht Meter von Jill entfernt. Aus dieser Perspektive kam hinter der Truhe etwas zum Vorschein: Ein kreisförmiger Steintisch mit einer Erhebung in der Mitte, es sah aus wie ... *ein Altar.*

Schweißperlen bildeten sich auf ihrer Stirn, trotz der kühlen Luft hier unten. *Bis der Würdige in Demut ein Opfer gibt. Jetzt oder nie.*

Mit einigen Sprüngen hechtete sie bis kurz vor die Bundeslade und kniete sich hin.

Ich bin noch heil! Das Opfer muss wohl auf dem Altar dahinter gegeben werden.

Yasmin atmete hörbar aus. Alain klatschte in die Hände und rief: »Na also, die ganze Aufregung war umsonst. Die Lade gehört uns!«

Jill stand auf und betrachtete das heilige Artefakt aus der Nähe. Im Schein ihrer Lampe funkelte das Gold verführerisch. Doch plötzlich stutzte sie.

»Es ist nicht die Bundeslade.«

»Was?« Alain stürmte nach vorn, gefolgt von den anderen.

Jill leuchtete die beiden gefiederten Tiere auf der Deckplatte an. »Das sind keine Cherubim.«

Alain sah es auch. »Natürlich. Zwei Eulen der Athene. Das ist nicht die Bundeslade, sondern eine Nachbildung, die das Heiligtum der Weisheit symbolisiert: das Vermächtnis von Alexandria.«

Said schob Yasmin vor sich her. »Aber von welchem Opfer ist im Hinweis denn die Rede?«

Alain bemerkte nun ebenfalls den Opfertisch hinter der Truhe. »Es scheint, als wären die Hüter des Vermächtnisses doch nicht so blutrünstig wie angenommen«, sagte er. »Verlangt waren wohl eher ein paar Tropfen geweihten Wassers auf diesem Altar.«

»Vielleicht sollten wir die Chance auf ein richtiges Opfer nutzen, nicht?« Said blickte streng. »Bindet die beiden am Altar fest!«

Seine Helfer schoben die beiden Gefangenen um die Truhe herum und banden deren Hände mit Seilen an die steinernen Henkel fest. Jill und Yasmin standen nun an entgegengesetzten Enden des Altars und mussten zuschauen, wie Alain und Hazem den Deckel der Kiste anhoben und auf die Seite legten.

Alain lächelte zufrieden. »Was für ein Anblick!«

Dutzende Schriftrollen lagen fein säuberlich aufeinandergestapelt vor ihnen, einige davon versiegelt. Die meisten Schriftstücke schienen angeschimmelt und in einem schlechten Zustand zu sein.

»Welches ist wohl die Jesus-Rolle?«, fragte Said.

»Wir untersuchen die Schriftstücke am besten auf deinem Schiff, hier unten ist es zu feucht.« Und verärgert fügte Alain an: »Sie hätten die Rollen besser schützen sollen. Aber ich habe eine Vermutung, wo die Jesus-Rolle liegt.«

Er deutete auf eine kleine Schatulle aus Holz an der linken Innenwand der Truhe. Auf dem Kästchen prangte ein Symbol, das Jill auch von ihrer Position aus erkennen konnte.

»Das byzantinische Kreuz«, sagte Alain, »Vorbild für etliche Embleme von verschiedenen Gruppierungen wie der Templer- oder Malteserorden. Diese Form des Kreuzes kam um etwa fünfhundert Jahre nach Christus auf, also zur gleichen Zeit, als diese Kammer erbaut wurde. Wir sind endlich am Ziel.«

Said riss seine Augen gierig auf. »Sujan, Karim, tragt die Kiste sorgfältig hinaus!«

Die beiden Männer steckten ihre Waffen weg und stellten sich je einer vor und einer hinter die Truhe. Wie bei der Bundeslade besaß diese Kiste an den oberen Ecken abstehende Ringe, durch die auf jeder Seite Stäbe zum Tragen angebracht waren. Sie hoben den Schatz langsam an.

Sofort ließ ein lauter Knall alle im Raum zusammenzucken. Beim Durchgang befand sich das gleiche Eulentor wie beim Eingang, und die steinernen Flügel fielen nach unten und verschlossen den einzigen Ausgang der Kammer. Gleichzeitig schoss Wasser aus sämtlichen Augen und Mündern der Büsten.

»Eine Falle!«, schrie Alain und duckte sich.

Plötzlich durchdrang ein dumpfes Zischen die Kammer, als würde jemand einen gigantischen Blasebalg zusammendrücken. Sekundenbruchteile später schossen Pfeile aus den Augen der in den Wänden eingelas-

senen Eulen heraus und durchbohrten die beiden Männer mit der Lade. Die Getroffenen sackten tödlich verletzt zu Boden. Die Truhe senkte sich und drückte
durch ihr Gewicht den Auslöser wieder in den Boden.

Augenblicklich versiegte der Wasserfluss aus den
Wandbüsten. Beim Eulentor schwangen die Flügeltüren knarrend wieder auf.

»Verdammt, das darf doch nicht wahr sein!« Alain
blickte verblüfft die Toten an. Eine unheimliche Stille
herrschte im Raum.

Druckluft!, dachte Jill. *Ein Gewicht komprimiert genügend Luft, um Pfeile mit ungeheurer Wucht aus einem Rohr zu schießen. Unglaublich.*

Said stand als Erster wieder auf. »Das Opfer ist somit
dargeboten. Das Vermächtnis gehört nun uns, so wie es
die Tafel von Paleochora besagt.« Gleichgültig blickte er
über seine toten Männer hinweg. »Lasst uns das Tor
blockieren. Dann ziehen wir die Truhe seitwärts weg
und tragen sie so schnell wie möglich hinaus.«

Hazem sammelte zwei herumliegende Steine und blockierte damit die zwei Flügeltore. Dann stellte er sich
mit Alain seitlich zur Kiste. Langsam zogen sie an der
Lade. Sobald kein Gewicht mehr auf dem Auslöser lastete, ertönte wieder ein Surren. Pfeile schossen aus den
Mündern der Eulen, ohne diesmal ein Ziel zu finden.
Harmlos prallten sie an der gegenüberliegenden Wand
ab. Wieder schoss Wasser aus den Büsten, doch die Flügeltore blieben offen. Hazem und Alain trugen das Vermächtnis durch den Korridor hinaus. Als sie zurückkehrten, stand das Wasser bereits bis zu den Knöcheln.

Alain winkte zum Abschied. »*Au revoir*, meine
Freunde. Unsere Wege trennen sich leider hier.«

»Du kannst uns hier unten doch nicht verrotten lassen!« Yasmin schäumte vor Wut. »Was seid ihr nur für Menschen!«

»Wir sind jene, die für einen höheren Zweck ausgewählt wurden, meine Liebe«, sagte Said laut, um den Lärm des hereinsprudelnden Wassers zu übertönen. »In ein paar Tagen wird die christliche Welt zugeben müssen, dass ihr Messias einzig und allein dafür gestorben ist, den wahren Propheten Gottes anzukünden: Nämlich Mohammed, Friede sei mit ihm. Zweitausend Jahre Lügen und Intrigen werden wie ein Kartenhaus zusammenbrechen. Und auf den Ruinen des Christentums wird ein neuer, gewaltiger Islam entstehen.«

Hazem wandte sich an Said. »Wollen Sie Sujan und Karim einfach so daliegen lassen? Schließlich haben die beiden über Jahre für Sie gedient.«

»Wir können ihre Leichen nicht einfach durch die Stadt tragen! Außerdem wussten sie, worauf sie sich einlassen. Nimm ihnen die Waffen und die Handys ab, beeil dich!«

Hazem blickte ihn düster an, sagte jedoch nichts. Er nahm den beiden toten Männern die besagten Gegenstände ab und sprach dabei jeweils ein kurzes Gebet. Dann verließen er und Said die Kammer.

Alain musterte Jill und Yasmin noch einmal. »Mir bricht echt das Herz. Aber ich bin kein Unmensch, hier«, er zog eine Zigarette hervor, »noch ein letztes Geschenk von mir.« Er zog die Stiftlampe aus Jills Brusttasche und steckte stattdessen die Zigarette hinein.

»Ein Feuerzeug hast du nicht zufällig auch übrig?«, fragte Jill ohne Überzeugung.

Alain schaute sie grimmig an. »Für wie blöd hältst du mich? Du planst bestimmt schon, wie du hier rauskommst. Doch diesmal gibt es kein Entrinnen, *Indiana Jill*.« Er hielt ihre Stiftlampe hoch und zerschlug den Leuchtkopf wuchtig auf dem Altar.

»Möge der Glaube euer Licht sein in der Finsternis!«

Grinsend stellte er den Scheinwerfer ab und lief zum Ausgang. Nur noch der Leuchtstab von vorhin tauchte den Raum in ein schummriges, rotes Licht.

»Alain!«, rief Yasmin. »Wenn du mich je geliebt hast, dann geh jetzt nicht!«

Alain verharrte einen Moment. Dann lachte er auf. »Jetzt eine Beziehungsdiskussion zu führen, ist echt ein schlechter Zeitpunkt.« Er grinste, riss die Steine bei den Torflügeln weg und verschwand im dunklen Korridor. Das Steintor schloss sich krachend.

LXVII

19.31 Uhr

Yasmin zerrte an ihrem Strick und schrie Alain hinterher. »*Pis orospu çocuğu!*«

Jill wusste auch ohne Dolmetscher, dass es sich dabei nicht um eine Liebeserklärung handelte. Ein lautes Dröhnen drang vom Durchgang her zu ihnen. Sie hörten, wie sich das Eulentor auf der anderen Seite schloss.

»Allah belanı versin!«, rief Yasmin außer sich.

Das Wasser toste weiter in die Kammer hinein, es reichte ihnen bereits bis zu den Knien. Jill dachte fieberhaft nach, wie sie sich von den Fesseln befreien konnte.

»Cehennemde yanacaksın!«

»Yasmin, beruhige dich, wir müssen uns konzentrieren! Uns bleibt nicht mehr viel …«

»… kannst du das glauben? Er ist einfach abgehauen! Und lässt mich hier mit dir und zwei toten Typen zurück! Du bist das ja gewohnt, du wirst andauernd mit Leichen begraben, aber für mich ist das neu! Und dabei habe ich dieses französische Arschloch mal geliebt!« Tränen der Wut und der Enttäuschung traten in ihre Augen.

»Trauern können wir, wenn wir draußen sind«, sagte Jill. »Kannst du dich von den Fesseln befreien, Yasmin? Oder hast du etwas, um die Seile durchzuschneiden, vielleicht eine Nagelfeile, oder …«

»DENKST DU ETWA, ICH BIN EINE DIESER TUSSIS, DIE STÄNDIG EINE NAGELFEILE MIT SICH HERUMTRÄGT??«

»N… nein, aber wir müssen uns befreien, und der Leuchtstab brennt nicht ewig.«

»Sie nennen dich doch Indiana Jill, kennst du keinen Zaubertrick, damit die Fesseln sich auflösen?«, fragte Yasmin schnippisch.

Jill seufzte. »Indiana Jones ist kein Houdini, und ich bin es auch nicht.« Sie beugte sich zu ihren gefesselten Händen herunter und begann, an den Seilen zu nagen. Währenddessen verdrehte Yasmin den Rücken, um mit ihrer Hand in ihrer Hosentasche zu kramen. Plötzlich zog sie einen Gegenstand hervor.

Verdutzt blickte Jill sie an. »Du hast ein Taschenmesser und zeigst es mir erst *jetzt?*«

Yasmin zuckte unschuldig mit den Schultern. »Ich musste zuerst meinen Ex-Freund verfluchen. Zum Glück haben Alains Helfer das Taschenmesser nicht entdeckt. Es ist von Daniel, er hat es mir auf dem Weg nach Paros gegeben.«

Daniel! Auch er schwebte in höchster Gefahr.

Yasmin benötigte keine Minute, um ihr Seil durchzuschneiden. Anschließend befreite sie auch Jill. Der Wasserpegel stieg unerbittlich weiter.

Schnell holte Jill ihre zerschlagene Stiftlampe vom Altar und prüfte sie, doch die LEDs leuchteten nicht mehr. Also griff sie sich den Leuchtstab und ging zum Eulentor. »Unsere Rucksäcke sowie Handys haben sie uns abgenommen. Aber hier unten hätten wir sowieso keinen Empfang. Wir müssen durch die beiden Steintore wieder hinaus, es geht nicht anders.«

Jill untersuchte die geschlossenen Steinflügel. Auf dieser Seite des Tores gab es keine Halbkugel mit Löchern und ein anderer Mechanismus war nicht ersichtlich. Sie drückte sich gegen die Flügel, doch diese rührten sich kein bisschen.

Ohne Sprengstoff kommen wir hier nicht raus, nicht mal ein Feuerzeug haben wir. Und in einer halben Stunde ist die Kammer mit Wasser vollgelaufen. Wir werden wie die Ratten ertrinken.

Das rote Licht des Leuchtstabes glomm kaum noch wahrnehmbar in der Dunkelheit. Jill watete durch das Wasser, das ihr bereits bis übers Knie reichte, zum Altar zurück. »Vielleicht können wir eine Art Rammbock bauen oder ... Yasmin? Wo bist du?«

»Hier!«

Die Stimme erklang direkt neben ihrem Ohr und Jill fiel vor Schreck fast ins Wasser, doch sie fasste sich schnell wieder. »Hast du etwas entdeckt?«

»Leider nein«, antwortete Yasmin zitternd. »Und langsam ist es zu dunkel.«

»Du hast nicht zufälligerweise noch ein Feuerzeug in deiner Hosentasche? Gleich neben der Nagelfeile? Wir könnten etwas Licht und Wärme vertragen.«

»Nein, ich habe kein Feuerzeug«, antwortete Yasmin. »Aber vielleicht einer der beiden hier.«

»Natürlich!« Jill ärgerte sich, dass sie selbst nicht früher daran gedacht hatte. Hastig untersuchte sie die erste der beiden Leichen, die auf der Wasseroberfläche trieben.

»Ein Zündholzbriefchen!« Sie fuhr mit den Händen darüber. »Aber es ist triefend nass.« Bei der zweiten

Leiche fand sie nichts außer einer halb leeren Packung Kaugummi.

»Der Leuchtstab schafft es nicht mehr lange«, sagte Jill. »Wir haben zwar ein Schweizer Taschenmesser und etwas Kaugummi, aber nicht mal MacGyver könnte damit ein Feuer herbeizaubern.«

Yasmin nahm Jill die Packung mit den flachen Kaugummis aus der Hand. Sie steckte sich einen davon in den Mund und glättete die Kaugummifolie. Plötzlich fragte sie: »Sind in deiner Stiftlampe die Batterien noch drin?«

Jill schraubte den Verschluss am Ende der Lampe auf und nahm zwei Batterien heraus. »Ja, warum?«

»Vielleicht habe ich eine Idee.« Yasmin öffnete das Taschenmesser und schnitt aus der gefalteten Kaugummifolie ein lang gezogenes V aus. Anschließend entfaltete sie die Folie wieder, sodass es in der Mitte nur noch eine dünne Stelle gab. »Ich schaue mir ab und an Lifehacks im Internet an, habe es aber noch nie selbst probiert. Gib mir eine der Batterien und etwas leicht Brennbares.«

Jill lief zur Wand und nahm eine der alten Fackeln aus der Halterung. Dann riss sie kurzerhand einen Streifen des Innenfutters ihrer Jacke heraus und wickelte diesen rundherum. »Die Fackeln sind trockener als eine Beduinensandale. Was hast du nun vor?«

Yasmin drückte den Rand der Folie mit dem Daumen an den Minuspol der Batterie. »Die Kaugummifolie leitet Strom. Ich habe sie so zugeschnitten, dass es eine dünne Stelle gibt, wo der Strom-Widerstand am größten wird.«

Sie drückte nun das andere Folienende an den Pluspol. Einen Sekundenbruchteil später loderte eine kleine Flamme an der dünnsten Stelle in der Folienmitte auf und das Kaugummipapier begann zu brennen.

Dies genügte Jill, um den Stoff anzuzünden. Bewundernd schaute sie zu Yasmin. »Im Vergleich zu dir ist MacGyver ein Bienchen-Pfadfinder.«

Yasmin schnappte sich eine weitere Fackel und nahm sich ebenfalls Feuer. »Beim Kaugummikauen kommen mir immer die besten Ideen. Aber ob uns das weiterbringt?«

Sie standen bereits bis zu den Oberschenkeln im Wasser. Im Licht der Fackeln suchten sie die Wände der Kammer ab. Nach einer Weile sagte Yasmin hoffnungslos: »Und wenn es diesmal keinen zweiten Ausgang gibt? Wenn dieser Ort unser Grab wird?«

»Es gibt immer einen Weg«, sagte Jill entschlossen. *Wir müssen ihn nur schnell genug finden.*

LXVIII

Vor der Küste von Paros, Griechenland

19.43 Uhr

Als Daniel die Augen aufschlug, dachte er im ersten Moment, er träume: Vor ihm lag ein eleganter Salon mit rotem Teppich und Chesterfield-Sesseln. In der Ecke stand eine Bar mit einem ansehnlichen Sortiment an Spirituosen.

Er schien allein zu sein. Das leise Rauschen eines Motors sowie das sanfte Schaukeln des Raumes verriet ihm, dass er sich auf einem Schiff befinden musste. Quälendes Kopfweh machte ihm rasch klar, dass er voll bei Sinnen war.

Durch ein Fenster sah er nur schwarze Nacht. Er versuchte aufzustehen und bemerkte erst jetzt, dass seine Hände mit einem Seil an ein Leitungsrohr an der Wand gebunden und seine Füße gefesselt waren. Doch bevor ihn Panik erfassen konnte, zog etwas ganz anderes seine Aufmerksamkeit auf sich: Eine goldene Truhe mit zwei gefiederten Tieren auf dem Deckel stand mitten im Salon.

In diesem Moment traten Alain, Hazem und Said ein.

»Hallo, Praktikant!« Alain war äußerst guter Laune. »Carter und Yasmin können leider nicht zu unserer Party kommen, sie wurden von den Flügeln des Schicksals aufgehalten.«

Said und Hazem lachten kurz auf. Daniel starrte Alain hasserfüllt an. »Du hast uns alle belogen!«

»Wie süß!« Alain säuselte weiter: »Der junge Hund wird übermütig und bellt mich an. Etwa so bedrohlich wie ein niesendes Baby.« Mit todernstem Blick fuhr er fort. »Schon bald bist du Fischfutter.«

»Dem Praktikanten wird eine besondere Ehre zuteil.« Said deutete auf die Truhe. »Hier steht sie, die wohl größte archäologische Sensation dieses Jahrhunderts, ach was, des Jahrtausends!«

»Es ging um die Bundeslade?«, fragte Daniel.

»Es ist nicht die Bundeslade, nein«, antwortete Alain. »Diese Truhe ist das wahre Vermächtnis von Alexandria, die letzten Überreste der einst stolzesten Bibliothek der Antike. Bald werden wir nicht nur erfahren, welche Meisterwerke sich über die Zeit gerettet haben, sondern auch, was Jesus uns mitteilen wollte.«

»Bevor wir jedoch zur Enthüllung schreiten«, fuhr Said fort, »muss ich noch eine kleine Mutation in der Crew bekannt geben.« Er zog eine Pistole, stellte sich vor Daniel und richtete sie auf dessen Kopf. Daniel zuckte vor Schreck zusammen und schloss die Augen.

Nichts geschah.

Als er die Augen wieder öffnete, zeigte der Lauf von Saids Waffe nicht mehr auf ihn, sondern auf Alain.

»Nun, Monsieur Dumant«, sagte Said. »Für Sie habe ich leider keine Verwendung mehr.«

Alain gab sich erstaunlich gelassen. Er hob bloß die Hände hoch und sagte: »Bevor du den Abzug drückst, Said, sollte ich dir noch etwas erzählen.« Er ging langsam rückwärts und setzte sich auf einen Sessel.

»Wenn du denkst, du kannst dich aus dieser Geschichte herausreden, dann irrst du dich«, sagte Said. »Das Vermächtnis gehört mir, genauso wie das goldene

Schwert und die Tafel von Paleochora. Ich teile weder die Ehre noch den Gewinn mit dir, du ungläubiger Abschaum.«

Alain schien nicht im Geringsten beeindruckt. »Vor einigen Monaten, als wir die Wand der Wissenschaftler im Serapeum entdeckt haben, hast du mich kontaktiert und mir eine rührende Geschichte erzählt: Wie ein Amerikaner namens Tyler Brooks deine Familie ermordet hat, um ein Stück Pergament zu ergattern. Den Text darauf kann ich auswendig: *Im Serapeum verwahrt, liegen die Schriften der größten Denker ihrer Zeit. Das goldene Schwert ist der Schlüssel und der Weg zu den Prophezeiungen des Jesus Christus, auf dass sein angekündigter Messias der letzte sei!*«

Said kniff die Augen zu. »Na und?«

»Anschließend hast du mir in vielen Details erzählt, wie dieser Tyler Brooks Jahre später als Archäologe nach Alexandria kam und beim Serapeum mit Ausgrabungen begann. Du hast den guten Mann wiedererkannt und kurzerhand umgebracht. Außerdem hast du ihm das Stück Pergament entwendet, das er deinem Vater geklaut hatte.«

»So war es!« Said schnaubte. »Dieser Hund hatte den Tod verdient, und ich verwende seither all meine Energie darauf, jene Schriftrolle zu finden, die sich in *dieser* Kiste hier befindet.«

»Jaja, wie auch immer«, sagte Alain mit gespielter Langweile. »Was du aber nicht wusstest: Als du mir das Fragment gezeigt hast, habe ich den Text darauf bereits gekannt.«

Said stutzte. »Was willst du damit sagen?«

»Du musst wissen, ich habe meinen Vater nie kennengelernt. Er hat meine Mutter geschwängert und sie dann sitzen lassen. Sie wusste so gut wie nichts über ihn oder hielt es vor mir geheim. Als ich jedoch volljährig wurde, erhielt ich ein Paket mit Vaters Habseligkeiten, verschickt von seinem Anwalt. Ich erfuhr, dass mein Vater ermordet wurde, als ich zehn Jahre alt war.«

Daniel bemerkte, wie die Waffe in Saids Hand leicht zitterte.

»Im Paket befand sich das Tagebuch meines Vaters. So habe ich nicht nur etwas über seine Arbeit erfahren, sondern fand auch eine Kopie deines Fragments darin. Ab diesem Moment wusste ich, dass ich Archäologe werden wollte. Wegen des Fragments selbst meldete ich mich bei Faruk Aydin, als ich hörte, dass er sein Glück beim Serapeum versuchte.«

Said traten Schweißperlen auf die Stirn. »Dein Vater war ...«

»... Tyler Brooks, ganz richtig. Der Mann, der deine Familie getötet hat. Und der Mann, den du umgebracht hast.«

»Umso besser«, sagte Said. »Dann richte ihm in der Hölle einen Gruß von mir aus!« Er zog am Abzug. Doch seine Waffe gab nichts als ein Klicken von sich. Verdutzt schaute Said zu Alain.

Dieser lächelte spöttisch. »Dass ich dir nicht vertrauen konnte, war abzusehen. Sogar Carter wusste es.«

Alain stand auf und zog seine eigene Waffe. »Du dachtest, in deinem Spiel wärst du der König und ich nur ein kleiner Bauer. Dabei war es die ganze Zeit umgekehrt. Nun kann ich meinen Vater endlich rächen.«

Hilfe suchend blickte Said zu Hazem. Doch sein Bodyguard trat nur ein paar Schritte zurück. »Sie haben uns wie Dreck behandelt und zudem miserabel bezahlt.«

Saids Augen glühten vor Hass, wütend schmetterte er seine Waffe auf den Boden. »Ihr verdammten Hunde! Ohne mich wärt ihr nichts, gar nichts, und so dankt ihr ...«

Alain schoss dem Mann erbarmungslos in den Kopf. Stücke von Saids Gehirn flogen auf den Teppich und auf den geschockten Daniel. Mit einem dumpfen Knall sank Saids lebloser Körper zu Boden.

Alain drehte sich mit kalten Augen zu Daniel um. »Und nun zu dir, Praktikant. Hazem, bring ihn zum Hinterdeck.«

Hazem befreite Daniel vom Leitungsrohr, nur um ihm gleich wieder die Hände vor dem Bauch zu fesseln. Dann packte er Daniel hinten am Kragen und schleifte ihn über den Boden bis zum Hinterdeck, wo ihn Alain bereits erwartete.

»Du lebst bloß noch, weil du Informationen hast, die ich vielleicht benötige«, sage Alain zu Daniel. »Also, es ist ganz einfach: Die Küste von Paros ist im Moment ungefähr zehn Kilometer entfernt, und du bist an den Händen und Füßen gefesselt. Ich werde dir nun eine Frage stellen. Beantwortest du sie schnell und ehrlich, schneide ich das Seil durch und werfe dich über Bord. Dann hast du noch eine faire Chance, ans Ufer zu gelangen.« Er schnalzte mit der Zunge. »Wenn du nicht antwortest oder zögerst, schmeißt dich Hazem gefesselt ins kalte Wasser. Dann sinkst du innerhalb von Minuten auf den Grund. Alles klar?«

Daniel zitterte am ganzen Leib. »Du bringst mich ja sowieso um. Warum sollte ich dir vertrauen?«

Alain zog ein Messer hervor und hielt es Daniel vors Gesicht. »Weil dir verdammt noch mal keine andere Wahl bleibt.«

Mit Tränen in den Augen nickte Daniel.

»Na also.« Alain schaute ihn erwartungsvoll an. »Was habt ihr vor drei Tagen in Luxor entdeckt?«

Daniel atmete kurz durch und erzählte Alain, was er wusste.

»Und das Siegel war wirklich intakt?«, fragte Alain erstaunt.

»Ohne einen Kratzer.«

»Und neben dir und Carter weiß nur dieser Achmed davon?«

Daniel bejahte resigniert. Er konnte sich nur knapp auf den Beinen halten.

»Ganz brav«, sagte Alain. »Danke für die Infos. Somit werde ich Achmed ebenfalls verschwinden lassen, und schon bald feiert mich die Welt nicht nur als Entdecker der Jesus-Rolle, sondern auch als den größten Ägyptologen seit Howard Carter!«

Daniels Augen weiteten sich vor Schreck. Soeben hatte er Achmeds Todesurteil unterschrieben.

Mit einem kruden Lächeln schnitt Alain ihm die Fußfesseln durch. »Du hast deinen Teil erfüllt, ich danke dir. Nun wünsche ich dir Petri Heil.«

»Moment, meine Handfesseln! So kann ich doch nicht schwimmen! *Bitte!*« Verzweifelt hielt Daniel seine Hände hoch, doch Hazem packte ihn und ließ ihn wie einen Sack Kartoffeln über Bord plumpsen.

Prustend tauchte Daniel auf, wild mit den Füßen zappelnd. Die Kälte des Meeres stach ihn wie Nadeln. Seine Kleider und Schuhe sogen sich sofort voll und hingen wie Blei an ihm. Rundherum herrschte Dunkelheit, nur die Lichter der Jacht erhellten die Meeresoberfläche. Er schnappte nach Luft und musste dabei mit ansehen, wie sich die Jacht rasant schnell entfernte und Alain ihm noch ein letztes Mal zuwinkte.

LXIX

19.49 Uhr

In der Kammer suchten Jill und Yasmin immer noch verzweifelt einen Ausweg. Plötzlich schrie Yasmin kurz auf, hechtete auf den Altar und zog die Beine hoch. »Da ... da ist etwas im Wasser. *Etwas Lebendiges!*«

Jill sah es auch und hielt die Fackel tiefer. Da war ein kleiner, dunkler Klumpen im Wasser. Und er bewegte sich.

Kurzentschlossen griff Jill nach dem Klumpen und hob ihn hoch. »Es ist nur ein Oktopus. Der wurde wohl mit dem Meerwasser hineingespült.«

Sie ließ das Tier wieder ins Wasser gleiten und stellte sich vor die Wand. »Vielleicht können wir mit den Büsten hier einen Mechanismus betätigen, damit zumindest das Wasser aufhört zu fließen.«

Yasmin schien sie gar nicht zu hören. Sie stand vom Altar auf und ging zum Tor. »Würdest du das Eulentor auch als Tür bezeichnen?«

»Was?«

Ohne die Frage zu wiederholen, fuhr Yasmin fort: »Und eigentlich könnte auch die Taufbecken-Pforte als Tür gelten.«

»Worauf willst du hinaus?«, erwiderte Jill ungeduldig und versuchte gleichzeitig, eine lockere Steinbüste aus der Wand herauszuziehen.

Yasmin hielt inne. »Der Priester hat behauptet, dass die Kirche ursprünglich siebenundneunzig Türen besaß.«

»Und?« Mit einem Ruck zog Jill die Steinbüste aus der Wand. Aus dem entstandenen Loch floss nun noch mehr Wasser hinein als vorher.

»Wenn der Taufbrunnen als die achtundneunzigste Tür zählt und das Eulentor als die neunundneunzigste ...«

Jill blickte sie erstaunt an. »... dann hätten wir die hundertste Tür noch gar nicht entdeckt. Du hast recht. Aber die goldene Truhe *muss* der Schatz sein, es sein denn ...«

»... sie diente nur zur Ablenkung vom *wahren* Vermächtnis!« Yasmin schaute sich in der Kammer um. »Nur wo ist diese letzte Tür?«

»Yasmin, dein Hintern ist schwarz.«

»Wie bitte?«

»Deine Hose sieht aus, als hättest du dich auf schwarze Farbe gesetzt.«

Yasmin klopfte kurz auf den Fleck. »Ist keine Farbe, bloß Dreck.«

Jill hörte gar nicht zu, sondern watete im hüfttiefen Wasser zum Altar und strich mit dem Zeigefinger über dessen Oberfläche. Sie zerrieb die schwarze Substanz zwischen den Fingern.

»Was ist?«, fragte Yasmin.

Jill hielt die Fackel in die Höhe und blickte zur Decke. Dann legte sie die Fackel auf den Altar und schälte sich aus ihrer Jacke: »Schnell, zieh deinen Pullover aus, wir müssen uns beeilen!«

LXX

19.51 Uhr

Verzweifelt schrie Daniel einen Hilferuf in die Nacht hinein. Nur um anschließend von einer erneuten Woge verschluckt zu werden.

Das kalte Wasser begann bereits, ihn zu lähmen. Er versuchte, im Rückenschwimmstil mit den gestreckten Armen hinter dem Kopf etwas zu entspannen. Aber die Wellen schlugen immer wieder über seinem Gesicht zusammen und er kam nicht vom Fleck.

Schließlich probierte er wild zappelnd in Richtung Küste vorwärtszukommen, aber mit gefesselten Händen war dieses Unterfangen aussichtslos. Die Lichter von Saids Jacht waren bereits im Dunkeln verschwunden und die Stadt Parikia gab nur ein schwaches Flimmern von sich.

Ich werde sterben. Allein.

Er schöpfte einzig Kraft aus seiner verzweifelten Angst, die ihn weiter über Wasser hielt. Wenn er nur die Hände benutzen könnte!

Plötzlich durchzuckte ihn ein Gedanke: *das Messer! In Alexandria hat mir ausgerechnet Alain ein Taschenmesser geschenkt! Ich könnte doch ...*

Er fluchte laut, als ihm einfiel, dass er dieses Messer Yasmin ausgeliehen und es seither nicht zurückbekommen hatte. Trotzdem kramte er, so gut es mit seinen verschnürten Händen ging, in den Hosentaschen herum, nur um sicherzugehen, dass er sich nicht täuschte. Plötzlich stutzte er. *Das Handy! Sie haben mein Handy vergessen!*

Als wäre es der Heilige Gral, hielt er das Gerät hoch und entriegelte zitternd den Sperrbildschirm. Der Ernüchterung folgte sogleich. *Kein Netz. Sie haben mein Handy nicht übersehen, sie wussten, dass es mir nichts* nützt.

Seine Tränen vermischten sich mit dem salzigen Wasser, das ihm unerbittlich Welle um Welle ins Gesicht klatschte.

LXXI

19.52 Uhr

Wie ein Feldherr stellte sich Alain vor der Truhe auf. Er zog sich sterile Handschuhe an, um seine DNS nicht auf dem Schatz zu hinterlassen. *Jetzt nur keine Fehler auf den letzten Metern machen.*

Langsam fuhr er mit seinen Fingerspitzen über die Oberkante des Deckels. Er hob den Deckel ab und legte ihn auf eine vorher ausgebreitete Decke. Die Truhe befand sich einige Meter entfernt von den Überresten von Saids Gehirn. Seine Leiche lag jedoch nicht mehr dort: Hazem hatte seinen toten Ex-Chef auf das Hinterdeck getragen, einen kleinen Reserve-Anker an dessen Füßen befestigt und über Bord geworfen. Der Besatzung erläuterte er in knappen Worten die Meuterei und versicherte ihnen, dass ihre Bezahlung erhöht würde und alles normal weiterlief. Niemand störte sich an dieser überraschenden Wende, einige jubelten sogar verhalten.

Alain öffnete sachte die kleine Holzschatulle an der Seitenwand, auf der das byzantinische Kreuz aufgedruckt war. *Vater, ich habe dich zwar nie gekannt, und wenn Mutter recht hat, dann hast du dich wie ein ziemliches Arschloch benommen. Aber ich wette, in diesem Moment wärst du stolz auf mich!*

Ein Lächeln huschte über seine Lippen. In der Schatulle lag eine Schriftrolle aus Papyrus. Das auf ihr haftende Siegel war zerbrochen, doch das erstaunte ihn nicht weiter. Schließlich musste irgendjemand die

Prophezeiungen von Jesus bereits gelesen haben, um die Wichtigkeit des Schriftstücks zu verstehen.

Vor Ehrfurcht leicht zitternd hielt Alain die Schriftrolle in den Händen. *Steht hier wirklich drin, wie Jesus Mohammed als letzten Messias ankündigt? Warum haben die Leute damals den Inhalt nicht veröffentlicht? Weil damit Jesus diskreditiert wurde?*

Er legte die Schriftrolle behutsam auf eine sterile Unterlage auf dem Salontisch. Langsam rollte er den Papyrus auseinander. *Jetzt nur nichts zerbrechen. Aber die Schriftrolle scheint äußerst gut erhalten zu sein.*

Freudig erkannte er, wie altgriechische Wörter zum Vorschein kamen. Zu seiner Überraschung enthielt der Papyrus nur einen einzigen Satz mit bloß neun Wörtern.

LXXII

Vor der Küste von Paros, Griechenland

19.55 Uhr

Gertrud Mosel gähnte wie eine müde Löwin. Sie saß allein auf dem Deck ihres Segelschiffes und rauchte eine Zigarette. Ihr Mann und der angeheuerte Skipper tranken unten im Schiffsbauch einige Biere, wie jeden Abend. *Wenn das so weitergeht, werden Helmut und Stavros noch beste Freunde, und an mich denkt überhaupt keiner mehr.*

Dabei hatte ihr Ehemann Helmut sie zu diesem Segeltörn überredet. Jetzt, da sie beide pensioniert waren und sich so einen Ausflug leisten konnten. Allerdings nur im März, wenn die Skipper noch nicht so horrende Preise wie in der Hochsaison verlangten.

Also hatte sie zugesagt. Sie hatte sich durch dieses Abenteuer auch einen Impuls für ihre längst eingeschlafene Beziehung erhofft und vielleicht sogar etwas Wertschätzung dafür, dass sie diesen Trip überhaupt mitmachte. Segeln interessierte sie nicht, und die ersten Tage hatte sie nur dank Tabletten die Seekrankheit überlebt, die jedoch furchtbar müde machten. Nach Mykonos und Naxos ankerten sie nun vor Paros, die dritte von insgesamt sieben geplanten Inseln.

Sie zog sich ihre Jacke zu und nahm einen tiefen Zug von der Zigarette. Sie achtete darauf, dass keine Asche aufs Deck fiel, sonst setzte es wieder Tadel von Stavros, ihrem Skipper. Der gut aussehende und zudem charmante Grieche nahm es mit der Sauberkeit auf seinem Schiff äußerst genau, und mit ihm wollte sie es sich auf keinen Fall verscherzen. *Wäre ich ein paar Jährchen jünger und noch Single ...*

Bevor sie ihre Gedanken weiterspinnen konnte, lenkte sie ein Funkeln auf dem Meer ab. *Blinkt da etwas?*

Gertrud stand auf, um besser sehen zu können. Tatsächlich, irgendein weißes Licht blinkte immer wieder im Wasser auf. Sie drehte sich kurz um. Der Hafen von Parikia lag einige Kilometer hinter ihnen. Sie täuschte sich also nicht, da blinkte etwas im offenen Meer. Ein Schiff konnte es nicht sein, da war sie sich sicher. Hecklichter blinkten nicht, und ein rotes oder grünes Seitenlicht war nicht auszumachen.

Sie überlegte, ob sie ihren Mann oder Stavros rufen sollte. Aber die würden sich wieder nur lustig über sie machen. Vielleicht war es nur eine Boje oder ... *Moment. Das Blinken ist nicht regelmäßig!*

Mit offenem Mund verfolgte sie die Abstände zwischen den einzelnen Lichtzeichen. Sie wartete vier Intervalle ab. Dann ließ sie die bis auf den Filter heruntergebrannte Zigarette fallen und stürmte runter zu den beiden Männern. *»Da draußen auf dem Meer sendet jemand S.O.S.!«*

LXXIII

In der Kammer stand Jill bis zum Bauch im Wasser, nur noch mit Unterhemd und Hose bekleidet. »Yasmin, ich brauche deinen Pulli und alles Brennbare und Trockene, das du entbehren kannst.«

Yasmin zog ihren Kapuzenpullover aus. »Was hast du vor?«

»Erinnerst du dich an die letzten Zeilen der Paleochora-Tafel? *Hinter der hundertsten Türe sollen die Weisheit von Alexandria und die Schriftrolle des Jesus ruhen, bis der Würdige in Demut ein Opfer gibt.*«

»Aber wir haben keine Ahnung, wo die hundertste Tür ist, falls es sie überhaupt gibt.«

»Wir müssen in Demut ein Opfer geben. Und wo kann man das besser als auf einem Altar?«

»Und was soll das bringen?«, fragte Yasmin. »In wenigen Minuten steht hier sowieso alles unter Wasser.«

»Die schwarze Farbe an deiner Hose ist Ruß. Auf dem Altar hat schon mal ein Feuer gebrannt, wahrscheinlich vor Ewigkeiten.« Jill zeigte auf die Decke über dem Altar. »Siehst du die kleine, runde Öffnung dort?«

Yasmin nahm die Fackel vom Altar und hob sie zur Decke. »Tatsächlich, da ist ein Loch. Du denkst, dass …«

»… dies der Schornstein ist, von dem der Geistliche erzählt hat.« Jill ergänzte: »Früher, im antiken Griechenland, gab man den Göttern manchmal ein Feueropfer. Ein genialer Wissenschaftler kam schließlich auf die Idee, aus dem Opfer mehr zu machen. Dein Vater schien ein ausgesprochener Fan dieses Tüftlers zu sein.«

Yasmin runzelte die Stirn. Plötzlich hellte sich ihre Miene auf. Sie betrachtete nun den Altar, als sähe sie ihn zum ersten Mal. »Du hast recht! Das ist möglicherweise kein gewöhnlicher Opfertisch, sondern ein automatischer Türöffner!«

»Nach einer Erfindung des Heron von Alexandria«, ergänzte Jill.

Yasmin ließ diese Erkenntnis kurz setzen. »Wenn wir richtig liegen, dann müssen wir mit dem Feuer nur genügend Hitze erzeugen können.«

»Die Fackel brennt jeden Moment aus. Zeit für die Wahrheit.« Jill zündete mit den letzten Flammenzungen den Kleiderberg an.

Kurz darauf brannte vor ihnen ein Altarfeuer, dessen Rauch durch die Öffnung in der Decke verschwand.

»Aber wenn es nicht funktioniert? Wenn das Feuer nicht heiß genug wird?«, fragte Yasmin.

»Dann strippen wir bis zum bitteren Ende«, erwiderte Jill trocken.

Yasmin lachte auf. »Was wird wohl der Priester von heute Nachmittag denken, wenn er den Rauch über der Kirche aufsteigen sieht?«

»Gemäß seiner Prophezeiung wird dann Jesus wieder auf die Erde gesandt.« *Und ich hätte dieses Homecoming ausgelöst. Hoffentlich nimmt Jesus mir das nicht übel.*

Yasmins Augen glänzten im Licht der Flammen. »Mein Vater hat mir früher Zeichnungen des Heron gezeigt. Darunter auch das automatische Göttertor, ich erinnere mich genau. Das Feuer erhitzt ein Rohr unter der Altarfläche. Das Ende dieser mit Luft gefüllten Rohrstange mündet in einem Becken mit Wasser. Die erwärmte Luft dehnt sich aus und verdrängt das Wasser aus dem Becken in ein weiteres Gefäß, das an einem Seil aufgehängt ist. Durch das zunehmende Gewicht öffnet das Seil am anderen Ende eine Tür.«

»Die Menschen sollten den Göttern draußen vor dem Tempel ein Feueropfer darbringen, und die Tempeltore haben sich daraufhin von selbst geöffnet, wie durch Magie. Oder eben: durch Götterhand.«

Nach einer Weile fügte Jill an. »So langsam kommen mir Zweifel, ob wir genügend Feuer gemacht haben.«

»Ich habe noch was Trockenes!« Yasmin zog ihr T-Shirt aus. Sie wollte es gerade ins Feuer werfen, als an der hinteren Wand ein schleifendes Geräusch erklang. Die beiden fuhren herum und entdeckten einen Spalt in der Mauer.

»Das Göttertor des Heron öffnet sich! Du bist ein Genie«, jauchzte Yasmin, drückte Jill einen Kuss auf die Wange und zog ihr T-Shirt wieder an. In den Ecken lief das Wasser mit lautem Gurgeln ab, und in wenigen Augenblicken leerte sich der Raum bis auf ein paar Pfützen. Wie von Geisterhand öffnete sich das Geheimtor nun vollständig.

Dahinter empfing sie zunächst nur Dunkelheit. Yasmin schnappte sich die Fackel und ging als Erste in den neuen Raum hinein. Dort zündete sie zwei weitere Fackeln an den Wänden an. Jill blieb vor lauter Staunen am Eingang stehen.

Diese Kammer war größer als jene in Paleochora und komplett mit weißem Marmor ausgestattet. *Parischer Marmor,* dachte Jill.

Die Wände und Zwischenregale enthielten zahlreiche, bienenwabenförmige Nischen. In jeder Wabe lag eine mit Pech versiegelte Amphore eingebettet.

Jill hielt inne. *Das Vermächtnis von Alexandria. Das Erbe der Antike.*

Yasmins Augen füllten sich mit Tränen. »Es ist wunderschön. Wenn das mein Vater ...«

Jill legte den Arm um ihre Schultern. »Die Entdeckung des Vermächtnisses ist euer gemeinsamer Verdienst. Ich wette, er ist gerade mächtig stolz auf dich.«

Eine Träne rann über Yasmins Wange und sie nickte Jill dankbar zu.

»Sieh nur, eine Tafel mit einer Inschrift.« Jill löste sich und stellte sich vor eine bronzene Tafel. Yasmin gesellte sich zu ihr.

»Eine Inventarliste!« Jill jauchzte. »Wie es sich für eine richtige Bibliothek gehört. Da, mehrere Werke des Archimedes, darunter auch die als verschollen geltende *Catoptrica.*«

Yasmin rieb sich die Augen. »Und hier, Werke von Sophokles und Eratosthenes von Kyrene, genauso wie mein Vater es sich erhofft hatte.«

Aufgeregt blickte sie um sich. »Was hier unten liegt, ist wissenschaftlich unbezahlbar.«

Jill ging begeistert die Liste durch, die in verschiedene Themenbereiche gegliedert war: Mathematik, Philosophie, Medizin, Astronomie ... Schließlich blieb sie bei den Übersetzungen des Alten und Neuen Testaments hängen.

»Aber ich kann nirgends die Jesus-Rolle finden. Hoffentlich hat man sie lediglich nicht aufgeführt«, sagte Jill.

Yasmin hob ihre Fackel hoch und schritt den Mittelgang der Kammer entlang.

»Der Priester hat erzählt, dass Istanbul wieder zu Griechenland gehören wird, sobald die hundertste Tür gefunden wird. Glaubst du an solche Legenden?«

Jill lief ebenfalls zwischen den Regalen hindurch. »Normalerweise nicht. Aber wenn diese Geschichte wahr ist, wirst du als Türkin mit deinen Landsleuten ziemlichen Ärger kriegen. Schließlich hast du die hundertste Tür ...«

»Ich habe sie gefunden!«, rief Yasmin dazwischen.

»Das wollte ich ja gerade sagen.«

»Nein, nicht die Tür, komm her!« Yasmin stand vor einer Wandnische, die ebenfalls sechseckig gebaut war und eine Amphore beherbergte. Im Gegensatz zu den anderen Gefäßen, die allesamt Inventarnummern trugen, glänzte auf diesem Tonkörper ein Symbol, mit goldener Farbe auf schwarzem Grund gemalt.

Jill kannte das Emblem nur zu gut, ihr erster wichtiger Fund als Archäologin trug es ebenfalls. *»Wir sind am Ziel«*, flüsterte sie und starrte auf das Symbol, das aussah wie ein P über einem X: das Christusmonogramm.

Yasmin wandte sich ihr zu. »Aber, wenn hier das Vermächtnis lagert, was stand in den Schriftrollen in der goldenen Truhe?«

LXXIV

Wen Gott verderben will, den schlägt er mit Blindheit.

Ungläubig las Alain die Zeile auf dem Papyrus laut vor. *Das soll die Prophezeiung von Jesus sein?*

Irgendwie kam ihm der Vers bekannt vor. War es ein Zitat aus der Bibel? Hastig zog er sein Handy hervor. Als er den Satz in der Websuche eingab, überraschte ihn das Resultat nicht nur, es schockierte ihn. *Es ist kein Zitat aus der Bibel, sondern viel schlimmer.*

Auf dem Display leuchtete ihm als Suchresultat entgegen:

Zitat von Sophokles (496–405/406 v. Chr.), griechischer Flottenbefehlshaber, Tragödiendichter und Schauspieler

Alain stieß einen lauten Fluch aus. *Das Zitat eines Griechen, der knapp fünfhundert Jahre vor Christus gelebt hat, kann keine Prophezeiung von Jesus selbst sein.* Eilig griff er in die Truhe und griff sich die nächste Schriftrolle heraus, ein Pergament. Hastig rollte er das Dokument auf und las:

»Dem Statthalter Flavius Marcus aus Syracuse seien geschuldet 80 Denare und 40 Sesterze, als Schuldiger steht Gaius Antonius aus Aleria ...«

Die Worte ließen Alain den Kopf schütteln. Der restliche Text enthielt lauter ähnlichen Formulierungen. *Römische Schuldbriefe? In einer goldenen Truhe?*

Er griff eine Schriftrolle nach der anderen aus der Kiste, immer ungeduldiger, immer wütender riss er sie auf und warf einen Blick darauf. Einige Rollen zerbröselten, andere zerfielen in mehrere Teile. Doch ihm war es egal, denn alle Schriftstücke enthielten entweder langweilige Verwaltungstexte oder Schuldbestätigungen. Für Spezialisten dieser Epoche vielleicht interessant, doch ansonsten wertlos.

Alain kochte vor Wut. Es schien ihm, als verhöhnte Sophokles ihn höchstpersönlich. Plötzlich wurde Alain bewusst, dass er hereingelegt worden war. Nicht nur von den alten Griechen, sondern auch von einer alten Bekannten.

Carter!

LXXV

Beeindruckt standen Jill und Yasmin vor der verhei-
ßungsvollen Amphore in der Nebenkammer.

»Das Christus-Monogramm, ein X und ein P«, sprach
Yasmin laut aus. »Die beiden Anfangsbuchstaben für
das Griechische XPIΣTΩΣ.«

»CHRISTOS.« Jill konnte es kaum glauben. »Dieses
Monogramm hat Kaiser Konstantin angeblich vor siebzehn Jahrhunderten am Himmel gesehen. Das Emblem
hat ihn dazu motiviert, dem Christentum zum Durch-
bruch zu verhelfen.« Sie schritt zur Amphore und fuhr
mit ihren Fingern die Linien des Monogramms nach,
ohne es dabei zu berühren.

»Glaubst du wirklich, dass Jesus die Ankunft von Mohammed vorausgesagt hat?«, fragte Yasmin.

»Ich weiß nicht, was ich glauben soll.« Jill zog ihre
Hand zurück. »Aber ich weiß, dass wir hier so schnell
wie möglich rausmüssen, um Daniel zu retten. Außerdem werden Said und Alain hier wiederauftauchen, sobald sie merken, dass die goldene Truhe nur zur Ablenkung gedient hat.«

Ein ächzendes Geräusch hallte durch die Kammer. Jill
und Yasmin rannten den Korridor zurück, nur um fest-
zustellen, dass sich die steinerne Pforte wieder verschloss.

»Verdammt, natürlich!« Jill hämmerte mit der Faust
an das verriegelte Tor. »Sobald das Feuer ausgeht und

sich die Luft wieder abkühlt, funktioniert der Mechanismus umgekehrt. Jetzt sind wir hier eingeschlossen.«

Yasmin schwenkte gehetzt ihre Fackel herum und lief den Kammerwänden entlang. »Vielleicht gibt es eine versteckte Tür, die man mit deinem Vier-Finger-Code öffnen kann, oder ... hey!«

»Was ist?«

»Hier ist eine Luke im Boden!«, rief Yasmin. Jill eilte zu ihr und entdeckte ebenfalls einen quadratischen Umriss, an dem an einer Seite ein runder Henkel befestigt war. Gemeinsam zogen sie daran, und nach einigem Zerren gab die Luke nach. Unter ihnen kam eine kurze Treppe zum Vorschein. Yasmin zögerte nicht und stieg hinunter.

»Geht es da unten weiter?«, fragte Jill.

»Keine Ahnung, aber das musst du dir ansehen.«

Jill folgte Yasmin und sah, dass sie sich nun in einer Art Untergeschoss befanden. Erstaunlich war dabei nicht der Göttertor-Mechanismus des Heron, dessen Röhren, Gefäße und Leitungen sich in der Mitte des Raumes befanden. Sondern all die Skelette, die sich auf dem Boden stapelten.

»Das müssen Dutzende sein«, flüsterte Yasmin.

»Bestimmt Helfer und Sklaven«, erwiderte Jill. »Damit der letzte Aufbewahrungsort des Vermächtnisses geheim bleibt, hat man nach Beendigung der Arbeit alle umgebracht.«

Yasmin nickte. »Ein schrecklicher Preis.«

Jill lief durch den Raum. Am hinteren Ende bemerkte sie auf Kopfhöhe eine rechteckige Aussparung in der Wand wie eine horizontale Tür, gesichert durch einen Riegel.

»Diese Luke hier müsste direkt unter den Flügeln des Eulentors gelegen sein.« Jill zeigte auf zwei massive, zylinderförmige Steine, die sich in den Ecken rechts und links von ihr befanden. Jeder Stein baumelte an dicken Ketten. »Die Gegengewichte der Steinflügel. Und wenn ich mich nicht täusche ...«, sie löste den Riegel der Tür und klappte sie nach unten auf, »... liegt hier Saids Mann samt seiner abgetrennten Hand.«

Mit einem Schaudern betrachtete Yasmin die von Steinspitzen aufgespießte Leiche. »Zu viele Menschen sind schon für das Vermächtnis gestorben. Ob es das wert war?«

»Wohl kaum«, antwortete Jill und betätigte einen weiteren Hebel an der Wand. Mit lautem Getöse klappte die Falltür vor dem Eulentor auf. »Et voilà, unser Notausgang.«

»Könntest du bitte für eine Weile französische Ausdrücke vermeiden? Dies erinnert mich an meinen Ex.«

»Oh, tut mir leid«, sagte Jill. *Zum Glück bin ich Britin.*

Skeptisch leuchtete Yasmin nach oben in den Falltürenschacht. »Und hier willst du raussteigen?«

»Ja, aber nicht mit leeren Händen.« Jill ging in die Marmor-Bibliothek und holte die Amphore mit dem Christus-Monogramm. »Okay, lass uns verschwinden!«

Sie kletterten an der Leiche vorbei aus der Fallgrube hinaus.

Im Gang vor dem Eulentor lagen ihre Rucksäcke. »Sogar mein Flachmann ist noch da«, rief Jill. »Said und Alain hatten wohl keine Lust auf Souvenirs.«

Yasmin nahm ihren Rucksack und zog ihr ausgeschaltetes Smartphone hervor. »Zuerst müssen wir

Daniel befreien. Vielleicht ankert Saids Jacht noch hier im Hafen von Parikia, dann könnten wir sie überraschen.«

»Ganz genau!« Hastig lief Jill an den beiden toten Polizisten vorbei die Wendeltreppe hinauf. Dann betätigte sie den Hebel und ließ die Taufbrunnen-Treppe herunterfahren.

Nachdem auch Yasmin herausgeklettert war, stiegen sie beide auf die Säule in der Mitte des Taufbrunnens. Wie erwartet drehte sich die Säule wieder empor und verschloss den Boden des Brunnens. Jill seufzte. »Würde die heutige Technik so zuverlässig und intuitiv funktionieren, müsste man sich viel weniger aufregen.«

Sie verließen die Kirche wieder durch den Seiteneingang und schlichen sich so unauffällig wie möglich zum Hafen. Saids Jacht war nicht zu sehen, aber eine Fähre der BlueStar-Linie legte soeben rückwärts an die Hafenplattform an. Motoren röhrten auf, und einige Lastwagen fuhren aus dem Schiffsbauch über die hintere Planke hinaus.

Gerade, als Jill zerknirscht die Suche nach Saids Jacht abbrechen wollte, stieß Yasmin sie von der Seite an. »Sieh mal!«

Jill drehte sich um und schrie freudig: *»Daniel!«*

LXXVI

Auf dem Außendeck der Fähre blies ein kühler Wind, der die wenigen Passagiere in die Innenräume vertrieb. Doch Jill genoss die frische Luft draußen. Durch die massigen Bootsmotoren vibrierte das ganze Deck, und die gewaltigen Schiffsschrauben schnitten eine weiße Gischtspur ins Meer.

Daniel saß neben Jill und schien sich langsam vom Schock des Erlebten zu erholen. Das deutsche Ehepaar und den Skipper hatten sie mit einer erfundenen Geschichte und viel Dankbarkeit abgewimmelt.

Danach waren sie auf die Fähre nach Athen gestiegen, um so schnell wie möglich die Insel zu verlassen. Dort erzählte Daniel, was auf der Jacht geschehen war und wie ihn sein S.O.S-Signal gerettet hatte. Er beichtete auch, dass Alain nun das Geheimnis von Luxor kannte.

Deswegen hatte Jill noch vor dem Ablegen der Fähre mit Yasmins Handy Achmed angerufen und ihn gewarnt. Sie hatte versprochen, in einem Tag wieder zurück zu sein. Ein Versprechen, das sie hoffentlich nicht zu leichtsinnig gegeben hatte.

Auf der Fähre gab es nicht nur einige Snack-Bars und einen Hamburgerladen, sondern auch einen Souvenirladen mit Kleidern. Dort kauften sie neue Hemden und Jacken. Für Daniel fanden sie weder Hosen noch Schuhe, also zog er draußen die nassen Sachen aus und wickelte sich leicht beschämt mit der Decke ein.

Yasmin trat zu ihnen und nahm aus einer Plastiktüte drei Flaschen Bier und Sandwiches. »Eigentlich war die Theke bereits geschlossen, aber der Verkäufer hat ein Auge zugedrückt.«

Zu dritt setzten sie sich auf eine Bank an einem Tisch. Die Amphore aus der Kammer lagerten sie behutsam auf dem Altartuch. »Wollen wir jetzt schauen, was in der Amphore drin ist?« Daniel starrte neugierig auf das Tonbehältnis.

Jill blickte ihn erstaunt an. »Ohne Werkzeug und Labor? Dann wären wir die gleichen Pfuscher wie diese Schmuggler. Hab noch ein bisschen Geduld.«

»Auf das Vermächtnis!« Yasmin stieß mit ihnen an, und wehmütig fügte sie hinzu: »Und auf meinen Vater, der verdammt stolz auf uns wäre!«

Jill stimmte ein. »Auf Faruk!«

»Aber Yasmin, du bist doch Muslimin«, sagte Daniel. »Trinkst du trotzdem Alkohol?«

Yasmin nahm einen Schluck. »Wir Muslime sind nicht alle gleich, wir sind wie die verschiedenen Finger an einer Hand. In der Türkei sehen viele Leute das Alkoholverbot eher locker, so wie ich. Der Koran erwähnt Alkohol in vier Suren, aber nur in der jüngsten Sure wird davon abgeraten. Und dies ausschließlich im Zusammenhang mit dem Glücksspiel. In der ältesten Sure ist Alkohol jedoch etwas Gutes, das Leute mit Verstand trinken.«

»Und wieso meiden die meisten Muslime Alkohol trotzdem?«, fragte Daniel.

»Weil die jüngste Sure immer gewinnt«, antwortete Yasmin. »So geht man seit jeher mit Widersprüchen im Koran um. Macht man das bei der Bibel auch?«

Jill und Daniel blickten sich fragend an. Schließlich sagte Jill: »Ich habe ehrlich gesagt keine Ahnung. Mein Interesse an der Bibel ist eher archäologischer Natur.«

Daniel zuckte mit den Schultern. »Und wohin gehen wir jetzt?«

»Nach Athen«, antwortete Yasmin. »Dort besuchen wir einen alten Freund meines Vaters, sein Name ist Menachem.«

»Das ist doch der Paläograf, den Faruk erwähnte?«, rief Daniel. »Erwartet er uns?«

»Nein, ich konnte ihn noch nicht anrufen, auf dem Meer habe ich keinen Empfang. Mit etwas Glück ist er zu Hause, und wenn jemand diese Amphore fachgerecht öffnen und den Inhalt entziffern kann, dann er.«

»Kennt Alain diesen Menachem?«, fragte Jill. »Nicht, dass er plötzlich dort auftaucht.«

Yasmin schüttelte den Kopf. »Ich habe mit ihm nie über Menachems Wohnort gesprochen. Und ich wüsste keinen Grund, warum mein Vater dies getan hätte.«

»Aber nun erzählt, was in der Kirche passiert ist«, wechselte Daniel das Thema.

Gespannt lauschte er den Ereignissen und aß dazu sein Sandwich. Yasmin und Jill ließen keine Details aus, auch nicht den Trick mit dem Kaugummipapier und der Batterie. Beim Göttertor des Heron kam Daniel jedoch ins Stutzen.

»Die Luft unter dem Altar wird durch das Feuer erwärmt und durch ein Rohr in einen Kessel mit Wasser geleitet? Aber blubbert die Luft danach nicht einfach weg?«

»Nein, weil der Kessel bis auf zwei Rohre luftdicht verschlossen ist.« Jill nahm ihr Notizbuch und skizzierte darin den Mechanismus. »Sieh hier: Das Rohr vom Altar führt die warme Luft in den geschlossenen Kessel mit Wasser, worauf dieses in ein zweites Rohr verdrängt wird und damit ein Gefäß füllt, das an einem Seil hängt. Das Seil ist um einen drehbaren Pfosten gewickelt. Sobald das Gefäß schwerer ist als das Gegengewicht, öffnet sich die am Pfosten befestigte Tür.«

Daniel gähnte. »Wirklich eine hammermäßige Erfindung. Und jetzt ... entschuldigt mich ... es war ein langer Tag.« Er legte sich auf die Bank und schloss sofort die Augen.

»Oje, die Müdigkeit erschlägt ihn ja regelrecht. Ist auch kein Wunder, der Arme.« Jill stand auf, nahm eine weitere Passagierdecke von einem Stapel und legte sie über Daniel. Anschließend setzte sie sich wieder hin.

Yasmin legte ihre Hand sanft auf die Amphore. »Und, glaubst du daran?«

»Woran?«

»Dass sich in diesem Behälter hier eine Schriftrolle befindet, in der Jesus die Ankunft von Mohammed prophezeit«, sagte Yasmin. »Sollte Said mit seiner Behauptung recht behalten, dann würde dies ziemliche Wellen werfen.«

»Allerdings. Schwer einzuschätzen, wie die Menschen darauf reagieren würden.«

»Ja, schon. Aber was ist mit dir?«

»Wie meinst du das?«, fragte Jill zurück.

»Wenn in der Schriftrolle Mohammed angekündigt wird und der Papyrus älter ist als dessen Geburtstag, was wirst *du* davon halten? Oder anders gefragt: Glaubst du an Gott?«

Jill dachte eine Weile nach. »Vor einigen Jahren habe ich in der Zeitung einen beklemmenden Bericht gelesen«, sagte sie schließlich. »Nur ein paar Zeilen, eine Randnotiz, aber sie hat sich in meinem Gedächtnis festgesetzt. Darin stand, dass eine Mutter auf einem Bahnhof ihr Baby im Kinderwagen kurz unbeaufsichtigt ließ. Der Wagen kam plötzlich ins Rollen und fiel auf die Gleise herab. Ein Zug fuhr kurz darauf in den Bahnhof ein, das Baby starb. Seither bin ich der Überzeugung, dass ein Gott, wie er in der Bibel oder im Koran steht, nicht existieren kann.« Jill seufzte. »Andererseits muss ich inzwischen zugeben, dass mein Hirn schlichtweg zu klein ist, um eine Atheistin zu sein.«

Yasmin blickte sie interessiert an. »Wie meinst du das?«

»Ich bin zwar Wissenschaftlerin und kenne die Theorien über die Entstehung des Lebens, wie sich Moleküle und Membranen zu den ersten Zellen entwickelt haben könnten. Aber wie sich in wenigen Milliarden Jahren irgendwelche Einzeller zu Lebewesen herausgebildet haben ...« Jill schüttelte den Kopf. »Ich kann es mir nicht vorstellen.«

»Aha, du bist also eine Pantheistin«, sagte Yasmin.

»Hm, ist das ansteckend?«

»Pantheisten glauben intuitiv an eine übernatürliche Macht, ohne dabei religiös zu sein.«

»Könnte auf mich zutreffen«, sagte Jill. »Schließlich gibt es Fragen, auf die wir niemals eine Antwort finden werden.«

»Welche Fragen denn?«

»Na, die großen drei Fragen halt«, erwiderte Jill. »Wann begann die Zeit, was liegt hinter dem Universum, und warum schmeckt gebratener Speck so verdammt gut?«

Es war das erste Mal, seit dem Tod ihres Vaters, dass Yasmin wieder schmunzelte. »Auf die ersten zwei Fragen ist die Antwort leicht: Wenn du dir die Raumzeit vierdimensional denkst, würdest du nie auf einen Anfang oder ein Ende stoßen, weder in Zeit noch Raum. Frage drei ist schon schwieriger: Aus der Sicht einer Muslimin musst du zuerst den gebratenen Speck mit frischem, warmem Hummus austauschen. Dann gebe ich zu: Keine Ahnung, wieso das so lecker ist!«

»Dagegen würde ich glatt die Prophezeiungen eintauschen.« Jill lächelte.

»Es tut gut, wieder einmal zu lachen«, sagte Yasmin und blickte in die Nacht hinaus. »Ich kann immer noch nicht glauben, dass mein Vater für immer fort ist. Meine Mutter ist vor fünfzehn Jahren gestorben, aber ich vermisse sie immer noch wahnsinnig.«

»Vielleicht hört dieses Gefühl nie auf, und ich finde, das muss es auch nicht.« Jill nahm den Flachmann aus ihrer Brusttasche hervor. »Mein Vater hat sich das Leben genommen, als ich sechs Jahre alt war. Manchmal plagen mich immer noch Schuldgefühle, obwohl ich natürlich weiß, dass ich nichts dafürkann. Aber eben: Gewisse Gefühle enden nie … leider.«

»Warum hat dein Vater sich umgebracht?«

»Ein paar Wochen vor seinem Suizid waren wir gemeinsam im Auto unterwegs, ohne meine Mutter. Mein Vater wollte auf dem Rückweg kurz in eine Bar und parkte das Auto in den Schatten, da Hochsommer war. Allerdings vergaß er die Zeit, bis schließlich die Sonne so weit gewandert war, dass sie trotzdem auf das Auto schien. Wir schliefen auf den Rücksitzen und ...«

»Wir? Wer war denn noch im Auto?« Yasmin hielt schockiert die Hand vor den Mund. »Oh nein, bitte sag nicht, dass ...«

»Mein Bruder Rick war erst vier Jahre alt und hatte im Auto neben mir geschlafen. Er hat die Hitze nicht überlebt«, sagte Jill mit steinerner Miene. »Die Türen waren verschlossen. Heute weiß ich, dass sich bei diesem Auto unten beim Fahrersitz ein Hebel befindet, mit dem ich den Kofferraum hätte entriegeln können. Ein Kinderspiel, eigentlich. Ich hätte meinen Bruder retten können.«

»Du warst gerade mal sechs Jahre alt! Es ist absurd, dich selbst dafür verantwortlich zu machen.« Yasmin legte ihr die Hand auf die Schulter.

»Gewisse Gefühle kann man vielleicht nicht direkt ändern, aber die Einstellung zu ihnen. Gerade bei Schuldgefühlen ist es den Versuch wert, was denkst du?«

Jill nickte bloß und blickte stumm aufs Meer hinaus. Ein wenig später wurde auch Yasmin von der Müdigkeit übermannt und legte sich schlafen.

Jill selbst blieb wach, griff in ein Seitenfach in ihrer Tasche und kramte ein kleines, rotes Auto hervor. Ein Rad fehlte und es sah abgenutzt aus. Sie drehte das Spielzeug in ihrer Hand herum. Es musste Monate her sein, seit sie es das letzte Mal bewusst angeschaut hatte. *Was wäre aus dir geworden, Brüderchen?*

LXXVII

Athen, Griechenland

Dienstag, 21. März, 01.57 Uhr in der Nacht

Der Hafen in Piräus wirkte um diese Zeit fast wie ausgestorben, aber eben nur fast. Schlaftrunken winkten sich Jill, Yasmin und Daniel ein Taxi herbei, das sie bis ins Zentrum brachte.

Das Taxi hielt nach einer knappen halben Stunde in einer Straße im wenig schmeichelhaften Quartier Exarcheia. Zahlreiche Graffiti zierten die Häuserwände und auf den engen Gehsteigen wetteiferten alte Kaugummireste mit weggeworfenen Zigarettenstummeln um die Vorherrschaft.

Menachem Levi wohnte im obersten Stock eines heruntergekommenen Wohnblockes. Ohne zu zögern, klingelte Yasmin an der Eingangstür.

»Hier möchte ich nun wirklich nicht wohnen«, raunte Daniel, während sie warteten.

»Es ist kaum ein Zufall, dass sich das nationale archäologische Museum um die Ecke befindet«, erwiderte Jill. »Manche Menschen mögen die Nähe zu den alten Schätzen der Menschheit.«

Gerade als Yasmin nochmals klingeln wollte, ging im Treppenhaus das Licht an. Etwas später brummte eine tiefe, alte Stimme von der anderen Seite auf Griechisch: »Wer ist da? Es ist weit nach Mitternacht!«

»Das türkische Einhorn.« Yasmin lachte. »Menachem, ich bin es, mit zwei Freunden.«

Sofort schwang die schwere Eingangstür auf und ein listig dreinblickender Mann mit zerzausten, grauen Haaren und kariertem Pyjama blickte sie an. »Yasmin, tatsächlich. Wenn das eine Überraschung sein sollte, dann ist sie wahrlich geglückt!« Die beiden umarmten sich herzlich. Jill schätzte Menachem auf über siebzig Jahre.

»Was macht ihr hier mitten in der Nacht? Und wo ist Faruk? Wenn ihr euch bloß angekündigt hättet!«

»Wir erklären dir die Dinge lieber drinnen«, sagte Yasmin. »Aber zuerst möchte ich dir meine Freunde vorstellen: Das ist Daniel Preisner aus Deutschland und …«

»… Dr. Carter aus England!« Menachem schüttelte beiden die Hände. Zu Jill sagte er: »Ich verfolge Ihre Arbeit in Luxor mit hoher Aufmerksamkeit. Ist ja auch zu spannend, wenn man an Ihren berühmten Vorfahren denkt. Ziemlich große Fußstapfen, nicht wahr?«

»In der Tat.« Jill war etwas verlegen. »Von Ihnen hat Faruk mit größtem Respekt gesprochen.«

Menachem winkte ab. »Nun kommt rein. Der Lift und die Gegensprechanlage sind leider defekt, so wie manch anderes in diesem Land.« Menachem lief die fünf Stockwerke beinahe leichtfüßig hoch, wie Jill bewundernd bemerkte.

»Das türkische Einhorn?«, flüsterte Jill zu Yasmin gewandt.

Yasmin zuckte mit den Schultern. »Als ich noch ein Kind war, hat uns Menachem hin und wieder zu Hause besucht. Als ich mir einmal fest die Stirn an einem Tisch gestoßen und eine Beule hatte, hatte er mich damit getröstet, dass ich nun zur seltenen Spezies der Einhörner gehöre.«

»Ehrlicherweise war der Trost nur von kurzer Dauer«, sagte Menachem. »Aber als Anekdote ist die Geschichte immer noch wertvoll, nicht wahr?«

In der Wohnung angekommen, kam es Jill vor, als beträte sie ein Museum für antike Schriftstücke: An den Wänden hingen eingerahmte Papyri und Pergamente, beschrieben in den unterschiedlichsten Sprachen.

»Alles von mir erstellte Replikate. Keine Angst, ich horte keine Originale.« Menachem führte sie ins Wohnzimmer. Statt der erwarteten überquellenden Bücherregale hing ein riesiger Flachbildschirm vertikal an einer Wand, ein weiterer Bildschirm stand auf einem Arbeitstisch. Kein einziges Buch lag herum.

Menachem entgingen die staunenden Blicke seiner Gäste nicht. »Ich benutze nur die älteste und neueste Form des geschriebenen Wortes in meiner Wohnung. Seither hängen Papyri an den Wänden, und lesen tue ich das meiste digital.«

Er schmunzelte und zeigte auf den Großbildschirm. »Hier kann ich E-Books lesen oder Bilder von uralten Schriften vergrößern. Ich mag solche Hightech-Sachen!« Er verschwand in der Küche.

»Ganz schön modern für sein Alter«, sagte Jill.

Daniel nahm einen Kerzenständer vom Arbeitstisch und beäugte diesen. Menachem brachte einen Krug Wasser und vier Gläser aus der Küche. »Wissen Sie, was das ist, junger Mann?«

Daniel fühlte sich ertappt und stellte den Kerzenständer zurück. »Ähm, Entschuldigung«, sagte er, »aber ist das nicht eine Menora?«

»Ganz richtig, der siebenarmige Leuchter, von Moses nach den Anweisungen Gottes angefertigt. Ein heiliges Symbol für das Judentum.« Er füllte seinen Gästen Wasser in die Gläser.

»Menachem hat früher in Israel gelebt und sogar im Sechstagekrieg mitgekämpft, nicht wahr?«, sagte Yasmin.

»Allerdings, doch dies ist lange her. Israel ist nicht meine Heimat, nicht mehr.«

»Darf ich fragen warum?« Daniel setzte sich auf einen Sessel am Salontisch.

Menachem winkte ab. »Ich hatte einerseits Archäologie und Paläografie doziert, also Schriftenkunde, an der Universität in Tel Aviv. Gleichzeitig hatte ich mich auch politisch engagiert und mich dabei mit den Ultraorthodoxen angelegt.« Er schnaubte verächtlich. »Diese Leute sind nicht an einer Lösung mit den Palästinensern oder am Frieden mit den Nachbarstaaten interessiert, sondern tauchen in ihre eigene fanatische Welt ab und werden dabei immer mächtiger. Durch meine politische Überzeugung wurde ich zur Persona non grata und habe meinen Job verloren. Das war vor zwanzig Jahren. Du musst wissen: Für uns Juden steht die Heimat nur an zweiter Stelle. Der Glaube ist es, der uns eint. Und Heimat ist schließlich dort, wo das Herz lacht, nicht wahr?«

Menachem trank einen Schluck. »Ich pflege nach wie vor viele Kontakte nach Israel, aber mein Lebensmittelpunkt ist in Athen, wo ich trotz meiner dreiundsiebzig Lenzen noch dozieren darf. Nach Israel gehe ich nur noch in den Urlaub.« Er lächelte aufmunternd. »Doch nun zu euch! Warum ist Faruk nicht mitgekommen?«

Yasmin bedeutete Menachem, sich neben ihr hinzusetzen. Sie nahm seine Hand. »Menachem, mein Vater ist tot. Er wurde vor gut zwei Tagen auf Kreta von einer kriminellen Bande ermordet.«

Menachem hielt den Atem an und sagte zunächst nichts. »Aber … warum?«

»Faruk wusste um den Verbleib der letzten Überreste der antiken Bibliothek von Alexandria. Dafür musste er mit dem Leben bezahlen.«

»Das ist …« Menachem blickte Yasmin entsetzt an. Er benötigte eine Weile, um sich wieder zu fassen. Mit verstörtem Blick wisperte er: »Auf Kreta, sagst du? Und warum seid ihr nun hier?«

Yasmin fasste kurz die Erlebnisse der letzten Tage zusammen und erwähnte auch ihre Entdeckung der unterirdischen Kammer in Paros. Menachem vergaß beinahe zu atmen. »Ein Raum voller Amphoren mit antiken Schriftrollen?« Die Augen des alten Mannes flackerten auf. »Wisst ihr, welche Werke dort lagern?«

Yasmin zählte ihm einige auf. »Außerdem konnten wir eine Schriftrolle in Sicherheit bringen. Vielleicht die Wichtigste.« Sie zeigte auf Jill, die nun die Amphore unter dem Altartuch enthüllte.

Menachem erblickte das Symbol auf dem Behälter. »Ein Christus-Monogramm? Ist das ein christlicher Text aus dem vierten Jahrhundert oder später?«

»Ich sehe, bei Ihnen sind wir an der richtigen Adresse«, sagte Jill. »Herr Levi, ich schlage vor, dass wir Ihnen unsere Vermutung über den Text noch nicht mitteilen. So wird Ihr Urteil nicht unnötig beeinflusst. Doch können Sie uns die Werkzeuge besorgen, damit wir den Inhalt unbeschädigt herausbekommen?«

»Nennen Sie mich doch einfach Menachem. Wenn ich Sie im Gegenzug mit Jill anreden darf?«

Jill nickte.

»Kommt mit.« Menachem führte sie in sein Büro, das eher einem sterilen Labor als einem Ort der Administration glich. Verschiedene Apparaturen mit Glaskästen, die wie leere Vivarien aussahen, standen auf der einen Seite. In der Mitte ragte ein hoher Glastisch mit eingebauter Beleuchtung empor, und auf der anderen Raumseite befanden sich diverse Werkzeuge.

Menachem zog aus einer Schublade ein metallenes Tablett mit schmalem Rand hervor und präparierte den Untergrund mit einer sterilen Gaze. Anschließend zog er sich wie ein Chirurg Gummihandschuhe und einen Mundschutz an. »Dann wollen wir uns mal eure Errungenschaft anschauen.«

Er ließ sich von Jill die Amphore geben und legte das Gefäß behutsam auf das Tablett. Für eine Weile betrachtete er die schwarze Oberfläche eingehend. »Vermutlich eine byzantinische Amphore, das erkennt man an den konzentrischen Fertigungsrillen rund um den zylindrischen Bauch. Der Amphorenhals ist auf den Körper aufgesetzt und mündet in eine nach außen gewölbte Lippe, eine typische Lager- oder Transportamphore. Allerdings ist die Öffnung durch einen Terrakotta-Korken verschlossen. Bemerkenswert.«

Menachem streichelte die Oberfläche zärtlich und fuhr fort. »Die Henkel sind um neunzig Grad gewinkelt und laufen senkrecht auf die Schulter des Körpers. An einem Henkel ist an der Innenseite eine helle Stelle. Ich vermute, an dieser Schlaufe hat man die Amphore aufgehängt, als man den Lehm mit Pech rundum versiegelt hat.«

»Sie klingen wie ein Kommissar oder ein Gerichtsmediziner. Ich dachte, Sie kennen sich hauptsächlich mit Schriftrollen aus?«, raunte Daniel ehrfürchtig.

»Heutzutage müssen auch hoch spezialisierte Wissenschaftler über den Tellerrand schauen, mein Junge«, erwiderte Menachem lächelnd. »Der Fundort oder Behälter kann wertvolle Hinweise auf ein Schriftstück bieten. Ich denke, diese Amphore stammt aus spätrömischer oder frühbyzantinischer Zeit, so zwischen dreihundert und sechshundert nach Christus. Das goldene Symbol auf dem Bauch deutet darauf hin, dass es frühestens gegen die Hälfte des vierten Jahrhunderts angebracht wurde. Vorher war das Christus-Monogramm kaum bekannt.«

»Wie öffnen wir die Amphore?«, fragte Daniel.

»Zerschlagen kommt nicht infrage«, antwortete Menachem. »Wir könnten den Korken oben ausbohren, aber dabei riskieren wir Schäden an der ganzen Amphore. Meiner Meinung nach gibt es nur eine Lösung.« Er lief zu einer tiefer gelegenen Schublade seiner Werkstatt und kehrte mit einem kleinen Akku-Winkelschleifer zurück. »Wir sägen den Boden der Amphore auf.«

Behutsam fixierte er das Gefäß mit einem portablen Soft-Schraubstock auf der Unterlage und bedeutete den anderen, zurückzutreten.

Menachem schaltete den Winkelschleifer ein, woraufhin die Trennscheibe zu rotieren begann und dabei ein surrendes Geräusch von sich gab. Er setzte die scharfe Kante der Trennscheibe einen Zentimeter über dem Boden der Amphore an und sägte eine dünne Rille um die Hälfte des Umfangs. Schließlich drehte er die Amphore um und sägte weiter, bis der Boden auf die weiche Unterlage fiel.

Jill, Daniel und Yasmin versuchten, einen Blick in das Innere der Amphore zu erhaschen, doch Menachem verdeckte die Sicht. Er schaltete den Winkelschleifer aus und betrachtete den Inhalt. »Oh!«

Yasmin blickte ernst. »Menachem, wenn du jetzt sagst, dass die Amphore leer ist, dann schreie ich.«

»Oh nein, mein Einhorn, ganz im Gegenteil.« Er richtete sich auf. »In der Amphore befinden sich sogar *zwei* Schriftrollen!«

LXXVIII

02.59 Uhr

»Zwei Schriftrollen?« Für Jill gab es kein Halten mehr, sie warf ebenso einen Blick in die Amphore.

»Die Rollen sehen gut aus, perfekt konserviert.« Menachem strich sich über die Handschuhe. »Sie bestehen offensichtlich aus Pergament, ein gutes Zeichen.«

Auch Daniel versuchte, einen Blick zu erhaschen. »Wieso ist das ein gutes Zeichen?«

Menachem zog sorgfältig die erste Schriftrolle heraus. »Pergament hält länger als Papyrus. Bleibt die Luftfeuchtigkeit konstant um die vierzig Prozent und beträgt die Temperatur um die zwanzig Grad, kann Pergament locker einige Jahrhunderte, manchmal sogar Jahrtausende überdauern.«

Er legte das Schriftstück behutsam auf eine sterile Arbeitsfläche und begutachtete die Außenseite der Rolle aus der Nähe. »Feinste Qualität. Wahrscheinlich wurde die Haut eines noch ungeborenen Tieres verwendet, um solch eine Festigkeit zu erreichen. Der darauf geschriebene Text ist entweder ziemlich wichtig, oder der Auftraggeber des Schreibers muss sehr reich gewesen sein.«

Daniel schauderte es. »Können Sie sagen, von welchem Tier die Haut stammt?«

»Wenn man genau hinschaut, sieht man kleine Punkte auf der Oberfläche. Das sind die Haaransätze des Tierfells. Die Punkte sind regelmäßig gegliedert, daher würde ich auf Ziegenhaut tippen.«

Jill nickte anerkennend. »Denkst du, wir könnten es riskieren, die Rolle gleich hier und jetzt zu öffnen?«

»Aufgrund der Qualität und dem Zustand der Rolle habe ich dazu keine Bedenken«, antwortete Menachem. Augenzwinkernd fügte er hinzu: »Außerdem seid ihr deswegen hier, nicht?«

Er löste sorgfältig das oberste Ende der Pergamentrolle und versicherte sich, dass nichts zusammenklebte. Mit einer Art Klemme fixierte er das Ende und rollte langsam das Schriftstück auf. Die ersten Zeilen erschienen.

Daniels Augen leuchteten auf. »Oh Mann, ist das spannend!«

Ernüchternd musste Jill feststellen, dass der griechische Text keinerlei Leerräume zwischen den Buchstaben aufwies.

»Ist das wieder so ein verschlüsselter Text?«, fragte Daniel. »Das sieht nach einem einzigen Durcheinander aus!«

»Aber nein, es fehlen nur die Abstände zwischen den Wörtern«, antwortete Menachem. »Außerdem hat man oft die Vokale ausgelassen. So hat man Platz gespart und den Text trotzdem verstanden. Manchmal hat es allerdings auch zu Missverständnissen geführt.«

Er beugte sich etwas näher über das Pergament. »Solides, gleichmäßiges Schriftbild. Offensichtlich hat ein geübter Schreiber diesen Text verfasst. Die Sprache ist Koine-Griechisch.«

»Und was steht da?«, fragte Daniel ungeduldig. Menachem räusperte sich und las die ersten Zeilen vor:

»Tiberius war ein bedeutender römischer Kaiser«, sagte Jill. »Allerdings weiß ich nicht auswendig, wann seine Regentschaft begann.«

»Aber das Internet kennt die Antwort.« Daniel tippte auf seinem Smartphone herum. »Da: Tiberius hat von vierzehn bis siebenunddreißig nach Christus regiert.«

Jill blickte auf den Text. »Also wurden diese Zeilen achtundzwanzig nach Christus geschrieben.«

»Falsch!«, sagte Menachem. »Ursprünglich ist der Text vielleicht zu dieser Zeit verfasst worden, aber vor uns liegt eine Kopie. Vor zweitausend Jahren stellte man noch keine Pergamente in dieser guten Qualität her. Meine Schätzung: frühestens aus dem vierten Jahrhundert nach Christus.«

Yasmin drängte. »Kopie hin oder her, können wir weiterlesen?«

»Nur zu gern!« Mit funkelnden Augen rollte Menachem das Pergament etwas weiter auf und las vor:

Menachem blickte auf und schaute verdutzt in die Runde. »Ihr wollt mich wohl veräppeln? Ihr bringt mir die Kopie eines Textes, der anscheinend von Jesus höchstpersönlich verfasst worden sein soll? Das ist doch ein Scherz!«

Jill beruhigte ihn. »Bestimmt nicht. Was immer in dieser Schriftrolle steht, es wurde durch die Jahrhunderte bis heute einiges Blut vergossen, damit der Inhalt nicht publik wurde. Gemäß einer anderen Quelle wird in dieser Rolle ein weiterer Messias angekündigt. Ein sogenannter *letzter* Messias.«

Menachem hob eine Augenbraue. »Ein Messias, prophezeit von Jesus selbst? Das dürfte bei vielen Christen für rote Köpfe sorgen.«

»Dies könnte der Grund sein, warum das Skriptum versteckt wurde«, sagte Jill.

»Könnte es eine Fälschung sein?«, fragte Daniel?

Menachem zuckte mit den Schultern. »Ich tippe auf eine Apokryphe aus dem vierten Jahrhundert. Keine eigentliche Fälschung, sondern eine Nacherzählung aus den damals bereits bekannten Quellen. Andere Schriften wie zum Beispiel das Petrus- oder das Philippus-Evangelium stammen ebenfalls aus dem zweiten bis vierten Jahrhundert nach Christus. Aber lesen wir weiter.« Er rollte wieder einige Zentimeter des Pergaments auf und las vor:

»Eine schwierige Zeit steht meinen Jüngern bevor, doch sie werden den Weg gehen, den ich ihnen gezeigt habe, und die Worte des Herrn verbreiten. In geraumer Zeit wird auch der römische Caesar den Herrn über alle anderen Götter stellen, und in dessen Namen glorreiche Siege erringen.«

Menachem durchbrach die Stille als Erster. »Sogar die Jünger von Jesus finden hier ihre Erwähnung. Aber welcher römische Cäsar könnte gemeint sein?«

»Konstantin!«, rief Daniel. »Jesus hat sich auf Konstantin den Großen bezogen! Das muss es sein!«

»Die konstantinische Wende?« Jill runzelte die Stirn. »Der römische Kaiser Konstantin galt zunächst als Verehrer des Sonnengottes Sol Invictus. Nach und nach entsagte er den paganen Kulten, ohne diese zu verbieten, und berief um 325 das Konzil von Nicäa ein. Dort wurden grundlegende Entscheidungen betreffend den Religionsfrieden im Kaiserreich und schließlich auch dem Christentum verabschiedet. Wenig später hat sich das Wort Gottes im gesamten Römischen Reich verbreitet.«

»Es gibt jedoch ein großes Aber.« Menachem hob tadelnd den Finger. »Stammt dieses Pergament wirklich aus dem vierten Jahrhundert, dann beschreibt es nichts anderes als die damalige Gegenwart. Wir sollten vorsichtig sein mit voreiligen Schlüssen.«

»… oder wir lesen einfach weiter. Bitte!«, sagte Yasmin ungeduldig.

»Wie du wünschst.« Menachem rollte den Text weiter auf und las:

»Zahlreiche falsche Propheten werden nach mir auftreten und die Menschen irreführen. Einer davon wird über Grenzen hinweg das Wort Gottes predigen; sie werden ihn den Gepriesenen nennen. Doch er wird noch nicht der Verheißene sein.«

»Die Warnung vor falschen Propheten kommt schon in den Evangelien vor«, rief Daniel aufgeregt. »Doch wer könnte hier gemeint sein?«

Menachem pfiff leise durch die Zähne.

»Das ist ein dickes Ei.« Jill blickte unsicher zu Yasmin.

»Das kann doch nicht sein!«, rief diese empört.

»Was, wieso?« Daniel schaute fragend in die Runde.

Yasmin stemmte die Hände auf ihre Hüfte. »Das ist doch gar nicht möglich! Das Pergament stammt bestimmt nicht aus dem vierten Jahrhundert. Es muss viel jünger sein!«, protestierte sie.

Daniel zuckte ahnungslos die Schultern.

»Es gab tatsächlich einen Propheten, den sie *den Gepriesenen* nannten«, erwiderte Jill. »Er starb 632 nach Christus in Medina.«

Menachem nickte. »*Der Gepriesene* ist die Übersetzung für *Mohammed*.«

LXXIX

»*Der* Mohammed?« Daniel blickte die anderen ungläubig an. »Den Propheten des Islams?«

Jill wandte sich zu Yasmin, strich ihr über die Schulter. »Damit hat Dr. Said alle umsonst getötet. Denn Mohammed ist nicht der letzte Messias.«

Daniel frohlockte. »Wer immer das auch geschrieben hat, wusste über hundertfünfzig Jahre im Voraus, dass ein Prophet wie Mohammed erscheinen würde.«

»Nur die Ruhe.« Menachem machte mit der Hand eine entsprechende Geste. »Ich sagte zwar, dass das Pergament aus dem vierten Jahrhundert stammt. Aber noch wissen wir nicht, wann es beschrieben wurde! Das Alter der Tinte kann ich am besten über die C14-Methode bestimmen. Aber lesen wir doch weiter:

Ich sehe auch, wie ein mächtiger Feldherr Tod und Finsternis über das Antlitz dieser Erde bringen wird und versucht, sich im Zeichen des schwarzen Kreuzes als König über alle Länder zu krönen. Im Namen Gottes wird er sein Volk und viele andere in den Abgrund treiben, doch der Herr wird mit glühendem Zorn über ihn richten.«

Stille herrschte im Raum, bis Yasmin sprach, was alle dachten: »Hitler. Es kann nur Hitler gemeint sein. Und das schwarze Kreuz ist das Hakenkreuz.«

»Kann mich mal jemand kneifen?« Daniel stand bleich am Tisch.

Jill schüttelte den Kopf. «1933 kam Adolf Hitler an die Macht und wurde zum Reichskanzler ernannt. Menachem, wie groß ist die Wahrscheinlichkeit, dass dieses Pergament erst in den letzten siebzig Jahren beschrieben wurde?«

»Unmöglich«, erwiderte Menachem sofort. »Das trockene, spröde Pergament würde die Tinte wie ein Schwamm aufsaugen und fleckig werden. Die Tinte wurde mindestens vor tausend Jahren aufgetragen. Allerdings sollten wir auch hier mit voreiligen Schlüssen zurückhaltend sein.«

Daniel faltete beschwörend die Hände. »Wie kann man hier falsche Schlüsse ziehen?«

»Weißt du, das Alte Testament liefert Dutzende Prophezeiungen über einen kommenden Messias. Nehmen wir ein bekanntes Beispiel aus dem Buch Jesaja 7, Vers 14. Dort heißt es: *Siehe, eine Jungfrau ist schwanger und wird einen Sohn gebären, den wird sie nennen Immanuel.* Geschrieben wurden diese Worte etwa 700 Jahre vor Christus.«

»Die Jungfrauengeburt? Tatsächlich? Aber wer war Immanuel?«, fragte Daniel staunend.

Menachem lächelte. »Da haben wir schon zwei Probleme: Im Matthäus-Evangelium wird Jesus' Mutter als Jungfrau schwanger. Mal abgesehen davon, dass dies unglaubwürdig ist: Matthäus zitiert den Vers von Jesaja in seinem Evangelium, also kannte er diese Vorhersage. Schrieb er die Geschichte Jesus' so, dass es zur Verkündung von Jesaja passte? Aber wieso hatte Matthäus kein Problem damit, dass Jesus nicht Immanuel hieß?«

»Vielleicht meinte Jesaja jemand anderen?«

»Wer weiß? Aber jeder gläubige Christ, der sich mit der Thematik auskennt, wird dir irgendeine Begründung liefern, warum mit Immanuel ausschließlich Jesus gemeint sein muss! Das Internet ist ebenfalls voll mit Argumenten, entweder dafür oder dagegen.«

Menachem atmete durch. »Mein Punkt ist: Prophezeiungen sind immer auch eine Interpretationsfrage! Doch schauen wir, was der Schreiber uns am Schluss sagen wollte.« Er rollte das Pergament bis zum Ende auf und las die letzten Sätze vor.

Danach herrschte für einen Moment absolute Stille im Zimmer.

LXXX

Daniels Stimme flatterte. »Können Sie das bitte nochmals vorlesen?«

Menachem setzte seine Brille wieder auf und las vor.

»Doch schließlich wird ein wahrer Prophet des Herrn erscheinen. Die Menschen werden ihn zunächst nicht als Messias erkennen, und er selbst wird von bösen Geistern besessen sein und das Mal des Todes tragen. Erst ein Beschwörer des Lichts, des Wassers, des Feuers und der Erde wird ihn von seinen Dämonen befreien. Der Tempel des Serubbabel wird dem Beschwörer den Weg weisen, um den Propheten zu finden. Am Ort meines Grabes werde ich dem Gesalbten die Hand reichen, und er wird ein neues Leben finden. Dies wird geschehen, wenn der Tag der Nacht entspricht und gleichzeitig die Sonne im Zenit steht. Seine Botschaft wird die Welt vor einem großen Feuer und ewiger Finsternis retten. Fürwahr, er wird der letzte Messias sein. XP«

»Der letzte Messias«, raunte Menachem. »Auf den wir Juden seit Jahrtausenden warten. Hat das wirklich Jesus niedergeschrieben?«

»XP«, sagte Yasmin. »Die ersten beiden Buchstaben des griechisch geschriebenen *Christus.* Übereinandergelegt ergeben sie das Christus-Monogramm.«

Jill schüttelte den Kopf. »Welch großes Feuer und ewige Finsternis können hier gemeint sein? Ein Atomkrieg? Und Jesus prophezeit dies alles im gleichen Schriftstück, in dem er über Konstantin, Mohammed und Hitler weissagt?«

»Man kann den Text aber auch anders interpretieren«, murmelte Menachem. »Römische Cäsaren gab es einige, wie auch Feldherren mit einem schwarzen Kreuz im Wappen, und Mohammed ist der häufigste Vorname der Welt.«

»Von welchem *Tempel des Serubbabel* ist hier die Rede?«, fragte Daniel.

»Gemäß dem jüdischen Tanach respektive dem christlichen Alten Testament nahm ein Statthalter namens Serubbabel in Jerusalem den Wiederaufbau des Tempels Salomons in Angriff«, antwortete Menachem. »Die Reste dieses Tempels sind weltbekannt: Die Klagemauer ist das größte Heiligtum der Juden. Und auf dem Tempelberg darüber stehen der Felsendom und die al-Aqsa-Moschee, Heiligtümer des Islams.«

»Aber das ergibt doch keinen Sinn!« Yasmin klang frustriert. »Ich bin vielleicht nicht die beste Kennerin der christlichen Evangelien, aber ist dort nicht die Rede davon, dass Jesus selbst auf die Erde zurückkehren wird?«

»Das ist richtig, nur ein Zeitpunkt wird nirgends genannt«, ergänzte Menachem. »In der sogenannten Endzeit werden Satan und der Antichrist für sieben Jahre auf der Erde herrschen, bevor Jesus nochmals erscheint und gehörig aufräumt. Salopp formuliert.«

»Aber hier ist klar von einer anderen Person die Rede, nicht von ihm selbst«, sagte Jill. »Die Evangelien und das Schriftstück hier widersprechen sich in diesem Punkt eindeutig!«

Daniel rieb sich die Schläfe. »Schon im Alten Testament wird oft ein Messias angekündigt. Anschließend erscheint Jesus, ein Jude, der aber von seinesgleichen nicht als der prophezeite Messias anerkannt wird. Hätte Jesus erzählt, dass in zweitausend Jahren erst der wahre Gesalbte erscheint, hätte er selbst ja nur alte Prophezeiungen wiederholt. Man hätte ihn gar nicht wahrgenommen.«

Jill blickte ihren Praktikanten bewundernd an. »Du hast recht. Jesus durfte gar nicht einen zweiten, letzten Messias ankündigen. Also sagte er einfach, er selbst würde wiederkommen. Nur: Wieso schrieb er dann diese Zeilen?«

»Das macht der Text doch klar: Der letzte Messias ist von bösen Geistern besessen und trägt das Mal des Todes«, sagte Yasmin. »Der sogenannte Beschwörer muss ihn erlösen. Dieser Beschwörer wird zum Tempelberg in Jerusalem reisen, um den letzten Messias aufzustöbern und ihn von seinen Dämonen zu befreien.«

»Und anschließend soll der Messias zu dem Ort pilgern, wo Jesus gestorben ist. Aber wo soll das sein?«, fragte Daniel.

»Die Grabeskirche!«, antwortete Jill. »Diese Kirche liegt nur einige Hundert Meter von der Klagemauer und dem Tempelberg entfernt. Darin befindet sich angeblich der Rest von Golgata, der Felsen, auf dem Jesus gekreuzigt wurde. In der Grabeskirche steht eine kleine Kapelle, die Jesus' Grab beherbergt.«

»Jesus' Grab?« Daniel schüttelte ungläubig den Kopf. »Seine Überreste liegen echt noch dort begraben?«

Jill verneinte. »Natürlich liegt Jesus nicht dort, weil er nach seinem Tod wiederauferstanden ist. Jedenfalls, wenn man der Bibel Glauben schenkt. Die Grabeskirche in Jerusalem beherbergt nur das leere Grab, in dem Jesus angeblich drei Tage lang gelegen hat.«

»Wann wurde die Grabeskirche gebaut?«, fragte Daniel. »Auch vor zweitausend Jahren?«

Menachem winkte ab. »Nein, erst dreihundert Jahre nach dem Tod Jesu hat Helena, die Mutter von Kaiser Konstantin, die Gruft von Jesus gesucht. Sie wurde unter einem römischen Tempel fündig. Ihr Sohn ließ daraufhin eine kleine Basilika errichten, die im Laufe der Jahrhunderte immer wieder angepasst, zerstört und wiederaufgebaut wurde.«

Jill fuhr fort: »Der Legende nach hat Helena auch die Kirche der hundert Türen auf der Insel Paros gegründet, wo wir die Prophezeiung gefunden haben. Alle Fäden führen zu ihr und zu Kaiser Konstantin, der die Christenverfolgung beendet und den Weg für das Christentum in seinem Reich geebnet hat.«

Yasmin verschränkte ihre Arme. »Am Ende ist es doch nur ein Stück Papier. Hier steht auch, dass Jesus dem Gesalbten, also dem Messias, die Hand reichen wird und dieser dadurch ein neues Leben erhält. Reichlich abstrus, findet ihr nicht?«

Jill zeigte auf den Tisch. »Bevor wir weiter mutmaßen, sollten wir die zweite Schriftrolle lesen!«

»Natürlich!« Menachem nahm sorgfältig die andere Rolle aus der Amphore. »Das Pergament scheint in etwa gleich alt wie die Jesusrolle zu sein.« Behutsam fixierte er wiederum den oberen Rand und entrollte schließlich das Schriftstück. »Eine ähnliche Handschrift, vielleicht sogar vom selben Schreiber.«

»Diesmal ist der Text jedoch nicht in Koine-Griechisch verfasst«, sagte Jill.

»Nein, hier handelt es sich um das spätantike Griechisch, die letzte bekannte Form des Altgriechischen, bevor es in der Versenkung verschwand. Somit stammt der Text schätzungsweise von dreihundert bis sechshundert nach Christus.«

Menachem las vor:

«Im Namen des Vaters und des Kaisers Konstantin. Gesegnet sei Josef von Arimathäa, welcher das Vermächtnis des Jesus Christus aus der Heiligen Stadt bis nach Alexandria brachte. Gelobt seien die Gesandten aus Alexandria, welche das Werk und die Prophezeiungen an Rom übergaben. Unter Mithilfe der klügsten Gelehrten von Alexandria errichtete der Kaiser eine Basilika auf dem Grab des Heilands. Am Fuß der Basilika wird die Hinterlassenschaft des Menschensohnes auf den letzten Messias warten. Wenn Tag und Nacht sich die Waage halten und die Sonne gleichzeitig im Zenit steht, wird das Licht des Himmels das Vermächtnis von Jesu Christi freigeben. Gelobt sei der Herr und Kaiser Konstantin!«

LXXXI

03.27 Uhr

»Fantastisch«, rief Menachem aus. »Eine Erläuterung zu den Prophezeiungen. Dies erklärt alles!«

»Wird das Licht des Himmels das Vermächtnis freigeben? Ich dachte, die Prophezeiung sei das Vermächtnis?«, fragte Daniel.

Jill hob die Augenbrauen. »Hier steht etwas von einem *Werk*. Vielleicht hat Jesus noch mehr als die Prophezeiungen hinterlassen?«

»Keine Ahnung.« Yasmin zuckte mit den Schultern. »Wenn nur mein Vater dabei sein könnte. Für ihn wären diese Enthüllungen das Größte! Die antike Bibliothek von Alexandria schien damals derart bekannt gewesen zu sein, dass sich Josef von Arimathäa dazu entschieden hat, das Vermächtnis dorthin zu bringen. Jesus muss ihm alles anvertraut haben.«

Daniel runzelte die Stirn. »Josef von Arimathäa? Der Name kommt mir bekannt vor.«

»Er war ein angesehener Mann und Mitglied des Obersten Gerichtshofes der Juden«, sagte Jill. »Als heimlicher Jünger zählte er nicht zum offiziellen Kreis der zwölf Apostel um Jesus. Bei der Kreuzigung war er jedoch zugegen und soll mit einem Kelch Jesus' Blut aufgefangen haben.«

»Der Heilige Gral, ich wusste es!«, rief Daniel.

Menachem schaute ihn tadelnd an. »Über diese Legende steht nichts in der Bibel, es ist bloß ein Märchen aus dem Mittelalter.«

Jill fuhr unbeirrt weiter. »Jedenfalls brachte Josef Jesus' Leichnam in eine Höhle und verschloss den Eingang. Drei Tage später war die Gruft plötzlich offen und von Jesus keine Spur mehr. So weit berichtet bekanntermaßen die Bibel, alles Weitere haben apokryphe Texte festgehalten. Josef wurde des Diebstahls des Leichnams bezichtigt und hat daraufhin vierzig Jahre im Gefängnis verbracht. Die Gralslegende besagt, dass Josef nach seiner Entlassung als alter Mann nach England gereist ist und den Kelch in einer Kapelle nahe Glastonbury versteckt hat. Sollte an diesen Geschichten etwas dran sein, dann hat Josefs Weg möglicherweise über Alexandria geführt, um das Vermächtnis dort zu deponieren.«

»Fast drei Jahrhunderte später haben Gesandte aus Alexandria den ersten Teil der Prophezeiung erfüllt, indem sie das Vermächtnis an Konstantin übergeben haben«, sagte Menachem und zitierte: »*In geraumer Zeit wird auch der römische Caesar den Herrn über alle anderen Götter stellen und in dessen Namen glorreiche Siege erringen.* Das Vermächtnis scheint den römischen Kaiser mächtig beeindruckt zu haben. Vielleicht erkannte er sich selbst in der Prophezeiung.«

Jill stellte nüchtern fest: »Bis dahin ist alles eine selbsterfüllende Voraussage. Die Gesandten schreiben ebenfalls über die Tagundnachtgleiche sowie von der Sonne, die gleichzeitig im Zenit steht. Das Vermächtnis versteckten sie am Fuß der Basilika, während Jesus am Ort seines Grabes dem letzten Messias die Hand reichen will. Die Gesandten folgten somit den Worten von Jesus. Für mich stellt sich nur eine Frage: Warum hat

Kaiser Konstantin die Prophezeiung unter Verschluss
gehalten?«

»Vielleicht wollte er sich selbst als jenen Cäsar sehen,
der im Namen Gottes glorreiche Siege erringt«, antwortete Yasmin. »Durch eine Veröffentlichung der Jesus-
Rolle hätte sich das gesamte damalige Christentum in
Luft aufgelöst und Konstantin die Chance genommen,
im Namen des Herrn auf dem Schlachtfeld erfolgreich
zu sein.«

»Ich bin etwas verwirrt«, sagte Daniel. »Jesus hat von
Gott erst kurz vor der Kreuzigung erfahren, dass irgendwann ein wahrer Messias erscheinen wird. Also
hat Jesus die Prophezeiung niedergeschrieben und das
Schriftstück samt dem *Werk* an Josef von Arimathäa
weitergegeben mit dem Auftrag, die Artefakte nach
Alexandria zu bringen. Dort haben die Gelehrten der
Bibliothek das Vermächtnis sicher unter Verschluss gehalten, bis sie in Kaiser Konstantin den prophezeiten
Cäsar erkannt haben.«

Jill nickte. »Anschließend haben einige Gesandte das
Vermächtnis zum Kaiser gebracht, woraufhin dieser in
Jerusalem eine Basilika über der Gruft von Jesus erstellen ließ und darin das Werk des Jesus versteckte. Gelehrte aus Alexandria haben dabei geholfen und sind
schließlich mit der Kopie der Prophezeiung zum Museion zurückgekehrt. Zusammen mit einer Zusatzerklärung haben sie die Schriftrolle in der Archimedes-
Kammer versteckt, bis sie nach Kreta und schließlich
nach Paros flüchten mussten.«

Doch Daniel gab sich noch nicht zufrieden. »Warum
hat sich Jesus nicht vor seinem eigenen Tod gerettet? Er

war sicher nicht glücklich zu erfahren, dass nach ihm noch ein weiterer Messias kommen würde.«

»Warum hat sich Jesus überhaupt verurteilen lassen? Er hätte nur widerrufen müssen«, entgegnete Jill. »Es gehörte wohl zu seinem Plan. Oder zum Plan Gottes, was weiß ich.«

»Was ist, wenn Alain in der goldenen Kiste ebenfalls eine Kopie dieser beiden Rollen findet?«, fragte Yasmin. »Dann ist er bereits unterwegs nach Jerusalem, um sich das Vermächtnis zu krallen.«

»Das ist unwahrscheinlich«, erwiderte Jill. »Die Lade hat garantiert als Ablenkung gedient. Ich denke eher, dass Alain gerade in Paros die ganze Kammer auf den Kopf stellt. Deswegen müssen wir eine Horde Polizisten dorthin schicken. Aber falls Alain die Prophezeiung doch kennt: In der Grabeskirche gibt es sicher kein Vermächtnis mehr.«

»Wieso nicht?«, fragte Yasmin.

»Die Kirche wurde im Laufe der Zeit mehrmals bis auf die Grundmauern zerstört. Beim Wiederaufbau hat man jeweils andere Baupläne als jene der ersten Basilika zugrunde gelegt. Das Vermächtnis ist entweder geraubt oder komplett vernichtet worden.«

»Jedenfalls«, sagte Menachem, »ist die Prophezeiung eine absolute Sensation, und dies in doppelter Hinsicht: Sie beschreibt drei Ereignisse der letzten sechzehn Jahrhunderte und kündet das Erscheinen eines Propheten an. Sogar den Ort dafür kennen wir: den Tempelberg und die Grabeskirche in Jerusalem. Nur den genauen Zeitpunkt wissen wir nicht.«

»Wir kennen zwar das Jahr nicht«, Yasmin schnippte mit den Fingern, »doch die Tagundnachtgleiche gibt es jedes Jahr nur zweimal, um den 20. März und den 23. September herum.«

»Oh!« Daniel hatte sein Handy gezückt und las davon ab: »Dieses Jahr findet die Tagundnachtgleiche am 21. März statt, um 09.46 Uhr!«

»Ja und?«, fragte Yasmin.

Irritiert blickte Daniel auf. »Das ist heute!«

LXXXII

Für einen Moment blickten sich alle überrascht an. Doch schließlich winkte Jill ab. »Ein Zufall. Aber letzten Endes wissen wir nicht, ob der gemeinte Zeitpunkt heute oder in tausend Jahren ist. Zudem steht die Sonne nicht um 09.46 Uhr im Zenit, sondern um die Mittagszeit.«

»Moment mal!« Menachem wandte sich an Daniel. »Um welche Zeitzone handelt es sich bei deiner Angabe?«

Daniel konsultierte nochmals sein Smartphone. »Hier steht: 09.46 Uhr UTC.«

»Das habe ich mir gedacht«, sagte Menachem. »UTC steht für Universal Time Coordinated und entspricht der Zeit in London. Israel ist dieser Zeit um zwei Stunden voraus. Dort findet die Tagundnachtgleiche also lokal um 11.46 Uhr statt.«

»Mist, die Mittagszeit um vierzehn Minuten verpasst!«, rief Daniel. »In den beiden Rollen steht doch: *Wenn Tag und Nacht sich die Waage halten und die Sonne gleichzeitig im Zenit steht, wird das Licht des Himmels das Vermächtnis von Jesu Christi freigeben.*«

»Knapp daneben«, sagte Jill. »Aber ich bleibe bei der Meinung, dass in der Grabeskirche nirgends ein Vermächtnis versteckt liegt. Und was immer die Gelehrten aus Alexandria gebaut haben, davon ist schon lange nichts mehr übrig. Nein, im Moment ist es wichtiger, dass Alain hinter Gitter wandert. Das hat die höchste

Priorität. Anschließend gehen wir dem Geheimnis in der Grabeskirche auf den Grund, falls vom Vermächtnis noch etwas übrig sein sollte und wir überhaupt Zugang erhalten. Dies allein dürfte wiederum Jahre dauern! Zudem müssen wir uns überlegen, wie die Prophezeiung veröffentlicht werden soll.«

»Veröffentlicht?«, fragte Menachem. »Die Christen werden die Prophezeiung als Fälschung geißeln, die Juden jubeln über die Ankunft ihres langersehnten Messias und der Rest der Welt wird bei jedem zweiten männlichen Baby den Gesalbten vermuten.«

»Ich gebe dir recht, aber ich sehe keine Alternative.« Jill presste die Lippen zusammen. »Die beiden Schriftrollen müssen nach allen Regeln der Kunst untersucht werden. Die Wissenschaft wird die Ergebnisse liefern. Was die Welt anschließend damit macht, können wir nicht beeinflussen.«

Daniel zeigte auf sein Handy. »Aber etwas ist merkwürdig: Ich habe eine Weltkarte mit allen Zeitzonen gesucht und hier sieht man, dass sich Jerusalem in der gleichen Zeitzone wie Athen befindet. Wie kann die Sonne in beiden Städten zur gleichen Zeit im Zenit stehen?«

»Das kann sie nicht.« Menachem zog seine Handschuhe aus. »Jerusalem liegt um die tausend Kilometer östlicher als Athen. *Im Zenit stehen* bedeutet also nicht automatisch zwölf Uhr mittags. Die volle Stunde wird zwar zeitmäßig in beiden Städten gleichzeitig erreicht, den Zeitpunkt des Zenits der Sonne müssten wir aber berechnen.«

»Und wie machen wir das?«, fragte Daniel.

»Die Tagundnachtgleiche fällt immer irgendwo auf
der Welt auf die Mittagszeit, plus-minus dreißig Minuten.« Menachem hob die Hände. »Schauen wir doch,
um welche Zeit die Sonne in Jerusalem den Zenit erreicht.«

Er ging zurück ins Wohnzimmer, nahm ein kleines
Tablet von seinem Arbeitstisch und klickte darauf
herum. Plötzlich erschien die Oberfläche des Tablets
auf dem vertikalen Flachbildschirm, und alle versammelten sich davor.

Menachem zeigte auf den Bildschirm. »Hier, auf dieser Weltkarte der Zeitzonen sieht man gut, wie weit die
beiden Städte auseinanderliegen und dass sie trotzdem
die gleiche Uhrzeit teilen. Im Zenit steht die Sonne,
wenn sie den örtlichen Meridian passiert.«

Er öffnete eine weitere Internetseite. »Früher ist das
Leben dem Sonnenlicht gefolgt, heute diktieren Uhren
unser Leben. Seht hier.«

Menachem zoomte auf dem Tablet mit den Fingern in
das Sonnenverlauf-Diagramm hinein, über dem *Jerusalem* stand. Auf dem Flachbildschirm erschien das Di-
agramm gestochen scharf. Er zog eine vertikale Linie
bis in die Mitte der Skala, damit die Sonne ihren
Höchststand erreichte. Unterhalb des Diagramms
konnten sie die Uhrzeit ablesen.

»11.46 Uhr!«, rief Daniel!

»11.46 Uhr«, raunte Jill. »In Jerusalem steht heute die
Sonne genau zur Tagundnachtgleiche im Zenit. Wie oft
geschieht das?«

Menachem schüttelte verblüfft den Kopf. »Ich bin mir
nicht sicher. Der Zeitpunkt der Tagundnachtgleiche va-
riiert jedes Jahr erheblich. Auf die Minute genau wird

dieses Ereignis mit dem Zenit der Sonne in Jerusalem vielleicht alle hundert Jahre übereinstimmen. Oder sogar noch seltener.«

»Langsam wird es unheimlich, meint ihr nicht? Wie kann das alles ein Zufall sein?«, fragte Daniel.

»Es *muss* ein Zufall sein!«, sagte Jill in einem zweifelnden Ton.

Menachem blickte sie ernst an. »Trotzdem müsst ihr sofort nach Jerusalem zur Grabeskirche. Ich bleibe hier bei den Schriftrollen. Der Transport könnte sie beschädigen, und außerdem würdet ihr sie nie durch den Zoll bringen.«

»Wir reisen gleich los.« Yasmin nickte. »Doch nicht zur Grabeskirche. Jedenfalls nicht als Erstes.«

»Wohin dann?«, fragte Daniel.

»Ich habe nochmals das Ende der Prophezeiung angeschaut. Hier«, Yasmin zeigte auf die Stelle, »schreibt Jesus folgendes:

Erst ein Beschwörer des Lichts, des Wassers, des Feuers und der Erde wird den Messias von seinen Dämonen befreien. Der Tempel des Serubbabel wird dem Beschwörer den Weg weisen, um den Propheten zu finden.«

»Ja, und?«, fragte Jill.

Yasmin lächelte verschwörerisch. »Wir suchen in Jerusalem zuerst den Tempelberg auf. Ich glaube nämlich zu wissen, wer der Beschwörer ist.«

»Wie bitte? Wer denn?«, fragte Jill.

Yasmin blickte sie ernst an. »Du.«

Jill guckte Yasmin zuerst entgeistert an, dann lachte sie laut heraus. »Das ist komplett verrückt! Ich bin weder religiös noch eine Zauberin! Ich bekomme es nicht einmal hin, dass mich im Restaurant die Bedienung bemerkt. Wie soll ich denn Licht, Wasser, Feuer und die Erde beschwören?«

»Das hast du bereits getan!«, sagte Yasmin. »In Alexandria hast du eine Geheimpforte mit umgelenktem Sonnenlicht geöffnet. *Licht. Auf* Kreta hast du den Brunnen zum Überlaufen gebracht und hast damit auch ein Tor aufgesperrt. *Wasser.* Und in Paros hast du den Göttern ein Feueropfer dargebracht. *Feuer.*«

»Doch die Erde musste sie nie beschwören, das fehlt«, wandte Daniel ein.

»Noch nicht!« Yasmin schaute alle eindringlich an. »Alles, was wir die letzten paar Tage erlebt haben, kann kein Zufall sein! Und jetzt, da wir eine zweitausend Jahre alte Prophezeiung des Jesus lesen, soll ausgerechnet heute der letzte Messias in der Grabeskirche zu seinem neuen Leben finden?«

Jill schüttelte den Kopf. »Aber es ist trotzdem verrückt. Wir können nicht nach Jerusalem gehen und mit einem Plakat rumlaufen, auf dem steht: *Bist du mein Messias? Folge mir!* Es ist nur eine verträumte Prophezeiung. Außerdem ist die Rede von einem Beschwörer, also einem Mann.«

»Aber die anderen Prophezeiungen sind alle eingetroffen«, sagte Menachem. »Jedenfalls wenn unsere Interpretationen stimmen. Konstantin, Mohammed, Hitler. Bereits zu Lebzeiten hat Jesus seinen Verräter und sogar seinen Tod vorausgesehen. Er wusste, dass Petrus ihn dreimal verleugnen würde, und es gibt einen Haufen weiterer Beispiele. Natürlich nur, wenn es sich auch so zugetragen hat. Vielleicht ist wirklich etwas dran?«

»Jill, man hat dich aus einem Helikopter geworfen und du hast überlebt«, sagte Yasmin aufgeregt. »Du wurdest verraten, lebendig begraben und bist wieder auferstanden. Keine Pforte und kein Rätsel konnten dich aufhalten. Wir sind zu diesem Zeitpunkt womöglich die einzigen Menschen auf der Welt, die Kenntnis von der Prophezeiung haben. Und jetzt willst du aufhören?«

Jill verschränkte demonstrativ ihre Arme. »Ich fühle mich zwar geschmeichelt, dass Jesus vor zwei Jahrtausenden an mich gedacht haben soll. Aber ich glaube nicht einmal an Gott! An keinen Gott! Und falls ich den letzten Messias finden sollte: Wie würde ich ihm die Dämonen austreiben? Ich bin Archäologin und kein Exorzist!«

Yasmin zuckte mit den Schultern. »Ich habe auch keinen Schimmer. Alles, was ich sage, ist: Lasst uns nach Jerusalem gehen und nach dem prophezeiten Messias suchen. Anschließend können wir immer noch Alain jagen.« Sie zog ihr Handy hervor.

Menachem hob den Zeigefinger. »Wir sollten das eine tun und das andere nicht lassen: Ihr drei schnappt euch den nächsten Flug nach Tel Aviv, während ich hier die Fäden ziehe und die Behörden in Griechenland und Israel wegen Alain alarmiere. In Jerusalem kenne ich außerdem noch ein paar Leute von früher.«

»Ich suche im Internet ... Mist, kein Akku mehr.« Yasmin schaute von ihrem Handy auf. »Daniel, könntest du...«

»Um 6.15 Uhr fliegt eine Maschine von Athen nach Tel Aviv«, verkündete Daniel sogleich und hob sein Handy euphorisch hoch. »Also sind wir rechtzeitig in Jerusalem! Und falls wir den Messias nicht finden, können wir immer noch die Grabeskirche besuchen.«

Jill wandte sich ab und blickte zum Fenster hinaus. Über dem gegenüberstehenden Block sah sie einen klaren Nachthimmel mit einigen flimmernden Sternen. *Alles nur Zufall. Nicht wahr, Dr. Carter?*

Sie drehte sich wieder zu den anderen. »Also gut. Pilgern wir in Höchstgeschwindigkeit zur Heiligen Stadt!«

LXXXIII

Vor der Altstadt von Jerusalem

Dienstag, 21. März, 09.53 Uhr

Jill schaute auf ihre Armbanduhr. »Uns bleiben noch knapp zwei Stunden.«

Jill, Yasmin und Daniel stiegen aus dem Mietauto und blickten auf die fünfzehn Meter hohen Mauern der Altstadt von Jerusalem. Sie parkten am Rand einer Nebenstraße in der Nähe des Durchganges, der am nächsten zum Tempelberg lag. Obwohl die Sonne schien und nur kleine Schäfchenwolken über den Himmel zogen, blies ihnen der Wind kühle Luft zu.

»Das Dungtor ist eines von acht Eingängen zur Altstadt von Jerusalem.« Jill deutete auf eine beinahe quadratische Öffnung in der Mauer. »Von hier sind es nur zweihundert Meter bis zum Felsendom.«

»Und der Klagemauer!« Daniel war sichtlich aufgeregt.

»Richtig. Yasmin, irgendwelche Neuigkeiten von Menachem?«, fragte Jill.

Yasmin blickte kurz auf ihr Handy. Sie konnte es unterwegs mit einem Akku laden, den Daniel ihr geliehen hatte. »Er hat geschrieben, dass die Fahndung nach Alain eröffnet ist und die Behörden in Jerusalem informiert sind.« Sie biss sich auf die Lippe. »Aber ich versteh nicht, warum er mir auf Englisch geschrieben hat. Er hat immer betont, wie wichtig ihm das Üben meiner

Muttersprache ist und hat mir deshalb immer auf Türkisch geschrieben.«

Daniel winkte ab. »Er war bestimmt bloß müde. Kein Wunder, wir hatten ihn mitten in der Nacht geweckt.«

Yasmin zuckte mit den Schultern und zeigte nach vorn. »Da, der Tempelberg mit dem Felsendom und der Al-Aqsa-Moschee.«

»Und der Klagemauer«, sagte Daniel andächtig. »Dr. Carter, wie wollen Sie eigentlich den Messias erkennen?«

»Darüber zerbreche ich mir schon den ganzen Weg den Kopf.« Jill zog ihr Notizbuch hervor. »In der Jesus-Prophezeiung steht:

Die Menschen werden ihn zunächst nicht als Messias erkennen, und er selbst wird von bösen Geistern besessen sein und das Mal des Todes tragen. Erst ein Beschwörer des Lichts, des Wassers, des Feuers und der Erde wird ihn von seinen Dämonen befreien. Der Tempel des Serubbabel wird dem Beschwörer den Weg weisen, um den Propheten zu finden.«

Sie steckte das Notizbuch wieder weg. »Vielleicht wartet der Messias nicht hier und jetzt auf uns, sondern wir stoßen auf eine Art Wegweiser beim Tempelberg. Aber wie dieser Hinweis aussehen könnte, weiß ich leider auch nicht.«

»Und wenn wir nichts finden?«, fragte Daniel.

»Dann stehen wir so oder so um 11.46 Uhr in der Grabeskirche. Allerdings werden wir dort nichts entdecken, da bin ich mir sicher«, antwortete Jill bestimmt.

»Weil in der Grabeskirche bestimmt schon jeder Stein untersucht wurde?«, fragte Daniel.

»Im Gegenteil«, sagte Yasmin. »Zwar durfte 2016 im Zuge von Renovierungen ein Archäologenteam für drei Tage unterhalb der Grabeskapelle Nachforschungen anstellen, aber der Rest wurde nie untersucht. Sie fanden übrigens eine zerbrochene Kalksteinplatte mit einem Kreuz darauf, das Füllmaterial im Grab datierten sie auf das Jahr 345 nach Christus, also in die Zeit des Kaisers Konstantins. Das hat mir alles mein Vater erzählt.«

»Zum Glück hast du so gut zugehört.« Jill nickte anerkennend. »Außerdem gibt es in und rund um Jerusalem Dutzende Felsengräber, die ebenfalls infrage kämen.«

»Tja, so ist es.« Yasmin blickte auf die vor ihnen liegende Durchgangskontrolle. »Mehr weiß man über die Grabeskirche jedoch nicht, Untersuchungen werden seit jeher unterbunden. Grund dafür sind die sechs christlichen Kirchen, die zusammen das Gebäude verwalten und sich so ziemlich in allem uneinig sind. Sie streiten sich sogar darüber, wer wann welche Gottesdienste feiern darf. Hauptsächlich liegen sich orthodoxe und katholische Priester in den Haaren. Weißt du, wer die Schlüssel zur Kirche verwaltet und wer die Türöffnung und -schließung vornehmen muss?«

Daniel schüttelte ahnungslos den Kopf.

»Zwei muslimische Familien!« Yasmin lachte. »Und dies seit Jahrhunderten! Nur weil sich die christlichen Parteien spinnefeind sind. Es sind sogar Teile der Kirche einsturzgefährdet, weil man sich nicht über eine Renovierung einigen kann. Es wird nur etwas geändert, wenn alle damit einverstanden sind.«

»Und nichts veranschaulicht diese Uneinigkeit besser als die Leiter«, fügte Jill hinzu.

Daniel blickte sie verdutzt an. »Die Leiter?«

»Oberhalb des Haupteinganges befindet sich ein kleiner Mauervorsprung mit zwei großen Kirchenfenstern darüber. Bei einem Fenster steht eine Holzleiter, von der niemand mehr genau weiß, wer sie dorthin gestellt hat und wozu sie gut ist. Das Tollste: Die Leiter steht nachweisbar schon seit über hundertfünfzig Jahren dort! Und da man sich nicht einigen kann, sie wegzuräumen, bleibt sie vorerst einfach dort stehen.«

Sie erreichten den Kontrollposten vor dem Tempelberg. Da nur wenige Touristen und Einheimische unterwegs waren, passierten sie die Kontrolle in kürzester Zeit. Wenig später standen sie vor dem Tempelberg: Die Klagemauer lag direkt vor ihnen, rechts davon eine hölzerne Rampe, die zum Felsendom und der Moschee hinaufführte.

»Wahnsinn!«, raunte Daniel beeindruckt. »Vor zweitausend Jahren gebaut, dient sie immer noch als Fundament des einstigen Tempels. Und Millionen von Juden als Hoffnung.«

»Nur dass die Moslems statt des jüdischen Tempels den Felsendom und die al-Aqsa-Moschee darauf gebaut haben«, sagte Yasmin.

Daniel winkte ab. »Hier nahm Gott das Stück Erde, mit dem er Adam formte. Abraham sollte an dieser Stelle seinen Sohn Isaak opfern, bevor er von einem Engel daran gehindert wurde. Im ersten Tempel um tausend vor Christus bewahrte man die Bundeslade auf, bevor die Stätte von Nebukadnezar zerstört wurde.«

Jill nickte ihm anerkennend zu. »Hier spürt man regelrecht den Atem der Zeit.«

Auf dem Platz vor der Klagemauer herrschte reges Treiben. Rund zwei Dutzend Männer standen im Bereich direkt vor der Mauer, die Hälfte davon waren orthodoxe Juden mit den Tefillin um den Arm gebunden. In unregelmäßigen Abständen nickten sie der Mauer zu, tief in ihr Gebet versunken.

Im Bereich daneben gab es einen kleinen Sektor nur für Frauen. Auch Touristen befanden sich auf dem Platz, jeweils mit einer ausgeliehenen Kippa auf dem Kopf. Sie steckten emsig Zettelchen in die Spalten zwischen den gewaltigen Steinblöcken, falls sich in den überquellenden Ritzen ein freies Plätzchen fand.

»Und was jetzt?«, fragte Yasmin.

»Wir gehen zum Felsendom hoch. Dort, wo zu Zeiten Jesu der Tempel noch stand. Da suchen wir nach Hinweisen«, sagte Jill.

»Kann ich hierbleiben?«, fragte Daniel. »Ich würde gern zur Klagemauer.«

»Klar, warum nicht. Wir werden nicht lange weg sein«, sagte Jill und schritt entschlossen zur Felsendom-Rampe. Yasmin versuchte, Schritt zu halten, doch bevor sie die Rampe betreten konnten, stellten sich ihnen zwei ernst wirkende Wächter in den Weg. »Kein Tourist!«, bellte der eine von ihnen.

»Wir sind keine Touristen.« Yasmin setzte ein entrüstetes Gesicht auf. Der andere Wächter zeigte auf Jill, womit er offenbar das Aussehen der Britin für verräterisch hielt.

Jill zögerte nicht und sprach in perfektem Arabisch: »Lā ilāha illā 'llāh, muhammadun rasūlu 'llāh.« *Es gibt keinen Gott außer Allah, und Mohammed ist sein Gesandter.*

Yasmin blickte sie leicht erstaunt an. Die Wächter hoben misstrauisch die Augenbrauen, und einer von ihnen rief: »Reisepass!«

Yasmin reichte ihm das Dokument. Der Wächter blätterte darin, dann forderte er von Jill ebenfalls das Dokument. Sie reagierte sofort und sagte: »Ich habe meinen Pass nicht dabei. Dürfen wir jetzt bitte hindurch? Wir möchten in der al-Aqsa-Moschee beten.«

Die Wächter tauschten sich kurz murmelnd miteinander aus, bis der eine sagte: »Jetzt ist geschlossen. Kommt später wieder.«

Yasmin wollte sich zur Wehr setzen, als Jill sie an der Hand von den Wächtern wegzog. »Die haben glatt gelogen«, protestierte Yasmin. »Vor uns sind doch schon einige andere Leute die Rampe hochgelaufen.«

»Es hat keinen Sinn, sich mit den Jungs von der *Waqf* anzulegen. Wir müssen die Sache anders angehen.«

»Eigentlich bist du jetzt ein Moslem«, sagte Yasmin. »Du hast das Glaubensbekenntnis aufgesagt. Willkommen im Club!«

Jill lächelte. »Und du bist Christin. Schließlich bist du gestern im Taufbrunnen getauft worden. Es geht doch nichts über einen interreligiösen Austausch!«

Auf dem Platz vor der Klagemauer konnten sie Daniel zunächst nicht entdecken. Plötzlich zeigte Yasmin zur Mauer selbst: »Dort steht er.«

Jill folgte ihrem Fingerzeig und sah nun auch, wie Daniel dicht bei der Klagemauer stand und diese mit beiden Händen berührte. In diesem Moment flogen mehrere Tauben plötzlich vom Platz auf, als wären sie von einem unsichtbaren Wesen aufgescheucht worden.

Jill musste an einen Satz in der Prophezeiung denken: *Der Tempel des Serubbabel wird dem Beschwörer den Weg weisen, um den Propheten zu finden.*

»Kann es sein?«, murmelte sie abwesend vor sich hin.

Yasmin schaute sie verwundert an. »Was meinst du?«

Ohne den Blick von Daniel zu lassen, antwortete Jill: *»Daniel ist der letzte Messias.«*

LXXXIV

10.14 Uhr

Als Daniel einige Minuten später zurückkehrte, schauten ihn Jill und Yasmin mit großen Augen an.

»Ehm, ist etwas nicht in Ordnung?«, fragte er. »War ich zu lange bei der Klagemauer?«

»Daniel«, sagte Jill mit musterndem Blick, »hast du ein spezielles Muttermal oder sonst eine Auffälligkeit an deinem Körper? Irgendwo?«

»Wie bitte?« Daniel schaute sie entgeistert an. Nach einer kurzen Pause antwortete er: »Also, auf dem Bauch habe ich so einen Fleck …«

»Kannst du uns den Fleck zeigen?«, sagte Yasmin.

Daniel schien die Welt nicht mehr zu verstehen. Baff zog er seinen Pullover und das darunterliegende T-Shirt hoch. »Dieses Mal trage ich seit meiner Geburt. Aber warum fragt ihr mich?«

»Nicht besonders groß«, sagte Jill und begutachtete den dunklen Fleck links von Daniels Bauchnabel. »Hat irgendwie die Form von einem Herz.«

»Oder von einem Hintern«, sagte Yasmin lapidar. »Und von einem Dämon scheint er auch nicht besessen zu sein.«

»Moment mal«, protestierte Daniel, »ihr denkt doch nicht etwa, dass *ich* der letzte Messias bin?«

»Als ich dich an der Klagemauer stehen sah, dachte ich: Vielleicht bist du der Messias und weißt es bloß noch nicht«, erwiderte Jill.

Daniel schaute die beiden Frauen perplex an. »Mein Fleck ist wohl kaum ein Mal des Todes und in mir wohnt auch kein Dämon, soviel ich weiß.«

Jill drehte sich wieder dem Tempelberg zu. »Vielleicht verschwenden wir hier unsere Zeit. Wir sollten direkt zur Grabeskirche gehen und uns dort umsehen.«

»Wollt ihr nicht auch einen Zettel in die Klagemauer stecken? Schadet bestimmt nicht«, sagte Daniel.

»Was geschieht eigentlich mit all diesen Zettelchen in den Mauerritzen?«, fragte Yasmin. »Das müssen doch Tausende sein, oder?«

»Zweimal im Jahr gibt es eine Aufräumaktion und sämtliche Zettel erhalten ein Begräbnis auf dem Öl-berg«, sagte Daniel. »Natürlich darf niemand die Nachrichten lesen. Es ist aber trotzdem vorgekommen, dass Zetteltexte veröffentlicht worden sind.«

Jill runzelte die Stirn. »Wie meinst du das?«

»2008 hat der damalige Senator und spätere US-Präsident Obama die Klagemauer besucht und einen Zettel in eine Ritze gesteckt. Irgendjemand hat sich die genaue Position gemerkt und sich das Schriftstück geholt. Eine israelische Boulevardzeitung hat Obamas Gebetszettel auf der Titelseite abgedruckt, was einen ziemlichen Shitstorm auslöste.«

»Jemand hat den Zettel aus der Mauer geklaut?«, fragte Jill?

»Ja«, antwortete Daniel. »Obwohl es verboten ist. Für Juden sind die Gebetszettel Nachrichten an Gott und für niemanden sonst.«

Jill blieb für einen Moment still. Dann flüsterte sie: »Die Mauer ist ein gigantischer toter Briefkasten.«

»Was?«, fragte Yasmin.

»Ein toter Briefkasten ist ein Ort, der nicht angeschrieben ist, aber bei dem man Nachrichten hinterlassen kann. Leute, die den Ort kennen, tauschen so Botschaften aus.«

Yasmin stutzte. »Willst du etwa sagen ...«

»Ganz recht.« Jill nickte. »Vielleicht wartet in einer Mauerritze eine Nachricht auf uns!«

Eine Minute später stand Jill direkt an der Klagemauer. Auf dem Kopf trug sie ein ausgeliehenes Tuch. Ihre anfängliche Euphorie wurde durch Yasmins Bemerkung getrübt, dass eine an Jill gerichtete Nachricht so wahrscheinlich wie ein Sechser im Lotto war. *Da hat sie leider verdammt recht!*

Sie betrachtete die Mauerritzen direkt vor ihr. Hunderte von Zettelchen, eng zusammengefaltet, steckten in den Ritzen. Sie quollen dermaßen hervor, dass einige der Schriftstücke herausgefallen waren und auf dem Boden lagen.

Was zum Henker mache ich hier?

Unsicher blickte sie zur rechten Seite. Yasmin stand wenige Meter neben ihr und strich mit ihrer Hand sanft über die Steinmauer. *Wir stehen im Frauensektor. Wie soll mir der Messias, der hier nicht reindarf, eine Nachricht hinterlassen?*

Im Männersektor, hinter einer Trennwand, winkte ihr Daniel ermutigend zu.

Sie drehte sich wieder der Mauer zu und atmete tief durch. Um sie herum beteten einige Jüdinnen innig. Sie schloss die Augen und versuchte sich zu konzentrieren. *Du musst glauben, Jillian.*

Sie öffnete die Augen und blickte auf die Mauerritze vor sich. Sollte sie einfach ihr Glück probieren? Sich von ihrer Intuition leiten lassen? *Vielleicht führt mich eine übernatürliche Kraft, an die ich nicht mal glaube. Zum Teufel. Ich nehme jetzt einen Zettel.*

Sie glitt mit ihrer Hand über mehrere Zettelchen in der Mauerritze. Plötzlich fiel ihr etwas auf: Die Notizen waren mehrheitlich weiß, doch es gab auch viele gelbe, einige grüne und pinkfarbene sowie orangefarbene Papierchen.

Doch nur eines war schwarz.

Mit einem kurzen Blick zur Seite versicherte sie sich, dass sie niemand beobachtete. Dann schnappte sich Jill das schwarze Zettelchen und lief wieder hinaus zu Yasmin. Daniel gesellte sich kurz darauf zu ihnen.

»Und, was sagt die Nachricht?«, fragte Yasmin ungeduldig. Jill entfaltete das Zettelchen. Mit weißer, krakeliger Schrift kam ein einziger Satz zum Vorschein. »Ehm, Yasmin, kannst du Neu-Hebräisch? Ich kenne mich eher mit Althebräisch aus«, sagte Jill.

»Meine Kenntnisse sind auch eher bescheiden. Ich denke, beim ersten Wort könnte es sich ...«

Daniel riss Jill den Zettel wortlos aus der Hand und las vor:

»Gott, bitte lass mich nicht meinen Verstand verlieren.«

Jill und Yasmin starrten Daniel zunächst überrascht an. Dann zog Yasmin beide Augenbrauen hoch. »Du bist Jude, habe ich recht?«

Daniel nickte. »Meine Eltern haben mir Hebräisch beigebracht. Unter anderem auch, damit ich den Tanach in Originalsprache lesen kann.«

Auch Jill war die Überraschung anzusehen. »Und natürlich hast du deinen Glauben in Luxor geheim gehalten, um Ärger mit den ägyptischen Mitarbeitern zu vermeiden. Wahrscheinlich weiß auch Achmed nichts davon?«

Daniels errötende Wangen sprachen Bände.

Yasmin wechselte das Thema. »Jedenfalls haben wir jetzt einen Hinweis, geschrieben von einer Frau.«

»Wir wissen nicht mal ihren Namen!« Jill zerknüllte das Stück Papier. »Ich habe mich getäuscht, die Klagemauer ist eine Sackgasse.«

»Und falls doch nicht?« Yasmin nahm ihr das Papierknäuel aus der Hand und entfaltete es wieder. »Vielleicht bist du zu voreilig! Angenommen, diese Nachricht enthält einen Hinweis für den Beschwörer, also dich. Dann wissen wir immerhin, dass wir eine hebräisch sprechende Frau suchen.«

»Und sie ist Jüdin«, ergänzte Daniel. »Das Wort *Gott* wird auf dem Zettel mit JHWH buchstabiert. Einige Juden sprechen den Namen Gottes nie direkt aus, auch schriftlich nicht.«

»Schön, eine hebräisch sprechende Jüdin«, sagte Jill. »Wir haben soeben den Kreis der Verdächtigen auf vier Millionen Einheimische reduziert. Doch mehr bringen uns diese paar Wörter auch nicht, was meint ihr?«

Yasmin zuckte mit der Schulter und Daniel schaut etwas hilflos umher. Jill blickte noch mal auf das Papier. *Lieber Gott, bitte lass mich nicht meinen Verstand verlieren.*

Stumm stand Jill für eine Weile auf dem Platz. Sie musterte nochmals die Klagemauer und dachte dabei an den dahinterliegenden Felsendom, der drittheiligste

Ort für Muslime. *Und die Grabeskirche von Jesus liegt keine zehn Gehminuten von hier entfernt. Kein Wunder, dass manche in Jerusalem ein bisschen verrückt werden.*

Bei diesem Gedanken stutzte sie. *Verrückt? In Jerusalem?*

Plötzlich sagte sie zu Yasmin: »Du hast recht. Der Zettel liefert einen Hinweis. Auf zum Auto!« Hastig lief sie los.

Yasmin und Daniel wechselten ahnungslose Blicke, dann rannten sie Jill hinterher. »Aber zur Geburtskirche geht es doch in die andere Richtung«, rief Yasmin.

»Wir müssen vorher noch woandershin«, antwortete Jill.

LXXXV

Die Kfar-Shaul-Klinik lag in einem jüdischen Vorortviertel von Jerusalem. Männer mit schwarzen Hüten und langen Locken ließen keinen Zweifel daran, dass es sich um einen orthodoxen Ort handelte. Jill parkte den Wagen auf dem Platz vor dem Eingang der Klinik und stieg aus. Yasmin und Daniel gesellten sich zu ihr.

»Eine Psychiatrie?«, fragte Daniel. »Hier sollen wir den Messias finden?«

»Mit etwas Glück: Ja.« Jill zweifelte selbst an ihrem Plan, doch sie musste ihrer Eingebung folgen. *Viele Menschen versuchen in einer Psychiatrie ihren Dämon loszuwerden.*

Daniel hakte nach: »Warum gerade diese Psychiatrie hier?«

Jill lief los. »Die Kfar Shaul-Klinik betreut als einzige Menschen mit dem Jerusalem-Syndrom. Gerade um christlich-religiöse Feiertage gibt es immer wieder Touristen, die von der antiken Pracht der Jerusalemer Altstadt überwältigt werden und sich anschließend für Jesus, Moses oder die Jungfrau Maria halten. Meistens handelt es sich dabei um religiöse Protestanten. Muslime oder Juden erleiden diese Symptome fast nie. Warum dies so ist, weiß keiner. Aber nach ein paar Tagen sind die meisten kuriert und reisen wieder nach Hause.«

»Und jetzt willst du dort reinspazieren und nach einem Patienten mit Jerusalem-Syndrom fragen?« Zweifel lag in Yasmins Stimme.

»Nicht direkt.« Jill zwinkerte ihr zu und öffnete die Eingangstür. In der Empfangslobby saßen einige Leute an Tischen und tranken Tee oder Kaffee. Jill blickte kurz um sich, konnte jedoch niemanden mit einem besonderen Mal ausmachen. Eine junge Frau an der Empfangstheke lächelte die Drei an. »Schalom. Möchten Sie jemanden besuchen?«

Jill grüßte die Frau ebenfalls lächelnd. »Schalom. Mein Name ist Jill Carter und wir suchen eine Frau, die unter dem Jerusalem-Syndrom leidet. Sie hat an der Klagemauer etwas Wichtiges verloren, und wir möchten es ihr zurückgeben.«

Die Frau lächelte immer noch und legte ihre Hände auf die Tastatur ihres Computers. »Und wie lautet der Name dieser Frau?«

Nun zauberte Jill ihr charmantestes Lächeln hervor. »Leider wissen wir weder den Namen noch wie sie aussieht. Aber aufgrund des gefundenen Objektes gehen wir davon aus, dass sie ihr Eigentum wieder zurückhaben möchte. Deswegen haben wir den Weg hierher auf uns genommen.«

Die Frau blickte nun etwas misstrauisch und sagte: »Leider kann ich Ihnen keine Auskunft geben. Ich darf Ihnen nicht einmal sagen, ob jemand mit diesem Profil hier stationiert ist oder nicht. Tut mir leid.«

Nun klinkte sich Yasmin ein. »Könnten wir zumindest eine Nachricht hinterlassen, die Sie herumzeigen würden?«

Die Frau schüttelte den Kopf. »Nur Familienmitglieder und nahe Bekannte dürfen Nachrichten hinterlassen, und dies nur für die betroffene Person.« Sie lächelte immer noch, nun etwas ungeduldiger. Jill wollte gerade einen letzten Versuch starten, als jemand von einem Seitentisch rief: »Das ist ja unglaublich! Hallo, Jill!«

Die drei drehten sich überrascht herum. Ein Mann in seinen Sechzigern kam auf sie zu. Er trug einen weißen Bart und verbarg einen mächtigen Bauch unter einer braunen Mönchskutte, als wollte er Bruder Tuck in der nächsten Robin-Hood-Verfilmung verkörpern. Der Mann ging geradewegs auf Jill zu und umarmte sie. »Jill Carter, was für ein Zufall! Schön, dich zu sehen!«

Jill konnte ihre Überraschung kaum verbergen. »Ja, ehm ... Hallo. Wirklich ein seltsamer Zufall.«

»Und wen hast du hier mitgebracht?«, fragte der Mann lächelnd und blickte Yasmin und Daniel an.

Jill stellte die beiden vor, dann sagte der Mann: »Mein Name ist Abraham. Ich komme aus Norwegen, da hat man mich anders genannt, doch erst die Heilige Stadt hat mir meine wahre Identität gezeigt.« Er drehte sich zum Empfang um. »Schwester, ich werde mit meinen Gästen kurz in den Besucherraum gehen, falls dies okay ist?«

Die Frau blickte argwöhnisch, ließ die drei aber in der Gästeliste eintragen und händigte ihnen daraufhin Besucher-Batches aus. Auf dem Weg in den Besucherraum flüstere Yasmin. »Du kennst ja wirklich überall Leute, Jill.«

Kaum waren sie im Besucherraum angelangt, nahm der Mann sie geheimnisvoll zur Seite, damit sie außer Hörweite der restlichen Anwesenden standen.

»Also«, sagte Abraham in verschwörerischem Tonfall, »was habt ihr bei der Klagemauer gefunden?«

Jill ignorierte die Frage. »Woher kennen Sie mich?«

Der Mann lachte. »Das tue ich gar nicht. Aber vorhin beim Empfang hast du deinen Namen genannt. Anscheinend sucht ihr eine Frau mit dem Jerusalem-Syndrom. Ich bin zwar keine Frau, aber meines Wissens momentan der Einzige hier, der wegen solcher Symptome behandelt wird.« Er beugte sich leicht nach vorn und flüsterte: »Was natürlich völliger Unsinn ist.«

Jill und Yasmin tauschten vielsagende Blicke aus. Doch Abraham lächelte nur. »Nun, vielleicht kann ich euch ja weiterhelfen. Welchen Gegenstand habt ihr gefunden?«

Etwas zögerlich nahm Jill den schwarzen Zettel hervor. »Dieses Papier fanden wir bei der Klagemauer, im Frauenbereich. Weißt du, wem es gehören könnte?«

Der Mann nahm den Zettel, zog die Augenbrauen zusammen und schüttelte den Kopf. »Tut mir leid, aber ich habe absolut keine Ahnung. Ich verstehe auch kein Hebräisch. Was steht denn da? Und warum sucht ihr gerade hier?«

Jill antwortete hastig: »Das ist eine lange Geschichte, und wir sind unter Zeitdruck. Aber da du niemanden kennst, der ...«

Yasmin unterbrach sie und blickte Abraham in die Augen. »Trägst du vielleicht ein besonderes Mal am Körper? Etwas Außergewöhnliches?«

Abraham musterte sie schelmisch. »Meine alte Seele trägt viel Male und Narben. Und ich bin hier, um einen neuen Glauben zu begründen. Einen Glauben, der die ganze Welt vereinen wird! Aber auf meiner Haut gibt es nur ein paar langweilige Muttermale.«

Jill nickte Yasmin zu. »Danke, Abraham, für deine Zeit. Aber ich denke, hier liegt ein Missverständnis vor. Wir wünschen dir alles Gute.«

Sie wandte sich bereits dem Ausgang zu, als Abraham zu ihr sagte: »Moment, dein Akzent ... bist du Engländerin?«

Etwas verdutzt über diese Frage antwortete Jill: »Ja, ich komme aus England. Warum?«

»Wartet einen Moment hier. Ich kenne jemanden, der vielleicht mit dir sprechen möchte!« Schon machte sich Abraham davon und verschwand im Patiententrakt.

»Er ist etwas ... speziell, nicht?«, fragte Daniel.

»Aber mir gefällt sein Ansatz.« Yasmin schmunzelte. »Im Alten Testament, im Tanach wie auch im Koran gilt Abraham als Urvater. Eine Reinkarnation von ihm könnte in der Tat friedensstiftend wirken.«

Jill hörte nicht zu. Ein nervöses Gefühl stieg in ihr auf und machte sie kribbelig. Kurze Zeit später öffnete sich die Tür wieder. Abraham trat heraus, neben ihm stand eine bleiche, stark geschminkte junge Frau um die siebzehn Jahre. Sie vergrub ihre Hände in den Taschen ihrer ärmellosen Weste und hielt ihre Unterarme durch wollene Stulpen bedeckt. Ihre hellblonden Haare reichten wie bei Daniel knapp bis auf Höhe des Kinns und waren durch ein Cap mit der Aufschrift »BITCH« bedeckt.

Jill blickte das Mädchen skeptisch an. *Wir verschwenden hier nur unsere Zeit.*

LXXXVI

Die Patientin kam direkt auf Jill zu und begutachtete sie kritisch mit ihren schwarz geschminkten Augen. Mit einem südamerikanischen Akzent fragte sie: »Bist du aus England?«

Es dauerte einen kurzen Moment, bis sich Jill fasste. »Ja, das bin ich. Mein Name ist Jillian Carter, aber meine Freunde nennen mich Jill. Wieso möchtest du mit mir sprechen?«

Die junge Frau schaute um sich, bevor sie in einem leisen, verzweifelten Ton sagte: »Kannst du mich zum Teufel führen? Weißt du, wo er sich versteckt?«

Yasmin und Daniel gesellten sich neben Jill. Abraham stand hinter dem Mädchen, tippte sich mit rollenden Augen kurz mit dem Zeigefinger auf die Schläfe und verabschiedete sich.

Wieder ließ sich Jill Zeit mit der Antwort. *Konnte sie es sein? Der letzte Messias? Eine junge Frau, fast noch ein Mädchen?* Sie räusperte sich. »Ich weiß leider nichts von einem Teufel. Wieso suchst du nach einem Engländer?«

Verlegen trat die junge Frau einen Schritt zurück, ohne zu antworten.

Yasmin sagte in einem ruhigen Ton: »Mein Name ist Yasmin, und wir sind hier nur auf der Durchreise. Wie heißt du und woher kommst du?«

Das Mädchen zögerte kurz, dann sagte sie: »Mein Name ist Naira Dos Santos, aber meine Freunde nennen mich Nay. Ich bin aus Porto Alegre in Brasilien und ... ebenfalls auf der Durchreise.«

»Du bist aber ziemlich blond für eine Brasilianerin, nicht?«, fragte Daniel.

Naira sah ihn an, und ihre Augen leuchteten kurz auf: »Und wer bist du, *Gostoso*?«

Daniel räusperte sich und sagte seinen Namen.

»Du warst wohl noch nie im Süden von Brasilien?«, sagte Naira. »Dort gibt es mehr Blondinen als in Schweden.« Und keck fügte sie hinzu. »Du darfst mich übrigens Nay nennen.«

Daniel schien etwas verunsichert. »Warum bist du hier in Jerusalem und suchst einen Engländer?«

Naira verschränkte demonstrativ ihre Arme. »Weil es mir so gesagt wurde. Es ist wichtig.« Und zu Jill gewandt meinte sie: »Hier in Jerusalem wohnt der Teufel, und jemand aus England soll mich zu ihm bringen.«

Jill und Yasmin tauschten kurz einen ratlosen Blick. »Schau, ich bin mir nicht sicher, ob ich die richtige Person bin«, erklärte Jill. »Wir suchen aber auch jemanden. So verrückt es klingt, aber in einer uralten Schriftrolle steht, dass sich heute eine bestimmte Person um die Mittagszeit in die Grabeskirche des Jesus begeben sollte. Dieser Mensch soll von einem Dämon besessen sein und das Mal des Todes tragen.«

Nairas Lächeln verschwand sofort. »Ich bin nicht verrückt!«

»Entschuldige, wenn ich direkt bin, aber wir haben wenig Zeit«, sagte Jill. »Hast du vielleicht diesen Zettel hier geschrieben und in eine Ritze in der Klagemauer gesteckt?« Sie reichte Naira das Stück Papier.

Die Brasilianerin warf nur einen kurzen Blick auf den Text und meinte gleichgültig: »Ich war zwar kürzlich bei der Klagemauer, aber ich habe keinen Zettel reingesteckt. Ich kann dieses Gekritzel hier nicht mal lesen.«

Jill steckte den Zettel wieder weg. »Darf ich dich fragen, wieso du hier in der Psychiatrie bist?«

»Ich bin nicht in Behandlung hier. Also, offiziell schon, aber ich wollte mir einfach die Unterkunft sparen.« Naira seufzte. »Außerdem trifft man hier eher ... Gleichgesinnte.«

Daniel blickte sie ungläubig an. »Du wohnst lieber hier als in einem Hostel? Wie bist du überhaupt hier hereingekommen?«

»Ganz einfach. Ein bisschen Wimmern, eine frische Narbe, das reicht. Die Psychiatrien hier sind nicht anders als die in Brasilien.« Fast beiläufig zog sie eine Unterarmstulpe hoch. Eine runde, verkrustete Wunde markierte die Stelle, wo sie kürzlich eine Zigarette ausgedrückt hatte.

Jill dachte fieberhaft nach. *Sie ist noch fast ein Kind und hat offensichtlich viel durchgemacht. Aber sie kann es nicht sein.* »Entschuldige, wenn wir dich gestört haben«, sagte sie. »Aber du bist nicht die Person, die wir suchen. Alles Gute auf deinem weiteren Weg.«

Jill und Yasmin gaben Naira die Hand und gingen zum Ausgang.

Daniel blieb bei Naira stehen und deutete auf einen halbverdeckten Schriftzug auf ihrem T-Shirt. »Evanescence, tolle Band. Das erste Album ist immer noch das Beste.«

Naira schmunzelte. »Och, die sind doch voll Emo. Aber es passt zu meinem psychiatrischen Störungsbild.« Sie grinste und zog lasziv den Reißverschluss ihrer Weste langsam auf. Dabei drückte sie ihre Brust nach vorn und lächelte ihn an. »Seid ihr noch ein paar Tage in Jerusalem?«

Doch anstelle einer Antwort stammelte Daniel nur: »Ich ... ich muss jetzt gehen. Tschüss!« Er rannte zum Ausgang.

Enttäuscht zog Naira den Reißverschluss wieder zu und murmelte seufzend: *»Gostoso.«*

Jill und Yasmin befanden sich bereits beim Wagen, als Daniel sie erreichte.

Yasmin drehte sich um. »Na, das Mädchen stand ja voll auf dich.«

Daniel keuchte. »Wie bitte?«

Sie grinste. »Naira nannte dich *Gostoso*, das heißt auf Brasilianisch so viel wie *lecker*.«

»Ich ... ehm, schön, aber mir ist etwas aufgefallen. Dr. Carter, wir müssen Nay unbedingt mitnehmen.«

Jill schüttelte den Kopf. »Sie kann nicht der Messias sein, und ...«

»Vielleicht doch!«, erwiderte Daniel. »Nay fehlt an der linken Hand ein Finger. Der Zeigefinger!«

LXXXVII

»Bist du dir sicher?« Jill schaute Daniel skeptisch an.

»Ganz sicher!«, antwortete dieser.

Yasmin nickte. »Das ändert alles. So einen Zufall gibt es doch nicht!«

Jill beschwichtigte. »Hätte Abraham einen fehlenden Zeigefinger, hätte ich ihn sofort auf eine Tour zur Grabeskirche mitgenommen. Aber Naira?«

»Weil der Messias keine Frau sein kann? Oder weil sie andere Probleme hat als das Jerusalem-Syndrom?«, entgegnete Yasmin.

»Ich bin nicht verrückt!«

Sie drehten sich alle schnell um. Naira stand vor ihnen, einen kleinen Rucksack umgebunden. »Und ich bin auch nicht besessen«, sagte sie leise und vergrub dabei ihre Hände in den Westentaschen. »Aber ich höre manchmal Stimmen. Genauer gesagt, nur eine Stimme. Deswegen bin ich hier: Ich konnte der Stimme bisher immer vertrauen und sie hat mich bis nach Jerusalem geleitet. Um den Teufel zu besiegen.« Mit ernstem Gesicht blickte sie die drei an.

Daniel reagierte als Erster. »Nay, das klingt jetzt vielleicht seltsam, aber könntest du uns deine linke Hand zeigen?«

»Oh, dir ist der fehlende Finger aufgefallen.« Sie zog gleichgültig ihre Hand hervor. »Von meinen Makeln ist dieser noch der Geringste. Eine Mutprobe mit der Machete. Ich war jung, aber die Wette habe ich gewonnen!« Sie grinste. »Quatsch, ist nur ein Geburtsfehler. Oligodaktylie nennt sich das, eine seltene Form von Dysmelie. So gesehen bin ich ein echter Glückspilz.«

Überrascht starrte Jill auf die Lücke zwischen dem Daumen und Mittelfinger. *Naira hätte das Eulentor in Paros unbeschadet öffnen können. Die heilige Hand.*

Yasmin ging einen Schritt auf Naira zu. »Bei diesem Teufel können wir dir leider wirklich nicht helfen. Darf ich dich fragen: Trägst du irgendein Mal an deinem Körper, das etwas sonderbar aussieht?«

Naira zückte ihr Handy. »Auch damit kann ich dienen.« Sie klickte kurz auf dem Smartphone herum. »Ich nehme es als Kompliment, dass ihr nichts entdeckt habt. Denn ungeschminkt sehe ich so aus.« Sie zeigte den anderen den Bildschirm.

Auf dem Foto überdeckte ein dunkelviolettes, fleckiges Feuermal die linke Gesichtshälfte bis zum Hals herunter. Daniel schluckte leer und Jill wechselte mit Yasmin einen kurzen Blick.

Ein Lächeln huschte über Nairas Gesicht. »Habt ihr gewusst, dass im Mittelalter ein Feuermal als Zeichen für schwere Sünden gegolten hat? Manchmal kommt es mir vor, als würden wir immer noch in dieser Zeit leben. Aber von einem Dämon bin ich bestimmt nicht besessen.«

Jill blickte immer noch auf das Display. *Ich kann das alles immer noch nicht glauben.*

Sie zögerte, schließlich sagte sie zu Naira. »Würdest du uns zu einem Besuch der Grabeskirche begleiten?«

»Natürlich«, sagte Naira. »Deswegen bin ich euch ja hinterhergelaufen.«

Jill blickte auf ihre Uhr. Noch knapp vierzig Minuten, bis die Sonne im Zenit stand. »Wir müssen los. Also, rein ins Auto!«

»Super!« Naira lächelte Daniel an. »Sitzt du hinten bei mir?«

»Klar«, antwortete dieser etwas überrascht.

Yasmin nahm auf dem Beifahrersitz Platz. »Also enthielt der Zettel aus der Klagemauer doch den richtigen Hinweis!«

Jill blickte sie amüsiert an und fuhr los. *Hoffentlich werden wir das nicht bereuen.*

»Ich soll wer sein?« Naira blickte alle entgeistert an. Yasmin hatte ihr soeben die wichtigsten Informationen in fünf Minuten zusammengefasst und eröffnet, dass sie in Naira den letzten Messias vermuteten.

Naira lachte laut los. »Schaut mich doch an! Ich bin ein Feuermal-Monster mit neun Fingern! Selbst wenn ich der Messias wäre, niemand würde mir zuhören.«

»Ich schon«, entgegnete Daniel sofort. Und fügte hinzu: »Du siehst überhaupt nicht wie ein Monster aus, du bist halt einfach ... einzigartig.«

Er erntete ein Lächeln von ihr. »Ich bin zwar katholisch und jage einen Teufel«, erwiderte Naira, »aber ich fühle mich überhaupt nicht zu irgendetwas berufen. Außer zum Klauen. Darin bin ich Weltklasse! Sieh mal, dieses Souvenir habe ich kürzlich in der Altstadt ergattert.« Sie hielt stolz ein altmodisches Zippo-Feuerzeug hoch.

»Wie ist sie so, deine innere Stimme?«, fragte Yasmin. »Was sagt sie dir?«

Naira zögerte kurz. »Es begann, als ich sechs Jahre alt war. Die Stimme hat mich von einer Straßenkreuzung weggelockt, an der sich kurz darauf ein Autounfall ereignet hat. Als ich meinen Eltern davon erzählte habe, nahmen sie mich natürlich nicht für voll. Die Stimme hat selten mit mir gesprochen, bis ich vierzehn war. Danach hat sie sich immer häufiger eingemischt und wollte mich vor Fehlern bewahren, wie so eine nervige Mutter.«

»Mutter?«, fragte Jill, die am Steuerrad saß. »Die Stimme ist weiblich?«

Naira nickte.

»Tja, vielleicht ist Gott ja doch eine Frau?«, sagte Yasmin äußerst vergnügt.

»Ich glaube nicht, dass Gott mit mir spricht«, entgegnete Naira. Sie wandte sich Daniel zu. »Hast du gewusst, dass rund fünf Prozent aller Menschen schon mindestens einmal eine Stimme im Kopf gehört haben? Es ist gar nicht so selten.«

»Das mag sein.« Daniel zeigte auf ihre Unterarme. »Aber die Stimme hat dir nicht nur gutgetan, nicht wahr?«

Naira seufzte. »Wegen meines Aussehens bin ich schon immer gehänselt worden, heute ignoriere ich einfach die Blicke anderer Leute. Aber als mich die Stimme immer mehr bedrängt hat, habe ich einen Psychiater besucht. Nachträglich gesehen war dies die falsche Entscheidung. Ich habe eine Menge Zeit in Psychiatrien verbracht.«

»Aber die Stimme ist geblieben?«, fragte Jill.

Naira nickte »Deswegen bin ich auch hier. Sie hat mir versprochen, dass sie verschwindet, wenn ich in Jerusalem dem Teufel Weihwasser auf den Kopf gieße.« Sie nahm eine Plastikflasche aus ihrer Tasche. »Von unserem Priester aus der Kirche gesegnet. Ich bin bereit.«

Yasmin und Jill tauschten kurz einen vielsagenden Blick. Daniel räusperte sich. »Glaubst du denn an Jesus und an die Bibel und all das?«

Naira überlegte. »Ich weiß nicht. Meine Eltern sind schon konservativ, was das Katholische angeht. Dem Papst hängen sie immer an den Lippen. Umso mehr kämpften sie wohl damit, dass ich ein großes Feuermal im Gesicht trage. Und dass ich keine Geschwister habe.«

»Meine Familie ist auch so, das nervt ziemlich!«, erwiderte Daniel.

Naira spitzte die Lippen. »Seid ihr Juden eigentlich alle beschnitten?«

Daniel lief rot an und wollte protestieren, doch Yasmin kam ihm lachend zuvor: »Woher weißt du denn, dass er Jude ist?«

»Na, das hat mir Abraham gesteckt. Der Olle hat es ziemlich mit Religionen. Könnte es nicht sein, dass *er* der Richtige ist?«

»Er trägt kein Mal«, antwortete Jill. »Und ihm fehlt auch kein Zeigefinger an der linken Hand. Ich befürchte, du bist unsere erste Wahl.«

»Das wird bestimmt lustig, ihr seid ein tolles Grüppchen«, sagte Naira verschmitzt.

Jill verließ die Straße. »Eigentlich wollte ich zum Jaffa-Tor, doch weiter vorn scheint es einen üblen Mittagsstau zu geben. Es ist besser, wir gehen zu Fuß durch das Damaskus-Tor. Finde ich übrigens den schönsten Eingang.«

»Und wo willst du parken?« Yasmin blickte herum. »Ist alles voll hier.«

»Beim Gartengrab. Dieses befindet sich keine zweihundert Meter nördlich vom Damaskus-Tor. Von dort sind es zehn Minuten bis zur Grabeskirche.«

»Das Gartengrab?«, fragte Naira. »Wessen Grab denn?«

»Von Jesus«, antwortete Daniel. »Allerdings nicht das richtige Grab, wenn man den Archäologen glaubt. Aber einige christliche Gruppen sind davon überzeugt, dass in der Kammer im Gartengrab Jesus' Körper lag. Für drei Tage, jedenfalls.«

Jill parkte das Auto neben drei Reisecars auf dem Platz vor dem Gartengrab. Als sie ausstiegen, rümpfte Daniel die Nase. »Hier stinkt es nach Pferd.«

Yasmin zeigte auf ein großes Werbeplakat mit der Aufschrift *Horseback-Riding* in *Jerusalem* direkt außerhalb des Parkplatzes. »Touristen wollen unterwegs sein wie zu Jesus-Zeiten. Nostalgisches Pferde-Trekking scheint in Jerusalem zu florieren.« Ein Haufen Pferdeäpfel in der Nähe des Plakats unterstrich ihre Aussage.

Daniel schüttelte verächtlich den Kopf und murmelte nur: »Ich mag Pferde nicht.«

Als sie am Rand der Anlage ankamen, zeigte Jill auf die tieferliegende Altstadt von Jerusalem herunter. »Dort ist schon das Damaskus-Tor. Diskret bewacht durch einige israelische Soldaten.«

Naira pfiff durch die Zähne. »Diese Stadtmauern sind immer wieder beeindruckend, nicht?« Sie kniff Daniel scherzhaft in die Seite und wollte gerade loslaufen, als Jill sie zurückhielt. »Moment.«

Die anderen horchten auf und folgten ihrem Blick. Nach einem kurzen Moment sagte Daniel baff: »Das kann nicht sein!«

Naira begriff nicht. »Was ist denn los?«

Zwei Männer stürmten aus dem Damaskus-Tor. Einer suchte wild um sich, während der andere auf sein Handy starrte. Die beiden sahen aus wie Ernie und Bert aus der Sesamstraße und waren Jill nur allzu bekannt. »Das sind Saids Helfer. Und nun wohl Alains Handlanger. Wie kann das sein?«

In diesem Moment schaute einer der Männer plötzlich auf und zeigte mit seinem Arm genau in ihre Richtung.

»Sie kommen direkt auf uns zu! Woher wissen sie, dass wir hier sind?«, rief Daniel.

»Sie müssen uns gefolgt sein. Die sind bestimmt bewaffnet.« Jill blickte kurz auf ihre Uhr. »Wir verschwinden! Aber wenn wir zu einem anderen Tor fahren, verpassen wir den Zeitpunkt in der Grabeskirche.«

Jill wollte zum Auto hechten und wäre beinahe in einen Haufen frischen Pferdedung reingetreten. Sie stoppte abrupt, während die anderen an ihr vorbeirannten.

»Warum kommst du nicht?«, rief Yasmin.

Jill winkte ihr und den anderen beiden zu. »Kommt mit, ich habe eine Idee.«

Sie rannten neben dem Parkplatz einen Kiesweg hoch, der zu einem hölzernen Unterstand führte. An dessen Seite prangte das gleiche Werbeplakat wie zuvor.

Dahinter standen neun Pferde angebunden und aufgezäumt. Ein junger Mann am anderen Ende des Stalls tippte auf seinem Handy herum, neben ihm eine Stange mit der Fahne der USA.

Der junge Mann blickte von seinem Handy auf. »Kann ich euch helfen?«, fragte er mit einem texanischen Akzent.

»Sie sind in Gefahr!«, rief Jill aufgeregt. »Wir haben gerade von einem Bombenattentat auf eine christliche Kirche in der Altstadt erfahren. Wo ist der Chef der Trekking-Gruppe?«

Der Mann schaute sie entgeistert an: »Er ... sie sind alle drin und besichtigen das Gartengrab. Oh Gott, wir sind von der anglikanischen Kirche aus Austin.«

Jill setzte eine dramatische Miene auf. »Schnell, holen Sie Ihre Gruppe. Sie müssen sofort weg von hier! Der junge Mann machte sich verdattert auf den Weg zum Eingang des Gartengrabes.

An Yasmin gewandt sagte Jill augenzwinkernd: »Du kannst bestimmt reiten, nicht?«

Yasmins Augen leuchteten auf, als sie begriff, was Jill vorhatte. »Natürlich, ich bin eine Nachfahrin der stolzen Osmanen!« Sie suchte sich ein Pferd aus.

»Und du, Daniel?«

Ihr Praktikant schaute sie blass an. »Mit neun war ich mal reiten auf einem Shetland Pony. Es ging nicht gut aus. Für mich.«

Jill unterdrückte ein Grinsen. »Du steigst bei Yasmin auf.« Sie sah sich ebenfalls nach einem geeigneten Pferd um. »Naira, wie steht es mit deinen Reitkünsten?«

»Wie bei meinen Kenntnissen mit jüdischen Männern: Bescheiden, aber offen für alles«, flötete diese in Richtung Daniel.

Jill verkniff sich einen Kommentar. Zu ihrer Freude befand sich ein brauner Andalusier im Stall, auf den sie sofort aufstieg. »Naira, du kommst mit mir. Wir reiten direkt durch das Damaskus-Tor.« Sie hievte Naira hoch, der das Ganze einen Riesenspaß zu machen schien.

Yasmin reichte Daniel die Hand, doch dieser trat mit bleichem Gesicht einen Schritt zurück. »Könnt ihr nicht einfach ohne mich gehen?«

Naira stachelte ihn an. »Komm schon, das wird lustig!«

»Die Typen werden euch nicht einfach so durchlassen«, sagte Daniel. »Ich werde sie ablenken und euch etwas Zeit verschaffen.«

Yasmin zog ihre Hand zurück. »Und wie willst du das anstellen?«

»Mir fällt schon was ein. Gebt mir einen kurzen Vorsprung!«, rief Daniel und rannte davon.

Jill blickte ihm hinterher. »Dieses Shetland Pony muss ihm damals ziemlich zugesetzt haben.«

»Was ist mit den israelischen Sicherheitskräften?«, fragte Yasmin. »Die haben bestimmt einen Kontrollposten.«

»Stimmt, das habe ich nicht bedacht. Mist!« Hilfe suchend schaute Jill sich um. Plötzlich hatte sie eine Idee. *Perfekt.*

Sie steuerte ihr Pferd zum Rand der Koppel und schnappte sich einen Gegenstand. »Damit sollte es gehen. Bereit?«

Yasmins Miene hellte sich auf. »Du spinnst. Aber die Idee gefällt mir. Los geht's!«

Sie preschten mit den Pferden auf die Straße in Richtung Damaskus-Tor. Die beiden Ganoven kamen ihnen auf der linken Straßenseite entgegen und entdeckten sie sofort. Die Männer rannten los, einer von ihnen zog bereits eine Waffe hervor. Dabei übersahen sie allerdings Daniel, der keine zwanzig Meter von ihnen entfernt hinter einem Gemüsekarren eines Straßenverkäufers lauerte. Daniel winkte den drei Frauen zu und bedeutete ihnen, weiterzureiten.

Kurz bevor die beiden Ganoven auf seiner Höhe waren, rannte Daniel mit voller Wucht gegen den Gemüsekarren und stieß diesen um. Die Männer konnten nicht mehr bremsen und fielen kopfüber in den Karren. Der eine stieß sich heftig den Kopf an und das Bein des anderen knackte hässlich beim Aufprall.

Jill, Naira und Yasmin ritten an Daniel vorbei und hielten direkt auf die Kreuzung vor dem Damaskus-Tor zu.

Besorgt blickte Jill kurz zurück. Daniel sah sich mit dem wütenden Straßenverkäufer konfrontiert, während sich die beiden Männer am Boden immer noch vor Schmerzen wanden. *Hoffentlich rennt Daniel baldmöglichst davon.*

Sie überquerten die Kreuzung kurz vor dem Damaskus-Tor, ohne an Geschwindigkeit einzubüßen. *Nun müssen wir nur noch die israelischen Soldaten überzeugen*, dachte Jill, und hob den Gegenstand in ihrer Hand hoch.

LXXXVIII

11.17 Uhr

»Wie bitte? Zwei Pferde?« Offizierin Michal Waissenberg traute ihren Ohren nicht. Gerade erhielt sie einen Funkspruch eines israelischen Scharfschützen, der zwischen den Zinnen des Damaskus-Tors postiert lag.

Sie war sicher einiges gewohnt: In den letzten Jahren hatte es immer wieder Phasen gegeben, in denen sich Attentate gehäuft hatten, gerade bei ihrem Tor, ihrem Sicherheitsbereich. Dies lag einerseits daran, dass das Damaskus-Tor sowohl in das christliche als auch in das muslimische Quartier führte. Jeden Freitag strömten Scharen von Moslems durch dieses Tor, um zum Freitagsgebet in der al-Aqsa-Moschee zu gelangen. Als eines der ältesten und größten Tore zur Jerusalemer Altstadt besaß dieser Ort für viele Muslime eine tiefe symbolische Bedeutung, das Tor stand stellvertretend für die gesamte Altstadt.

Michal konnte es immer noch nicht glauben. »Erbitte Beschreibung der Personen. Over.« Noch nie in den letzten fünf Jahrzehnten hatte jemand versucht, mit einem Pferd die Stadt zu stürmen. Dafür gab es kein Sicherheits-Protokoll, das wusste sie.

»Auf dem vorderen Pferd sitzen zwei Leute, vorn eine weiße Frau, die hintere Person erkenne ich nicht«, sagte der Scharfschütze per Funk. »Auf dem zweiten Pferd sitzt eine arabisch aussehende Frau, jedoch westlich gekleidet. Tragen keine sichtbaren Waffen. Die

Frau vorn hält eine Stange mit einer Fahne hoch. O-
ver.«

*Verdammt, was soll das? Sind das Demonstranten?
Oder religiöse Fanatiker?* Michal wusste, dass ihr nicht
viel Zeit für eine Entscheidung blieb. »Was für eine
Fahne? Von einer Organisation? Over.«

»Nein, es ist die Landesfahne der USA. Sollen wir sie
aufhalten? Over.«

Michal atmete durch und schloss kurz die Augen.
Dann gab sie ihre Entscheidung an den Scharfschützen
durch.

***

Jills Pferd scheute kurz am oberen Rand der Treppe,
die zum Eingang des Tors hinunterführte. Doch
schließlich willigte der Andalusier ein und tappte die
Stufen hinunter. *Braves Pferd*, dachte Jill. *Aber das ist
nur der Anfang.*

Die Sicherheitskräfte hielten sich zurück, ihre Rechnung schien aufzugehen. Jill galoppierte direkt auf den
Durchgang des Tores zu und versicherte sich, dass Yasmin ihr folgte. Naira hielt sich währenddessen mit den
Armen an ihr fest. *Mumm hat Naira, das muss man ihr
lassen.*

Jill steuerte das Pferd so behutsam wie möglich durch
die aufgeregt protestierende Menschenmenge. Nach
dem Tor passierten sie eine Fußgängerstraße mit arabischen Geschäften, die allerlei Dinge wie Kleider, Mo-
biltelefone und Souvenirs anpriesen. Auf der rechten
Seite entdeckte Jill drei israelische Soldaten, die ihnen
zujubelten. Einer fotografierte sie mit seinem Handy.

Wenn man zu Hause die Fotos von mir mit der U.S.-Fahne sieht, ist mir der Spott sicher.

Kurz darauf erreichten sie eine Verzweigung, die in vier kleine Gassen mündete. Jill wählte den zweiten Weg von rechts, eine enge Basargasse, die direkt zur Grabeskirche führte. Die Leute stoben empört auf die Seite, und Jill zog immer wieder den Kopf wegen herabhängender Werbetransparente ein. Yasmin folgte ihr mit kurzem Abstand. Nach nur hundert Metern stießen sie auf ein Hindernis in Form einer aufgebrachten Menge, bestehend aus arabischen Händlern und einheimischen Passanten.

Hier verbreiten sich Neuigkeiten aber schnell. Und U.S.-Fahnen sind nicht willkommen, dachte Jill. Die Menge blockierte die Straße und gestikulierte wütend in ihre Richtung. Viele fluchten lauthals auf Arabisch.

Hier kommen wir nie durch, nicht mit dieser Fahne. Aber zurück geht nicht, dann laufen wir unseren Verfolgern in die Arme. Sie blickte kurz auf die Uhr. Ihnen blieben noch fünfundzwanzig Minuten.

Plötzlich merkte sie, wie jemand von hinten an der Fahne zupfte. »Naira, was machst du?«, zischte Jill.

»Uns hier weiterbringen!« Naira zündete mit ihrem Zippo-Feuerzeug die Fahne an. Sofort brannte die Fahne lichterloh. Nervös blickte Jill zur Menschenmenge, die augenblicklich verstummte. Aber nur einen Moment.

Schließlich schrie ein Händler »Allahu akbar!« Andere stimmten zuerst zögerlich, dann umso leidenschaftlicher mit ein. Jill hielt währenddessen die Metallstange mit der brennenden Fahne möglichst weit von den Augen ihres Pferdes weg. Tatsächlich bildeten die Menschen johlend eine Gasse.

Naira jauchzte. »Wie Moses am Meer!«

»Dafür sind jetzt die Amis und Israelis sauer auf uns. Aber danke trotzdem!«, rief Yasmin von hinten.

Jill trieb das Pferd an und ritt im Galopp durch das Menschenmeer. Trotz des Zwischenerfolges beschlich sie ein mulmiges Gefühl.

Das Basargässchen wurde immer enger, und sie mussten einige Male die Köpfe einziehen, um nicht Werbebanner oder ausgestellte Waren herunterzureißen. Kurz darauf erreichten sie den Eingangshof der Grabeskirche, der nur zu Fuß oder eben zu Pferd zugänglich war. Unkundige würden hinter den schnörkellosen, hellbraunen Mauern niemals eines der wichtigsten Heiligtümer der Christenheit vermuten. Etwa drei Dutzend Touristen, zum Teil durch gleiche Mützen als Gruppen erkennbar, drehten sich augenblicklich zu ihnen um und zückten ungläubig ihre Kameras und Handys.

»Ups, jetzt werden wir wohl berühmt«, raunte Naira und zog ihr Cap ins Gesicht.

»Eher berüchtigt«, antwortete Jill und überlegte sich, ob sie die metallene Stange mit den rauchenden Überresten der Fahne besser wegstellen sollte. Gleichzeitig fiel ihr Blick auf das Flügeltor der Grabeskirche, dem einzigen Eingang. Es war geschlossen. Davor diskutierten zwei Männer in Polizeiuniform mit einer sichtlich aufgeregten Touristenführerin. Offensichtlich erklärten sie ihr den Grund, warum die Kirche momentan nicht zugänglich war.

Zunächst war Jill unsicher, doch dann erkannte sie die Gesichter der Polizisten wieder: Saids Gesellen, die nun für Alain arbeiteten. In diesem Moment drehte sich einer der Männer um und sah Jill und Yasmin sofort.

Verdammt, jetzt gibt es kein Zurück mehr! Jill trieb das Pferd in den Galopp.

»Was machst du?«, kreischte Naira und hielt sich an Jill fest. Einer der Männer öffnete das Tor zur Kirche und verschwand darin, während der andere zu seinem Pistolenhalfter griff.

Instinktiv senkte Jill die Fahnenstange, als wäre es eine Lanze. Bevor der falsche Polizist einen Schuss abgeben konnte, erfasste ihn die Stange am Brustkasten und stieß ihn mit einem hässlichen Knacken zu Boden. Jill überlegte nicht lange, sondern ritt direkt in die Kirche hinein und hörte dabei, wie ihr Yasmin auf ihrem Pferd folgte.

LXXXIX

11.25 Uhr

Das Hufgetrappel hallte von den Mauern des alten Gebäudes wider. Während sie am Salbungsstein vorbeiritten, direkt in die gewaltige Rotunde der Grabeskirche, wusste Jill bereits: *Es ist alles verloren.*

Vor der Ädikula, der Kapelle mit dem leeren Grab Jesu, hielten sie an und stiegen ab. Eine gespenstische Stille machte sich breit. Niemand schien sich hier aufzuhalten. Sie befestigten die Zügel ihrer Pferde an einem Geländer und begutachteten die gewaltige Kuppel, die sich über der Kapelle erhob.

»Fantastisch«, murmelte Naira. »Und was jetzt?«

Jill antwortete ihr nicht, sondern rief in die Kirche hinein: »Komm raus, Alain. Ich weiß, dass du da bist.«

Ein langsames, grausames Händeklatschen hallte durch den Kuppelkörper, als Alain zwischen zwei Stützsäulen hervortrat. »Eine gelungene Show. Reingaloppiert wie verdammte Heldinnen. Nicht schlecht!« Er trat an sie heran, umringt von mehreren Männern mit Maschinenpistolen im Anschlag.

Jill sparte sich einen Kommentar. Naira murmelte zu Yasmin: »Sag mir bitte, dass das nicht dein Ex ist.«

»Leider doch«, antwortete Yasmin zerknirscht.

»Ist doch nett, sich wiederzusehen. Ich habe euch erwartet.« Alain wandte sich an Jill. »Carter, du hast mehr Leben als eine Katze. Und dein Praktikant auch. Er hat es aber anscheinend nicht bis hierher geschafft. Auch egal.« Mit einer Geste wies er vier seiner Leute zur Ädikula. »Weitermachen!«

Die Männer hängten ihre Waffen um und griffen zu Pickeln und Vorschlaghämmern. Erst jetzt bemerkte Jill, dass die Bande die Bodenplatten innerhalb und direkt um die Ädikula zerstört und zur Seite geräumt hatten.

Alain stellte sich vor Yasmin. »Ich hätte nicht gedacht, dass du auf einem Pferd zu mir angeritten kommst. Du musst mich wohl schwer vermisst haben!«

»Du kannst mich mal!« Yasmin schaute ihn mit vernichtendem Blick an.

Alain erwiderte nichts und sagte zu Naira: »Ich kenne dich zwar nicht, aber lass mich raten: Die beiden haben dir eingeredet, dass du der letzte Messias sein sollst?« Er wandte sich zu Jill und Yasmin. »Sie ist noch ein Mädchen. Nette Figur zwar, aber glaubst du wirklich, dass ein Küken wie sie die Welt retten wird?«

»Lass sie in Ruhe, sie hat nichts damit zu tun!«, zischte Yasmin.

»Also Volltreffer«, sagte Alain amüsiert. »Schauen wir mal, ob dem Mädchen um 11.46 Uhr Flügel wachsen oder so ähnlich. Bis dahin, Carter, haben wir einiges zu tun.«

»Du denkst doch nicht etwa, dass ich dir helfen werde?«, erwiderte sie.

Alain zeigte auf die Kapelle. »Hier liegt seit über sechzehn Jahrhunderten ein Vermächtnis von Jesus Christ Superstar höchstpersönlich. Sag bloß, du willst es nicht auch sehen? Schließlich bist du der Beschwörer von Licht, Wasser, Feuer und Erde, nicht wahr? Allerdings bleibt uns nur noch wenig Zeit.«

Jill runzelte die Stirn. »Woher kennst du die Prophezeiung? Lag eine Kopie davon in der goldenen Lade, die du gestohlen hast?«

»In der Lade befand sich leider nur Ramsch«, sagte Alain. »Sobald ich das erkannt habe, bin ich natürlich sofort zurück, durch den Taufbrunnen runter und durchs Eulentor. Wie seid ihr nur darauf gekommen, dass es sich beim Altar um Herons Göttertor-Öffner handelte?«

Als Jill nicht antwortete, fuhr er fort. »Wie auch immer. Wir fanden natürlich den Raum mit den Schriften, sehr beeindruckend. Nur eine Amphore fehlte, der leere Regalplatz war gekennzeichnet mit dem Christus-Monogramm. Somit war mir klar, dass ich euch jagen musste.«

»Du hast mir einen GPS-Tracker untergejubelt«, brummte Jill.

»Aber nein, Yasmins Handy übernahm diesen Job. Über die Handy-Suchfunktion konnte ich immer ihren Standort verfolgen.« Zu Yasmin sagte er: »Du solltest echt nicht überall dasselbe Passwort benutzen. So hast du mich nach Chania und schließlich auch nach Athen geführt. Allerdings hattest du auf der Fähre kein Signal, und auf dem Weg zum Flughafen in Athen war wohl der Akku leer. Deswegen kamen wir immer einen Schritt zu spät. Bis jetzt.«

Alain lächelte und tat ein paar Schritte zurück. »Tatsächlich habe ich eurem geliebten Menachem einen Besuch abgestattet. Dort lag die Prophezeiung schön ausgerollt und wartete auf mich. Menachem war zwar nicht sehr kooperativ, aber er hat sich verplappert. Daher weiß ich auch, dass der blonde Jüngling sein Bad im Meer überlebt hat. Hätte ich nicht erwartet. Der Kleine sieht harmlos aus wie ein Welpe und ein Angsthase ist er auch. Er hat mir alles über das Pharaonengrab in Luxor erzählt.«

Jills Augen blitzten zornig auf.

Alain genoss den Triumph. »Ganz genau, auch dieser Jahrhundertfund wird mir gehören. Doch zurück zum liebenswürdigen Professor: Leider ist er bewusstlos auf dem Sofa eingeschlafen. Sehr ungünstig, da er in der Küche den Gasherd angelassen hat und alle Fenster geschlossen waren.«

»Du gottverdammter Mörder, damit kommst du niemals durch!«

»Jetzt chill mal, Jill!« Alain blickte sie ernst an. »Ich bin im Besitz der wohl bedeutsamsten Schriftrolle unserer Zeit.« Er wies mit dem Finger auf einen kleinen, röhrenförmigen Behälter neben einer Säule. »Zudem halten wir hier rund vierzig Geiseln fest, Touristen und Priester, und ich habe meine Leute an allen Eingängen postiert, die Grabeskirche gehört uns. Ging fast ohne Blutvergießen, nur zwei Polizisten auf dem Eingangshof haben Probleme gemacht. Und du wirst mir helfen, das Vermächtnis zu finden. Sonst werde ich die armen Mädchen hier etwas quälen müssen.«

Naira schritt angsterfüllt zurück, bis sie im Rücken den Lauf einer Maschinenpistole fühlte.

»Kannst du auch irgendwas ohne mich?«, rief Jill in Richtung Alain. »Und so etwas nennt sich Archäologe.«

Alain schritt ungerührt zur Kapelle und untersuchte den Boden unter den bereits freigelegten Platten. »Das Vermächtnis muss im Fundament liegen, alles andere wurde durch die Jahrhunderte mehrmals abgerissen und neu erbaut. Doch bisher haben wir nichts außer solidem Untergrund gefunden. Carter, *du* bist der Beschwörer. Sag mir, wo wir suchen müssen.«

»Die israelischen Sondereinheiten sind bestimmt bereits unterwegs, ihr habt keine Chance«, entgegnete Jill.

»Lass die nur meine Sorge sein. Kümmere du dich lieber um das Vermächtnis.«

Jill schaute auf die Uhr. *Noch knapp zwanzig Minuten. Das ist doch Wahnsinn.*

XC

Das Surren des Hubschraubers drang bis durch die Kuppel in die Kirche hinein. »Na los, Carter. Die Zeit läuft uns davon!« Alain drückte den Lauf seiner Waffe an Nairas Schläfe.

Jill schenkte ihm einen vernichtenden Blick und wandte sich wieder der Ädikula zu. Vier Männer starrten sie an und warteten auf die nächste Stelle, wo sie mit ihren Pickeln die Bodenplatten heraushauen sollten.

Inzwischen sah es rund um das Heiligtum aus wie auf einer Baustelle. Doch bisher hatten sie erfolglos gesucht. Jill knackte ihre Fingerknöchel. *Denk nach! Ich bin die Beschwörerin. Oder doch nicht?*

Unter den achtsamen Augen ihrer Bewacher holte Jill ihr Notizbuch hervor.

»Willst du uns jetzt eine Predigt halten?«, murrte Alain.

Jill antwortete nicht und las noch einmal die entsprechenden Stellen in der Prophezeiung:

Am Ort meines Grabes werde ich dem Gesalbten die Hand reichen, und er wird sein neues Leben finden. Dies wird geschehen, wenn der Tag der Nacht entspricht und die Sonne im Zenit steht.

In der anderen Schriftrolle bezog sich ein Ausschnitt auf die Worte von Jesus, um es eine selbsterfüllende Prophezeiung werden zu lassen:

Am Fuß der Ädikula wird die Hinterlassenschaft des Menschensohnes auf den letzten Messias warten. Wenn Tag und Nacht sich die Waage halten und die Sonne im Zenit steht, wird das Licht des Himmels das Vermächtnis von Jesu Christi freigeben.

Jill blickte hoch. *Das Licht des Himmels. Die Sonne.*
Die jetzige Kirche sah komplett anders aus als die ursprüngliche Basilika, die Konstantin 335 nach Christus errichtet hatte. Archäologen gingen davon aus, dass die Kirche damals zum Teil gegen oben offen gebaut worden war. *Offen, damit Sonnenlicht eintreten kann.*
Doch jetzt gab es nur kleine, farbig verglaste Kirchenfenster, die kaum Helligkeit hineinließen. Nur an der Spitze der Kuppel sorgte eine zur Seite gerichtete Öffnung für indirektes Licht.
Ohne Sonnenlicht finden wir hier gar nichts. »Wo steht die Sonne jetzt?«, fragte Jill.
»Genau dort.« Alain zeigte auf das vierte Säulenlevel direkt unter der Kuppel.
Jill legte das Notizbuch zurück. *Ich muss Zeit gewinnen.*
Hazem rannte in diesem Moment in die Rotunde. »Boss, das Militär ist im Anmarsch.« In respektvollen Ton fügte er hinzu: »Israelisches Militär.«
Alain blieb ungerührt. »Uns bleibt bestimmt noch eine halbe Stunde. Gebt ein paar gezielte Schüsse ab, damit sie wissen, dass es kein Spaziergang wird für sie.«

Er stellte sich diesmal hinter Yasmin und hielt ihr den Lauf seiner Waffe an den Hinterkopf. »Carter, ich brauche Ergebnisse. *Jetzt.*«

Jill überlegte fieberhaft. Sie besann sich auf eine Stelle aus der zweiten Schriftrolle. *Am Fuß der Ädikula wird die Hinterlassenschaft des Menschensohnes auf den letzten Messias warten.*

»Am Fuß der Ädikula ...«, murmelte sie vor sich hin. Da kam ihr ein Gedanke. »Schnell, ich brauche den Grundriss der Basilika, wie sie im ursprünglichen Zustand gebaut worden war.«

Hazem zog sein Handy hervor und drückte darauf herum. Wenig später reichte er es Jill.

Sie wusste, dass die ganze Kirche in der gleichen Richtung wie der ursprüngliche Eingang zu Jesus' mutmaßlichem Felsengrab lag. Der Felsen war bereits unter Konstantin abgetragen worden und die Ädikula lag an der exakten Stelle der Gruft, wo Jesus gemäß den Evangelien drei Tage gelegen hatte. *Aber unter der Ädikula ist nichts. Da haben sie bereits nachgeschaut.*

Jill schaute sich nochmals den Grundriss an. Ihr fiel auf, dass die Ädikula – damals wie heute – nicht exakt in der Mitte der Rotunde lag, sondern etwas westlich des Mittelpunkts. Sie zog die Augenbrauen zusammen. Wieso nicht in der Mitte? *Weil sie Platz brauchten. Platz für das Vermächtnis.*

Sie lief direkt zum Eingang der Ädikula. Als sie in Richtung des ehemals heiligen Hofes blickte, fiel ihr der schachmusterartige Boden auf.

Das Vermächtnis liegt nicht unter oder um die Ädikula, sondern auf halbem Weg zum heiligen Hof. Eben zu Fuße der Ädikula.

Jill lief fünf Meter in Richtung des Katholikum, wie der Hof heute genannt wurde. Dann blieb sie stehen. »Hier müssen wir graben.«

»Ihr habt sie gehört«, zischte Alain. *»Jallah!«*

Vier Männer machten sich daran, die Bodenplatten in Schachmusterform aufzureißen. Nach wenigen Minuten schrie einer der Männer auf. »Hier!«

Jill blickte auf die Stelle: Ein kaum ausmachbarer runder Eisenring lag zwei Schichten unter der Bodenplatte verborgen. Sie nahm einen Pickel und hebelte den einen Teil davon aus dem Untergrund, die andere Seite war mit dem Boden verankert. »Wir brauchen ein Seil«, rief Jill. »Wir müssen an diesem Ring ziehen, vielleicht ist eine Kiste oder etwas Ähnliches daran befestigt.«

Einer der Männer brachte ein Kletterseil, dessen Ende sie am Eisenring festbanden. Zu sechst zogen sie daran, doch nichts rührte sich.

»Wir brauchen einen Flaschenzug oder mehr Männer zum Ziehen«, sagte Alain gehetzt.

»Oder etwas mit mehr Pferdestärke!« Jill lief zu ihrem Pferd, das an einem Absperrungspfosten angebunden war. Alain schnappte sich das Seil. Er befestigte es am Sattelknauf und trieb das Pferd an. Das Seil begann sich zu spannen, doch der Eisenring bewegte sich immer noch nicht. Alains Helfer griffen nun ebenfalls zu, nur Jill nahm sich einen Pickel und hieb mit Schwung auf den Ring ein. Mit einem Mal rutschte der Ring samt einem dicken Riegel aus seiner Halterung.

Das Pferd machte ob der fehlenden Last einen Sprung nach vorn und überrannte fast Alain. Die Männer am Seil fielen alle der Länge nach um, und auch Jill hielt es nicht auf den Füßen.

Denn unter ihr war plötzlich kein Boden mehr.

XCI

Als der Staub sich legte, erhob sich Jill langsam. Ihre Glieder schmerzten, da sie völlig unvorbereitet vier Meter in die Tiefe gestürzt war.

Sie befand sich in einer runden Kammer von etwa sieben Metern Durchmesser. Der eingestürzte Boden hing in acht dreiecksförmigen Teilen am Rand der Kammer wie geneigte Tortenstücke.

Seit Jahrhunderten sind Millionen von Menschen über einen Hohlraum gelaufen und niemand hat den Boden untersucht, weil es nicht erlaubt war, dachte Jill.

Das Erste, was ihr auffiel, sah aus wie eine zwei Meter große, matt schimmernde Parabolantenne aus Stein. Noch etwas benommen ging sie zu dieser kreisrunden Installation hin. In der Mitte des Kreises lag eingraviert ein Symbol, das ihr in den letzten Tagen schon einige Male begegnet war: *das Christus-Monogramm.*

Ungläubig rieb sie etwas Staub von der Oberfläche. Ein gelber Schimmer wurde sichtbar.

Schritte hinter ihr rissen sie aus den Gedanken. »Du hast es geschafft, Carter!« Alain stieg eine an der Seite angebrachten Steintreppe hinunter. »Der Hohlspiegel des Archimedes! Täusche ich mich oder ist diese Schüssel vergoldet?«

Jill antwortete ihm nicht. *Könnte die Sonne durch die Kirchenkuppel hindurchscheinen, würden die Strahlen direkt im Hohlspiegel hier auftreffen. Aber wozu?*

Sie drehte sich um 180 Grad und fand die Antwort.

Alain folgte ihrem Blick und erstarrte. »Ich will verdammt sein. Da steht der Teufel höchstpersönlich.«

Eine direkt in der Mauer eingelassene geflügelte Steinskulptur grinste die beiden an. Die dämonische Figur war nur anderthalb Meter groß, aber die Hörner auf seinem Kopf wirkten umso bedrohlicher, zumal sie aus der Mauer hervorstanden und mit winzigen Widerhaken gespickt waren. Jill trat zu der Skulptur, eine Mischung aus Satan, Engel und Drache. Auf dem Kopf trug das Wesen eine Krone zwischen den Hörnern, die Hände glichen den Klauen eines Raubtieres, doch das eigentlich bemerkenswerte waren die faustgroßen Augen: Das Linke schien aus einem matt schimmernden Bernstein zu bestehen, als rechtes Auge glänzte ihr ein blauer, kantig geschliffener Saphir entgegen.

Inzwischen traten auch Yasmin und Naira an den oberen Rand der Kammer, bewacht von Hazem und den anderen. »Das ... das ist der Dämon!«, flüsterte Naira zu Yasmin und zeigte auf die Skulptur. »Ich muss ihm das Weihwasser über den Kopf gießen.« Yasmin wies sie mit einer Geste darauf hin, dass jetzt nicht der richtige Zeitpunkt war.

Alain tippte kurz mit einem Finger auf die Spitze eines Horns. »Ein stachliger Zeitgenosse. Die Hörner sind scharf wie Speerspitzen.« Er blickte sich um. »Aber wo ist das Vermächtnis?«

Jill stellte sich zwischen den Dämon und den Hohlspiegel. Sie blickte hoch zur Kirchenkuppel, dann begann sie zu lachen.

»Was ist, Carter?«

»Tut mir leid, aber wir werden es nicht finden. Zumindest heute nicht. Du hast verloren!«

Wütend richtete Alain seine Waffe auf Jill. »Was zur Hölle meinst du damit?«

»Verstehst du nicht? Um 11.46 Uhr sollte die Sonne auf den Hohlspiegel scheinen und das Licht exakt auf dem blauen Auge der Skulptur bündeln. Der Saphir wird den Lichtpunkt reflektieren und wie ein Laserstrahl genau den Ort des Vermächtnisses verraten. Nur ...«, Jill zeigte auf die Kuppel über der Ädikula, »... die Sonne scheint hier nicht durch. Sie tat es vor sechzehn Jahrhunderten durch eine Öffnung oder ein Fenster der alten Basilika, aber jetzt funktioniert das nicht mehr. Game Over!«

Alain blickte auf die Uhr. »Noch haben wir neun Minuten. Hazem!«

Alain hechtete die Treppe hinauf und zeigte auf die Kuppel. »Dort, auf dem vierten Level. Spreng ein Loch mit einer Handgranate rein.«

Hazem nickte und rannte los. Keine dreißig Sekunden später erschien er auf dem obersten begehbaren Säulengang unter der Kuppel.

Yasmin riss entsetzt ihre Augen auf. »Alain, wenn ihr dort ein Loch sprengt, bricht vielleicht die ganze Kirche zusammen!«

»Alles oder nichts!« Er grinste und schaute zu Hazem hoch: »Ja, genau dort. Zünden!« Alain drehte sich um. »Alle in Deckung. Haltet die Gefangenen im Auge!«

Yasmin und Naira versteckten sich hinter den Säulen, bewacht von zwei Männern.

»Hey, und ich?« Jill stand immer noch in der Kammer. Sie wollte gerade die Treppe hochhechten, als ein ohrenbetäubender Knall ein zehn Meter großes Loch in die Kuppel riss. Wie ein Meteoritenhagel fielen Brocken auf den Boden herunter. Jill konnte sich gerade noch rechtzeitig an die Kammerwand drücken, bevor ein Teil einer Stützsäule neben ihr aufschlug. Der Hohlspiegel und die Skulptur blieben verschont.

Die Sonnenstrahlen tauchten den Innenraum in ein helles Licht. Jill drehte sich zum Hohlspiegel um. Tatsächlich reflektierte der Spiegel die Lichtstrahlen und bündelte diese in einem grellen Punkt auf der Gegenseite, nur zehn Zentimeter neben dem Kopf des Steindämons. Die Mauer dort begann sich ob der gebündelten Hitze schwarz zu färben. Eine dünne Rauchfahne stieg auf.

»Es funktioniert«, wisperte sie. Schon bald würde der Brennpunkt auf das Saphirauge prallen und den Aufenthaltsort des Vermächtnisses verraten.

Alain flachste. »Es werde Licht!« Mit zwei Männern stieg er in die Kammer hinunter. »Wischt den Hohlspiegel blank, damit das volle Sonnenlicht reflektiert wird.« Fasziniert stellte er sich neben den zischenden, leicht verzerrten Brennpunkt. »Unglaublich, nicht wahr, Carter? Nach sechzehn Jahrhunderten wird der Menschheit mit simpler Solartechnologie das größte Geheimnis des Christentums freigegeben. Und wir sind dabei!«

Plötzlich verdunkelte sich das Licht in der Kirche wieder, als ein Militärhelikopter neben der Kuppel schwebte und dadurch vor der Sonne stand.

»Schießt diesen verdammten Vogel vom Himmel!«, schrie Alain.

Mehrere Männer stellten sich an den oberen Rand der Kammer und feuerten mit ihren Maschinengewehren drauflos. Sofort entfernte sich der Helikopter wieder.

Als hätte jemand den Lichtschalter angeknipst, leuchtete es in der Kammer wieder grell auf. Jill sprang zur Seite, weil sie beinahe in den gebündelten Lichtstrahlen stand. *Die Hitze im Brennpunkt muss heißer als Feuer sein.*

»Yasmin, Naira, wieso kommt ihr nicht herunter zu unserer kleinen Show? Hazem, behalte sie von oben im Auge.«

Die beiden Frauen ließen sich von den Waffen überzeugen und gingen die Treppe hinunter zu Jill. Alain stellte sich den dreien gegenüber auf, zwischen ihnen standen der archimedische Hohlspiegel und der Steinteufel wie bei einem Duell.

»Noch sieben Minuten, und nichts wird uns aufhalten!« Alains Augen funkelten vor Gier. Plötzlich hallten entfernte Schüsse durch die Hallen der Kirche.

Yasmin spottete. »Vielleicht wirst du diese Minuten nicht mehr erleben.«

Alain fauchte. »Hazem, nimm die Männer und haltet uns die Sondereinheiten vom Leib. Achtet auf Scharfschützen. Falls nötig, erschießt eine Geisel und werft sie zu einem Fenster hinaus.«

Hazem rief einige arabische Befehle und rannte los. Sie waren nur noch zu viert in der Rotunde.

Alain richtete seine Waffe auf Jill.

»Du weißt schon, dass du hier niemals ungeschoren davonkommst?«, sagte Jill.

»Ich werde überleben! Als Einziger.« Er grinste. »Saids Helfern habe ich erzählt, dass das Vermächtnis von Jesus den Islam zerstören könnte, zumal schon in der Prophezeiung erklärt wird, dass Mohammed nicht der letzte Messias war. Dies und eine Menge Geld haben genügt, sie zu diesem Himmelfahrtskommando zu bewegen. Ich hingegen werde nicht nur als Beschützer des Vermächtnisses hervorgehen, sondern als noch viel mehr.«

»Was faselst du da?«, knurrte Jill.

»Seht ihr es denn nicht?«, schrie Alain. Speichelflocken bildeten sich in seinen Mundwinkeln. »*Ich* bin der letzte Messias! Ohne Yasmins Entführung und meinen Anruf bei Carter würde Faruk noch heute in Alexandria an der Archimedes-Wand herumrätseln. Ohne mich könnte nicht in wenigen Minuten das Sonnenlicht auf den Spiegel hier scheinen. Ich werde als Erlöser vor die Welt treten!«

Jill und Yasmin blickten ihn entgeistert an. Naira tat einen Schritt nach vorn. »Nur nützt Ihnen das Vermächtnis nichts ohne Prophezeiung.« Sie zog eine Schriftrolle aus einer Innentasche ihrer ärmellosen Weste hervor. »So eine Explosion kann die strengsten Bewacher ablenken.«

Naira gab die Schriftrolle Jill.

»Es sieht so aus, als hätte sich das Blatt gewendet.« Jill grinste Alain an. »Waffe runter, oder ich zerbreche die Rolle in tausend Stücke.«

Alain blieb ruhig. »Als Vollblut-Archäologin würdest du das nie wagen. Die Kleine hier ist ganz schön auf Trab, aber wisst ihr was?« Mit leerem Blick richtete er seine Waffe auf Naira. »Der Messias-Job ist schon vergeben. Tut mir leid.«

Er drückte ab und schoss Naira mitten ins Herz.

XCII

11.40 Uhr

Von der Wucht des Geschosses fiel Naira nach hinten um und blieb regungslos liegen. Entsetzt knieten Jill und Yasmin sich hin und sahen, wie sich ein nasser Fleck auf dem T-Shirt unter Nairas zerfetzten Weste ausbreitete.

Rasend vor Wut stand Jill auf. »Du größenwahnsinniger Scheißkerl! Sie war unschuldig!« Jill wollte auf Alain losrennen, doch dieser richtete sofort seine Waffe auf sie.

»Pass gut auf, es gibt noch eine Herzensdame mehr, die ich erschießen kann. Leg die Prophezeiung in der Mitte der Kammer auf den Boden. Sofort!«

Als sollte die Drohung untermauert werden, verblasste das Sonnenlicht in der Kirche wieder. Jill schaute durch das Loch in der Kuppel zum Himmel hinauf. Nicht ein Helikopter verdeckte die Sonne, sondern eine Wolke.

»Du willst der Messias sein? Wie du siehst, lacht Gott dich aus und schickt dir eine Wolke, du Arschloch!« Jill musste aufpassen, dass sie nicht vor lauter Wut die Pergamentrolle in ihrer Hand zerdrückte.

»Noch bleiben fünf Minuten«, zischte Alain. »Ich sage es zum letzten Mal: Leg die Prophezeiung in die Mitte auf den Boden, aber vorsichtig!«

Tausend Gedanken jagten Jill durch den Kopf. Alain stand rund sechs Meter von ihr entfernt, zu weit für einen direkten Angriff.

Inmitten der Verzweiflung spürte Jill plötzlich eine innere Ruhe. Der wilde Sturm in ihrem Kopf wich einem einzigen Gedanken: *Du musst glauben, Jill.* Sie blickte noch mal zum Himmel hoch, und dann wusste sie, was zu tun war.

»Hol dir die Prophezeiung selbst, du Verräter.« Gleichgültig warf Jill die Schriftrolle direkt vor die Füße des steinernen Teufels.

Alain zuckte kurz, ließ Jill aber nicht aus den Augen. »Du bist eine schlechte Verliererin.« Er lief langsam zur Skulptur, Blick und Waffe immer auf Jill gerichtet. Beim Dämon angekommen, bückte er sich und tastete am Boden nach der Schriftrolle, ohne hinzusehen.

Jeder Muskel in Jills Körper spannte sich an. *Komm schon, du musst nur eine halbe Sekunde wegschauen.*

Doch Alain blickte nicht weg. Er fand die Schriftrolle und umgriff sie mit seiner freien Hand. In diesem Moment gab die Wolke die Sonne frei und es wurde in der Kirche wieder gleißend hell.

Alain lächelte. »Gott ist mir also doch wohlgesinnt!« Langsam richtete er sich wieder auf und hielt Jill dabei fest im Blick. »Schon bald wird das Schicksal der Welt ...«

Weiter kam er nicht. In diesem Moment schob Alain seinen Kopf direkt vor das Haupt der Teufelsskulptur, und das gebündelte Licht des Hohlspiegels brannte sich in sein rechtes Auge.

Er schrie laut auf. Der Schmerz ließ ihn rückwärts taumeln, dabei stolperte er direkt mit dem Rücken in die Hörner des Teufels. Die scharfen Spitzen bohrten sich unterhalb seiner Schulterblätter tief in das Fleisch. Die kleinen Widerhaken an den Hörnern ließen ihn umso lauter aufbrüllen, und aus seiner Waffe löste sich ein Schuss.

Jill und Yasmin duckten sich und sahen, dass Alain sich nicht mehr bewegen konnte. Alle seine Helfer waren unterwegs, um die Sicherheitskräfte in Schach zu halten.

Alain stand wie versteinert da, jede Bewegung bereiteten ihm offensichtlich Höllenschmerzen. Der Brennpunkt des gespiegelten Lichts lag nun direkt auf seiner Brust. Einige Sekunden später stand sein Hemd in Flammen und die konzentrierte Hitzestrahlung fraß sich wie ein Laser in seinen rechten Lungenflügel.

Mehr aus Instinkt als mit Absicht versuchte er, mit seinen Händen die brennende Stelle zu löschen. Vergebens. Die Schriftrolle in der einen Hand fing Feuer und löste sich schnell in Asche auf. Alain schrie wie am Spieß und schoss zweimal blind um sich, bevor er die Waffe fallen ließ. Dampf und Rauch quollen aus seinem Mund.

Entsetzt wandte Yasmin sich ab und vergrub ihr Gesicht an Jills Schulter. Alains Qualen dauerten etwa eine halbe Minute, bevor der Tod ihn erlöste. Durch sein fallendes Gewicht brachen die Steinhörner der Teufelsskulptur ab, und der Franzose fiel vornüber zuerst auf die Knie und dann der Länge nach hin. Der Gestank von verbranntem Fleisch und versengten Haaren hing in der Luft. Alains Kleider standen immer noch in Flammen.

»Ist es vorbei?«, schluchzte Yasmin.

Jill blickte auf den lodernden Körper am Boden. »Ja.« Sie löste sich von diesem fürchterlichen Anblick und sah, wie der Brennpunkt des Lichts inzwischen auf die Stirn des Teufels zielte. *Noch drei Minuten. Ist es wahr?*

»Jill. Jill!« Yasmin klopfte auf ihre Schultern und zeigte auf Naira. Die Erschossene lag immer noch auf dem Boden, doch sie bewegte den Kopf leicht zur Seite.

»Naira!« Jill tätschelte die Wangen des Mädchens. Tatsächlich blinzelte Naira.

»Mein Gott, sie lebt.« Yasmin kniete sich auf der anderen Seite hin. »Aber das ist unmöglich!« Sie öffnete mit ihrer freien Hand den Reißverschluss von Nairas Weste und blickte auf die Innenseite.

Jill sah es auch und konnte es nicht glauben. *Kein Durchschuss. Wie kann das sein?* Sie griff in die Innentasche der Weste und zog einen Gegenstand heraus.

Ungläubig starrten sie auf *ihren* Flachmann. Die Kugel steckte genau dort, wo früher die Initialen ihrer Jugendliebe standen. Nun stand darüber nur noch *Be save*. Sämtlicher Inhalt war ausgelaufen, was den nassen Fleck auf Nairas T-Shirt erklärte.

»Warum hat sie deinen Flachmann? Hast du ihr den gegeben?«, fragte Yasmin.

Jill schüttelte den Kopf. »Sie muss ihn mir geklaut haben, als wir mit dem Pferd durch die Stadt ritten. Aber wieso?«

Naira erlangte allmählich wieder das Bewusstsein und murmelte matt: »Was ... was ist passiert?«

»Wir sind in Sicherheit, keine Sorge«, sagte Yasmin. »Geht es dir gut?«

»Mein Kopf tut mir weh.« Naira setzte sich langsam auf und sah Alains Überreste. »Dem habt ihr aber übel mitgespielt.«

»Das waren nicht wir, das war … wir erklären es dir später. Mein Flachmann hat dich gerettet. Wieso hast du ihn mir abgenommen?«

»Die Stimme.« Naira schaute Jill an. »Die Stimme hat es mir geraten.«

Jill wollte etwas erwidern, als sie ein Geräusch ganz in der Nähe hörte.

Hazem.

Übel zugerichtet stand er oben am Rand der Vermächtniskammer und blickte zu ihnen herunter. Aus dem rechten Bein tropfte Blut aus einer Schusswunde und die Waffe in seiner Hand zitterte leicht. »Wie ich sehe, hat es Alain nicht geschafft. Wo ist das Vermächtnis?«

Jill antwortete: »Es gibt kein Vermächtnis. Die Prophezeiung ist mit Alain zusammen verbrannt. Es ist vorbei.«

»Du lügst!«, fauchte Hazem. »Du bist eine Lügnerin, genau wie die Prophezeiung eine Fälschung ist. Das Vermächtnis muss zerstört werden, denn nichts darf an diese Lügen erinnern.«

»Wenn alles eine Lüge ist, wovor hast du Angst?«, sagte Jill.

Hazem zischte vor Wut. »Ich kenne keine Angst. Doch die Welt glaubt nun mal an Lügen. Je lauter die Lüge, desto verlockender ist sie. Aber keine Sorge, ich werde das Vermächtnis finden.« Er hob die Waffe und zielte auf Jill.

In diesem Moment tauchte ein gelber, unförmiger Punkt auf seinem ausgestreckten Arm auf und lenkte ihn ab. Der Punkt tänzelte zum Hals hinauf. Hazem drehte sich in jene Richtung um, wo er die Lichtquelle vermutete.

Nach einem kurzen Moment schien er fündig geworden sein. Fluchend richtete er seine Waffe erneut aus. »Du kleiner, elender ...«

Plötzlich zielte der Lichtpunkt genau in Hazems Auge. Geblendet wich er nach hinten und stürzte dabei über den Rand in die Kammer hinunter.

Etwas benommen stand er wieder auf und bemerkte, dass er seine Waffe hatte fallen lassen. In diesem Moment spurtete Jill los. Bevor Hazem reagieren konnte, versetzte sie ihm ein paar Schläge in die Seite, ohne damit viel ausrichten zu können. Hazem packte sie am Hals und warf sie wie eine Marionette zu Boden. Bevor sie sich aufrappeln konnte, stellte sich Yasmin vor Hazem auf und schlug ihm mit geballter Faust unters Kinn.

Es war der perfekte Uppercut. Jill meinte, den Kiefer knacken zu hören. Taumelnd fiel Hazem nach hinten, schlug hart mit dem Kopf an der Wand auf und sackte schließlich bewusstlos zu Boden.

»Das ist für meinen Vater!«, brüllte Yasmin. Anschließend hielt sie sich ihre rechte Hand und sagte mit einem schmerzverzerrten Lächeln zu Jill: »Nicht gerade ein Kinn aus Glas.«

Bevor diese antworten konnte, rief eine Stimme aus dem Hintergrund: »Ihr dürft euch gern später bedanken!«

Die drei drehten sich um. Hinter ihnen stand ein junger Mann mit einem Grinsen im Gesicht. Er hielt eine mit Blattgold belegte Weihwasserschale vertikal ins

Sonnenlicht. »Der Hohlspiegel des Archimedes funktioniert auch im Kleinformat!«

»Daniel!«, rief Naira erfreut. »Du hast den Typen tatsächlich mit dieser Schale geblendet?«

»Ich lerne eben schnell!« Ich habe das Ganze von oben beobachtet. Ich dachte echt, du wärst tot.«

Naira gluckste. »Prophetinnen haben auch mehr Leben als eine Katze.«

In diesem Moment erscholl eine Lautsprecherstimme durch das Loch in der Kuppel. *Allahu akbar, Allahu akbar …«*

»Was ist das?«, fragte Naira.

»Der Muezzin ruft zum Mittagsgebet.« Jill schaute auf ihre Uhr. »11.46 Uhr, die Sonne steht im Zenit. Es geht los.«

Die vier wandten sich der Skulptur zu. Der Brennpunkt erreichte inzwischen das Auge des Teufels. Doch nicht das blaue Saphirauge, sondern das andere mit dem faustgroßen Bernstein. Der Edelstein fing rasch Feuer und schwarzer Ruß stieg auf.

»Der Stein verbrennt einfach. Aber wozu soll das gut sein?«, fragte Daniel.

Jill schnupperte. »Der gleiche Geruch lag auch bei der Archimedes-Wand in Alexandria in der Luft. Jetzt wissen wir, dass der Mechanismus dort auch aus Bernstein bestand.«

Binnen Sekunden brannte der Bernstein vollständig aus. Anschließend geschah … *nichts.*

»Die Vorrichtung scheint nicht zu funktionieren«, sagt Jill. »Vielleicht sind die Bestandteile korrodiert.«

»Moment!« Naira griff in ihre Umhängetasche und holte eine Flasche Wasser hervor. »Ich muss dem Teufel das Weihwasser auf den Kopf gießen.«

Jill hielt sie kurz zurück. »Aber geh nicht durch das Licht!«

Naira zwinkerte ihr wissend zu und lief zur Skulptur. Sie goss den ganzen Inhalt in die Krone auf dem Teufelskopf. In einer kleinen Öffnung auf dem Steinschädel versickerte das Wasser mit einem gurgelnden Geräusch. Plötzlich zischte es und Dampf trat aus den Ohren der Satansfigur.

»Naira, geh weg da, schnell!« Jill zog sie zurück, und in respektvoller Distanz warteten sie ab.

Mit einem knirschenden Geräusch zerfiel das Gesicht der Skulptur in mehrere Einzelteile und eine Art silberner Teekannenbehälter wurde sichtbar. Der Brennpunkt zielte genau auf den Bauch des Behälters. Darüber befand sich eine kleine, an einer Stange aufgehängte Kugel, an der zwei abgeknickte, röhrenförmige Düsen befestigt waren. Aus den Düsen trat allmählich Dampf aus.

Daniel machte einen Schritt zurück. »Was ist dieses Ding? Ein antiker Wasserkocher?«

»Viel, viel besser.« Jill ging staunend näher.

Plötzlich verstärkte sich der austretende Dampf und die Kugel mit den Düsen begann sich langsam zu drehen.

»Unglaublich«, raunte Jill. »Yasmin, denkst du das Gleiche wie ich?«

Yasmin nickte. »Der Heronsball, entwickelt von Heron aus Alexandria vor zweitausend Jahren. Mein Vater würde es nicht für wahr halten. Ich kann es auch nicht glauben.«

»Vor uns steht die erste Dampfmaschine der Welt.« Jill pfiff leise durch die Zähne. »Ohne Nairas Wasser hätte sie nicht funktioniert.«

Die Kugel mit den Düsen drehte sich nun immer schneller. Die daran befestigte Stange kreiste ebenfalls. Jill fiel auf, dass die Verlängerung der Achse in einem Loch in der Wand verschwand.

Einen Moment später klickte es drei Meter von der Skulptur entfernt in der Wand und ein rechteckiges Stück der Mauer klappte nach unten. Die vier rannten vor die nun freigegebene Öffnung.

Darin lag eine kleine Schatulle aus Gold, besetzt mit unzähligen Edelsteinen. *Das Vermächtnis.*

XCIII

Sprachlos standen sie vor der Nische. Die Schatulle glänzte matt aus der Maueröffnung hervor und war unverschlossen.

»Wollen wir nicht reingucken?«, fragte Daniel.

»Auf keinen Fall«, sagte Jill. »Wir würden einen äußerst wichtigen Fund in seiner Aussagekraft verändern.« Sie zog ein unbenutztes Papiertaschentuch hervor. »Im schlimmsten Fall hinterlassen wir unsere eigene DNS am Fundstück. Die Altertumsbehörde würde uns vierteilen, nicht wahr, Yasmin?«

Diese lächelte. »Absolut. Du bist schließlich eine anständige Archäologin. Und jetzt mach schon.«

Mit einem Augenzwinkern benutzte Jill das Taschentuch, um die Schatulle aufzuklappen. Eine Schriftrolle und ein in einem Leinentuch eingepackter Gegenstand kamen zum Vorschein. Jill las ein paar Zeilen auf der beidseitig beschriebenen Rolle, ohne sie zu berühren. »Es scheint derselbe Text zu sein wie in der Prophezeiung, aber die Schrift ist verwackelt und schwierig zu lesen. Außerdem ist die Rolle aus Papyrus gefertigt, also vermutlich älter als die Rolle aus Paros.«

Yasmin blickte ungläubig. »Glaubt ihr, dass ...«

»Ja, es könnte sich um das Original handeln oder zumindest eine frühe Kopie. Wir haben in der ganzen Zeit einer älteren Abschrift nachgejagt, geschrieben von einem erfahrenen Schreiber. Doch diese Zeilen hier ...«, Jill schluckte leer und versuchte, ihre Gedanken zu ordnen, »... stammen von jemandem, der zwar schreiben gelernt hat, aber nur selten in seinem Leben etwas niedergeschrieben hat.«

»Jesus«, flüsterte Daniel. »Aber was liegt im Leinentuch?«

Jill faltete das Leinen mit dem Taschentuch sorgfältig auseinander. Was zum Vorschein kam, verblüffte die Anwesenden noch viel mehr: Vor ihnen lag, umgeben von einem goldenen Rahmen, ein in Ton gepresster Handabdruck. Kleine Furchen und Spalten deuteten an, dass der Abdruck uralt sein musste. Der Daumen zeigte nach rechts, doch nach oben gingen nur drei Finger weg.

»Ein Handabdruck mit vier Fingern?«, staunte Yasmin.

Jill runzelte die Stirn. *Wenn jetzt Aliens ins Spiel kommen, schreie ich.* Ihr fiel auf, dass beim fehlenden Zeigefinger der Abdruck eines Fingerstumpfs vorhanden war.

»Wer hat das gefertigt?«, fragte Yasmin.

Die Frage blieb unbeantwortet, denn jetzt schritt Naira nach vorn, hob langsam ihre linke Hand und streckte sie zur Schatulle hin.

»Naira, nicht anfassen!«, rief Jill. Doch Naira schien in Gedanken weit weg und reagierte nicht. Behutsam legte sie ihre Hand auf den Tonabdruck.

Ihre Hand passte perfekt hinein, auch ihr Fingerstumpf. »Er ist es«, murmelte sie.

»Wer?«, fragte Jill, obwohl sie die Antwort schon wusste.

»*Jesus*«, erwiderte Naira. »Es ist sein Abdruck. Auch er hatte an seiner linken Hand nur vier Finger.« Sie hielt kurz inne. »Wie ich.«

Yasmin traute ihren Augen und Ohren nicht. »Ich habe noch nie davon gehört, dass Jesus einen Finger weniger hatte. Wusstet ihr das?«

»Nein.« Jill starrte auf Nairas Hand im Abdruck. »Aber in der Bibel steht auch sonst nichts über Jesus' Aussehen, daher geriet es wohl in Vergessenheit.«

Yasmin gab nicht auf: »Doch er war ein Zimmermann und wahrscheinlich auch älter, als er diesen Abdruck gemacht hat. Dann hätte er sicher größere Hände gehabt, nicht wahr?«

»Im Gegenteil«, antwortete Jill. »Vor zweitausend Jahren waren die Menschen viel kleiner. Ich schätze, seine Hände waren für damalige Verhältnisse sogar ziemlich groß. Die Hände eines Handwerkers eben. Und bei diesem Job verliert man gern mal einen Finger. Trotzdem, ich ...«

»Die Prophezeiung«, rief Yasmin dazwischen und zitierte: »*Am Ort meines Grabes werde ich dem Gesalbten die Hand reichen und er wird sein neues Leben finden.*«

Naira nahm ihre zitternde Hand wieder weg. »Ich wurde erschossen und habe trotzdem überlebt. Gerade vorhin. Heißt das ...«

Jill nickte und sprach aus, was alle dachten: »*Du* bist der letzte Messias.«

XCIV

Entfernte Schüsse hallten durch die Kirche.

»Wir sind hier nicht sicher«, sagte Jill. »Wir müssen uns verstecken, bis alles vorbei ist.« Vorsichtig klappte sie den Deckel der Schatulle wieder zu.

Gemeinsam hechteten sie die Treppenstufen hinauf.

»Und wohin jetzt?«, fragte Yasmin.

»Dort hinten in der westlichen Apsis befindet sich die Grabkammer des Josef von Arimathäa, ein guter Ort für ein Versteck.«

»Moment!«, rief Yasmin. »Wir müssen uns jetzt leider von Naira trennen.«

»Was? Wieso?« Naira blickte sie mit Unverständnis an.

Jill nickte zuerst Yasmin zu und sagte dann zu Naira: »Du musst dich schützen. Sobald die Welt vom Inhalt der Prophezeiung und dem Handabdruck erfährt, wird ein Riesenrummel um den letzten Messias entstehen. Mit deinem Feuermal und dem fehlenden Zeigefinger werden sich nicht nur die Presse, sondern auch etliche Fanatiker aus allen Glaubensrichtungen auf dich stürzen. Das könnte gefährlich werden.«

Naira wirkte unsicher. »Mir geht das alles viel zu schnell. Ich habe keine Ahnung, was ich jetzt tun soll.«

»Deswegen brauchst du Zeit«, sagte Jill. »Du solltest erst dann als Messias in Erscheinung treten, wenn du dir dessen sicher bist.«

»Aber es gibt doch Dutzende Zeugen dafür, wie ihr auf einem Pferd durch die Stadt geritten seid«, entgegnete Daniel.

Er hat recht! Jill überlegte einen Moment. Naira und Daniel waren etwa gleich groß und trugen vergleichbar lange, hellblonde Haare.

»Ich habe eine Idee«, sagte Jill. »Aber verstecken wir uns zuerst in der Gruft.«

Wenig später standen sie im Seitengrab der Kirche. Es drangen nur noch vereinzelt Schusswechsel-Geräusche bis zu ihnen. Der Kampf schien sich dem Ende zu nähern.

Yasmin und Jill blickten Naira und Daniel prüfend an. »Doch, das könnte funktionieren«, sagte Yasmin und unterdrückte ein Lachen. »Daniel, zieh das Cap noch etwas tiefer ins Gesicht.«

Der Praktikant tat wie ihm geheißen. Er trug Nairas Kleider, inklusive der zerfetzten Weste mit dem Flachmann und die wollenen Stulpen über den Unterarmen. Er grummelte zu Naira: »Musst du echt ein Cap mit der Aufschrift *Bitch* tragen? Kein männliches Wesen trägt so was.«

Naira grinste nur schelmisch und schnupperte an Daniels Hemd, das sie nun trug. »Du riechst gut, finde ich.«

Daniel blickte etwas skeptisch an sich herunter. Naira schmunzelte und sagte: »Du kannst von Glück reden, dass ich nicht gern Röcke trage.«

»Das T-Shirt ist immer noch nass.« Daniel schnüffelte an einem feuchten Fleck. Verdutzt schaute er auf. »Dr. Carter, mit welchem Schnaps füllen Sie den Flachmann jeweils auf? Das riecht nach *nichts!*«

»Das kommt daher, dass ich immer nur Wasser ein-
gieße«, antwortete Jill.

»Wasser? Warum denn?«, fragte Naira.

»Mein Vater war Alkoholiker. Ich bin zwar nicht abs-
tinent, aber der Flachmann erinnert mich daran, nie so
zu werden wie er.«

Daniel zog den Reißverschluss seiner Weste zu und
sprach zu Naira: »Wir bleiben in Kontakt, okay?«

»Natürlich. Nur schade, dass du *encantada* bist.« Sie
lehnte sich nach vorn und gab ihm einen Kuss auf die
Wange. Dann zog sie verschmitzt an ihren hellblonden
Haaren, die sich als Perücke herausstellten. Darunter
kamen kurz getrimmte, braune Haare hervor, mit einzelnen Lücken an jenen Stellen, wo das Feuermal hervortrat.

Naira lächelte etwas unsicher und gab Daniel die Perücke. »Ich habe dich gewarnt, nicht alle Blondinen aus
Brasilien sind echt.«

Daniel lächelte. »Kein Problem. Wer will schon blond
sein?«

»Viel Glück, Naira«, sagte Jill. »Da hinten rechts geht
eine Treppe hinauf, dort liegt der Raum mit den Überresten des Golgata-Felsens. Versteck dich dort, bis die
Luft rein ist. Ich werde dich so schnell wie möglich in
der Klinik anrufen.«

Naira nickte und winkte zum Abschied.

Dann schlich sie sich vorsichtig davon.

Jill, Yasmin und Daniel zogen sich in eine Ecke in der
Gruft zurück.

»Meinst du, sie kommt klar?«, fragte Yasmin.

»Auf alle Fälle. So schnell kriegt sie nichts unter«, antwortete Jill. »Daniel, wie bist du eigentlich in die Kirche gekommen?«

»Über die uralte Leiter! Der ganze Vorplatz war leer, doch die Türen konnte ich nicht öffnen. Also bin ich die Fenstergitter hochgeklettert und über einen Mauervorsprung bis zur Leiter gelangt. Das Fenster darüber war offen.« Er grinste.

Bevor Jill etwas erwidern konnte, rückten israelische Soldaten vor die Gruft und gellten laute Befehle. Gleich fünf von ihnen beschäftigten sich mit Hazem, der langsam wieder das Bewusstsein erlangte.

Jill ging als Erste mit den Händen hinter dem Kopf nach draußen und wurde sogleich auf die Knie runtergedrückt. Ein Soldat durchsuchte sie kurz und fand Hazems Waffe. »Auf den Boden«, brüllte dieser und wollte Jill sogleich Handfesseln anlegen, während die anderen Soldaten Yasmin und Daniel im Visier hielten.

»Stopp«, rief eine Stimme aus dem Hintergrund. Offizierin Michal Waissenberg stampfte mit bestimmtem Schritt auf Jill zu und befahl dem Soldaten: »Lasst sie aufstehen. Sofort. Keine Handschellen.«

Dankbar stand Jill auf und rieb sich die Hände. »Ich kann alles erklären. Wir wurden genötigt ...«

»Sparen Sie sich die Erklärungen für das Verhör«, bellte die Offizierin sie an.

»Sie sind mit einer brennenden amerikanischen Fahne durchs muslimische Quartier geritten! Und dann reiten Sie einfach in die Grabeskirche hinein? Sie haben sie wohl nicht mehr alle?«

»Nun, bevor Sie voreilige Schlüsse ...«

»Sie können von Glück reden, dass Menachem Levi ein Bekannter meines Vorgesetzten ist. Er hat uns vorhin über die Lage informiert.«

»Menachem lebt?«, fragte Jill ungläubig.

»Ein gewisser Herr Dumant hat versucht, ihn mit Gas in der Wohnung zu vergiften«, erwiderte Michal. »Herr Levi ist jedoch rechtzeitig erwacht und befindet sich gegenwärtig in Behandlung in einem Athener Spital.« Sie lächelte. »Seinen Aussagen zufolge gehören Sie zu den Guten. Ich nehme an, der gegrillte Mann da unten ist Herr Dumant?«

Yasmin nickte. »Er hat zu viel Sonne abbekommen.«

Die Frau blieb ungerührt. »Zum Glück wurde außer den Terroristen niemand getötet. Aber beantworten Sie mir eine Frage: Haben Sie das sogenannte Vermächtnis gefunden, von dem Herr Levi erzählte?«

»Da unten liegt eine Schatulle in einer Wandnische, die sich durch einen Mechanismus selbst öffnete«, sagte Jill. »Ich rate Ihnen dringend, so schnell wie möglich ein internationales und interreligiöses Archäologenteam heranzuziehen und vorher nichts anzufassen.«

»Aber natürlich.« Die Offizierin trat zurück und rief ein paar Soldaten her. »Ich teile ihnen drei Leute zu, die sie nach draußen begleiten. Dort werden sie medizinisch betreut und anschließend befragt. Ich und der Rest der Welt sind gespannt zu erfahren, was sich hier genau abgespielt hat.«

Jill und die drei anderen folgten den Soldaten nach draußen auf den Vorplatz der Kirche. Es wimmelte von Militär, und zwei Helikopter kreisten über dem Ort. Sie wurden in ein Gebäude direkt gegenüber der Kirche geführt, wo sie zusammen mit anderen freigekommenen Geiseln untersucht und Yasmins lädierte Hand verbunden wurde.

Naira sahen sie jedoch nirgends. Als sie schließlich unter sich waren, konnte sich Daniel nicht mehr zurückhalten: »Warum hat mich Naira vorhin *encantada* genannt?«

Yasmin lächelte und sagte: »Das bedeutet *verzaubert*. In Brasilien ist dies eine liebevolle Bezeichnung für Schwule.«

Daniel riss überrascht die Augen auf. »Schwul? Die hat ja Nerven!«

Yasmin tätschelte ihm die Schultern. »Entspann dich. Ich wusste sofort, dass du schwul bist. In Istanbul habe ich einige verzauberte Freunde, mein Gay-dar funktioniert also ziemlich gut.«

Sogar in der schummrig ausgeleuchteten Vorhalle der Moschee konnte Jill erkennen, wie Daniel rot wurde. Amüsiert meinte sie zu ihm: »Also, ich wusste es erst, nachdem ich deine Profile auf Social Media gesehen habe.«

Daniel schnappte nach Luft. »Sie haben ...?«

»Na klar, ich musste mir die Bewerber doch genau anschauen. Du solltest deine Einstellungen anpassen, bei dir kann ja jeder alles sehen.«

»Wenn das alles vorbei ist«, sagte Yasmin, »gehen wir alle zusammen lecker essen. Ich kenne ein gutes Restaurant hier, wo warmer Hummus serviert wird.«

»Ich habe jetzt schon Kohldampf.« Jill lächelte. »Und der Hummus geht auf mich!«

Epilog

Jerusalem, King David-Hotel

Donnerstag, 23. März, 11.47 Uhr

Jill setzte sich erschöpft vor das Schachbrett in ihrem Hotelzimmer. Sie hatte das Spiel in einem Regal neben dem Fernseher entdeckt. Die Figuren standen fein säuberlich in der Ausgangsposition aufgestellt. Sie starrte das Brett an, doch in ihren Gedanken rekapitulierte sie die zwei vergangenen Tage.

Nach einem stundenlangen Verhör hatten sie, Yasmin und Daniel endlich den Ort verlassen können, der ihnen als *Zentrale für innere Sicherheit* beschrieben worden war. Bezüglich der verbrannten U.S.-Fahne hatten sich die israelischen Sicherheitsbehörden zunächst äußerst verstimmt gegeben, doch plötzlich hatten sie die Meinung gewechselt und kurz darauf kamen sie frei. Jill kannte den Grund.

Sie haben die Schriftrolle bereits übersetzt. Wieso mit Daniel einen Juden ins Gefängnis stecken, wenn dieser an der Entdeckung eines zweitausendjährigen Beweises beteiligt war, dass der vom Judentum erwartete Messias bald auftauchen würde? Zudem schien Daniel selbst unter göttlichem Schutz zu stehen, was die Kugel im Flachmann belegte. Den Amerikanern würde man zu verstehen geben, dass Daniel die Fahne aus der Not heraus angezündet hatte. Offensichtlich hatten nur unscharfe Fotos von ihr und Naira existiert, sodass er mit seiner Notlüge durchgekommen war.

Die Medien rund um die Welt hatten zunächst den Terrorangriff auf die Grabeskirche im Fokus. Bereits am späteren Nachmittag war durchgesickert, dass eine bisher unentdeckte unterirdische Kammer freigelegt worden war und dass sich darin eine alte Schriftrolle befand. Am nächsten Morgen wuchsen schon die wildesten Spekulationen über neue Evangelien und Hinterlassenschaften von Kaiser Konstantin. *Sobald die Behörden den Inhalt der Schrift bekannt geben, wird die Welt Kopf stehen.*

Natürlich war Jills Verstrickung in die Geschehnisse thematisiert worden, nicht zuletzt wegen ihrer Verwandtschaft zum legendären Howard Carter. *Ich bin gespannt, ob mir die Journalisten einen neuen, reißenden Namen verpassen oder ob ich Indiana Jill bleibe.*

Sie lehnte sich zufrieden zurück. Vorhin hatte sie Naira angerufen und erfahren, dass diese ohne Verdacht Jerusalem hatte verlassen können und sich seit gestern in einem Hotel in Tel Aviv erholte. Jill hatte ihr geraten, sich viel Zeit zu lassen, um das Erlebte zu verarbeiten. Und auf Nairas Frage, was nun ihre Bestimmung sei, hatte Jill geantwortet: »*Deine Aufgabe kommt zu dir, wenn du so weit bist.*«

Nachdenklich zog sie ihren Flachmann hervor, aus dem die Kugel entfernt worden war. *Be Safe.* Es wurde an der Zeit, alte Dinge loszulassen, das fühlte sie. Ihrer Mutter würde sie mitteilen, dass sie den *Schatz* unter dem Kirschbaum, die alte Blechbüchse mit den Briefen von ihr und Ethan, ungeöffnet als Paket an ihre Jugendliebe schicken sollte.

Sie schmunzelte. *Auch in der Liebe ist es einfach zu verpassen, wonach man nicht sucht.*

In diesem Moment öffnete sich die Hotelzimmertür und Yasmin trat herein. Ihre rot umrandeten Augen verrieten, dass sie kürzlich geweint haben musste.

»Stimmt was nicht?« Jill stand aus ihrem Sessel auf.

»Ich habe gerade einen Anruf aus Heraklion erhalten. Die Gerichtsmediziner haben den Leichnam meines Vaters freigegeben. Sie erwarten mich dort für den Heimtransport nach Istanbul. Ich fahre gleich zum Flughafen und wollte mich verabschieden.«

Jill nahm Yasmin tröstend in den Arm. »Dein Vater wäre sehr stolz auf dich gewesen. Ohne dich hätten wir weder die Überreste der Bibliothek von Alexandria noch das Vermächtnis von Jesus gefunden. Und schon gar nicht den letzten Messias. Wer weiß, vielleicht haben wir dadurch die Welt gerettet. Das ist doch ein guter Anfang.«

Yasmin sah sie dankbar an. »Im Moment will ich nur noch nach Hause und einen Abschluss finden. Und du?«

»Ich kehre mit Daniel zur Ausgrabung nach Luxor zurück. Dort wartet noch viel Arbeit auf uns.«

»Was habt ihr dort eigentlich entdeckt?«

Jills Augen leuchteten auf: »Das, wonach wir gesucht haben: das Grab des Pharao Ramses VIII. Die Grabkammer konnten wir aber noch nicht öffnen, da wir im Korridor dorthin mit Trickfallen zu kämpfen hatten.«

»Ihr könnt von Abenteuern wohl nie genug kriegen, was?«

»Tja, es kann süchtig machen. So gesehen bin ich ein Junkie.«

»Und was nimmst du aus diesem Abenteuer mit?«, fragte Yasmin.

Jill dachte kurz nach. »Erkenntnis. Dass es jenseits von Wissenschaft auch Dinge gibt, die wir uns nicht erklären können. Und dass Hummus tatsächlich sehr lecker ist, wenn man ihn richtig macht.«

Yasmin lachte. »Dann hast du zwei wichtige Dinge gelernt.«

»Und wo finde ich dich, wenn ich vom Wüstensand genug habe?«

»Zuerst beende ich meine Dissertation, wahrscheinlich in Istanbul. Nach Alexandria gehe ich so schnell nicht wieder, glaub mir. Aber danach gehe ich wohl ...«

In diesem Moment platzte ein gut gelaunter Daniel ins Zimmer. »Hallo zusammen.«

Yasmin legte ihm die Hand auf die Schulter. »Und, wie lief das Gespräch mit deinen Eltern?«

»Phänomenal!« Daniel strahlte. »Sie waren unheimlich stolz, dass ich in Deutschland in den Nachrichten war und einen Terroristen außer Gefecht gesetzt habe!«

»Und du hast ihnen die ganze Geschichte erzählt?« Jill blickte ihn skeptisch an.

Daniel grinste. »Mein Coming-out wird wohl besser unter sechs Augen erfolgen. Aber die Höhepunkte der Reise habe ich ihnen erzählt, nur die eine oder andere brenzlige Situation habe ich ausgelassen. Eltern müssen nicht alles wissen.«

»Ist sicher besser so«, sagte Jill.

Daniel blickte sie amüsiert an. »Mit einer Sache lagen Sie übrigens falsch. In Luxor haben Sie gesagt, dass es früher nie echte Trickfallen wie in Hollywood-Abenteuern gegeben hat. Also keine Pfeilgeschosse aus Mauern oder durch Lichtstrahlen ausgelöste Mechanismen. Beides haben Sie nun selbst erlebt!«

»Du hast recht.« Jill lächelte. »Dank Archimedes und Heron überboten unsere Erlebnisse die Blockbuster-Filme.«

»Mehr als mir lieb war«, sagte Yasmin. »Ich wollte Jill übrigens gerade erzählen, wohin ich nach dem Abschluss meiner Dissertation …«

Das Klingeln des Zimmertelefons unterbrach sie. Schulterzuckend entschuldigte sich Jill und nahm den Hörer ab. Nach einer Weile sagte sie: »Bitte stellen Sie durch«, und sah dabei Daniel vielsagend an: »Ein Anruf aus Luxor. Es ist Achmed!«

Daniel eilte zu ihr und Jill stellte auf Lautsprecher um. »Hallo?«

»Dr. Carter!« Achmeds Stimme klang sehr aufgeregt. »Hier in Grube ist sehr Merkwürdiges passiert. Am Morgen hinter Abdeckung von Steintor habe ich plötzlich lautes Knirschen gehört!«

Daniel konnte sich nicht mehr halten. »Achmed! Geht es dir gut?«

»Oh, Daniel! Ja, mir geht es okay. Und dir?«

Jill ging dazwischen. »Was ist denn passiert?«

Achmed räusperte sich. »Sie werden nicht glauben: Das Tor hat sich geöffnet, einfach so!« Er erzählte einige Details und fragte schließlich, was er nun tun sollte. Jill antwortete: »Wir machen uns so schnell wie möglich auf den Weg zu dir. Halte bis dahin bitte die Stellung, ja?«

»Keine Sorge«, sagte Achmed etwas verlegen. »Aber bitte beeilen Sie.«

Daniel stupste Jill an. »Darf ich noch kurz mit Achmed sprechen. Ohne Lautsprecher?«

»Natürlich.« Jill drückte ihrem Praktikanten lächelnd den Hörer in die Hand und wandte sich ab. Aufgeregt begann Daniel, Achmed seine Erlebnisse zu berichten.

Verdutzt musste Jill feststellen, dass Yasmin das Zimmer bereits verlassen hatte. Offensichtlich war sie in Eile und wollte das Gespräch nicht stören. Jills Blick fiel auf das Schachbrett. Fünf weiße Figuren standen nicht mehr in ihrer Ausgangsposition, Yasmin musste sie bewegt haben.

Ohne auf den im Hintergrund redenden Daniel zu achten, wandte Jill in Gedanken Yasmins Schachcode an und entschlüsselte fünf Buchstaben:

A-I-P-R-S

Nach einem kurzen Moment lächelte Jill. *Eine passende Stadt, um Yasmin wiederzusehen.*

Nachwort

Als ich 2014 begann, die Geschichte für dieses Buch wie ein Puzzle zusammenzusetzen, hatte ich nur vage eine Ahnung, wohin mich diese Reise führt. Die Recherchen über die alte Bibliothek von Alexandria öffneten mir den Zugang zu einer Epoche in der Antike, die meine Fantasie beflügelte und mich immer wieder zu der Frage verleitete: Was wäre, wenn …?

Acht Jahre später ist der Roman *Das letzte Vermächtnis* fertig, in dem sich Realität und Fiktion vermischen. Wie zu Beginn erwähnt, existieren alle Schauplätze auch in Wirklichkeit und die beschriebenen Erfindungen wurden damals tatsächlich gemacht. Eine Ausnahme bildet der Schachcode: Den habe ich mir selbst ausgedacht.

Sollte bei Ihnen, geschätzte Leser:innen, trotz aller Recherche eine Unstimmigkeit, ein Rechtschreibfeler oder eine Frage auftauchen, können Sie mich gerne unter kontakt@ernstjakob.de erreichen. Um eine Rezension von Ihnen im Onlineshop Ihres Vertrauens bin ich immer dankbar, und andere Leser:innen ebenfalls. Neuigkeiten von mir finden Sie unter facebook.com/Ernst.Jakob.Autor, instagram.com/Ernst.Jakob.Autor sowie twitter.com/ErnstJakobAutor.

Und für alle, die bis hier durchgehalten haben, kommt noch die Auflösung des Rätsels im Epilog: Yasmin wird nach ihrer Dissertation wohl nach PARIS reisen. Ob sie später einmal Besuch von Jill Carter erhält, will ich an dieser Stelle noch nicht verraten.

Danksagung

Mein größter Dank gilt meiner Frau Laura, die mich in meinem Traum von einem eigenen Buch unterstützt hat, sich meine zahllosen Skriptideen geduldig anhörte und als Testleserin #1 unzählige Verbesserungstipps beisteuerte.

Weiter danke ich meinem Mentor und Lehrmeister Thomas Kowa, der immer an meine Geschichte geglaubt und durch seine Erfahrung mein Buch immens bereichert hat. An dieser Stelle möchte ich seine zahlreichen Krimis, Humor- und Kurzgeschichten wärmstens empfehlen, zu finden unter www.thomaskowa.de. Merci, Tom!

Als ich 2013 das Buch *Geheimakte Labrador* von André Milewski in den Händen hielt, zündete dies den ersten Funken für mein eigenes Buchprojekt. André versorgte mich seither nicht nur mit vielen Tipps (Danke!) zum Thema Abenteuerroman, sondern hat in der Zwischenzeit selbst über zwanzig Bücher verfasst, unbedingt reinschauen: www.andre-milewski.de

Ein Buch ist in der Erstversion selten schon gut genug. Meinen Testleser:innen danke ich für die Unmengen an Feedback und Inspirationen. Alphabetisch nach Vornamen: Adrian Preisner, Claudia Guldimann, Elena Kosmea, Nina Fiechter, Petra Andreesen und Simon Eggler (gibt es wirklich keine Pizza Hawaii in Alexandria?).

Ich mag es, in anderen Sprachen zumindest ein paar Wörter sprechen zu können. Trotzdem war ich auf Hilfe angewiesen: Ich danke Bülent Parlak dafür, dass er Yasmin auf Türkisch fluchen ließ, und Clovis Inocencio für die Ratschläge bezüglich *Brasilianisch für Anfänger* (Gostoso!).

Den Traum vollendet hat der dp Verlag, ich danke euch für euer Vertrauen und das professionelle Vorgehen. Namentlich erwähnen möchte ich dabei meine Projektverantwortlichen Yasmin Lehmann und Anne Peisler sowie meine Lektorin Katrin Gönnewig, die meinem Skript auch die letzten Helvetismen ausgetrieben hat.

Das gewisse Etwas kam von Menschen, die mich vielleicht nicht gut kennen, aber aushalfen, als das Internet nicht mehr weiterwusste: Jürg Krähenbühl für die Berechnung der Leistung eines Hohlspiegels mit zwei Meter Durchmesser (da will wirklich niemand im Brennpunkt stehen), Agnes Graber für die Pferde-Beratung und David Fürst für die tollen Skizzen, die es aus technischen Gründen dann doch nicht ins Buch geschafft haben. Danke euch allen!